Pecca con me

BROOKE MONTGOMERY

Copyright © 2025 Brooke Montgomery
www.brookewritesromance.com

Pecca con me (Edizione italiana)
Sugarland Creek, n. 5

Fotografia di copertina: Regina Wamba
Progetto grafico di copertina: Wildheart Graphics
Responsabile editoriale: Lawrence Editing
Responsabile editoriale: Editing 4 Indies
Traduzione: Laura Marastoni
Revisione di Annamaria Murino

Playlist

Ascolta su Spotify

Wait For You | Myles Smith
Cowboys Cry Too | Kelsea Ballerini, Noah Kahan
Crazy Stupid Love | Blake Proehl
I Know Love | Tate McRae, The Kid LAROI
Devil You Know | Tyler Braden
Relapse | Warren Zeiders
Never Leave | Bailey Zimmerman
Afterglow | Taylor Swift
Right Now | Nyman, Edgar Sandoval Jr
Easy | Camila Cabello
Baggage | Kelsea Ballerini
Intoxicated | Warren Zeiders
Love Me Back | Max McNown
I Would, Would You | Kelsea Ballerini
Comfortably Numb | Abi Carter
You For A Reason | Warren Zeiders
Winning Streak | Jelly Roll
I Fall Apart | Post Malone
Miss Possessive | Tate McRae

Welcome to

SUGARLAND CREEK
RANCH AND EQUINE RETREAT

SUGARLAND CREEK, TN

La cittadina di Sugarland Creek ospita oltre duemila residenti ed è circondata dagli spettacolari monti Appalachi. Ci troviamo a soltanto quindici minuti dal centro, dove potete fare shopping nei graziosi negozietti, gustare un buon caffè, guardare un film o semplicemente godervi il panorama.

Il nostro è un ranch all-inclusive. Per quanto rustici, tutti i nostri bungalow sono accessibili agli ospiti con mobilità ridotta grazie alle rampe e ai sentieri con superfici stabili e lisce. In caso di necessità e in qualunque momento, il personale può offrire assistenza per il trasporto da un'attività all'altra con uno dei nostri mezzi accessibili. Non esitate a contattare la reception; altrimenti digitate il tasto "0" sul telefono della vostra stanza. Siamo a vostra completa disposizione.

Per rendere il soggiorno ancora più speciale, vi consigliamo di incontrare tutta la famiglia, per scoprire come il nostro ranch potrà offrirvi la vacanza più memorabile della vostra vita!

Ecco la famiglia Hollis:
Garrett e Dena Hollis
Il signore e la signora Hollis sono sposati da più di trent'anni e hanno cinque figli. Il Ranch Sugarland Creek ha ospitato più di tre generazioni Hollis. Oltre vent'anni fa, quando la famiglia ha acquistato la proprietà, ha deciso di aggiungere un agriturismo con maneggio per condividere con il pubblico il suo amore per i cavalli e la natura.

Wilder e Waylon
Fratelli gemelli, i maggiori

Landen
Il terzo figlio

Tripp
Il più giovane dei fratelli

Noah
L'unica figlia e la piccola della famiglia

Sia che abbiate scelto questo posto per rilassarvi e godervi il panorama, sia che siate pronti a sporcarvi le mani, svariate sono le attività che potete svolgere nel ranch:

Escursione a cavallo e tour
(10:00 e 16:00)
Trekking, mountain bike e pesca
(mappe disponibili alla reception)
Serata giochi di gruppo
(domenica e mercoledì)
Karaoke e square dance
(venerdì e sabato sera)
Miniclub
(aperto 24/24 7/7)
Piscina
(aperta dalle 9:00 alle 21:00 7/7)
Falò e marshmallow
(venerdì)
...e molto altro, a seconda della stagione!

L'agriturismo resta aperto 24 ore al giorno. Troverete la reception per gli ospiti, il ristorante e saloon "Sugarland" e una zona dedicata alla registrazione alle nostre attività.

Rimani sempre aggiornato su
sugarlandcreekranch.com

Siamo orgogliosi di offrire ai nostri clienti l'autentica cucina del Sud; quindi vi preghiamo di comunicarci in anticipo se avete eventuali restrizioni dietetiche o preferenze, così da potervi servire al meglio. Dalle 8:00 alle 13:00 offriamo il brunch. Il ristorante è aperto per la cena dalle 17:00 alle 19:00. Se gradite recarvi fuori dal ranch per un pasto o svolgere altre attività, distiamo a meno di un'ora da Gatlinburg e saremmo lieti di fornirvi mappe e suggerimenti.

Vi ringraziamo per la visita.
Speriamo di regalarvi un soggiorno magico!

-La famiglia Hollis e il team Sugarland

Vedi la mappa nella pagina successiva!

A — The Lodge/ Guest Services

B — Ranch Hand Quarters

C — Guest Cabins

D — Pool House & Swimming Area

E — Trail Horse Barn & Pasture

F — Riding Horse Corral

G — Hollis Fishing Pond & Hut

H — Bonfire Area

I — Family Game Nights Area

J — Gift Shop

SUGARLAND CREEK
RANCH AND EQUINE RETREAT
SUGARLAND CREEK, TN

Nota dell'autore

Pecca con me è il libro n. 5 della serie "Sugarland Creek" e, sebbene ogni romanzo possa essere letto come una storia a se stante, questo sarebbe meglio leggerlo dopo il libro n. 4, *Solo con me*. I protagonisti sono fratelli gemelli e le loro storie si intrecciano; perciò, per una migliore esperienza di lettura e per comprendere più a fondo la storia di Wilder, leggila dopo quella di Waylon. Nel caso tu scelga di leggere questo romanzo da solo, troverai riferimenti e dettagli relativi ad eventi accaduti prima dell'inizio di questa linea temporale.

Per favore, prima leggi le avvertenze sui contenuti sensibili di ciascun libro.

Avvertenze sui contenuti sensibili:

Menzione e descrizione di: autolesionismo, suicidio e abuso di stupefacenti.
Discussioni sulla salute mentale: depressione, antidepressivi, terapia e attacchi di panico. Menzione della morte di un genitore e lutto. Contiene descrizioni e menzioni di violenza domestica, ma non esplicite.

Prologo
Wilder

NOVE ANNI FA

"Salve, ha chiamato la linea di preghiera e assistenza Haven Grace. Come posso aiutarla oggi?" risponde una dolce voce femminile, e deglutisco con forza.

Non ho mai chiamato una di queste linee di assistenza.

Non so perché lo stia facendo adesso.

Soprattutto per curiosità.

Sono curioso di sapere come funziona e se aiuta davvero.

Quando ho cercato le linee locali, questa è stata la prima ad apparire.

"C'è nessuno?" continua la voce dolce. "Le serve aiuto?"

"Ehm…" Sospiro, senza sapere cosa dire, senza sapere come parlare quando il senso di colpa mi sta strozzando.

"Posso aspettare finché non sarà pronto, ma potrebbe dirmi con chi sto parlando, per favore?"

Le lacrime mi salgono agli angoli degli occhi, ma le trattengo e mi schiarisco la gola. Cerco di pronunciare il mio nome, ma non esce niente.

"Io sono Delly", dice con dolcezza. "Le serve assistenza medica, al momento?"

1

Abbasso lo sguardo sulla mia gamba e con una smorfia osservo il sangue che scorre lungo la coscia. "No".

"Ok, bene. Come posso aiutarla questa sera?"

"N-Non lo so. Non so nemmeno perché ho chiamato", ammetto infine.

"Va tutto bene, signore. Sono qui per ascoltarla".

"*Signore?* No, ho solo ventiquattro anni".

"Scusami, volevo solo essere educata. Puoi dirmi come ti chiami?"

Esitando, mi lecco le labbra. Non voglio che qualcuno sappia perché ho chiamato. Sugarland Creek è un piccolo paese del Tennessee, e questa è una linea d'assistenza *locale*; quindi c'è la possibilità che mi riconosca, se le dico il mio vero nome.

Vergogna. Rimorso. Umiliazione.

Sono emozioni che provo già a sufficienza. Non voglio sentirmi così anche con un'estranea.

Specialmente con una ragazza come lei, che sembra così cortese.

"Ehm… sono Luke".

Il primo nome che mi viene in mente è quello del tipo con cui ho fatto a pugni ieri notte. Mi pulsa ancora la testa per il colpo che ho incassato dopo averlo steso. Ma se l'è meritato quando ha chiesto se la mia sorellina era già maggiorenne per potersi "fare quel culo".

Figlio di puttana.

Però adesso vorrei averne scelto uno diverso, perché sentirle dire il nome di *quel* tizio mi fa incazzare di nuovo.

"Ok, Luke. In questo momento rappresenti un pericolo per te stesso?"

"Ho… la lama di un rasoio".

"Ce l'hai in mano, in questo momento?"

Deglutisco, guardandola come se fosse un'ancora di salvezza. Ho le nocche bianche per quanto forte la sto stringendo. "Sì".

"Ok. Credi di potermi fare il favore di metterla giù, così possiamo parlare?"

Tremando, prendo un respiro profondo e poi lo butto fuori. "Certo, ok".

La lascio sul bordo della vasca, ma lo sguardo resta incollato lì sopra.

"Bene. Puoi dirmi dove ti trovi?"

"In bagno".

"Ti sei già inflitto dolore in passato?"

"Sì". Appoggiando la testa all'indietro contro la vasca, sospiro. "Quando avevo sedici e diciannove anni, mi sono tagliato talmente in profondità da perdere i sensi e sono stato ricoverato".

"C'è qualcosa che ti fa venire voglia di farlo di nuovo?" Non saprei neanche da dove cominciare a spiegare i miei pensieri. Quando li esprimo ad alta voce, suonano stupidi. Visto che non rispondo, continua: "Lotti spesso contro la depressione, Luke?"

Trattengo una risata. "Così mi dicono".

"Stai prendendo dei farmaci?"

"Non più. Ho smesso di farlo quando ho compiuto diciotto anni".

"Come mai?"

"Perché volevano che andassi in terapia, cosa che ho fatto per quasi due anni. Mi hanno addirittura mandato da uno psichiatra dopo il primo ricovero".

"Beh, io non sono né una psicologa né una dottoressa, ma, considerando che stasera hai chiamato, posso dire con certezza che non vuoi avere una ricaduta e farti del male".

"Ce la sto mettendo tutta per non farlo, Delly…"

"Ma?"

"Sto soffrendo tantissimo. Maledizione, non riesco quasi a ricordare un periodo in cui non stessi soffrendo! Ma stasera avevo bisogno di trovare sollievo da questa sensazione di disperazione da cui non riesco a fuggire da settimane. L'impulso di tagliarmi fino a svenire è… forte", confesso, ma, se fossi stato del tutto onesto, le avrei detto che ho già fatto un taglio sulla parte superiore della coscia. Però non è profondo. Ha sanguinato un po', ma non ha nemmeno attenuato il dolore. È per questo che non ho saputo quando fermarmi l'ultima volta che sono finito all'ospedale. Ho continuato finché non ho provato quel senso di insensibilità, e ormai era già quasi troppo tardi.

"Hai più sentito quell'impulso dall'ultima volta che ti sei tagliato?"

"Sì, qualche volta". Qualche *decina* di volte.

"E cosa ti ha fermato?"

"Ehm, ricordare le conseguenze e il fatto che il sollievo è solo temporaneo. Pensare alla mia famiglia. A mio fratello, soprattutto. È stato lui a trovarmi nel bagno dei nostri genitori la prima e la seconda volta".

"Adesso tuo fratello vive con te?"

"Non esattamente. Vive nell'appartamento sotto il mio. Condividiamo una casa su due piani".

"Lui è in casa?"

"Sta ancora lavorando".

Ho chiesto a Waylon di coprirmi per le faccende serali alla scuderia dell'agriturismo per poter tornare a casa. Gli ho detto che non mi sentivo bene e non c'è stato bisogno che mi facesse domande.

"Che cosa ti direbbe, se sapesse che adesso sei in difficoltà?"

Probabilmente vorrebbe darmi un pugno in faccia.

"Mi direbbe di pensare ai nostri genitori e a cosa proverebbero nel vedermi di nuovo all'ospedale. A quanto si preoccuperebbero. Mi ricorderebbe quanto si è spaventato l'ultima volta e il fatto che perdere suo fratello gemello lo distruggerebbe. Mi supplicherebbe di farmi aiutare".

"Siete gemelli?" chiede.

"Sì. E i maggiori di cinque figli".

"Wow! A quanto pare, hai molte persone che ti vogliono bene e che non vorrebbero che ti facessi del male".

"Hai ragione".

"Quindi pensare a loro ti ha aiutato a fermarti l'ultima volta?"

"Giusto, ma non sempre è sufficiente". Butto fuori un respiro tremolante. "Ho già usato la lama prima di chiamarti. Però mi sono fermato dopo il primo taglio".

"Stai sanguinando, Luke?" La paura nella sua voce mi fa sentire ancora più in colpa. Senza nemmeno sapere chi è, detesto sentirla così preoccupata.

"No, signora. Ha smesso. Ma è per questo che sono nella vasca, perché non volevo fare casino".

"Per quanto può valere, sono fiera di te perché hai avuto la forza di fermarti quando lo hai fatto e perché ci hai chiamati. So che non può essere stato facile. Ho bisogno che tu sia onesto con me. Quante volte ti sei tagliato stasera?"

"Solo una volta, Delly. Giuro", dico sinceramente.

Butta fuori un respiro che, secondo me, non voleva che sentissi, perché prende subito una boccata d'aria per ricomporsi.

"Puoi dirmi come mai? Magari possiamo parlarne".

Preferirei chiudere la chiamata che pronunciare a voce alta quelle parole, ma le dico comunque. Ho già ammesso molto. Tanto vale continuare.

Le racconto del dolore, della tristezza che mi assale e dell'oscurità che consuma i miei pensieri. E di come, a volte, ho bisogno di provare sollievo per mettere a tacere i pensieri ignobili che ho nella testa, e quel sollievo lo ottengo tagliandomi le cosce finché il sangue non cola lungo le gambe perché è lì che mi si schiarisce la mente. È lì che mi concentro sul dolore fisico piuttosto che su quello mentale, e tutti i pensieri negativi spariscono.

"È una distrazione dalla depressione di cui ho tanto bisogno e, pur essendo temporanea, il dolore fisico è più tollerabile di quello mentale".

E così sto soltanto sfiorando la superficie.

"Vorrei dire una preghiera per te, Luke. Per te andrebbe bene?"

"Certo", rispondo, anche se non prego da anni.

"Non è un problema, se non fa per te". La sua voce è delicata, priva di giudizio.

Poi chiudo con forza gli occhi mentre pronuncia la sua piccola preghiera: "Prego che tu sia forte per ricordare a te stesso perché stai lottando. Prego che tu possa trovare il coraggio di cercare aiuto, se dovessi trovarti nella stessa posizione di stasera. E prego che tu ti senta abbastanza importante da farti curare, perché meriti di essere felice".

"Grazie, Delly. Ti ringrazio per avermi concesso un po' del tuo tempo per parlarmi. Sono sicuro che tu abbia cose migliori da fare".

"Lavoro come volontaria alla chiesa tre sere alla settimana; quindi ti assicuro che non è stato un problema".

"Tre volte alla settimana? Wow! Cosa sei, una santa?" Mi viene quasi da ridere perché non vado in chiesa da anni, nemmeno quando mia madre mi scongiura di farlo.

"Mi piace aiutare le persone", risponde con decisione. "Ed è stato un piacere conoscerti, nonostante le circostanze".

Maledizione, è fin troppo dolce!

"Quanti anni hai, Delly?" chiedo prima di riagganciare.

"Ne ho quasi ventitré".

Quindi è più giovane di me di circa due anni, dato che io ne farò presto venticinque. Significa che lei frequentava il secondo anno di superiori mentre io ero all'ultimo. Tutti si conoscono nel nostro paesino, però il suo nome non mi dice niente. Ma la cosa non mi sorprende perché alle superiori, tra un episodio depressivo e l'altro, bevevo… molto. Merda! Lo faccio ancora. Ma, inoltre, facevo raramente caso agli studenti più giovani.

"E stai trascorrendo il venerdì sera a rispondere sulla linea di assistenza, invece di andare al bar?"

"Sì, perché se non l'avessi fatto, chi è che avrebbe risposto alla tua chiamata?"

"Salve, ha chiamato la linea di preghiera e assistenza Haven Grace. Come posso aiutarla oggi?"

Sorrido quando sento la sua voce.

"Ciao, Delly".

"Luke, sei tu?"

"Sì".

"Stai bene?"

"Adesso sì".

"In che senso?"

Sollevo una spalla anche se non può vedermi. "Nel senso che… avevo bisogno di sentire la tua voce per schiarirmi le idee".

Sospira come se si fosse aspettata il peggio. "Ok. Allora di cosa vorresti parlare?"

"Mi sentivo giù e ho provato l'impulso di tagliarmi, ma questa volta non ho tirato fuori la lama".

"Mi fa piacere, Luke. È successo qualcosa che ha scatenato l'episodio?"

"Giusto un po' di odio per me stesso".

"Spiegami quello che sta succedendo nella tua mente".

E, senza esitazione, lo faccio.

Lei è la prima persona con cui mi sia sentito abbastanza a mio agio da rivelare quei segreti. E, nonostante sia così perché non può vedermi e non ha idea di chi sono, raccontare quelle cose a qualcuno mi toglie comunque un peso dal petto.

"Sei una brava ascoltatrice, Delly…" dico quando il silenzio tra di noi si fa troppo rumoroso.

"Grazie per aver condiviso queste cose con me". Tira su col naso un po' di volte prima di schiarirsi la gola. "Veramente".

"Ti sta venendo il raffreddore?"

"Ehm… no". Tira di nuovo su col naso, come se stesse cercando di controllare le sue emozioni. "Sto solo passando una nottataccia".

"Tu?" chiedo incredulo. "Questa cosa non mi piace. Che succede?"

Rimane in silenzio, come se stesse riflettendo se dirmelo.

"Prima di te mi ha chiamata una persona piuttosto difficile". Le si spezza la voce, resa più profonda dall'angoscia. "Ho fatto chiamare il 911 da un altro volontario mentre io lo tenevo al telefono. Senza dubbio, posso dire di essermi sentita sollevata quando ho sentito la tua voce perché…"

"Perché cosa?" Aggrotto le sopracciglia, domandandomi come mai si sia fermata.

"Perché significava che eri ancora vivo e che ti fidavi abbastanza di me da chiamare di nuovo".

Mi si serra lo stomaco al pensiero di ciò che deve aver sentito dall'altra persona. "Il tipo di prima non ce l'ha fatta?"

Deglutisce a fatica. "Non lo so. L'operatrice ha chiuso la chiamata quando ha confermato che i paramedici erano sulla scena".

"Che droga o arma ha scelto?" chiedo con curiosità.

"Sai che non posso rivelare informazioni riservate".

La sua tristezza si riversa dal telefono, spezzandomi il cuore.

"Ok, proviamo a distrarti con qualcosa di più allegro", suggerisco, nella speranza che mi dia corda per spostare la mia attenzione dai miei stessi pensieri tormentosi. "Raccontami che cosa hai fatto oggi".

"Dovremmo parlare di te", ribatte, con la voce di nuovo dolce e affettuosa. "Perché non mi parli tu della tua giornata?"

"Solo se poi tu mi racconti la tua, ok?" replico.

Sospira, ma riesco a sentire il sorriso in quel calmo respiro. "Ok, va bene".

"Salve, ha chiamato la linea di preghiera e assistenza Haven Grace. Come posso aiutarla oggi?"

"Delly!" esclamo, per poi singhiozzare.

"Luke?"

"Mmm-mmh. Sono così contento che hai risposto".

"Sei… *ubriaco*?"

"Eh, più o meno".

Considerando la mia parlata strascicata, non mi sorprende che l'abbia capito subito.

"Quanto hai bevuto?"

"Cazzo, non lo so. Ho perso il conto".

"Sono le sette di sera di mercoledì".

"Ok, e quindi?"

"Come fai a essere già così ubriaco?"

"Pensavo che su questa linea nessuno ti giudicasse", ironizzo stupidamente.

Si schiarisce la gola. "È così, Luke. Sto cercando di capire cosa possa essere successo di così grave da farti ubriacare così tanto di mercoledì sera. Ti sei fatto del male?"

"No… se non conti l'abuso di stupefacenti. Ho anche buttato giù qualche shot di whisky".

Che mi sta ancora bruciando lo stomaco.

"Bevi spesso?"

"Ehm… sì". Mi scappa una mezza risata. "Ma è meglio che tagliarmi la coscia, no?"

"Sei a casa?" chiede senza rispondere.

"Sì. Perché? Vuoi venire da me?" chiedo in tono seducente.

"No, voglio assicurarmi che non guiderai da ubriaco".

"Ma no. Di solito viene a prendermi mio fratello, se esco a bere, ma stasera sono rimasto a casa. Ci siamo soltanto io e il signor Jack Daniels".

"Stai pensando di farti del male?"

"Non più. È per questo che sto bevendo, Delly. Quando sto per svenire, la sensazione allevia la tristezza e mette a tacere i pensieri. Non posso essere depresso, se sono ubriaco".

"Quindi hai scambiato un vizio per un altro".

"Gli effetti dell'alcool durano pure di più. Dovresti esserne contenta: c'è meno sangue", ironizzo.

"Sono contenta che tu sia al sicuro a casa, ma non che stai usando l'alcool come meccanismo di difesa. Ci sono molti modi in cui l'alcolismo può condurre ad altri problemi".

"Che altra opzione ho?"

"La terapia. I farmaci. Tenere un diario. Gruppi di supporto. La chiesa. Pregare".

"Già, non farò niente di tutto ciò". Sbuffo, sollevando lo sguardo al soffitto e rendendomi conto che la camera da letto sta girando.

"Perché? Credi che aver bisogno di aiuto ti renda debole o meno uomo?" mi sfida.

Invece di rispondere, chiudo la chiamata e lancio il telefono dall'altra parte della stanza.

"Salve, ha chiamato la linea di preghiera e assistenza Haven Grace. Come posso aiutarla oggi?"

"Delly?" chiedo in modo patetico, come un cane con la coda tra le gambe.

"Ciao, Luke".

La sua voce delicata mi fa rilassare le spalle all'istante, e tiro un sospiro di sollievo.

"Mi dispiace tanto per l'altra sera. Mi sento un imbecille per averti chiamata mentre ero così ubriaco".

"Non c'è bisogno che ti scusi. È per questo che sono qui".

"Non fare così. Non meritavi il mio sproloquio da ubriaco o che ti facessi preoccupare. Non avrei dovuto trattarti in quel modo, e mi dispiace averti chiamata mentre ero in quelle condizioni".

"Avevi bisogno di parlare con qualcuno, e sono stata felice di essere quella persona, anche se alla fine *hai* chiuso la chiamata".

Cala il silenzio. Passano diversi secondi, poi minuti – e lei non mi mette fretta – prima che finalmente io dica qualcosa.

"Sono un codardo".

"Cosa?"

"Sono un codardo", ripeto a voce più alta. "È per questo che non faccio le cose che hai suggerito".

"È un qualcosa che puoi cambiare, lo sai? Anche se fai un passettino alla volta. Chiamarci è stato un buon primo passo. Hai già condiviso tanto con me. Magari come prossimo passo potresti vedere un professionista, che dici?"

"Mi viene facile parlare con te perché non mi vedi e non hai idea di chi sono. Non credo che potrei affrontare qualcuno di persona e raccontargli tutti i modi in cui mi sono rovinato la vita. Non voglio vedere lo sguardo di vergogna e di pietà sul tuo viso probabilmente bellissimo".

"*Probabilmente bellissimo*? Ci stai davvero provando con me?"

Deglutisco. Quasi tutte le ragazze si sciolgono in una pozza quando dico stronzate dolci.

"Ti sto solo facendo un complimento. Basandomi sul suono della tua bellissima voce, immagino che anche il resto di te lo sia".

Non risponde per diversi secondi.

"Beh… per quanto sia carino da dire, questo non è un servizio telefonico di appuntamenti, Luke".

"Probabilmente è meglio così. In base ai miei precedenti, non ci saremmo più parlati, dopo la prima conversazione".

"Ma davvero?" chiede strascicando le parole, e sento l'ilarità nel suo tono di voce. "Sei un tipo da toccata e fuga?"

"Diciamo che possiamo metterla così", ammetto timidamente.

"È uno dei tuoi meccanismi per evitare il rifiuto, la vergogna e il senso di colpa?"

Mi schiarisco la gola, iniziando ad agitarmi perché parla quasi come il mio vecchio psicologo.

"È più facile non dare speranze alle ragazze. Non posso promettere nulla di più di una notte. Sono già un peso per la mia famiglia. Non voglio esserlo per una compagna; quindi tanto vale farla divertire per una notte".

"Beh, in mancanza di prove concrete, non ci credo che la tua famiglia ti vede come un peso. Il fatto che tu stia chiamando qui, più di una volta, è la *prova* che, dentro di te, sai di non esserlo. La tua famiglia ti ama incondizionatamente".

"Ti sbagli".

So di essere un peso.

Lo capisco dal modo in cui mi guarda mio fratello. Il modo in cui mi segue come un'ombra perché non si fida di me e teme che possa fare qualcosa di stupido o rischioso. E glielo lascio fare perché nemmeno io mi fido di me stesso.

Non mi ha nemmeno presentato la sua nuova ragazza perché ha paura che mandi a puttane la sua relazione.

"Dici?" A giudicare dal tono della sua voce, immagino che mi stia guardando con un sopracciglio di rimprovero sollevato. "Se fosse così, allora smetteresti di chiamarmi".

"Salve, ha chiamato la linea di preghiera e assistenza Haven Grace. Come posso aiutarla oggi?"

"È la tua quarta sera di volontariato, questa settimana".

"Ed è la quarta volta che chiami questa settimana". C'è una nota divertita nella sua voce, ma giusto quel tanto da non risultare inappropriata, se riferita a qualcuno che sta chiamando una linea di assistenza da due mesi.

In realtà è la sesta notte che chiamo. Quando non c'è lei, metto giù.

Non mi interessa parlare con qualcun altro e ricominciare da capo. Ma non volevo neanche spaventarla chiedendole quando ci sarebbe stata.

"Le feste sono il periodo più stressante dell'anno", dico, mezzo scherzando.

"Ti senti stressato o più preoccupato del solito? Senti l'impulso di…"

"No, no. Non lo sento da quando ho cominciato a parlare con te".

"Oh, davvero?" chiede, come se la cosa la scioccasse. In realtà, sorprende anche me.

"Sì, davvero. Sono ansioso di parlarti. Finalmente, per una volta non sto deludendo qualcuno".

"Che intendi dire?"

"Non voglio deluderti. Apprezzo il modo in cui mi ascolti senza giudicare; quindi il minimo che io possa fare è renderti fiera".

Adesso ci penso due volte prima di prendere la lametta perché così potrò parlarle senza sentirmi un fallimento.

Cala un silenzio totale, e ho paura che sia caduta la chiamata. "Delly?"

"Sai, mi sa che è una cosa che anche uno psicologo potrebbe fare per te. Hai più pensato di provare a consultarne uno?"

"Perché me ne serve uno, quando ho già te? Hai fatto di più tu per me in due mesi di quanto non abbia fatto il mio psichiatra in due anni".

"Perché io non sarò qui per sempre e tu avrai ancora bisogno di qualcuno".

"Sarò magicamente guarito prima che quel momento arrivi".

"Ma davvero?" Una risata le sfugge dalla bocca, ed è il suono più dolce che abbia mai sentito.

"Mmm-mmh. Magari potresti farmi da sponsor. Così dovresti darmi il tuo numero".

"Ci hai già provato, ricordi?"

"Sono molto ostinato".

"L'ho capito. Ma in questo momento dovremmo parlare di te e dei tuoi sentimenti".

Espiro dal naso perché è la cosa che odio fare di più. Preferirei decisamente ascoltare lei.

"Passo", ironizzo.

"Bel tentativo", dice severamente. "Che ne dici di cominciare raccontandomi la tua giornata?"

"Salve, ha chiamato la linea di preghiera e assistenza Haven Grace. Come posso aiutarla oggi?"

"Ho bisogno che mi fermi, Delly".

"Luke? Sei in pericolo?"

Detesto sentirla in preda al panico, però sono anche grato che abbia risposto e mi abbia riconosciuto. Stavo quasi per non chiamare, perché non volevo torturarmi ancora di più con la sua dolce voce.

"Sono davvero tanto ubriaco". *Di nuovo.*

"Dove sei adesso?"

"Sdraiato nella vasca".

"Hai una lametta in mano?"

"Sì... Stasera non so se riuscirei a fermarmi, se dovessi iniziare", ammetto.

"Cos'è successo? Raccontamelo". La paura nel suo tono mi fa sentire in colpa per averla chiamata, ma se ho qualche speranza di fermarmi, ho bisogno di sentire la sua voce.

"La tristezza e l'angoscia sono pesanti, cazzo. Mi brucia il petto. Il cuore batte velocissimo. Ho la gola secca e allo stesso tempo umida. Ho la maglietta madida di sudore. I pensieri mi incasinano la mente. E... voglio solo che finisca".

"Luke, stai avendo un attacco di panico. Voglio che metti giù la lametta, chiudi gli occhi e poi ascolti il suono della mia voce".

"D'accordo".

Dopo aver seguito i suoi ordini, appoggio la testa alla porcellana fresca e aspetto.

"Conterò all'indietro da trenta. Voglio che prendi un respiro profondo per i primi cinque numeri, poi buttalo fuori nei cinque successivi, e così via".

"Ok", mormoro.

"Respiro profondo", esige. "Ventinove, ventotto, ventisette, ventisei, e adesso espira…"

Faccio come dice, ascoltandola mentre conta e respirando a tempo. Aggrapparmi alla sua voce mi dà qualcosa su cui concentrarmi che non sia il pensiero di quanto mi sento stupido per aver bisogno che qualcuno mi fermi.

Quando arriva a zero, il mio respiro è tornato alla normalità.

"Bene, Luke. Come ti senti?"

"Quella costrizione al petto è un po' diminuita", le dico. Espirare lentamente e respirare a fondo mi ha aiutato a rilasciare la tensione bloccata nelle costole.

"Grazie a Dio! Mi fa piacere". Emette un sospiro di sollievo.

"Ma la tristezza è ancora in agguato, che mi sfida a tagliarmi e a rilasciare il dolore per potermene finalmente liberare", mormoro con sincerità.

"Quella sensazione di angoscia è *temporanea*. Non durerà per sempre, e prima o poi passerà. Cerca di essere forte e di combattere come meglio puoi per non cedere. Resterò al telefono con te per tutto il tempo necessario. Credi di potermi fare questo favore?"

"Non lo so, Delly. Ci sto provando da tre ore, ma sta diventando sempre più difficile resistere all'impulso".

Fallo! Fallo! Adesso. Fallo!

Quelle parole continuano a ripetersi.

Una parte del mio cervello sa che allevierebbe il dolore, ed è tutto ciò che vuole in questo momento.

Fanculo le conseguenze!

"Oh, Luke. Perché non mi hai chiamata prima?"

Sospiro, chiudendo con forza gli occhi per trattenere l'urlo che sono tentato di buttare fuori. "Non volevo sentirti parlare in questo modo".

Con disappunto. Con preoccupazione. Con *pietà*.

"È per questo che sono qui. E, per quanto possa valere, sono orgogliosa di te per aver chiamato prima di farti del male".

"Sono un fottuto disastro, Delly. Meriti di meglio che passare la serata con me".

"Ascoltami…" dice nel tono più severo che le abbia mai sentito usare. "Faccio la volontaria ogni maledetta notte per non rischiare di perdermi una tua chiamata. E non solo perché mi preoccupo per la tua sicurezza, ma perché ho tanto bisogno di sentire la tua voce tanto quanto tu ne hai di sentire la mia".

"Davvero?" sussurro incredulo, e mi si riempiono gli occhi di lacrime.

"Sì…" dice dolcemente. "Mi dà conforto sentirti respirare. Potrei sentirtelo fare per ore e non stancarmi mai".

"Come un cane che ti ansima nell'orecchio? È questo che ti piace, eh?" Le mie parole vengono fuori più maliziose di quanto avessi voluto, ma deve averlo trovato divertente perché una risata le sfugge dalla bocca. Ma non penso che volesse farmela sentire, visto che si schiarisce subito la gola.

Però è troppo tardi perché, ora che l'ho sentita, voglio sentirla ancora e ancora.

"Resterei in linea per ascoltarti russare, perché vorrebbe dire che sei vivo", afferma, ignorando il mio commento sul cane ansimante.

"Se non mi sembrasse impossibile, Delly… direi che anche tu ti stai affezionando a me".

Le mie parole sono genuine nonostante io stia combattendo una battaglia nella mia testa che probabilmente non potrò mai vincere. È armata e pronta a premere il grilletto, ma l'unica difesa che ho è aggrapparmi alla speranza di essere abbastanza forte per resistere.

"Mi sa che hai ragione, Luke: mi sto affezionando a te".

"Salve, ha chiamato la linea di preghiera e assistenza Haven Grace. Come posso aiutarla oggi?" risponde la voce dolce di una signora anziana che non riconosco.

"Ehm, salve. Stasera Delly lavora?"

"Mi dispiace, tesoro. Non c'è. Posso aiutarti con qualcosa?"

Che strano. Ha lavorato lì tutti i venerdì sera negli ultimi sei mesi. Abbiamo parlato due notti fa, però mi manca già.

"No, grazie. Può dirmi quando sarà il suo prossimo turno?"

"Non credo che tornerà, tesoro. Sua sorella minore è all'ospedale".

Mi si blocca il cuore nello stomaco. Mi ha parlato un po' di sua sorella e mi ha detto che ha dieci anni in meno di lei, dunque tredici.

"Oh, mio Dio! Cos'è successo?"

"Non lo so, però è in condizioni critiche. E, dopo l'incidente di suo padre l'anno scorso, non credo che avrà più tempo per fare la volontaria".

Non mi ha mai parlato del padre; quindi non so cosa sia successo, però adesso sono preoccupato per lei e ho paura che non riceverò mai risposte.

"Non ci posso credere che finalmente conoscerò questa tua famosa fidanzata", dico, infilando gli scarponi.

"Era due anni indietro rispetto a noi alle superiori; quindi potresti riconoscerla quando la vedi, ma ti prego…" Waylon si gira, con occhi imploranti, "…non fare lo stronzo. E non provarci con lei. E non…"

"Bello… perché dovrei provarci con lei?"

È possibile che sia successo a scuola, considerando il fatto che me la facevo un po'… con tutte.

Mi penetra con lo sguardo. "Perché ti conosco".

"Non so cosa cazzo voglia dire, però mi sento offeso!"

Se non fossimo simili, uno non direbbe mai che siamo gemelli omozigoti basandosi sulle nostre personalità diverse. Waylon è tranquillo e riservato, il mio esatto opposto, ma in termini di relazioni siamo uguali, nel senso che non ne abbiamo. Quindi, il fatto che mi permetta di conoscerla dopo tutto questo tempo deve significare che tra di loro le cose si stanno facendo serie.

"Vedi solo di… non fare l'antipatico. Non è una che beve molto e ne ha passate tante con la sua famiglia negli ultimi mesi".

Mi alzo dopo aver allacciato gli scarponi. "Io, antipatico?"

Mi fissa, e rido per la sua espressione impassibile.

"Ho fatto una fatica enorme a convincerla a uscire stasera; quindi non farla pentire di averlo fatto".

Faccio una risata nasale. "Wow, sembra un vero spasso! Non mi stupisce che esca con te".

"E adesso il tuo culo resta a casa".

"Oh, rilassati. Mi comporterò da vero gentiluomo con Daphne".

"Delilah", mi corregge.

"Giusto. Come il fiore…"

"Immagino". Si stringe nelle spalle, prendendo il portafoglio e le chiavi. "Sei pronto?"

Waylon ci accompagna in macchina al Twisted Bull. È il miglior bar discoteca del paese, dall'arredamento western e con un toro meccanico. Ho provato a padroneggiarlo sin dal mio ventunesimo compleanno, e devo ancora superare i quattro secondi.

Probabilmente perché sono sempre ubriaco fradicio quando provo a cavalcarlo, ma è comunque divertente.

Entriamo e ci dirigiamo dritti al bar. Anche molti dei nostri amici delle superiori che vivono ancora qui ci vengono nel weekend… Beh, quelli che non sono sposati o hanno figli. È frequentato soprattutto da ragazzi in età universitaria, ma a noi piace comunque.

"Ecco a te". Mi giro e do a Waylon la sua birra. Siamo quasi appiccicati per quanta gente c'è. "Landen ci raggiunge?"

"Sì, dovrebbe arrivare presto", mi dice.

Nostro fratello minore ha ventidue anni e di solito se la spassa con noi. È tanto scalmanato quanto me, una cosa che Waylon detesta perché è costretto a fare da babysitter a entrambi.

Tripp, nostro fratello più piccolo, ha vent'anni e non può ancora bere legalmente. Non credo che lo farebbe neanche se potesse. Dopo aver perso il suo migliore amico due anni fa, è raro che faccia qualcosa al di fuori del lavoro.

Vivono entrambi con i nostri genitori e la nostra sorellina, Noah, che ha diciotto anni.

Mamma ha cacciato di casa a me e Waylon quando ne avevamo ventuno perché si era stufata di sentirci rientrare barcollando in casa alle tre di notte. Quindi adesso viviamo in una delle case su due piani del personale sulla proprietà; il che è comunque molto meglio. Abbiamo i nostri spazi, ma siamo comunque abbastanza vicini a tutti e al nostro lavoro al maneggio, che è attaccato al ranch di famiglia.

Il suo sguardo mi supera e un largo sorriso gli arriccia la bocca. "Eccola qui".

Bevendo un sorso di birra, mi giro e vedo Waylon prendere tra le braccia una bionda. Poi la bacia sulla guancia prima di sussurrarle qualcosa all'orecchio.

Probabilmente la sta mettendo in guardia da me.

"Piccola, lui è Wilder", le dice; poi sposta l'attenzione su di me. "Lei è Delilah Fanning".

Le porgo la mano e lei la stringe, sorridendo dolcemente. "È un piacere conoscere la donna così coraggiosa da frequentare il mio sosia". Le faccio l'occhiolino.

Il suo volto si contorce, con le sopracciglia aggrottate come se non riuscisse a credere a quanto siamo simili. "Anche per me è davvero fantastico poterti finalmente conoscere. Ho già sentito così tanto su di te".

"Sono tutte bugie, giuro", ironizzo.

"Ti salvi grazie alla mancanza di prove concrete". Fa un sorrisetto, però adesso sono io a inclinare la testa, perché ho già sentito pronunciare quelle esatte parole dalla stessa, dolce voce.

Una voce che mi manca.

E riconosco la donna a cui appartiene, ma non per la ragione che potrebbe supporre Waylon.

Delilah… *Delly*. Mi aveva dato il suo nomignolo, non il nome completo.

Ogni volta che l'impulso di tagliarmi mi sfreccia nella mente, mi concentro sulla sua voce nella mia testa. È una voce che non potrei mai dimenticare.

Ho chiamato la linea di assistenza una volta alla settimana sin da allora per controllare se fosse tornata.

Sono passate settimane dall'ultima volta che abbiamo parlato, ma ho continuato a lottare per non toccare una lametta. Quando provo l'impulso di afferrarla, sento lei che mi ricorda che passerà. Quando sento il petto contratto, trattengo il fiato ed espiro mentre conto all'indietro partendo da trenta. Ogni volta che sono giù di morale, ricordo a me stesso le nostre conversazioni e mi ci aggrappo.

Ho addirittura gettato via le lamette perché speravo di poterle parlare di nuovo e volevo renderla orgogliosa di me. In realtà, vivevo solo per la possibilità di sentirlo nella sua voce – morivo dalla voglia di sentirlo – e, adesso che lei è qui di fronte a me, non posso nemmeno spiegarle che cosa mi ha aiutato a realizzare.

"Mi dispiace non poter dire lo stesso. Mi ha parlato solo di recente della tua esistenza", ribatto in modo strascicato, spostando la mia attenzione su Waylon.

E avevo ragione quando avevo ipotizzato che fosse bellissima.

È *stupenda*, cazzo!

Lunghi capelli biondi arricciati in onde lungo la schiena, occhi azzurri luminosi che non riesco a smettere di fissare e labbra rosa carnose.

Se lei non fosse esattamente il mio tipo, potrei vedere la situazione come un'esilarante coincidenza, ma il fatto che frequenta mio fratello gemello quando ha passato metà dell'anno a parlarmi al telefono non è il genere di ironia che mi aspettavo.

Non ho smesso di pensare a lei sin dalla nostra prima conversazione. È assurdo pensare al fatto che non sono nemmeno più quella stessa persona, grazie a lei.

Se credessi nel destino, direi che è stato quello a farmi fare quella chiamata la stessa notte in cui lei stava lavorando come volontaria e a farci conoscere. Se quella sera avesse risposto qualcun altro, gli ultimi sei mesi sarebbero trascorsi molto diversamente.

Nonostante stia ancora lottando con la depressione e l'impulso di tagliarmi persista ancora nella mia mente quando le cose si mettono male, lei mi ha dato la forza e la fiducia necessarie per combattere e non cedere.

Chi l'avrebbe detto, cazzo? Finalmente la conosco di persona e non posso nemmeno dirle che sono io senza ammettere di averle dato un nome falso. Affrontarla dopo averle confessato i miei segreti più sporchi e oscuri – senza contare tutte le volte in cui l'ho chiamata da ubriaco – sarebbe umiliante.

E dovrei fingere che i miei sentimenti per lei non esistono, perché Waylon merita di essere felice. Ha badato a me per quasi tutta la nostra vita e non l'ho mai visto guardare una donna come sta guardando lei.

Ma, peggio ancora, non voglio vedere quello sguardo colmo di pietà e preoccupazione che le passerebbe inevitabilmente sul volto, se dovessi dirglielo. Mi basta quello di Waylon e del mio stesso riflesso.

Quindi non ne farò parola e fingerò che non sia mai successo.

Anche se dovesse uccidermi.

Capitolo Uno

Wilder

PRESENTE

Come si chiama quella patologia che ti rende segretamente ossessionato dalla ex del tuo fratello gemello?

Perché, qualunque nome abbia, io ce l'ho.

Ma Delilah Fanning non sarebbe *mai* interessata a me.

Prima di tutto, a malapena mi sopporta.

A giudicare dalla lavata di capo che mi ha appena fatto, non batterebbe ciglio neanche se venissi investito da un trattore collegato a uno spandiletame.

Anzi, ci sarebbe lei alla guida.

Non dico che mi odia davvero, ma di certo non è entusiasta del mio comportamento.

Come adesso...

"Wilder, giuro su Dio..." Si pizzica la radice del naso, sporgendosi verso di me così che possa sentirla sopra la musica a palla. L'odore del suo profumo – un mix di qualcosa di dolce e floreale – mi invade i sensi. La gente è in piedi davanti al bancone, tutto intorno a noi, ma, quando ci siamo io e lei, gli altri scompaiono. "Datti una regolata perché, se vomiti nel mio pick-up nuovo di zecca, ti lego le palle finché non si staccano".

Cristo santo!

L'immagine mi fa provare dolore nelle palle.

"Delly, *piccola*…" dico strascicando le parole. Il suo vecchio soprannome mi sfugge dalle labbra, ma, se anche l'ha notato, non lo dà a vedere. "Se mi vuoi spogliare, ti basta chiedere".

"Ho visto tutto… Sono a posto", ribatte impassibile, facendo scivolare un bicchiere di acqua ghiacciata sul bancone verso di me.

"Come, prego? Mi hai spiato?" Agito le sopracciglia e lei alza gli occhi al cielo.

"Contro il mio volere", precisa, scostandosi una ciocca di capelli dietro l'orecchio. "Quando bevi, tendi a spogliarti, e ho perso il conto delle volte in cui ti ho visto ubriaco. Quindi, fossi in te, starei attento la prossima volta che mi mostri il tuo cazzo coi piercing, perché potrebbe essere l'ultima".

Un sorrisetto arrogante mi passa sul volto. "Hai guardato i miei piercing, eh? Vuoi che te li mostri in privato?" Le faccio l'occhiolino e poi, quando si acciglia, bevo un sorso d'acqua per accontentarla.

I tre shot che ho bevuto prima di questo non hanno nemmeno fatto effetto.

Diciamo.

"Due settimane fa, hai corso nudo per il ranch alle quattro di notte e poi sei svenuto di fronte al Lodge. Ho dovuto trascinarti fino al mio pick-up e poi sollevarti sul sedile. Quindi sì… ho visto i tuoi piercing… da vicino e in modo troppo intimo".

"E questo, invece?" Tiro fuori la lingua, mostrando quello che c'è lì.

"Mmm-mmh. Anche questo non è niente di che". Ruba la mia acqua e la beve come se si stesse annoiando.

"Aspetta, aspetta, aspetta…" Agito le mani. "Stai dicendo che i miei piercing non sono *niente* di che?"

Abbassa lo sguardo sul mio pacco prima di incrociare il mio con un sorrisetto malefico, punzecchiandosi l'interno della guancia con la lingua. "Sto dicendo che il pacchetto *completo* non è poi chissà cosa".

Rimango a bocca aperta per la sua spudorata menzogna.

"Adesso so che stai dicendo una marea di stronzate. C'è un motivo se le donne dicono che impazziscono per me".

"Non farmi vomitare". Finge un conato.

Riprendo il bicchiere e mi scolo il resto dell'acqua. È il weekend prima del ringraziamento e il Twisted Bull è pieno zeppo di ragazze in età universitaria che indossano soprattutto top corti e gonne in jeans. Quasi tutti i ragazzi portano jeans, stivali e cappelli Stetson, recitando la parte del cowboy anche se non hanno mai lavorato in un ranch in vita loro.

Ma è per questo che Delilah mi sta col fiato sul collo: perché è il suo turno di *fare da babysitter al mio culo*… Parole sue, non mie. Gliel'ha chiesto Waylon. Ogni volta che lui non può uscire – cosa che succede sempre più spesso da quando ha cominciato a frequentare la sorella minore di Delilah – la incarica di tenermi d'occhio.

Dovrei sentirmi offeso, considerando che ho trentatré anni, ma non guiderei mai in stato di ebbrezza; perciò avere un autista designato è una buona idea. E, beh… c'è stato qualche episodio di violenza; quindi adesso, ogni volta che esco, qualcuno viene con me per assicurarsi che torni a casa sano e salvo. *E non finisca in prigione.*

Stasera non sono nemmeno così tanto ubriaco, ma, se consideriamo come ero ridotto due settimane fa, è meglio che non esageri. Soprattutto visto che nemmeno ricordo la notte di cui sta parlando.

E non voglio rivedere quell'espressione delusa sul suo volto.

Chinandomi sul suo orecchio, la sento tremare contro di me. "Sono pronto per andarmene, se lo sei anche tu".

Aggrotta le sopracciglia mentre inclina la testa di lato. "È solo mezzanotte".

Faccio spallucce perché non sono più in vena di bere.

È qui che dovrei ammettere che i nuovi farmaci che ho iniziato a prendere ieri non dovrebbero essere mescolati con gli alcolici. Otto mesi fa, ho cominciato ad andare in terapia e ho smesso di fare sesso e bere per disintossicarmi e concentrarmi sulla mia salute mentale.

Ma poi, tre mesi fa, ho ricominciato a bere quando il dolore è diventato troppo da sopportare. O facevo quello o mi tagliavo; quindi ho scelto il minore dei due mali.

Però mi sto ancora astenendo dal sesso, e questo deve pur contare qualcosa, giusto?

L'ultima donna con cui sono andato a letto è stata Jen – un flirt a singhiozzo – che non vedo da quasi un anno. Mi ha beccato mentre ci provavo con la sua amica Bethany, che ai tempi non sapevo essere sua amica, e ha voltato i tacchi. Sapeva che il nostro non era un rapporto esclusivo o serio; eppure si è comportata come se lo fosse.

"Ho bisogno di disintossicarmi dall'alcool", ammetto. "Almeno per un mese".

Stando al mio psichiatra, è il tempo necessario perché gli antidepressivi comincino a fare effetto.

Quindi devo restare sobrio, e *allo stesso tempo* infelice, fino ad allora.

Non ho detto a nessuno che li sto provando, non perché me ne vergogni, ma perché non voglio sentire le loro lodi o quanto sono orgogliosi di me; perlomeno, non finché non me lo sarò meritato. La terapia sta andando benone, e mi presento costantemente agli appuntamenti, però sono ancora tentato di curare la tristezza da solo con i tagli e l'alcool. Quando lo psichiatra mi ha suggerito di provare con un basso dosaggio per la "depressione stagionale" dell'anno, ho accettato. A questo punto, non ho nient'altro da perdere se non me stesso.

L'ultima cosa che voglio è continuare a essere un peso per mio fratello, che c'è sempre stato per me. Erano anni che non era così felice, e non voglio rovinargli le cose.

O farlo a qualcun altro.

"Un mese *intero*?" Delilah si finge scioccata, sbattendosi con forza una mano sul petto. "Mi annoierò a morte senza poterti trasportare su per le scale fino in camera tua, quando sarai sbronzo. Che cosa potrò mai farmene di tutto quel tempo libero?"

"Ammetti che ti piace uscire con me e basta". Le scocco un sorrisetto storto, ma non ci casca.

"Potrei farmi una vita tutta mia, se non fossi sempre incaricata di tenere d'occhio la tua", ribatte.

Ed eccoci qui.

Per quanto il suo tono sia scherzoso, c'è della verità dietro.

Il rimorso mi serra la gola fino a bloccare il passaggio dell'aria nella trachea, e mi sento soffocare.

Non perché Delilah non abbia ragione, ma ha passato metà della sua vita a prendersi cura delle persone, e detesto che nell'ultimo anno stia badando a me. Per quanto mi piaccia passare del tempo con lei, non è la stessa cosa, se si sente obbligata a farlo.

Prima che smettessi di bere per la prima volta, mi è rimasta accanto per qualche mese. E poi, quando ho ricominciato, ha continuato senza lamentarsi.

Non so bene perché.

Non mi deve niente.

Eppure, si è fatta carico di questa responsabilità, e ora tocca a me sollevarla da questo peso.

"Questa è l'ultima volta che dovrai farmi da babysitter, promesso".

Inarca un sopracciglio, sinceramente curiosa. "Dici sul serio?"

Annuisco, tirando fuori il portafoglio per poter pagare il conto.

"Almeno fino a Las Vegas", specifico ironicamente. "Tutti gli altri berranno; quindi sarà difficile non farlo".

La moglie di Landen, Ellie, gareggerà alle finali nazionali di *barrel racing* fra meno di tre settimane. Ci andrà tutta la mia famiglia per qualche giorno, inclusa Delilah, sua sorella e la loro madre.

"Ma, una volta tornato, resterò sobrio; quindi non dovrai mai più prenderti cura di me".

Faccio un cenno della mano alla barista e attiro la sua attenzione. "Sono pronto a pagare il conto, Rainy".

"Così presto?" chiede, spiritosa.

"Già, devo tornare a casa da moglie e figli".

Per poco Delilah non si strozza con la saliva. "Ora che ti inventi tutta una famiglia finta, so che sei sbronzo".

Faccio una risata nasale. "Oh, ma dai... Non ti immagini di sentirmelo dire fra vent'anni?"

"*Venti?* Ci vorranno ancora due decenni prima che ti sistemi, eh?"

"Ma no, probabilmente resterò single fino al giorno della mia morte". Faccio spallucce con nonchalance.

Tanto chi è che vorrebbe farsi carico dei miei fardelli? E io non vorrei scaricarli su nessuno. A detta di tutti, poi, sono a malapena capace di badare a me stesso; quindi perché mai dovrei provare a prendermi cura di qualcun altro?

"E come mai, Wilder?" Appoggia un gomito sul bancone, ma poi un tipo ubriaco finisce contro di lei, rovesciandole la birra addosso.

"Oh, mio Dio!" esclama Delilah a denti stretti, sollevando le braccia mentre il liquido le scorre lungo la scollatura profonda.

La gente intorno a noi indietreggia mentre la birra continua a riversarsi sul pavimento.

"Ehi, stronzo!" urlo, spingendolo via, dato che non conosce il concetto di spazio personale. "Guarda dove metti i piedi!"

"Wilder, smettila!" mi ordina Delilah. "È stato un incidente".

Quelle sono le ultime parole che sento prima che il tipo sferri un colpo, beccandomi dritto alla mascella.

Questo non è stato un incidente. *Pezzo di merda!*

Anche se vedo le stelle, gli affondo un pugno nello stomaco, facendolo crollare a terra.

"Wilder!" Delilah mi afferra il braccio, tirandomi indietro.

"Mi ha colpito per primo!" mi difendo, massaggiando il punto dolorante.

Qualcuno lo aiuta ad alzarsi in piedi, e poi lui mi punta un dito in faccia, urlandomi addosso: "Usciamo a chiudere la questione, fighetta. Adesso!"

"Pfft..." Erompo in una risata divertita. "Come se tu ne avessi mai vista una".

Inarca un sopracciglio, sogghignando come un arrogante figlio di puttana. "Ne sto guardando una adesso".

Prima che possa stenderlo una seconda volta, Delilah si mette fra di noi e, quando provo a spostarmi al suo fianco, mi colpisce di nuovo allo stomaco con il gomito.

"Tappati quella bocca di merda e stagli lontano, prima che ti tiri una ginocchiata al cazzo!" gli grida addosso.

Mi si sollevano le sopracciglia per il modo in cui mi sta difendendo. Non sarebbe la prima volta, ma era da un bel po' di tempo che non la vedevo così arrabbiata.

"Fai combattere le tue battaglie alla tua ragazza, eh?" Il tipo mi guarda in cagnesco da sopra la testa di Delilah. "Che carina!"

Il modo in cui mi sta provocando dovrebbe farmi infuriare, ma non posso fare a meno di sorridere perché l'ha chiamata la mia *ragazza*.

Pfft. Magari, cazzo!

"È carina, vero?" Faccio roteare il piercing alla lingua e mi lecco le labbra. "Dovresti vedere quant'è *carina* mentre sta in ginocchio e prende il mio ca…"

"*Non* finire quella frase!" Delilah volta la testa e mi scocca un'occhiata assassina, ma noto il rossore sulle sue guance, che prima non c'era.

"Perché no, bambolina?" Faccio l'occhiolino, incrociando le braccia.

Detesta quando la chiamo così, ed è per questo che lo faccio. Di solito ricevo un qualche tipo di reazione, ma stasera non abbocca.

"È ora di andare", mi dice prima di girarsi verso l'altro tipo. "Chiamami un'altra volta *carina*, e ti spingo il ginocchio talmente in alto nelle palle che ti strozzerai mentre le sputi fuori".

"Fidati, bello. Lo farà", dico, trattenendo una risata quando il tipo finalmente coglie il messaggio e se ne va con l'amico.

"Paga il maledetto conto e raggiungimi fuori!" mi ordina Delilah, per poi camminare verso l'uscita.

Sì, è incazzata.

Firmo lo scontrino e lascio a Rainy una grossa mancia perché sopporta sempre le mie stronzate.

"Non puoi seriamente arrabbiarti con me perché mi sono difeso". Dico dopo aver aperto lo sportello del passeggero del suo pick-up. "Quello stronzo mi ha colpito per primo. Certo, io l'ho spinto, ma quell'ubriacone di merda ti ha versato addosso la birra! Mi stavo comportando da cavaliere e ho lottato per te. Con questo dovrei pure guadagnarmi qualche punto".

Delilah non risponde e non si muove. Il suo petto si solleva e abbassa rapidamente mentre stringe il volante fino ad avere le nocche bianche e fissa fuori dal parabrezza.

Aspetto la strigliata inevitabile che sta per scatenarmi addosso.

"Del…" sussurro, tendendo una mano verso di lei. Nessuno dei due ha la cintura; quindi mi avvicino nella speranza che basti per addolcirla. "Scusami per averti rovinato la serata. Prima dicevo sul serio: questa è l'ultima volta. Ti libererò dal compito di farmi da babysitter. Non berrò nemmeno a Las Vegas e, per una volta, potrò farti da autista".

Non dovremo guidare, però mi assicurerò che torni nella sua stanza sana e salva. Lei continua a ignorare la mia presenza e le mie parole, facendomi sentire ancora peggio. "Ho fatto un casino. Come posso farmi perdonare? Ti prego… Farò qualunque cosa". Le stringo il gomito, che è tanto rigido quanto il suo pugno. Storce le labbra, però rimane in silenzio.

"Vuoi che mi metta in imbarazzo per dimostrarti quanto mi dispiace? Correrò nudo lungo la Main Street urlando: "Il mio pisello è piccolo", e probabilmente mi farò arrestare, ma per te lo farei". Quando non cede, continuo: "Vuoi legarmi al paraurti per trascinarmi fino al ranch? Sapendo come guidi, probabilmente morirò, ma se è ciò che serve per dimostrarti quanto mi sento in colpa… te lo lascerò fare".

Ridacchio immaginando lei che mi lega le caviglie e sfreccia lungo la strada sterrata del ranch a centoventi all'ora. Non rallenterebbe neanche sui dossi.

Ma ancora *niente*.

"Ok, va bene. Vuoi spararmi? Cavolo, ti carico la pistola. Però non mirare ai gioielli, ok? Magari alla spalla, così potrò ancora cavalcare, ma non dovrò sollevare le balle di fieno. Nel caso, lascerò quel lavoro ingrato a Waylon". Mi faccio una risata nasale mentre penso a lui che si lamenta e mi dice che potrei usare comunque l'altro braccio.

"Delilah?" Le accarezzo il braccio con la mano, ed è come se il mio tocco la risvegliasse dalla trance, perché fa scattare lo sguardo verso di me. "Cosa sta succedendo in quella tua testolina?"

Senza dire una parola, mi attira con forza verso di sé finché le nostre bocche non si trovano.

Sono talmente scioccato che rimango paralizzato.

Quando la sua lingua scivola oltre le mie labbra, finalmente il mio cervello realizza, e mi abbandono tra le sue braccia.

Cosa diavolo sta succedendo?

Non lo so manco per il cazzo, però mi lascio trasportare.

Ho immaginato di baciarla per anni; non esattamente in queste circostanze, ma non mi lamento.

Posandole una mano sul viso, gemo e la attiro più vicina. Un mix di tequila e fragola dal suo Margarita mi invade i sensi. Ha bevuto soltanto un paio di drink prima di passare alla Coca Light, ma riesco ancora a sentirne la dolcezza sulla sua lingua.

Delilah scavalca la console centrale senza spezzare il contatto e poi si mette a cavalcioni sulle mie cosce. Stiamo molto stretti, con lei sopra di me, però abbasso rapidamente il sedile all'indietro perché non colpisca il tettuccio con la testa.

Mentre si strofina contro di me, affondo le dita nei suoi fianchi e muovo più velocemente il suo corpo sull'erezione.

Intreccia le dita ai miei capelli mentre si sfrega con più decisione. Quando stuzzica il piercing con la lingua, gemo per quanto è bello poterla avere così.

Mi scappa quasi da ridere per l'ironia, dato che meno di venti minuti fa ha sostenuto che i miei piercing e il *pacchetto completo* non fossero poi chissà cosa, ma adesso è sopra di me, che fa godere entrambi.

La mia mente riesce a malapena a reggere il passo mentre il cuore minaccia di esplodere dal petto perché non ho mai provato nulla del genere.

Questo senso di urgenza.

Questo desiderio ardente che solo Delilah può soddisfare.

Questa sensazione di sollievo che sono sempre riuscito a raggiungere soltanto tagliandomi – un qualcosa che non faccio da anni grazie a lei – ma, quando il dolore finalmente svanisce, non ci si dimentica mai del sollievo. È un'euforia a cui è sin troppo facile assuefarsi.

E, adesso che ho scoperto un modo alternativo per provare quella sensazione, non la lascerò mai andare.

Quando Delilah rilascia un versetto gutturale, per poco non perdo il controllo. Baciarla non è abbastanza. Ho bisogno di toccarla.

Con le dita le sfioro l'orlo della maglietta, sentendo la morbidezza della pelle contro i miei calli mentre esploro il suo corpo. Infilo un palmo sotto il reggiseno e faccio scorrere il pollice sul capezzolo turgido.

Getta indietro la testa quando trasalisce per la sensazione. La bacio sotto il mento, succhiando il collo e massaggiando il seno.

"Cazzo, Delilah…" Pronunciando il suo nome con un grugnito, lecco il punto sensibile e sento quanto sta battendo rapido il suo cuore.

"Toccami…" mi supplica, stringendomi più forte attorno alle spalle. "Più in basso".

Non ho mai sentito la sua voce così roca, e non ho mai voluto obbedire con tutta questa fretta.

Con la mano libera le sbottono i jeans e poi abbasso la zip fino a sentire il tessuto delle mutandine. Quando le massaggio il clitoride, rilascia un gemito di desiderio, e io catturo di nuovo le sue labbra.

Mi stringe la maglietta mentre la stuzzico, passando da movimenti veloci e intensi ad altri delicati e lenti.

"Wilder, di più... Ho bisogno..."

"Di cos'hai bisogno, tesoro?" la sollecito quando si ferma di colpo. "Dimmelo".

"Dentro... Ti prego".

La sua supplica disperata me lo fa venire talmente duro che prendo quasi in considerazione l'idea di tirarlo fuori per alleviare il dolore.

"Sollevati un po'", le dico.

Si alza, permettendomi di far scivolare la mano più in basso tra le sue cosce. Faccio scorrere un dito tra le pieghe bagnate e, quando trovo la fessura, lo infilo dentro di lei.

"Oh, mio Dio!" dice ansimando, poi appoggia la sua fronte alla mia. "Dammene un altro. Mi serve di più".

"Sei strettissima. Non voglio farti del male".

È eccitatissima, ma io non so quanto tempo sia passato dall'ultima volta che ha fatto sesso, e il pensiero di provocarle dolore mi fa esitare.

"Se posso ficcarmi un dildo di ventitré centimetri nella figa, posso prendere due o tre dita tue", sputa fuori.

"Ventitré centimetri, eh?" la provoco, con un sorrisetto subdolo. "Ti stavi preparando per me".

"Scendi dal piedistallo e fammi venire... O forse non ne sei capace".

Delilah è di solito una donna esuberante, ma questo livello di insolenza me lo sta facendo venire duro come il marmo.

Ritraendo leggermente la mano, la penetro di nuovo con tre dita e sorrido quando lancia un urlo. C'è poco spazio perché ha ancora le mutandine e i jeans addosso, però mi spingo il più in fondo possibile.

"Oh, sì. Proprio lì..." sussurra, con gli occhi che le si incrociano. Usando le mie spalle come supporto, si strofina su di me e controlla la velocità.

Incurvo le dita, colpendo quel punto in profondità che la porterà oltre il bordo del precipizio e, quando lo fa, lei ansima e grida mentre l'orgasmo la travolge. Si piega all'indietro, mettendo in bella mostra la lunghezza della gola, e quella posizione unita al modo in cui il suo corpo vibra contro il mio è la cosa più erotica che abbia mai visto.

Con la mano fradicia dei suoi umori, faccio scivolare fuori le dita e poi me le ficco tra le labbra.

"Accidenti, sei più deliziosa di quanto immaginassi!" Mi osserva mentre lecco tra le dita e il suo viso arrossisce in modo meraviglioso. "La prossima volta che ti gusto, sarò in ginocchio tra le tue gambe".

"Per caso hai un preservativo nel portafoglio?" chiede tutto d'un tratto, ignorando il mio commento, e il fatto che stia correndo così tanto mi fa perdere la testa.

"Ehm…" Mi gratto il mento rasato, riflettendo su come rispondere. "Sì, ma non ti scopo sul sedile anteriore del tuo pick-up".

"Perché? Tanto fuori non c'è nessuno".

Anche se quello potrebbe essere un problema, non è il motivo che mi trattiene dal farlo.

Le afferro il mento, portando i suoi occhi nei miei. "Mezz'ora fa, quasi non mi sopportavi, e adesso vuoi che ti scopi?"

Fa spallucce con noncuranza. "E allora? Hai sempre avventure di una notte. Che problema ci sarebbe?"

Trasalisco come se mi avesse dato una sberla in faccia. "Per prima cosa, non mi porto a letto nessuno da quasi un anno. Dovresti saperlo, considerando che sono insieme a te quasi ogni weekend, quando esco. Secondo, per me tu non saresti mai soltanto l'avventura di una notte".

"Ah". Serra le labbra e spinge fuori la guancia con la lingua, come se stesse cercando di controllare le emozioni. "Ti porteresti a letto qualunque altra ragazza del paese, tranne me. Ho capito".

Fa per scendere dal mio grembo e tornare sul sedile del conducente, ma la afferro prima che possa riuscirci.

"Delilah, aspetta". Le avvolgo la mano attorno al polso. "Non è affatto così".

"No, va bene". Si libera dalla presa con uno strattone, si sposta dall'altra parte della console centrale e si siede dietro il volante.

Ho avuto a che fare con le donne abbastanza a lungo da sapere che, in realtà, non va *bene*.

"È stato un errore. Non avrei dovuto baciarti. Menomale che mi hai rifiutata. Non stavo pensando lucidamente".

Sbatto con forza le palpebre, afferrando le sue parole e quanto suonino sbagliate uscendo dalla sua bocca.

"Non ti sto rifiutando perché non ti voglio", chiarisco, voltandomi verso di lei, ma non vuole guardarmi. "Per me non sarebbe soltanto sesso; quindi non c'è motivo di correre troppo".

Afferra le chiavi e mette in moto; poi inserisce la marcia.

Non l'ho mai vista così. È come se avesse un milione di pensieri nella testa e stesse scegliendo i peggiori da proiettare su di me.

Me l'hanno insegnato otto mesi di terapia.

È un qualcosa su cui sto lavorando attivamente, quando si tratta delle mie insicurezze. È dura non sentirsi un fallimento quando tutti i tuoi fratelli sono sposati o in una relazione e alcuni hanno persino dei figli.

"Mi è venuto duro non appena ti sei messa sopra di me; quindi è chiaro che ti voglio", continuo, sperando che si comporti in modo ragionevole e finalmente decida di parlarne.

"Wilder, lascia perdere".

Neanche morto.

"Se non ti basta come prova, non appena mi hai baciato non volevo fermarmi. È una cosa che mi succede raramente durante il sesso, ma riuscivo a malapena a strappare la bocca da te perché era da molto tempo che volevo baciarti".

"Dimentica che sia mai accaduto. Io l'ho già fatto", sbotta, tenendo lo sguardo incollato alla strada.

Apro la bocca per parlare, ma non ho più parole. Qualunque cosa sia appena successa tra di noi prima che le dicessi che non l'avrei scopata qui dentro, questa non è la stessa Delilah che ho imparato a conoscere.

C'è qualcosa che non mi sta dicendo, ma sono determinato a scoprire cosa la sta tormentando per poter sistemare le cose.

Delilah Fanning è l'unica donna per cui abbia mai provato qualcosa e che, sino a cinque minuti fa, consideravo off-limit.

Ma, ora che ne ho avuto un assaggio, non rinuncerò a lei senza lottare.

Capitolo Due
Delilah

Non avrei dovuto baciarlo.

Stavo facendo un ottimo lavoro, spingendolo via. Maledizione, lo sto facendo da anni; quindi ormai dovrei essere una professionista.

Fingere di non essere mai stata interessata e rompergli le palle ogni volta che siamo insieme.

Era la mia armatura protettiva.

Ma è stato sempre più difficile nell'ultimo anno, da quando sono diventata la sua babysitter del fine settimana e ho visto donne gettarsi addosso a lui... nonostante non ne abbia portata nessuna a casa. Si concentrava più su di me che su chiunque altra, e, inevitabilmente, i miei sentimenti non hanno fatto che crescere.

Quando Waylon mi ha chiesto di tenerlo d'occhio, a Capodanno, ho accettato perché sapevo che era proprio esaurito. Nonostante sia il mio ex, tra di noi non corre cattivo sangue.

E adesso che frequenta mia sorella minore, Harlow, lo considero più che altro parte della famiglia.

Ma con Wilder è una storia diversa.

Lo è sempre stata, ed è per questo che ho cercato di stargli lontana e fare l'indifferente o l'infastidita con lui quando ce lo avevo intorno.

Non è bello prendersi una cotta per il fratello gemello del tuo ex, che non è capace di darsi una regolata e non sarebbe mai in grado di darmi ciò che mi serve o di avere una relazione seria. Wilder è un donnaiolo, va a letto con tutte, si ubriaca ogni weekend e non prende la vita troppo seriamente. Saperlo e farmi comunque coinvolgere sarebbe come chiedergli di spezzarmi il cuore.

E, quando inevitabilmente lo facesse, Waylon e Harlow si troverebbero nel mezzo.

Però lui riesce anche a farmi battere il cuore più forte di quanto non abbia mai fatto qualunque altro ragazzo che ho provato a frequentare.

C'è una connessione che non ho mai sentito prima.

Ho ignorato la cosa per anni. Mi sono concentrata sulla mia carriera nell'equitazione acrobatica, sulla mia famiglia e la mia cavalla, Jasmine.

Stasera, mi è scattato dentro qualcosa.

Quando ha detto che questa sarebbe stata l'ultima volta in cui avrei dovuto fargli da babysitter, dovevo dargli una ragione per volermi rivedere.

Sebbene gli abbia rotto le palle tutta la notte e mi sia innervosita con lui più di una volta, il fatto che non ci abbia pensato due volte prima di affrontare quel tizio mi ha fatto venire le farfalle nello stomaco.

Essendo la sorella maggiore, quella che si è fatta carico di tantissime responsabilità sin da piccola – ancora di più dopo l'incidente sul lavoro di mio padre e quello che è successo ad Harlow – e che dà il meglio di sé quando ha il controllo, avere qualcuno che mi protegge senza esitare è un'esperienza del tutto nuova.

Non è stata la prima volta che mi ha difesa da un idiota ubriaco, ma la prima in cui la miccia che bruciava dentro di me, impedendomi di agire seguendo i miei sentimenti, alla fine è esplosa.

Quando l'ho baciato con aggressività, non mi sarei mai aspettata che avrebbe ricambiato il gesto. Anzi, pensavo che mi avrebbe spinta via o riso in faccia. Ma non ho potuto farne a meno. Il bisogno di conoscere il sapore delle sue labbra e come fosse sentire in bocca il piercing alla lingua superava il possibile imbarazzo per un rifiuto.

Non sta con una donna da diverso tempo; quindi ho pensato che l'erezione fosse una normale reazione al bacio. Non ci ho dato troppo peso, ma quando si è agitato tutto perché gli ho chiesto un preservativo, le mie insicurezze hanno avuto la meglio.

Quelle e l'abitudine di auto-sabotarmi ogni volta che le ondate di dolore e rimorso mi colpiscono.

È un qualcosa che ho imparato dalle sessioni di terapia post lutto.

Rimorso perché sto provando un momento di gioia, quando dovrei piangere per mio padre. Nonostante sia venuto a mancare dieci mesi fa, ieri io, mia madre e mia sorella abbiamo festeggiato il suo primo compleanno in paradiso.

Forse è per questo che sono fuori di me e non sto pensando lucidamente.

Devo ancora elaborare il lutto per la sua morte inaspettata, e la mia salute mentale è uno schifo da quando gli abbiamo detto addio.

Qualunque cosa faccia, non riesco a cancellare l'immagine di lui steso sul lettino d'ospedale in fin di vita, mentre, sereno per la prima volta dopo anni, guardava il dottore che staccava la spina.

Non piangevo così tanto da quando Harlow aveva lottato per la vita nel reparto di terapia intensiva sette anni prima.

Tra la morte di papà e l'aver accettato il fatto che sono una donna di trentun anni single che non ha realizzato nulla, sono precipitata in una spirale emotiva e mentale.

Ma gettarmi addosso a Wilder e incazzarmi per il suo rifiuto significa che ho ufficialmente toccato il fondo.

Mentre guido per le vie del centro, diretta al ranch di famiglia di Wilder, uno scoiattolo si fionda in mezzo alla strada e sterzo di scatto per non colpirlo.

"Merda!" mormoro sottovoce, sollevata che non ci fosse nessuno sull'altro lato della strada. "È passato?"

"Ehm, Del?" La voce esitante di Wilder attira la mia attenzione, e ho paura di non essere riuscita a schivare lo scoiattolo, dopotutto. Quando mi giro verso di lui, inclina la testa. "Abbiamo dei lampeggianti dietro. Devi accostare".

Lanciando un'occhiata allo specchietto retrovisore, impreco di nuovo nel vedere il SUV dello sceriffo alle nostre spalle. "Fantastico, cazzo".

Mentivo… *Adesso* potrei aver toccato il fondo.

Penserà che abbia bevuto.

Dopo aver accostato, cambio marcia e poi frugo nella console centrale, alla ricerca del contratto di assicurazione.

Un colpetto al finestrino mi fa sobbalzare, poi mi acciglio quando vedo che c'è uno degli agenti dello sceriffo Wagner.

"Delilah Fanning", dice Wesley, strascicando le parole, poi dà un'occhiata dietro di me con la torcia per vedere chi è il passeggero. "E Wilder Hollis. Che scelta interessante!"

"Quale sarebbe il problema, *agente*?" chiede Wilder in quel suo tono arrogante che di solito lo fa cacciare nei guai.

Wesley fa schizzare lo sguardo nel mio, ignorandolo. "Patente e assicurazione".

Prendo il portafoglio ed entro nel panico quando non riesco a sfilare il documento. *Perché è sempre così dannatamente difficile?* Mi sudano le dita, e questo non rende certo le cose più facili.

"Scusi, ecco qui". Glielo porgo.

Wesley fissa prima la patente e poi me, come se non avessimo frequentato le stesse scuole superiori.

"C'è un motivo per il quale ha sterzato?" chiede.

"Mi è corso davanti uno scoiattolo", gli dico. "Non volevo ucciderlo".

"Uno scoiattolo, eh?" La sua voce profonda riecheggia come se non mi credesse; poi storce il naso. "Per caso ha bevuto, signorina Fanning?"

"Un paio di drink", ammetto.

"*Ore* fa", interviene Wilder. "Smettila di importunarla".

"Sta' zitto", sibilo sottovoce. Più parla, più Wesley sembra infastidito.

"E lei, invece, signor Hollis?" Wesley gli punta la torcia dritta negli occhi.

"Che te ne frega? Non sto guidando".

Butto fuori un respiro di frustrazione.

"Devo chiederle di scendere dal veicolo", ordina Wesley.

"È proprio necessario?" Entro nel panico all'idea che possa arrestarmi.

"Le sento puzza di birra addosso; quindi sì".

"Me l'hanno versata addosso!" mi difendo subito, ma è inutile. Sta già strattonando la maniglia della portiera.

"Ehi, è vero. L'ho visto succedere!" Wilder balza giù dal suo lato, fa il giro da davanti e peggiora ulteriormente la situazione.

"Torni dentro il pick-up!" gli intima Wesley, appoggiando la mano sul taser che ha nella cintura.

"Non sono armato. Datti una cazzo di calmata. Non importunarla solo perché hai problemi con me".

Beh, questa mi giunge nuova.

Anche se non dovrei esserne troppo sorpresa.

Wilder ha problemi con molte persone.

"Tu non c'entri niente, a meno che non disobbedisci ai miei ordini. Torna dentro e lasciami fare il mio lavoro".

"Mi sta accompagnando a casa perché sono io quello che ha bevuto, non lei".

"Non costringermi ad arrestarti per turbamento della quiete pubblica".

"Oh, ma vaffanculo! Ti rode il culo perché lo sceriffo Wagner mi ha chiamato l'eroe del paese. E non indosso nemmeno il distintivo", dice Wilder con aria compiaciuta, incrociando le braccia.

Deglutisco a fatica per le parole provocatorie, che di sicuro lo metteranno ancora di più nei guai. Quest'uomo è nato senza alcun filtro.

Dieci mesi fa, lo stesso giorno in cui mio padre è stato trovato privo di sensi, due uomini hanno rapito Harlow. Avevo chiamato al suo posto di lavoro dicendole di raggiungere l'ospedale il prima possibile. Quando non si è presentata, ho telefonato a Waylon. Lui è andato al negozio, ma la manager gli ha detto che mia sorella era uscita un'ora prima. È stato lì che ho chiamato la sua amica, che monitorava in modo ossessivo la sua posizione per controllare dove fosse.

Waylon e Wilder hanno raggiunto il posto indicato dall'applicazione: un ranch a dieci minuti dal paese. Un tizio era di guardia alla porta del fienile con una pistola da paintball, e Wilder gli ha sparato alla spalla per metterlo fuori combattimento. Waylon è riuscito a entrare per cercare Harlow, che ha trovato svenuta.

Lo sceriffo Wagner li ha dichiarati degli eroi per averla salvata e aver scoperto che i rapitori erano due degli uomini responsabili della rapina che ha cambiato per sempre le nostre vite.

Quel giorno, i tre fecero irruzione a casa dei miei genitori, e due la fecero franca.

Mio padre sparò a quello che aveva aggredito e mandato Harlow all'ospedale, ma, dopo la guarigione ed essere stato condannato, il rapinatore non rivelò mai il nome dei complici.

Per merito dei gemelli, i due idioti hanno raggiunto l'amico dietro le sbarre.

"Wilder, smettila!" gli urlo per la terza volta questa sera. "Sto bene. Torna in macchina".

"Già, Wilder", lo provoca Wesley. "Da' retta alla tua troia di questa sera e riporta il culo in…"

Il pugno di Wilder blocca le parole di Wesley.

"Oh, mio Dio!" strillo, balzando via.

Wesley cade al suolo prima di potersi difendere, e io mi inginocchio accanto a lui per controllare se respira ancora.

"È svenuto!" Il battito c'è, ma ha perso i sensi. "Che cazzo ti è saltato in mente?"

Wilder scuote il braccio, con gli occhi strabuzzati come se non potesse credere che mi stia arrabbiando con lui. "Ti ha dato della troia!"

"Hai aggredito un agente! Finirai in prigione!"

"Ma no, lo sceriffo Wagner mi adora. Sono un eroe, ricordi?"

"Sei pazzo, ecco che cosa sei". Prendo il telefono dal pick-up e digito il 911.

"Che stai facendo?"

"Chiamo un'ambulanza. Probabilmente gli hai causato una commozione cerebrale".

"Magari perde la memoria e si dimentica che sia mai successo", ironizza.

"Non è divertente, Wilder!" lo rimprovero e, quando l'operatrice risponde, le spiego che c'è un agente svenuto che necessita di assistenza.

"Saranno lì fra cinque minuti", mi dice. "Restate lì".

È un cazzo di incubo.

"Ti andrebbe di dirmi perché diamine hai picchiato il mio agente?" Lo sceriffo Wagner incrocia le braccia, guardando Wilder in cagnesco.

Quando è arrivato con l'ambulanza, hanno caricato Wesley sopra una barella per poi mandarlo all'ospedale. Ha aperto gli occhi e parlato, ma domani avrà un terribile mal di testa.

"Ha dato della troia a Delilah, ed è inammissibile!" esclama Wilder.

"Prima o dopo che ti ha detto di tornare nel pick-up?"

"Dopo".

"Mmm-mmh. E perché sei sceso, innanzitutto?"

"Voleva costringere Delilah a fare un test di sobrietà sul campo perché ha sentito che odorava di birra e gli stavamo spiegando che gliel'avevano rovesciata addosso. Sono io quello che ha bevuto; motivo per cui stava guidando lei".

"Beh, all'inizio pensava che avessi bevuto perché ho sterzato, ma l'ho fatto per evitare di investire uno scoiattolo".

"E hai bevuto?" chiede lo sceriffo.

"Un paio di Margarita a inizio serata, prima di passare alle bibite", ammetto.

"D'accordo, ti faccio l'alcoltest e poi porto Wilder alla stazione di polizia".

"Per cosa?" Wilder resta a bocca aperta.

Lo sceriffo lo guarda intensamente come per dirgli di non farlo innervosire con domande stupide. Wilder è fortunato che non gli abbia già messo le manette. D'altronde, da queste parti gli Hollis sono visti praticamente come la famiglia reale del paese. Inoltre, lo sceriffo Wagner sa che Wilder non fuggirebbe né andrebbe da nessuna parte; quindi non si prende la briga di ammanettarlo.

Non ho mai conosciuto nessun altro che sia riuscito a farla franca dopo così tante stronzate.

"Ti conviene pregare che il giudice ci vada piano con te o che Wesley non sporga denuncia".

Oh, merda! Considerando che hanno dei trascorsi, è impossibile che *non* lo farà.

"Le ha dato della troia", gli ricorda Wilder.

"E ne subirà le giuste conseguenze", dice lo sceriffo Wagner. "Soprattutto visto che l'ho mandato a casa due ore fa".

"Cosa?" esclamiamo all'unisono io e Wilder.

"Non era nemmeno in servizio?" chiede Wilder, con voce ancora più incazzata di prima. "Quindi ci ha presi di mira".

"Non lo saprò finché non avrò raccolto la sua deposizione. In ogni caso, hai comunque aggredito un agente".

Che cosa diavolo stava facendo Wesley due ore dopo il suo turno?

Dopo che l'alcoltest ha dimostrato che non ho superato il limite approvato dalla legge, lo sceriffo Wagner mi dice che sono libera di andare e poi conduce Wilder verso il retro del proprio SUV.

"Posso portarlo a casa dopo che l'avrà schedato o vuole trattenerlo?"

"Purché cooperi, verrà rilasciato sulla parola fino all'udienza con il giudice di lunedì".

Quindi, dopo che avranno preso le impronte e scattato la foto segnaletica, verrà rilasciato senza dover versare la cauzione, con l'impegno a presentarsi in tribunale. Allo sceriffo non piace tenere la gente in custodia nel weekend, soprattutto quando sa che non c'è rischio di fuga.

Ma sono certa che ci siano anche altre ragioni.

"Sicura di voler aspettare così tanto? Ci vorrà un po', dato che siamo nel fine settimana e adesso ho pure un agente in ospedale". Il suo tono irritato e lo sguardo truce si spostano su Wilder.

"Sì, sono incaricata di riportarlo a casa tutto intero".

Fa spallucce. "D'accordo".

Torno al mio pick-up e avvio il motore. Sono già esausta, ma l'adrenalina mi tiene sveglia abbastanza a lungo da seguirlo fino alla stazione.

Quando arrivo all'ufficio dello sceriffo, mi siedo nella sala d'attesa insieme a qualche altra persona e mi appisolo sulla spalla di qualcuno. Quando mi sveglio, Wilder mi sta portando fuori in braccio, come se fossimo due sposini.

"Che stai facendo?" chiedo, sbadigliando.

"Immaginavo che non volessi passare la notte con lo sceriffo e l'estraneo addosso a cui stavi russando; quindi ti sto portando a casa mia".

Riesce ad aprire lo sportello del passeggero e poi mi posiziona con delicatezza sul sedile.

"Sono io quella che dovrebbe accompagnare *te*", mi lamento, lasciandomi sfuggire un altro sbadiglio.

"Preferisco arrivare a casa tutto d'un pezzo; quindi ti porto a dormire da me".

"Non faccio sesso con te!"

Ride, afferra la mia cintura e me la fa scivolare sopra il corpo per allacciarla. "Non mi pare di avertelo chiesto. Anzi, sei stata tu a chiedermi un preservativo. Ricordi?"

Stringo con forza gli occhi, mortificata perché, per un momento, me n'ero dimenticata.

Dopo aver chiuso la mia portiera, balza sul sedile del conducente e si avvia verso il ranch.

"Hai mai preso in considerazione di seguire dei corsi di gestione della rabbia, visto che finisci in così tante risse?" chiedo per spezzare il silenzio, ma anche perché sono curiosa. So che soffre di depressione e che usa la violenza come soluzione, invece di allontanarsi dai conflitti, e questo era un problema già prima che lo conoscessi.

"Sì, il mio psicologo me l'ha accennato un paio di volte". Si gratta la guancia e la tocca dall'interno con la lingua. "Ma ritengo sia meglio dell'autolesionismo, giusto? Fare a pugni rilascia adrenalina, endorfine e dopamina… È quasi lo stesso l'effetto che ottengo quando mi taglio, e così trovo sollievo dal dolore".

È una cosa che detesto: ovvero che, per potersi liberare dal suo tumulto interiore e dagli episodi depressivi, debba causarsi dolore fisico. Waylon mi ha parlato del gemello quando stavamo insieme, ma ho notato che Wilder tenta sempre di nascondere la cosa. Finge di stare bene o fa qualunque cosa per reprimere ciò che prova: alcolici, sesso occasionale, risse.

Mi sono sentita sollevata quando ha ammesso di andare in terapia. Non "aggiusterà" la sua depressione, ma, assieme agli altri modi più sani che sta cercando di adottare, lo aiuterà a gestirla.

Tuttavia, visto che io frequento da mesi sessioni di terapia post lutto, so che non tutte le settimane o nemmeno tutti i giorni possono essere positivi, e a volte tutti i progressi fatti vanno a farsi benedire.

"Magari dovresti andare in palestra. Fare kickboxing, tipo. Ho sentito che è una buona valvola di sfogo".

Mi lancia un'occhiata, sorridendo. "Magari lo faccio. Ma se tu vieni con me".

"Io?"

"Sì… Credo che anche tu abbia bisogno di sfogarti".

Sospiro perché ha ragione. Dopo che papà è morto, ho lasciato la stagione di equitazione acrobatica, che di solito mi teneva la mente occupata. Adesso l'unica cosa che mi tiene impegnata è il mio lavoro di manager al Lacey's Lingerie. In generale mi piace, però non è paragonabile alla scarica di adrenalina che provavo quando restavo appesa a testa in giù da una sella o facevo acrobazie sulla groppa di Jasmine.

Ma ho perso quella passione che avevo un tempo… Onestamente, ho perso l'interesse per la maggior parte delle cose nella mia vita.

"Solo se mi insegni a farti il culo", ribatto.

Scoppia a ridere. "Affare fatto".

Capitolo Tre
Wilder

Distendo le dita che avevo stretto a pugno, sentendole doloranti perché ho colpito Wesley in faccia dopo che avevo già picchiato quell'idiota ubriaco al bar.

Stanotte potrei aver stabilito un nuovo record per la quantità di casini in cui mi sono cacciato.

Ammetto che non avrei dovuto toccare quel bastardo mentre indossava l'uniforme, però mi ha fatto ribollire il sangue non appena ha dato della troia a Delilah.

Quel coglione se l'è meritato.

Una cosa è prendersela con me, ma in quel momento lui sapeva bene cosa stava facendo quando mi ha provocato.

Voleva che lo picchiassi.

Dopo che mi hanno preso le impronte e scattato la foto segnaletica, lo sceriffo Wagner mi fa scrivere la mia dichiarazione integrale, dato che nemmeno Wesley è innocente. A quanto pare, questo è il suo terzo strike; quindi la colpa non ricadrà tutta su di me.

Tuttavia, considerando ciò che ho fatto, sono fortunato che lo sceriffo non mi costringa a marcire in una cella per tutto il fine settimana. Il fatto che conosca la mia famiglia è un bel vantaggio. I miei genitori sono generosi, quando si tratta di raccolte fondi per la polizia. Inoltre sono di grande aiuto per le piccole imprese locali. Il nostro ranch con agriturismo attrae turisti; il che contribuisce a incrementare gli affari dei negozi.

Perfino nei paesini, tutto si riduce a politica e soldi.

Vedrò il giudice lunedì, mi darà una multa e poi mi spiegherà quali sono le mie accuse. Lo sceriffo Wagner mi ha consigliato di portare un avvocato; quindi adesso devo dirlo a mio padre, così che possa chiamare quello di famiglia e assicurarsi che si presenti in tempo.

Sarà un vero spasso.

Wesley potrebbe spingere per un'accusa di aggressione e percosse, ma basterebbe visionare il filmato della sua bodycam per confermare che sto dicendo la verità riguardo ai suoi insulti inappropriati.

Lo sceriffo si è lasciato sfuggire che la loro procedura per eseguire i test di sobrietà sul campo prevede di chiamare i rinforzi. E, visto che Wesley non avrebbe nemmeno dovuto essere in servizio, non ha segnalato l'intervento né seguito il protocollo.

Quindi, se è furbo, non si scaverà da solo la fossa. Però ha dimostrato di non esserlo.

In ogni caso, non mi preoccupo di queste cose adesso, quando ho Delilah nel mio letto.

"Ce l'avrei fatta benissimo ad accompagnarti e a tornare a casa per dormire in camera mia", mormora mentre le rimbocco le coperte.

Con un occhio aperto e l'altro che fatica a non chiudersi, la sua convinzione mi strappa una risata nasale.

"Ma così non avremmo potuto parlare di quel bacio", la provoco, sedendomi accanto a lei.

Sbuffando, affonda la testa nel cuscino. "Perché invece non mi dici perché hai problemi con Wesley?"

Butto fuori un respiro perché sapevo che prima o poi avrebbe tirato fuori la questione. "Mi sono portato a letto la moglie".

Spalanca gli occhi, così come la bocca. "Cristo santo! Perché l'hai fatto?"

"Non sapevo che fosse sposata!" Getto in aria le braccia. "Lei non è di qui e non portava la fede. E poi, è successo più di due anni fa. Quello lì deve voltare pagina".

Alza gli occhi al cielo. "Tu riusciresti mai a *voltare pagina* se qualcuno si fosse scopato tua moglie?"

Inarco un sopracciglio per la sua domanda. Non ha appena visto come ho reagito quando qualcuno l'ha insultata? O quando le hanno rovesciato della birra addosso? La mia reazione, se qualcuno si portasse a letto mia *moglie*, sarebbe dieci volte peggio.

Il tizio sarebbe in coma, collegato a un macchinario che gli spinge aria nei polmoni.

"Non stiamo parlando di situazioni ipotetiche. Wesley sta dando la colpa a me e non a chi dovrebbe". Faccio un sorrisetto, poi aggiungo: "A se stesso, per non essere in grado di soddisfare in modo adeguato la sua donna".

"Proprio quando pensavo che stessi per dire qualcosa di intelligente".

"Oh, eddai! Non puoi dire che non ho ragione. Wesley è un coglione arrogante e il fatto che sua moglie abbia scelto me per tradirlo ha sotterrato il suo ego due metri sottoterra. Fidati, se lei fosse andata a letto con un uomo qualunque, non si sarebbe incazzato così tanto".

"Wow… Trabocchi umiltà da tutti i pori".

"Sono umile. Ma anche onesto".

"Che modo interessante per descrivere il tuo ego, ma ok". Si gira verso di me, stesa sul fianco, piegando le mani sotto la guancia. Non riesco a resistere alla tentazione di afferrare la ciocca ribelle che le ricade sul viso per scostargliela dietro l'orecchio.

"Adesso tocca a te essere onesta. Perché mi hai baciato e poi hai dato di matto quando non ho voluto scoparti sul sedile anteriore del tuo pick-up?"

Chiude con forza gli occhi e rilascia un sospiro profondo. "Considerando tutto ciò che è successo stanotte e il fatto che ho aspettato quattro ore che venissi rilasciato, mi appello al quinto emendamento. E poi non mi va di parlarne adesso".

Con un largo sorriso, annuisco. "Mi pare giusto. Puoi almeno ascoltare quello che ho da dirti, allora? Non devi rispondere, soltanto ascoltare".

Solleva una spalla. "Fai in fretta. Hai due minuti prima che mi addormenti".

"Sono tutto tranne che veloce, Delly…" Il suo nomignolo mi sfugge per la seconda volta stasera, e lei abbassa lo sguardo sulle mie labbra quando lo dico. Credo che le piaccia. "Non so cosa ti abbia spinta a baciarmi o perché dopo ti sia sentita a disagio, ma, nel caso in cui il tuo cervello sia confuso, voglio sottolineare che non ti stavo minimamente rifiutando. Ma il sesso in pubblico non è un qualcosa che sto cercando di aggiungere ai miei precedenti penali; sono già abbastanza nei guai…"

E al mio psicologo ho promesso che non avrei avuto *rapporti occasionali*.

Non che con Delilah potrebbe mai esserlo, ma non sarebbe andata come avrei voluto io, perché lei si sarebbe sentita tormentata dal rimorso e dalla vergogna non appena fosse finito. E lo so perché provavo le stesse cose quando usavo il sesso come valvola di sfogo.

Il dottor Branson vuole che mi metta alla prova creando connessioni reali con le donne, prima di buttarmi a letto con loro. Invece di usare il sesso come una distrazione, vuole che mi concentri sul conoscere qualcuno ed entrare in intimità soltanto se coinvolto emotivamente.

Per il momento, ho passato dodici mesi senza farlo… Un record, dato che ho cominciato ad essere sessualmente attivo ai tempi delle superiori.

Delilah fa una risatina un po' nasale, ed è la cosa più adorabile di sempre. So che è esausta e che sta lottando contro il sonno.

"Meno male che mi hai fermata! Ti ho baciato per i motivi sbagliati. Non sono in me, ultimamente. O, meglio, da quando mio padre è morto. Tra il fatto che non sto più cavalcando come un tempo e il dolore che mi tormenta, non sto gestendo le mie emozioni in modo sano".

"Ne so qualcosa". Mi lecco le labbra, desiderando di potermi chinare e posarle sulle sue. "Mi sa che abbiamo bisogno entrambi di una valvola di sfogo". Inarca un sopracciglio sospettoso. "Una *salutare*", specifico. Magari il kickboxing potrebbe essere un'ottima attività da cominciare a svolgere.

Anche per lei.

Ho notato un cambiamento dopo la morte di suo padre e avrei dovuto capire che il motivo dietro il suo umore e il suo atteggiamento era quello. Non so neanche come mi comporterei, se dovessi perdere uno dei miei genitori o dei miei fratelli. Probabilmente perderei la ragione.

Delilah è legata alla sua famiglia e, dopo aver visto suo padre soffrire per anni, sono sicuro che stia provando un mix di emozioni.

"Mi manca cavalcare, ma non credo di voler fare più equitazione acrobatica a livello professionale. Non ho conosciuto altro per sette anni, e mi teneva la mente occupata, ma ora ho bisogno di capire chi sono senza".

"Sono sicuro che ce la farai. Sono cose che richiedono tempo; quindi sii paziente con te stessa. Ti è concesso elaborare il lutto e vivere le tue emozioni per qualche tempo. Non c'è fretta".

"Già, però mi sento anche in colpa", confessa. "In colpa perché non ero a casa ad aiutare di più o a tenere compagnia a mio padre. In colpa perché sono tanto arrabbiata con lui, pur sapendo che stava soffrendo e che adesso è in un posto migliore. Ma in colpa soprattutto perché io sono ancora viva però non sto vivendo davvero, visto che mi sento persa e vuota. Lo squarcio nel mio cuore si espande ogni giorno di più". Le lacrime le scendono sulle guance e, quando chiude gli occhi, ci passo sotto il polpastrello del pollice per asciugarle. "Mi dà un po' di pace sapere che non prova più dolore, ma questa consapevolezza non sempre riesce ad alleviare il mio", aggiunge, la voce poco più di un sussurro.

Il signor Fanning è stato in sedia a rotelle per gli ultimi otto anni, dopo che un incidente con un trattore gli ha portato via una gamba. Soffriva di dolore cronico all'arto fantasma. Non esiste una cura, soltanto trattamenti temporanei, e ci faceva i conti quotidianamente. La sofferenza costante ha mandato a puttane la sua salute mentale. È sprofondato in una spirale di depressione e forte ansia. Con il passare degli anni, non voleva nemmeno più uscire di casa.

Un giorno, non ce l'ha più fatta a sopportarlo e ha assunto una dose eccessiva di antidolorifici.

Quando ha raggiunto l'ospedale, ormai era troppo tardi.

È stato il campanello d'allarme che mi serviva per prendere sul serio la mia salute mentale e andare in terapia. Dopo aver visto quanto era devastata la sua famiglia e le conseguenze della sua morte, sapevo che dovevo cambiare le cose. Waylon mi aveva implorato per anni di farmi aiutare, e sapevo che aveva ragione anche se non ho mai voluto ammetterlo.

Non volevo che la mia famiglia provasse quel genere di dolore causato dal mio suicidio, se non fossi riuscito a smettere di tagliarmi o se avessi trovato un'altra via di fuga. Ci sono state un paio di occasioni in cui ho spinto la lametta troppo in profondità e sono quasi morto dissanguato. Ho avuto bisogno di trasfusioni per salvarmi. Quando raggiungo quel punto, non c'è quasi nulla che riesca a fermarmi, finché non perdo i sensi.

Fare una cosa simile alla mia famiglia sembra peggio dei pensieri terribili che lottano per avere la mia attenzione e non voglio che tutti loro debbano passarci di nuovo.

Soprattutto, non volevo che mio fratello gemello si sentisse come se avesse perso metà della sua anima, perché per me sarebbe esattamente così, se perdessi lui.

Andare in terapia e provare a prendere degli antidepressivi è un qualcosa che posso tenere sotto controllo, quando per anni ho avuto l'impressione di non avercelo minimamente. Non è semplice e non "aggiusta" tutto, però mi sta aiutando a compiere i passi giusti per riuscire a non ricorrere a meccanismi di difesa malsani.

Stanotte ho scoperto che vedere qualcuno che importuna Delilah o la insulta scatena la mia rabbia.

Non che mi scuserò per aver reagito, ma posso impegnarmi a

controllare i miei scatti d'ira e a valutarne le conseguenze, prima di fare qualcosa di stupido.

Chinandomi, premo le labbra sulla sua fronte per poi poggiarci contro la mia. Adoro il fatto che con me si senta abbastanza al sicuro da buttare fuori le emozioni, e voglio che le cose restino così. Ho l'impressione che, non avendo come me fratelli maggiori, non le capiti spesso di poter contare su qualcuno, mentre lei c'è sempre per gli altri.

"Dovresti dormire un po'. Possiamo continuare a parlare domani", le dico.

Il bagliore dell'abat-jour si proietta sul suo bellissimo viso. Chiude gli occhi e risponde con un mormorio.

Ma poi il suo sguardo trova di nuovo il mio. "Aspetta… Tu dove dormi?"

"Sul divano".

"Sei sicuro? Mi dispiace, però è anche vero che il tuo letto è tanto comodo; quindi non mi dispiace poi *così* tanto".

Ridacchio mentre sprofonda nel materasso. "Non c'è problema. Ho dormito sul divano centinaia di volte".

E poi, mi piace l'idea che il mio letto avrà il suo profumo, dopo che se ne sarà andata.

Ho una stanza libera piena di cose inutili. Non ho mai comprato un letto perché non me n'è mai servito uno.

"Buonanotte, Delilah. Sogni d'oro". Mentre mi alzo, le bacio di nuovo la fronte e poi spengo la lampada.

"'Notte", sussurra piano.

"WILDER GARRETT HOLLIS!"

"Oh, cazzo!" mormoro proprio quando Waylon fa scattare lo sguardo verso di me. Sta spalando il letame nel box accanto.

"Che cavolo hai fatto?" chiede.

È raro che nostra madre ci urli addosso, ancora più raro che ci chiami per il nome completo – di solito lo fa papà – ma era soltanto questione di tempo prima che venisse a scoprirlo.

"Ieri notte sei stato arrestato? Quando avevi intenzione di dirmelo?" Mamma si mette di fronte al cancello del box con le mani sui fianchi.

"Ehm... adesso?" Le scocco quel sorrisino innocente che di solito mi riporta nelle sue grazie. Anche se sono un uomo adulto, mia madre mi vede ancora come il sedicenne che non riesce a tenersi lontano dai guai.

Lancio un'occhiata al mio fratello gemello, che non sembra affatto contento. "Non eri con Delilah?"

"Lei c'era", confermo.

"Che cos'hai fatto?"

Non riesco a rispondergli prima che mamma continui: "Betty Fields ha detto alla signorina Mc Williams che hai preso a pugni uno degli agenti dello sceriffo Wagner e che l'hai mandato all'ospedale!"

Alzo gli occhi al cielo per l'esagerazione. I pettegolezzi stanno già mettendo in giro voci false.

Waylon sussulta. "Hai fatto *cosa*?"

"Non è del tutto vero..." Appoggio il rastrello alla parete del box. "Ho dato *un solo* pugno a Wesley, e ha battuto la testa sul cemento. Ha un trauma cranico, ma starà bene".

Mia madre strabuzza gli occhi per la rabbia, e ha le guance rosso fuoco. "Hai perso il cervello? Chi ti ha cresciuto?" Waylon fa una risata nasale e poi nasconde subito il viso quando mamma lo fulmina con lo sguardo. "Sporgerà denuncia!" esclama lei, incrociando le braccia. "Perché mai, per amor del cielo, hai picchiato un agente?"

"Stava importunando Delilah e poi le ha dato della troia! L'ho steso perché se lo meritava. Papà avrebbe fatto la stessa cosa, se qualunque uomo ti avesse parlato in quel modo".

"Tuo padre lo farebbe per amore, non per ripicca". Inarcando un sopracciglio, la fisso in silenzio finché non capisce. "Oh, Wilder…" Sospira, posandosi una mano sul petto.

"Cosa?" chiede Waylon, senza accorgersi dell'ovvio.

"Niente". Recupero il rastrello e mi rimetto al lavoro. "Domani andrò di fronte al giudice e affronterò le conseguenze. Se Wesley vuole denunciarmi, allora anche lui rischierà di cacciarsi in guai più seri", dico senza spiegare tutti i dettagli.

Lo sceriffo Wagner può anche essere uno stronzo, ma una cosa è certa: se parli male di una donna nel suo paese, non si limiterà a darti uno schiaffetto sulla mano.

Considerando che i Fanning occupano un posticino del suo gelido cuore di pietra, mi sorprenderebbe se Wesley la passasse liscia.

Lo sceriffo era lì quando il signor Fanning si è ferito e lo ha visto lottare per la vita sotto il trattore che gli ha portato via la gamba.

L'anno seguente, è stato il primo ad arrivare a casa loro quando Harlow era svenuta, dopo essere stata aggredita da un rapinatore. Aveva due gambe rotte e delle costole spezzate, e l'hanno dovuta attaccare al respiratore a causa di un edema cerebrale.

Poi, il giorno del rapimento di Harlow, è stato lui a trovare i due tizi nel fienile, dopo che io e Waylon l'avevamo salvata. Harlow, afferrata una mazza da baseball, aveva pestato a sangue uno dei ragazzi, che stava provando a ucciderla, mentre io avevo sparato all'altro, che stava usando una pistola da paintball per tenerci fuori.

Era piena di lividi e contusioni, ma si è ripresa del tutto.

Lo sceriffo sa che quella famiglia ha passato l'inferno.

E Delilah ha dovuto assistere praticamente a ogni cosa. È rimasta dai suoi per anni, invece di andare a vivere da sola, perché suo padre e sua sorella avevano bisogno di lei. La madre fa l'infermiera e svolge turni di dodici ore; quindi c'era bisogno che qualcuno restasse sempre a casa.

Rendendomi davvero conto solo ora di quante ne ha dovute passare quella famiglia, credo che Delilah abbia bisogno di un corso di kickboxing. O magari di una *rage room* in cui può spaccare tutto quello che vuole finché non si toglie il peso dello stress e del dolore dal petto.

"Sei fortunato che lo sceriffo non ti abbia rinchiuso per tutto il fine settimana", commenta mamma.

"Fidati, lo so. Delilah è rimasta ad aspettare mentre mi schedavano e poi l'ho portata da me".

"Adesso è lì?" chiede Waylon.

"Sì, era esausta. Non volevo che mi accompagnasse a casa per poi tornare da sola in paese così tardi".

Mamma fa un largo sorriso, poi mi dà una pacca sul braccio. "Ecco, questo è il gentiluomo del Sud che ho cresciuto io, che fa in modo che una donna sia al sicuro".

"Al sicuro nel suo *letto*…" ironizza Waylon sottovoce, ma lo sento.

"Grazie, ma'. Vado a controllare come sta durante la pausa pranzo".

"D'accordo. Beh, dopo ti conviene parlare con tuo padre, perché nemmeno lui è contento di te. Chiamo John e gli chiedo di raggiungerti domattina".

Immaginavo che non fosse contento.

"Lo farò. Grazie, mamma".

Si avvicina per abbracciarmi, e io le passo un braccio attorno al corpo, per poi baciarla sulla guancia.

"Lei lo sa?" mi chiede piano. Sollevo una spalla perché la questione è più complicata di così. "Dovresti dirglielo prima che sia troppo tardi".

Come se fosse così semplice…

"Ci proverò", le prometto.

"Ci vediamo stasera a cena, ragazzi", dice mamma, salutandoci mentre esce dalla scuderia.

Ogni domenica sera, io e i miei fratelli andiamo dai nostri

genitori per la cena. Hanno tutti molti impegni, tra le loro famiglie e il lavoro al ranch; quindi ne approfittiamo per vederci.

Anche la nonna e la mia cuginetta, Mallory, vivono con i miei genitori. Questo significa che – ogni volta che ci siamo tutti, inclusi i partner e i figli dei miei fratelli – la casa è piena zeppa di persone. Mamma sistema due grossi tavoli tra la cucina e la sala da pranzo, ma ci calpestiamo comunque i piedi per quanto poco spazio c'è.

Nonna Grace adora preparare dolci e cucinare con mamma; quindi organizzano un vero e proprio banchetto. Dopodiché, tirano fuori i materiali per lo *scrapbooking* e lavoriamo tutti su alcune pagine mentre mangiamo il dolce.

Dato che io e Waylon abbiamo alcune faccende serali da sbrigare alla scuderia dell'agriturismo, di solito non rimango dopo la cena, ma almeno una volta al mese provo a restare, perché so che così rendo felice mia madre.

Quando la mia metà dei box è pulita e i secchi d'acqua sono pieni, vado in pausa pranzo. Di solito il programma prevede due escursioni al giorno, alle dieci e alle sedici, ma quando fa più freddo ne offriamo soltanto una, alle quattordici.

A me non dispiace quando ne abbiamo due, durante l'estate, visto che gli alberi forniscono ombra lungo i sentieri. In inverno, invece, dobbiamo imbacuccarci per evitare di congelare.

Tuttavia, questo significa che c'è meno lavoro da svolgere e più tempo per fare cose.

"C'è qualcosa fra te e Delilah?" mi chiede Waylon quando tiro fuori le chiavi e vado verso il mio pick-up.

"Tipo?" Faccio il finto tonto perché non c'è bisogno che lui lo sappia. Sono andato avanti per così tanto tempo senza raccontargli del nostro passato, e a questo punto è più semplice se la verità non verrà mai fuori.

"Non lo so. Dimmelo tu", ribatte, seguendomi all'esterno. "Non ha mai dormito da te prima, vero?"

Giro sui tacchi, voltandomi verso di lui, e per poco non mi finisce addosso. "Non che siano affari tuoi, ma no. E io ho dormito sul divano; quindi puoi smetterla di far viaggiare l'immaginazione".

Fa spallucce, poi incrocia le braccia sul petto. "D'accordo. Volevo solo esserne sicuro".

"Perché? Altrimenti per te sarebbe un problema?" replico.

"Non voglio che soffra. Ne ha passate tante, soprattutto nell'ultimo anno".

"Ne sono consapevole, dato che sono io quello che ha trascorso con lei quasi tutti i weekend. L'ultima cosa che voglio fare è causarle altri problemi, ed è per questo che le ho detto che smetterò di uscire e la libererò dall'incarico di farmi da babysitter".

Ripetere quelle parole mi fa serrare il petto. Non avrò più alcuna scusa per vederla, a meno che non me ne inventi una.

"Beh, che cosa nobile da parte tua!" Fa un largo sorriso. "Harlow dice che la sente pochissimo e che, quando hanno festeggiato il compleanno del padre, non ha quasi spiccicato parola".

"Sta elaborando il lutto", gli ricordo.

"Sì, anche Harlow. Mi dispiace tantissimo per loro".

"Ieri sera, al bar, ho capito che c'era qualcosa che non andava, prima della rissa…"

"C'è stata anche una rissa al bar?" chiede.

Merda! Questo non lo sapeva nessun altro.

"Lo stronzo che ha rovesciato la birra su Delilah mi ha tirato un pugno e io l'ho colpito allo stomaco". Agito la mano con nonchalance. "Non è nulla di che. Se n'è andato con tutti i denti e gli arti". Waylon fa una risata nasale. "Comunque… siamo solo amici. Quindi non devi preoccuparti che le faccia qualcosa".

Mentre dico quelle parole, suonano sbagliate pronunciate dalla mia bocca.

Soprattutto da quando mi ha baciato e implorato di toccarla, voglio che siamo molto più che *amici*.

Capitolo Quattro
Delilah

Svegliarmi nel letto di Wilder non è un qualcosa che pensavo mi sarebbe mai capitato.

Ma la cosa più sorprendente è che non è successo niente tra noi qui dentro.

Mi sento una sciocca per averlo implorato di scoparmi nel mio pick-up, e adesso spero che non ci sia imbarazzo tra di noi e che non tirerà mai più fuori la questione.

"Ehi, tesoro. Come ti senti?"

Sento le farfalle nello stomaco e poi apro lentamente gli occhi. Il fatto che mi abbia chiamata in *quel* modo con la sua voce roca e non Delly – un nomignolo che mi ha sempre scatenato dentro qualcosa – mi spinge a stringermi il labbro inferiore tra i denti.

Mi chiama Delly da anni. Era così che mi chiamavano i miei amici alle superiori, ma dopo il diploma ho smesso di usare quel diminutivo. Non credo che si renda nemmeno conto di chiamarmi ancora in quel modo, però suona diverso quando lo dice lui, come se fosse un segreto soltanto tra noi.

Lui e Waylon erano all'ultimo anno quando io ero al secondo, e frequentavamo cerchie diverse, ma tutti conoscevano i gemelli Hollis. Bisognava vivere in una caverna per non sapere della loro esistenza o pensare che non fossero i ragazzi più fighi della scuola.

Wilder ne combinava sempre una e ogni volta Waylon lo tirava fuori dai guai.

Io ero nella stessa classe di Landen, uno dei loro fratelli minori, e anche lui faceva una marea di stronzate. Credo che sia uscito con quasi tutte le nostre compagne di classe.

La povera signora Hollis è stata nell'ufficio del preside più volte durante quegli anni che quando frequentava lei la scuola.

Ammetto che, dopo che io e Waylon ci siamo incontrati, anni dopo, mi sono sentita onorata di avere la sua attenzione. Avevamo abbastanza in comune da godere della reciproca compagnia, avere appuntamenti o vederci mentre mi prendevo cura di mio padre e facevo volontariato. Ma poi, un paio di mesi dopo, c'è stato l'incidente di mia sorella.

In quel periodo lui mi ha supportata come meglio ha potuto, ma non riuscivo a destreggiarmi tra l'avere una relazione e badare alla mia famiglia. Mia madre faceva turni di dodici ore all'ospedale; quindi io ero l'unica che poteva stare a casa ad aiutare.

Inevitabilmente, ho detto a Waylon che dovevamo prenderci una pausa, così avrei potuto smettere di sentirmi in colpa per essere una cattiva fidanzata. Non potevo dargli le attenzioni che meritava e avevo bisogno di tempo da dedicare alla mia famiglia.

Waylon è rimasto ferito e pensava che lo avessi lasciato definitivamente; quindi si è portato a letto un'altra due settimane dopo.

Avevo sperato che avremmo potuto rimetterci insieme quando mia sorella si fosse ripresa, ma dopo quel fatto non l'ho più visto con gli stessi occhi.

Sono rimasta arrabbiata con lui a lungo, ma alla fine l'ho superata. Siamo cresciuti e maturati entrambi, e siamo tornati in buoni rapporti. Ma poi lui si è innamorato della mia sorella minore, che ha dieci anni in meno di me.

Pensa te!

"Mi sono svegliata arrabbiata perché il pavimento non si è aperto per inghiottirmi", rispondo alla domanda di Wilder, e poi tiro più in alto le coperte per nascondere il viso.

Fa una risata profonda e calma, e sentirla così sincera è una tale rarità che vengo quasi presa alla sprovvista da quanto la adoro.

E dal fatto che voglio sentirla ancora e ancora.

Wilder è l'archetipo di chi recita alla perfezione la parte del tipo spensierato e divertente, ma quella è solo una maschera, perché dentro è un disastro.

Soffre di un tipo di depressione che riesce facilmente a nascondere comportandosi da pagliaccio e simpaticone di fronte agli altri; e chi non conosce i suoi segreti più profondi e oscuri non si immaginerebbe mai che un tempo si tagliava, beveva e faceva sesso come meccanismo di difesa. Guardandolo, nessuno direbbe che questo cowboy attraente e affascinante è infelice.

Wilder non vuole mettere a disagio nessuno con i suoi problemi di salute mentale, incluso se stesso; quindi finge di stare bene.

È diventato un professionista, dopo tutti questi anni.

Se Waylon non me l'avesse detto in anticipo, non me lo sarei mai immaginato, basandomi sull'impressione che mi ha fatto la prima volta che ci siamo conosciuti di persona.

"Ti va di pranzare al Lodge, prima di andare a casa?" mi chiede, sedendosi sul bordo del letto, abbassando lentamente le coperte per rivelare il mio viso.

"Non ho nulla da mettere. Quel tipo mi ha rovesciato la birra sulla maglietta, e non voglio indossarla in pubblico".

"Puoi indossarne una delle mie".

"Nelle tue ci annegherei".

Anche se mi piace l'idea di mettere una delle sue magliette, voglio andare a casa a fare una doccia. Probabilmente ho un aspetto terribile; il che riflette esattamente il mio stato d'animo. Oggi è il mio giorno libero e voglio soltanto ammuffire nel mio letto fino a domani mattina.

"Ma no, puoi fare quel nodo furbo che fanno le ragazze ..." Si alza, va all'armadio e ci fruga dentro.

"Il cosa?" mormoro, mettendomi seduta con solo il reggiseno addosso.

Dopo che Wilder mi ha rimboccato le coperte, mi sono tolta la maglietta, e ora rimpiango di non essermi ricordata direcuperarla prima del suo ritorno.

Il suo letto è comodissimo; quindi ho dormito come un sasso, però mi sento come se avessi i postumi non della sbornia, ma della nottata pressoché insonne, visto che mi sono addormentata, mentalmente esausta, solo a tarda ora.

"Tieni, questa dovrebbe andare bene". Solleva una maglietta nera con il logo bianco del ranch sul taschino. "Ti basta fare un nodo".

Sollevo una spalla, arrendendomi all'idea perché sto morendo di fame e posso fare la doccia più tardi. "Certo, va bene. Hai qualcosa per il mal di testa?"

Mi fissa prima di abbassare lo sguardo sul mio petto, e mi chiedo se stia ricordando il modo in cui mi ha toccato i capezzoli ieri sera. Si schiarisce la gola, poi sbatte le palpebre un po' di volte prima di annuire.

"Sì, ti prendo un paio di pastiglie e un bicchiere d'acqua". Mi porge la maglietta, poi si incammina verso la cucina in fretta e furia.

Quando raggiungiamo il Lodge, è pieno zeppo di ospiti e numerosi membri della famiglia Hollis.

Si tratta dell'edificio principale dell'agriturismo, dove gli ospiti fanno il check-in, si iscrivono alle attività e mangiano. I dipendenti vengono qui durante le pause per approfittare del brunch a buffet. Considerando il fatto che lavorano molte ore e in diverse condizioni atmosferiche, ha senso. Io ci sono stata solo qualche volta, ma sono già contenta di aver accettato.

La gamma di odori mi colpisce il naso non appena entriamo.

Una cosa è certa: gli Hollis non scherzano, quando si tratta di cucina del Sud e di ricette di famiglia.

Qualche tavolo da buffet fiancheggia le pareti con un assortimento di dolci all'estremità, e mi servo qualunque cosa.

Tutti mi fissano quando porto il piatto a tavola e mi siedo tra Wilder e Waylon. So di avere un aspetto terribile, però questi mi stanno guardando come se fossi mezzo morta.

Probabilmente uno zombie avrebbe un aspetto migliore del mio.

"Ho saputo che hai avuto una serata interessante", dice Waylon con la sua parlata strascicata.

"Immagino che tu possa chiamarla così". Mi guardo intorno, alla ricerca delle posate; poi mi rendo conto che ho dimenticato di prenderle.

Wilder dà un morso al cibo prima di passarmi la sua forchetta. "Tieni, prendi la mia".

"Grazie", dico, poi lo guardo mentre si alza e va a recuperarne un'altra.

"Avresti potuto chiamarmi, così da non dover aspettare alla stazione", dice Waylon.

"Perché avrei dovuto? Ti avevo dato la mia parola che gli avrei guardato le spalle e lo stavo facendo", ribatto. "Non ha mica dato un pugno a uno sbirro. Oh, aspetta…" Faccio una pausa drammatica, e tutti gli sguardi schizzano verso Wilder mentre si siede accanto a me.

"Chi hai picchiato?" chiede Landen, mettendosi di fronte a noi con Tripp alla sua sinistra.

"Wesley", mormora Wilder.

"Come cavolo è possibile che non sei in prigione?" chiede Tripp.

"Ottima domanda, cazzo!" Waylon scuote la testa.

"Ci hanno già pensato lo sceriffo e mamma a farmi il culo. Non c'è bisogno che continuiate". Wilder scava nei pancake con la forchetta e si ficca un boccone gigante in bocca, chiaramente perché non vuole più parlarne.

"Hai dormito qui stanotte?" chiede Noah, alla destra di Landen.

Ha quattro anni in meno di me, però è già sposata, con una bambina di tre anni e un altro in arrivo. Ha capito cosa fare della sua vita ancora prima di poter comprare legalmente alcolici.

Mi fa preoccupare di essere in ritardo nella mia perché ho già trent'anni, non ho un marito, figli o una carriera. Ma non è colpa di Noah. Mi sono ritrovata a pensarci più volte nell'ultimo anno che in tutta la mia vita.

"Sì. Dopo aver aspettato per quattro ore che finissero di schedarlo. Mi sono addormentata; quindi Wilder mi ha portato qui", le rispondo.

"Mmh… interessante". Fa un largo sorriso attorno a un pezzo di salsiccia, tenendo lo sguardo puntato sul mio viso.

Dopo pranzo, saluto tutti e poi Wilder mi accompagna al mio pick-up.

"Vuoi che ti porti fino alla scuderia?" chiedo, nonostante sia giusto in fondo alla strada.

Adesso c'è imbarazzo.

È quello che mi merito per essermi gettata su di lui come un animale arrapato.

"Ma no, ci metto cinque minuti a piedi".

"Mi farai sapere come vanno le cose domani?" gli domando, balzando sul sedile del conducente.

"Sì… sempre che non mi arrestino subito. Quindi, se non hai mie notizie, porta i soldi per la cauzione".

Avvio il motore, poi abbasso il finestrino prima di chiudere la portiera.

"Non è divertente", dico impassibile. Gli Hollis hanno abbastanza soldi per tirare fuori questo idiota, però mi dispiacerebbe comunque vederlo scontare una pena per una cosa partita da una mia sterzata.

"Non preoccuparti. Li convincerò a lasciarmi andare con le lusinghe". Fa l'occhiolino, appoggiando il gomito sul finestrino aperto.

"È questa tua arroganza che ti fa finire nei guai".

"Allora a questo punto non dovresti nemmeno sorprenderti, giusto?"

Il suo sorrisetto malizioso è il motivo per cui le ragazze cascano ai suoi piedi.

"Suppongo di no. Ci sentiamo domani. Buona fortuna!"

Il suo viso è vicino al mio, quasi troppo vicino; quindi mi passo la cintura sul petto e la allaccio, poi aspetto che colga il messaggio e si sposti per non calpestargli i piedi.

"Delilah…" Si solleva e si sporge ancora di più dentro. "Non pensare che non parleremo di quel bacio e di come sei venuta sulle mie dita. Ma per ora…" mi sfiora la guancia con le labbra, premendole dolcemente contro la pelle, "… ci vediamo domani".

Sono talmente scioccata dalla sua mossa audace da rendermi conto soltanto quando arrivo a casa, quindici minuti dopo, che ha detto che *ci vedremo* domani.

Non capisco cosa voglia dire, considerando che lavoro tutto il giorno. Inoltre, di solito non ci vediamo durante la settimana.

E detesto che una parte di me si senta esaltata al pensiero.

"Bella, dove accidenti sei stata e perché hai la faccia di una che è stata trombata tutta la notte?" mi chiede Matilda, la mia migliore amica sin dalle elementari e coinquilina negli ultimi anni, non appena entro nel nostro appartamento. Lavora al Lacey's con me, ed è sempre uno spasso quando abbiamo il turno insieme.

Mollo la borsa e le chiavi sul tavolo e poi mi sfilo le scarpe. "È una storia lunghissima. Ho bisogno di una doccia e poi ti faccio il riassunto".

"Col cavolo! Voglio la storia con tutti i dettagli". Fa un largo sorriso, rannicchiandosi sul divano. "Soprattutto, voglio sapere chi ti ha lasciato quel succhiotto".

"Cosa?" Corro in bagno e lancio un urlo quando mi guardo allo specchio.

Quel *coglione*! Non me l'ha nemmeno detto, e non ho dubbi che l'abbia visto.

Adesso capisco perché Noah mi stava sorridendo in quel modo.

"Brutto bastardo", mormoro, uscendo dal bagno e scuotendo la testa.

"Allora… chi è?" chiede Mati, in modo strascicato.

"È la conseguenza di un errore di valutazione perché ero eccitata e brilla", dico, mentendo per metà, ma non c'è bisogno che lei sappia i particolari.

"Questo non risponde alla mia domanda sul *chi…*"

Prendo un bicchiere dalla credenza e lo riempio di ghiaccio e acqua prima di raggiungerla in soggiorno, dove sta aspettando con ansia.

"Non puoi dare di matto…" la avverto, "…ma è stato Wilder".

Con fare drammatico, sbatte la mano sul divano. "Lo sapevo, cazzo! Era anche ora che voi due vi faceste una scopata, considerando che uscite così spesso".

"Ha voluto che ci fermassimo prima di fare sesso; quindi non emozionarti troppo".

"Aspetta… È stato *lui* a deciderlo?"

"Un secondo… Ci servirà qualcosa di più forte dell'acqua". Alzandomi, vado in cucina e trovo una bottiglia di vino bianco. Tutti i bicchieri sono sporchi; quindi tolgo il tappo e bevo un sorso.

Tanto vale raccontarle tutto e togliermi questo peso dal petto.

Capitolo Cinque
Wilder

"Beh… com'è andata? Sei dietro le sbarre? Ti servono i soldi per la cauzione? O forse un tipo di nome Ralph ti ha già fatto diventare la sua puttanella?"

Con un sorrisetto, rispondo al messaggio vocale di Delilah nel mio pick-up per poter sentire di nuovo la sua voce e la sua risata.

Sollevando il telefono, scatto un selfie con la lingua di fuori e due dita sollevate.

"Non sono dietro le sbarre e non sono la puttanella di nessuno… ma sono stato accusato di reato minore e mi hanno dato un anno di libertà vigilata. Questo significa che, se dovessi cacciarmi in altri guai legali prima che finisca, mi spediranno in prigione per il resto del tempo. C'è un'ordinanza restrittiva in vigore, perché Wesley è un cagasotto e pensa che lo stenderò di nuovo. Devo pagare una multa salata, fare cento ore di servizi sociali e poi seguire un corso di gestione della rabbia. Mi sto quasi chiedendo se sei stata tu a dirgli questa cosa. Ci sarà un'udienza di revisione tra novanta giorni per verificare i miei progressi".

Ridendo a quell'ultima parte, mando il messaggio vocale e poi allaccio la cintura per potermene finalmente andare da qui e tornare al ranch.

DELILAH

Ora che so che non sei dietro le sbarre, posso urlarti addosso perché mi hai lasciato un succhiotto e non me l'hai detto prima che andassimo a pranzo con tutti i tuoi fratelli!!!

Non riesco a trattenere il largo sorriso che mi appare sul volto quando leggo il suo messaggio.

WILDER

Ooops… Mi sa che mi è sfuggito.

In realtà, mi è piaciuto vederglielo sul collo, ancora fresco e viola: la prova che la notte prima non è stata un sogno, nonostante lei insista per non parlarne.

Gustarla per la prima volta è un qualcosa che ricorderò per sempre e non dimenticherò mai.

Ma pensavo che lo avesse visto allo specchio, in bagno. Quando è tornata e non ha detto niente, non l'ho fatto neanch'io.

Dopo aver parcheggiato di fronte a casa, corro dentro e indosso gli abiti da lavoro.

"Però, sul serio, sembra che tu sia stato fortunato. Wesley si è presentato? Che cos'ha detto il giudice?" Quando mi arriva un altro messaggio, considero di chiamarla, ma sono già in ritardo di quattro ore con il lavoro; quindi ne registro uno in tutta fretta mentre mi vesto: "Sì, certo che è venuto. E aveva pure l'aria tutta compiaciuta finché il giudice non gli ha chiesto perché era di pattuglia, nonostante non fosse in servizio. A quanto pare, era parcheggiato al Twisted Ball a *osservare* qualcuno che sospettava spacciasse droga e stava aspettando che quello partisse in macchina per seguirlo. Ma poi si è *preoccupato* – e secondo me questa è una stronzata – quando tu sei uscita dal bar infuriata e io sono balzato sul sedile del passeggero cinque minuti dopo. Quando siamo partiti, ci ha seguiti per assicurarsi che non stessimo guidando in stato di ebbrezza. Ma per me anche questa è una stronzata. Conoscendo Wesley, cercava solo una scusa qualunque per fregarmi, e ha usato te come pretesto".

Inviato il messaggio, prendo tutto quello che mi serve e corro giù fino al pick-up.

Dopo aver messo in moto, premo di nuovo il pulsante per registrare e parto verso l'agriturismo.

"Probabilmente ci ha visti mentre ce la spassavamo e voleva rompermi i coglioni per quella storia che mi sono portato a letto la moglie. Comunque sia... il giudice ha chiesto se avesse della documentazione riguardante il suo *sospettato* per spaccio e, quando gli ha risposto di no, ha praticamente screditato la sua giustificazione. Non so cosa gli succederà, dato che è già stato sospeso, ma, in ogni caso, per sicurezza lo eviterei".

Quando parcheggio di fronte alla scuderia, mi manda un altro messaggio: "Beh, evito quasi tutti gli uomini; quindi per me non sarà un problema". Faccio una risata nasale, poi ascolto il successivo: "Sono contenta di sapere che non sei dietro le sbarre. Però magari, così per divertimento, che ne dici di restare fuori dai guai e tenere fermi i pugni?"

WILDER

Solo i pugni?

DELILAH

Anche la bocca. È per colpa sua se finisci sempre nella merda perché non la chiudi mai.

WILDER

A giudicare dal modo in cui gemevi e supplicavi, direi che ti è piaciuto avere la mia bocca sulla tua.

DELILAH

Non ho supplicato!

Con un largo sorriso, prendo il mio cappello Stetson e il telefono prima di uscire dal pick-up, continuando la conversazione sul tribunale: "Il fatto che ci fosse John ha aiutato molto la mia causa. Ha sottolineato la mancanza di professionalità di Wesley e il fatto che mi avesse provocato di proposito. Il giudice aveva già visto i filmati della bodycam; quindi sapeva come erano andate le cose e, pur concordando sul fatto che il suo comportamento è stato fuori luogo, ha comunque stabilito che dovevo essere punito per aggressione a un agente, indipendentemente dal fatto che fosse in servizio o meno. John è riuscito a evitare che mi mandassero in prigione, visto che non rappresento una minaccia per la comunità e che sono una risorsa indispensabile per l'attività della mia famiglia. Così, il giudice ha optato per la libertà vigilata e altre misure alternative".

"Una risorsa, eh?" Ridacchia nel nuovo messaggio vocale. "Non dirlo ai tuoi fratelli. Ti prenderebbero per il culo".

"Fidati, lo so. Ma preferisco sorbirmi le loro battutine, piuttosto che dover stare in prigione. Devo andare a lavorare prima che Waylon mi ammazzi, ma passo a prenderti alle sette. Non cenare. Ti porto fuori a festeggiare".

Infilo il telefono in tasca senza aspettare la sua risposta, sapendo benissimo che si opporrà, e poi trovo Waylon in uno dei box.

"Bene, bene, bene …" dice strascicando le parole, e so già che mi romperà le palle per tutto il giorno. "Ecco qui il criminale".

"Risparmiatelo. Sono qui e recupererò il lavoro perso", gli dico, prendendo un rastrello prima di iniziare.

Dopo la pausa pranzo, io e Waylon prepariamo i cavalli per l'escursione. Oggi si sono prenotate quattro persone; quindi portiamo fuori quelli che sono stati assegnati.

Quando gli ospiti fanno il check-in, possono iscriversi ad alcune attività e, se scelgono le escursioni in sella, Tripp assegna loro un cavallo in base alla loro esperienza ed età. Se vogliono uscire più di una volta, riceveranno sempre lo stesso animale.

Di solito Waylon guida il gruppo, mentre io lo seguo per assicurarmi che nessuno venga lasciato indietro e che nessun cavallo si allontani per conto proprio. A volte ci scambiamo di posto e poi ciascuno di noi parla della storia del ranch e di come Sugarland Creek sia diventato ciò che è oggi.

Quando il gruppo è più giocoso o esperto con i cavalli, mi alzo in piedi sulle staffe e cavalco accanto agli altri cavalli per farli galoppare più in fretta. Di solito, faccio ridere gli ospiti più giovani, che possono così godersi le escursioni in modo divertente.

"Salve a tutti, benvenuti all'agriturismo! Io sono Waylon, mentre lui è mio fratello Wilder, e oggi saremo le vostre guide. Qualcuno è già stato da noi?"

Waylon continua il suo solito discorso di benvenuto, mentre io conduco due cavalli verso il paddock tenendoli ciascuno per lato. Qui è dove gli ospiti sellano i rispettivi animali e imparano a montare e smontare, prima di partire.

Controlliamo in anticipo che tutto sia in sicurezza, ma per loro è divertente familiarizzare con alcuni aspetti dell'attività. Al ritorno, rimuovono le selle e apprendono come procedere con la strigliatura.

"In questa stagione, potrete ammirare i panorami più belli dalle montagne. Ci sono tantissimi alberi colorati", dico quando sono tutti sistemati sulle selle. "Ci fermeremo in cima, così potrete scattare alcune foto, se volete".

Prima di tutti i cambiamenti di quest'anno, ero famoso per essere scalmanato lungo i sentieri. A volte, mi alzavo addirittura in piedi sul cavallo e correvo grossi rischi mentre cavalcavo. Volevo assolutamente quella scarica di adrenalina, anche a rischio di cadere col culo per terra o farmi buttare giù. E anche se faccio ancora alcune cose che vengono considerate imprudenti, ho rimesso tutto in prospettiva dopo la morte del signor Fanning e i colloqui con lo psicologo.

Il sole pomeridiano spunta tra gli alberi mentre raccontiamo la solita storia sul ranch e sui Monti Appalachi che lo circondano.

Una coppia ci fa delle domande e poi ci fermiamo per scattare alcune fotografie per loro.

Dopo essere tornati dall'escursione e aver riportato i cavalli nei loro box, gli ospiti sono liberi di esplorare, ma di solito lo fanno in gruppo.

"Wilder, giusto?" Una delle donne del giro mi tocca la spalla.

"Sì, sono io". Alzo il cappello da cowboy in segno di saluto, col mio solito sorrisetto storto.

"Ehi, sono Molly. Non è che potrei avere il tuo numero? O magari posso darti il mio?"

La sua domanda mi prende alla sprovvista perché non c'è stato alcun segnale che fosse interessata a me in quel modo. Abbiamo parlato un po', ma non abbiamo flirtato… Perlomeno, non io.

"Sempre che tu non sia sposato, ovviamente". Fa cadere lo sguardo sulla mia mano sinistra. "Ma non ho notato una fede".

Mi lecco il labbro inferiore, cercando di farmi venire in mente una risposta. L'ultima cosa che voglio è che ci resti male o rovinarle il resto della vacanza.

"Ehm, no. Non sono sposato. Però, scusami, in questo periodo non ho nemmeno il tempo per frequentare qualcuno".

A meno che non si tratti di una bionda alta un metro e sessantacinque che risponde al nome di Delly. In quel caso, troverei tutto il tempo del mondo per lei.

Al momento, mi sta bombardando il telefono di messaggi, probabilmente insistendo sul fatto che stasera non può uscire a cena per qualche motivo inventato, ma i cellulari sono severamente proibiti mentre siamo con gli ospiti. Dovrò aspettare di essere solo nella scuderia o nel mio pick-up per risponderle.

"Oh, per colpa delle ore di servizi sociali che devi fare?" chiede con arroganza.

Aggrotto le sopracciglia. Come cavolo fa a saperlo già? Sono uscito dal tribunale soltanto tre ore fa! I pettegolezzi girano in fretta in questo paesino, ma non *così* in fretta.

"Come, scusa?"

Cambia completamente atteggiamento e tira fuori un

registratore. "Posso avere una dichiarazione per il Creek Chronicles sulle accuse che ti riguardano? Magari così possiamo far luce su come continui a farla franca pur infrangendo la legge?"

Faccio un passo indietro, sentendomi sempre più incazzato. "Di cosa stai parlando?"

"Questo sei tu, giusto?" Tocca qualche volta lo schermo del telefono e poi lo solleva per mostrarmelo. Ci sono un paio di mie fotografie dove ho l'aria stupida e sembro ubriaco, con il suo nome stampato sotto il titolo:

Potere e privilegi prevalgono: Wilder Hollis evita una condanna severa dopo l'aggressione a un agente, scatenando il malcontento pubblico sul celebre ranch con maneggio Sugarland Creek

"L'hai scritto tu?" Le prendo il telefono dalle mani e scorro l'articolo. Paragrafi interi sull'ingiustizia commessa dal giudice Roberts con la mia pena "lieve" e su come l'agente Wesley Townsend sia una vittima che merita giustizia. Cita persino Delilah come la testimone che Wesley ha fermato. Poi continua dicendo che i miei comportamenti scorretti e il modo in cui infrango la legge sono uno schema consolidato e che non devo mai pagarne le conseguenze. Incita il pubblico a boicottare il ranch e agriturismo, a meno che io non venga licenziato, visto che ho precedenti penali e dovrei essere in prigione.

Come se non bastasse, elogia Wesley dandogli dell'eroe, ma non accenna minimamente al fatto che è stato sospeso per aver causato numerosi problemi... mentre indossava l'uniforme.

"È una grandissima stronzata". Le sbatto il telefono sul palmo della mano. "Non ti dico un cazzo".

Mi incammino nell'altra direzione, verso la scuderia.

"Questa è la tua occasione per difenderti..." Corre al mio fianco con il registratore stretto nel pugno. "Per raccontare la tua versione della storia".

"Per caso sei la sua ragazza?" Perché so che non è sua moglie, e soltanto qualcuno che se lo porta a letto crederebbe a una sola parola detta da quel deficiente.

"No, sono una semplice giornalista alla ricerca della verità".

"Pfft. Sì, come no. Quello lì sapeva di essere già nei guai; quindi ha pensato bene di trascinarci dentro anche me, nonostante sia stato lui a cominciare tutto". Sbuffo scuotendo la testa per quanto è ridicola la situazione. "Se ti serve una dichiarazione, chiama il mio avvocato. Per il momento, vattene dalla mia proprietà".

Mi metto quasi a correre verso il mio pick-up per svignarmela. I miei genitori daranno di matto quando leggeranno quell'articolo.

"Wilder, aspetta!" Salta sul predellino e si aggrappa alla portiera dal finestrino abbassato. Stringo il cambio, pronto a schizzare via. "In via confidenziale…"

"Cosa?" chiedo digrignando i denti, ma ce la sto mettendo tutta per mantenere la calma.

"Wesley ha assunto me e altri per condurre una campagna diffamatoria per rovinare la tua reputazione e instillare dubbi nella mente delle persone riguardo al sostegno all'agriturismo. Se non rispondi o non condividi la tua versione dei fatti, vince lui. E la tua famiglia perde. Riuscirai a convivere con la consapevolezza di aver causato il crollo della loro attività?"

Cazzo, è davvero subdola!

Però Wesley sa dove colpirmi per ottenere ciò che vuole. Prendersela con me è una cosa, ma trascinare l'agriturismo e la mia famiglia in questa faccenda è un colpo basso, e non c'è niente che mi piacerebbe di più che raccontarle com'è fatto il vero Wesley fuori dal personaggio che i residenti idolatrano.

Tuttavia, una delle condizioni per la mia libertà vigilata era che non parlassi alla stampa, dato che lui è un agente ed è sotto inchiesta per le attività illecite svolte fuori servizio. Quindi, il fatto che stia orchestrando questa cosa è comico. Sa che puntare il dito contro di me distoglierà l'attenzione da lui, quando verrà inevitabilmente scoperto.

E far scrivere l'articolo alla giornalista locale, come se l'idea fosse venuta a lei, lo fa sembrare innocente.

"Wesley è un pezzo di merda che meritava un pugno in bocca, dopo quello che ne è uscito. Può provare quanto vuole a rovinarmi, ma non funzionerà. E tu non sei meglio di lui, se hai accettato di lavorarci insieme e hai prenotato un'escursione solo per avere la mia attenzione".

"Dubito di essere la prima ragazza a farlo. Considerando i tuoi trascorsi con le donne, sono sicura che tu ci sia abituato".

La sua accusa infondata mi fa ribollire il sangue. Qui ho conosciuto ragazze che mi hanno dato i loro numeri; quindi non sto negando che sia successo, ma lui troverebbe un modo per dare l'impressione che sia successo qualcosa di inappropriato o non consensuale, quando non potrebbe esserci nulla di più falso.

Probabilmente questo e il prossimo passo che farà Wesley per trascinarmi nel fango: trovare tutte le donne che mi sono portato a letto e inventarsi altre menzogne. O forse sta cercando di spingermi oltre il limite e vuole che gli spacchi il culo, così infrango le condizioni della mia libertà vigilata e vengo spedito in prigione.

In ogni caso, non funzionerà.

"No, ma tu sei la prima che usa questa cosa contro di me".

"Beh, magari possiamo raggiungere un accordo, in modo che la prossima cosa che viene scritta su di te sia positiva…"

Il suo tono subdolo mi dice tutto ciò che devo sapere.

"Credi che ti corromperei per farti smettere di scrivere articoli su di me?" Inarco un sopracciglio, stringendo la presa sul volante mentre il sangue ribolle ancora più caldo nelle mie vene. "Perché non ti affiderei nemmeno un centesimo, figuriamoci la mia reputazione!"

Rimane a bocca aperta e aggrotta le sopracciglia con incredulità. "Credi che stia mentendo?"

Abbasso lo sguardo sulla sua maglietta a maniche lunghe dalla scollatura profonda, più di preciso sul contorno del registratore tra i seni.

"Vediamo un po', che dici?" Prima che possa reagire, tiro fuori il dispositivo e vedo che sta registrando. "In via confidenziale un cazzo!"

"Ehi! Ridammelo!" Allunga il braccio nel mio pick-up per afferrarlo, ma io lo tengo là dove non può raggiungerlo.

"Adesso è mio". Lo spengo, poi lo lancio nel vano portaoggetti.

"Me lo stai rubando!" Prova a far passare di nuovo il braccio dal finestrino, ma, se lo volessi, potrei spingerla giù facilmente.

"Forse, ma scommetto che allo sceriffo Wagner interesseranno le altre registrazioni".

"Restituiscimelo e non scriverò nessun altro articolo su di te".

"Ricordi quello che ho detto giusto un momento fa sul fatto che non mi fido di te? Vale ancora".

"Lo giuro! Ti racconterò pure i segreti sporchi di Wesley. Conosco i suoi piani".

"Non sono interessato", dico impassibile. "Però hai tre minuti per andartene; altrimenti chiamo lo sceriffo e ti porterà via lui per violazione di proprietà privata. E non pensare che non lo farei perché sei una donna attraente".

Le sue labbra si incurvano in un sorriso seducente. "Attraente, eh?"

"Questo non ti rende speciale, tesoro". Stavolta le do una spintarella delicata, giusto per farla scendere dal predellino.

"Non hai detto di essere troppo impegnato per frequentare le donne?"

"Per frequentare *te*", la correggo. "E stavo cercando di fare il gentiluomo. Le donne crudeli e infide non sono il mio tipo". Quando ingrano la retromarcia, mette il broncio e incrocia le braccia. "E, se vuoi, puoi inserire *quello* nel tuo prossimo articolo su di me".

Capitolo Sei
Delilah

"Le auguro una splendida giornata, signora Waters". Le offro il mio sorriso ben collaudato e le porgo la busta con il set di lingerie come se non mi avesse appena raccontato quali sono i suoi piani romantici per indossarlo stasera.

Non gliel'ho chiesto, ma è stata più che disposta a parlarmene.

Anche se di solito non mi dispiace fare due chiacchiere mentre aiuto i clienti, suo marito è conosciuto nella comunità, dato che è il presidente del comitato cittadino; quindi mi mette a disagio sapere che non sarà lui a vedere la moglie indossare il suo intimo nuovo.

Questa settimana il signor Waters è andato a trovare la famiglia nel Maine, e lo so perché sua moglie se l'è lasciato sfuggire quando ha menzionato il fatto che non sarebbe tornato a casa per qualche altro giorno.

Quindi chi cavolo avrà l'anteprima? Non gliel'ho chiesto.

Vengo pagata per essere discreta, non per ficcare il naso.

"Grazie, Delilah. Ci rivediamo presto". Mi fa l'occhiolino, poi esce dalla porta ondeggiando i fianchi.

"Beh… *questo* sì che è stato interessante", mormora Mati mentre fissiamo entrambe la strada dove la signora Waters sta salendo sulla sua Escalade.

"Ehm, già… puoi dirlo forte". Scuoto la testa e scaccio via le immagini di quel tradimento. "Comunque sia… adesso mi metto a fare l'inventario dei pezzi nuovi. Fammi un fischio, se hai bisogno di me".

"Magari dovresti comprartene uno per te stessa…" Mi lancia un'occhiata provocatoria. "Sono sicura che a Wilder non dispiacerebbe".

Alzo gli occhi al cielo. "Molto divertente".

Tuttavia, quando sono nella stanza sul retro e guardo il nuovo set in pizzo con reggicalze color lavanda, non posso fare a meno di chiedermi quale sarebbe la sua reazione. Anche se ha fatto in modo che non ci spingessimo troppo oltre, ho sentito la sua reazione grande e grossa quando mi sono strofinata sopra di lui.

Di solito il lunedì non c'è molto da fare in negozio; quindi ho più tempo per lavorare sui compiti amministrativi e gestionali mentre Mati si occupa dei clienti. Ottiene risultati fantastici nelle vendite e, oltre alla paga oraria, prende delle commissioni. Dato che io sono salariata, affido volentieri a lei la clientela, e questo mi permette di mettermi in pari con le scartoffie.

Prima del turno, ho parlato con Wilder per sapere come sono andate le cose in tribunale, ed è stato un sollievo sapere che non è finito in prigione. È stato terribilmente fortunato, se consideriamo quello che ha fatto, ma ora spero che questo non abbia ripercussioni sulla sua salute mentale e su tutti i progressi dell'ultimo anno. Non ho ancora capito cosa intendesse quando ha detto che ci saremmo visti oggi, ma una parte di me non può negare di essere incuriosita dai suoi piani.

Quando ritorno dal bagno, sento Mati in negozio che dice a qualcuno col suo tono professionale: "Temo che al momento sia occupata".

"Ci vorrebbero giusto pochi minuti. L'articolo deve uscire tra un paio d'ore e sarebbe fantastico avere la sua testimonianza sull'evento".

Con chi cavolo sta parlando?

"Non rilascia dichiarazioni a nessuno senza un avvocato, tantomeno a voi".

"Se dovesse cambiare idea, cosa che farà di sicuro, questo è il mio numero".

Il tono brusco della sconosciuta mi rende ancora più curiosa riguardo alla sua identità e allo scopo della sua visita, ma sono comunque grata a Mati per aver gestito la faccenda al posto mio. Suo padre è un avvocato e lei ha lavorato part-time nel suo studio dopo il diploma, tredici anni fa. Nonostante lui volesse che studiasse giurisprudenza seguendo i suoi passi, Mati non condivideva quella passione. Ha studiato arte, ma, quando la madre è morta un anno dopo la sua laurea, è tornata per aiutare suo padre e non ha più ripreso quel percorso.

Abbiamo tantissimo in comune perché entrambe abbiamo dovuto mettere in pausa le nostre vite per i nostri cari, e questo ci ha fatte avvicinare ancora di più. Avevo ventun anni quando mio padre ha avuto l'incidente, e poi quello di Harlow è successo un anno dopo.

È stata una tappa importante per entrambe quando abbiamo lasciato casa per affittare un appartamento insieme. Finalmente abbiamo potuto avere la nostra indipendenza e vivere da sole, nonostante mi sentissi terribilmente in colpa. I miei genitori mi hanno quasi cacciata, dicendomi che era giunto il momento di concentrarmi su me stessa.

Sono grata che l'abbiano fatto, ma vorrei comunque essere andata più spesso a trovarli.

Quando sento la campanella sulla porta, sbircio in negozio. "Ehm… Mati? Chi era?"

Si gira verso di me con un largo sorriso. "Una qualche giornalista a caccia di storie. Afferma che Wesley sia stato criminalizzato ingiustamente, mentre Wilder riceve illimitate carte "esci gratis di prigione". Vuole usare la tua dichiarazione per far sfigurare Wilder. Le ho detto di mettersela dove non splende il sole".

Faccio una risata nasale. "Parli proprio come la vera figlia di un avvocato".

Con una pigra scrollata di spalle, fa un sorrisetto. "Il suo biglietto da visita è lì, se lo vuoi, ma io non le parlerei senza un avvocato".

"Non parlerò con nessuno; quindi per me non sarà un problema. Lo sceriffo Wagner ha la mia deposizione, ed è tutto ciò che c'è bisogno di dire".

Quando ho finito di registrare il nuovo inventario e di aggiungere i cartellini dei prezzi, prendo un set della mia taglia e lo metto da parte sul retro.

Non farebbe male avere qualcosa di sexy nell'armadio. Anche se dovessi essere l'unica a vederlo.

"Vuoi prenderti l'ultima pausa?" chiedo a Mati. Sono quasi le tre e finirà tra un paio d'ore.

"D'accordo. Volevo comprare un frullato al bar. Ne vuoi uno?" Raccoglie la borsa da sotto il bancone, poi tira fuori il cellulare e il portafoglio.

"Sì, molto volentieri. Vuoi dei contanti?"

"Ma no, la prossima volta puoi pagare tu".

Quando se ne va, alcune clienti entrano e mi lanciano occhiate strane. Sono cortesi mentre le aiuto a trovare reggiseni e mutande nuovi, ma c'è un'atmosfera peculiare.

"Delilah!" urla Mati non appena si spalanca la porta sul retro.

Non alza mai così tanto la voce quando potrebbero esserci dei clienti in negozio; quindi corro da lei e mi assicuro che stia bene.

"Che succede?"

Sta fissando il telefono con la bocca aperta e gli occhi strabuzzati.

"Quella maledetta!"

"Chi?"

Mi mostra lo schermo, e lo afferro subito per leggere le parole.

"Oh, mio Dio!" Non riesco a credere ai miei occhi. "Sta incoraggiando le persone a boicottare l'agriturismo?"

"Lo sapevo che era una stronza", mormora Mati. "Alla fine, dice che ha intenzione di contattare la famiglia Hollis per ottenere una dichiarazione; il che significa che potrebbe scrivere più di un articolo. Forse dovresti avvisare Wilder".

"Non le parlerà mai".

Wilder potrà anche fare stronzate, ma parlare con una giornalista? Non sarebbe così sprovveduto.

"Magari non di sua spontanea volontà. Quella lì aveva un registratore. E lui non lavora come guida delle escursioni?"

"Sì". Sbuffando, prendo il telefono dalla borsa e gli mando un messaggio.

DELILAH

Ehi, è passata poco fa una giornalista che voleva una mia dichiarazione sulla faccenda tra te e Wesley. A quanto pare, ha scritto un articolo su di voi e sta incoraggiando le persone a boicottare l'agriturismo. Quindi ti avviso che potrebbe venire a chiederne una anche a te.

Oh, e aveva un registratore. Quindi stai attento.

"Che aspetto aveva?" chiedo a Mati. Se posso dargli più informazioni e dettagli possibili, magari lo aiuterò a tenersi alla larga da lei.

Mati mi fa una descrizione che ripeto per messaggio.

DELILAH

È alta poco meno di un metro e sessanta, capelli castani e indossa una maglietta a maniche lunghe verde.

Chiamami o scrivimi quando puoi!

"Argh, non ha ancora risposto". Cammino avanti e indietro nella stanza sul retro dopo trenta minuti di silenzio. "E se lo avesse già raggiunto?"

Un attimo dopo, finalmente mi scrive.

Pecca con me

WILDER

Scusami, ho visto i tuoi messaggi solo quando ormai era troppo tardi. Le ho detto di andare a farsi fottere, ma ora sto andando dai miei genitori. Probabilmente coinvolgeranno l'avvocato e sarà un'altra bella situazione di merda.

Grazie per esserti preoccupata per me e aver provato ad avvisarmi. Lo apprezzo.

DELILAH

Figurati! Fammi sapere se c'è qualcosa che posso fare.

WILDER

Devi solo fare attenzione. Sono sicuro che appariranno altri avvoltoi.

DELILAH

Mati l'ha messa al suo posto, ma non preoccuparti. Non dirò una parola.

WILDER

Mi dispiace averti coinvolta in questo casino. Risolverò la situazione, promesso.

DELILAH

Non sto incolpando te.

WILDER

Dovresti. Ho fatto una stronzata e adesso hanno trascinato dentro il tuo nome.

DELILAH

Smettila di preoccuparti. Scrivimi più tardi, se hai aggiornamenti.

WILDER

Lo farò. Scusami ancora, Delly.

"Allora?" indaga Mati.
"Non le ha detto niente".
"Grazie a Dio! Ma questa situazione non scomparirà nel nulla".

Sospiro. "Già, non in questo paesino".

Quando mancano cinque minuti alla fine del mio turno, conto i soldi nel mio cassetto e mi preparo ad andarmene, così che Harper possa prendere il mio posto. È la manager part-time che lavora la sera, dopo aver frequentato le lezioni universitarie durante il giorno.

Quando la campanella risuona sulla porta, mi aspetto di vederla entrare; invece è il tipo del bar che mi ha rovesciato addosso la birra.

Porca puttana!

E ho già mandato via Mati, visto che il negozio era tranquillo. Quanto più strana può diventare questa giornata?

"Che ci fai qui?" chiedo con decisione prima che si avvicini.

"Sono Jonah". Mi saluta pateticamente con la mano, apparendo meno minaccioso rispetto a un attimo fa. "Sono venuto a scusarmi per l'altra sera".

"Come mi hai trovata?"

"Ho chiesto a Rainy per potermi scusare di persona. Ero parecchio ubriaco quella notte e sono stato molto, molto stupido. Non avrei dovuto dire quelle cose o lottare con Wilder. Dopo aver saputo che la birra che ti ho rovesciato addosso ti ha causato problemi quando ti hanno fermata, ho pensato che il minimo che potessi fare era dirti quanto mi dispiace".

"Oh". Esito a menzionare l'articolo, ma è ovvio che l'abbia letto. E probabilmente ha sentito anche una marea di pettegolezzi in merito. "Beh, apprezzo le tue scuse".

"Magari possiamo ricominciare da capo e ti offro un drink, che dici? Uno che non dovrai indossare?" chiede timidamente. "O persino una cena. Maria's Kitchen serve i *nachos* più buoni di tutti. E ho notato che stavi bevendo dei Margarita al Twisted Bull. Anche lì li fanno buoni".

Trattengo una risata, trovando le sue divagazioni accattivanti e sincere.

"Mi stavi guardando, eh?"

"Era impossibile non notare la donna più bella lì presente. Se devo essere onesto, avevo escogitato tutto un piano per venire a parlarti e sono inciampato come un idiota. È stato lì che la mia birra ha preso il volo. Diciamo che mi sono ubriacato troppo, e i miei piani sono andati a quel paese".

"Già… possiamo metterla così". Faccio un largo sorriso. "Anche se apprezzo il gesto, non è necessario. La mia vita è un tantino complicata al momento e…"

"Possiamo andarci come amici. Senza aspettative, giuro. Mi sono appena trasferito qui per stare più vicino a mia sorella; quindi non conosco molte persone".

Accidenti. Può essere dura inserirsi in una comunità molto unita di persone che vivono qui da tutta la vita e non conoscere nessuno.

"Ok, va bene. Come amici", ribadisco.

Capitolo Sette
Wilder

Non vedevo nonna Grace così adirata da quando ero un ragazzino, e il fatto che per una volta la sua rabbia non sia diretta a me è un piacevole cambiamento.

"Scoprirò chi sono la madre e la nonna di Molly e farò una bella chiacchierata con loro sul rispetto e la *lealtà* in questo paese…" Cammina avanti e indietro per la cucina con il suo solito grembiule addosso, mescolando con aggressività qualcosa in una grossa ciotola. "E venire al ranch… Deve avere due palle d'acciaio".

"Non credo che abbia le palle, nonna Grace", ironizza Noah, seduta di fronte a me a tavola.

"Ma come ha fatto a iscriversi a un'escursione?" chiede Waylon. "Sono soltanto per gli ospiti registrati".

"Ha fatto una prenotazione, ha scelto il check-in anticipato e poi si è iscritta subito a un'escursione", spiega Tripp. "Non ci ha mica detto di essere una giornalista. Non avevamo alcun motivo di essere sospettosi".

Dopo che sono arrivato alla casa padronale e ho raccontato a mia madre cos'era successo, ha convocato una riunione familiare d'emergenza. Papà sta parlando al telefono con John, ma non c'è nulla che lui possa fare, dato che esiste la la libertà di parola e gli atti giudiziari sono pubblici.

Ma questo non significa che gli Hollis si arrenderanno senza combattere.

"D'accordo..." Papà entra in cucina, infilandosi il telefono in tasca. "Il massimo che può fare è contenere i danni. Agire preventivamente prima che la questione rappresenti una minaccia per la famiglia o l'attività. Wilder, ti terrai alla larga dagli ospiti e dall'agriturismo finché non si saranno calmate le acque. Tu e Landen vi scambierete i ruoli".

"*Cosa?*" esclamiamo all'unisono io e mio fratello.

"Passa le giornate a guardare cavalli che scopano e a palpare coglioni", mi lamento.

"Niente parolacce", mi rimprovera mamma.

Landen gestisce le operazioni di riproduzione. Si occupa dei nostri stalloni e delle giumente incinte finché non tornano a casa dai proprietari. Li guarda mentre si accoppiano per tutta l'estate e poi, fuori dalla stagione riproduttiva, raccoglie il seme e lo vende su internet.

"Non mi sembra molto diverso dai palpeggiamenti che fai tu in camera tua tutta la notte", si intromette Noah.

Le lancio un'occhiata per nulla divertita. "E tu che ne sai?"

"L'ho sentito dire".

"Mi pare un po' strano che tu parli delle palle di tuo fratello..."

"Basta così!" sbotta papà. "Oltre a restare soltanto nella zona del ranch, non lascerai la proprietà a meno che tu non abbia un appuntamento, debba svolgere incarichi per le ore di servizi sociali o te lo dica io".

Alzo gli occhi al cielo, appoggiando i gomiti sul tavolo. "Quindi posso andare dallo psicologo, ma il supermercato è off-limit?"

"Corretto. Non parlerai con nessuno che non sia un familiare".

"Posso essere esentata?" Noah alza la mano.

Tripp fa una risata nasale.

"Se dovesse servirti qualcosa dal centro, te lo prenderà *Noah*", dice papà, fissandola mentre sottolinea in maniera esagerata il suo nome.

"Oh, visto che sono una donna, dovrei fare la spesa per lui?"

"È una cosa sessista e alimenta le assurdità patriarcali a cui ci atteniamo da secoli", aggiunge Mallory.

Papà si pizzica la radice del naso, poi espira dalla bocca. "Non è per questo che ho scelto lei. Stava facendo la spocchiosa, ma, se vuoi offrirti volontaria tu, fai pure".

"Ma anche no". Mallory fa un verso di disapprovazione.

"Tanto, probabilmente avvelenerebbe il mio cibo".

Mallory sbuffa, appoggiandosi con nonchalance allo schienale della sedia. "Non sprecherei la mia bella digitale per te".

Per avere solo diciassette anni, ogni tanto mi spaventa a morte.

Ma non lo ammetterei mai a voce alta.

"Mi è ancora *permesso* andare a Las Vegas?" chiedo a papà.

"Sarà fra tre settimane e mezzo; quindi ne riparleremo a tempo debito", risponde.

Non era la risposta che speravo di ricevere, ma perlomeno non è un "no" secco. È un anno che aspetto con ansia quel viaggio.

E quella prima birra che ordinerò lì sarà il sorso migliore della mia vita, dato che resterò sobrio fino ad allora.

"Per il momento, nessuno parli con la stampa, nessuno menzioni nulla di fronte agli ospiti, e fate tutto come al solito", ordina papà. "A prescindere da quello che viene detto, non reagite né fate commenti. Ricevuto?"

Sposta lo sguardo sulla stanza finché i suoi occhi non si fermano sui miei. Mi sta avvertendo di tenermi fuori dai guai perché, se mi faccio arrestare mentre sono in libertà vigilata, nessuno potrà farci niente.

"Sì, signore", rispondiamo.

Quando la riunione viene sciolta, si trascinano tutti fuori dalla porta per tornare al lavoro, mentre io rimango.

"La signorina Tierney ha detto che può registrarti come volontario al rifugio domani alle diciotto. Credi di riuscire ad arrivare in orario? È a circa quarantacinque minuti da qui".

"Certo, mamma. Tanto non mi è permesso fare nient'altro".

Mi dà una pacca sulla mano prima di spostarsi verso il frigorifero per recuperare gli ingredienti per la cena. Nonna Grace si avvicina e mi dà un biscotto. "Tieni, mangia questo. Ti farà sentire meglio".

"Oh? È un biscotto *speciale*?" Con un largo sorriso, lo prendo e do un morso. Poi lo annuso.

Quando sollevo lo sguardo su di lei con un sopracciglio inarcato, mi fa l'occhiolino e se ne va.

Sì, mi ha appena dato uno dei biscotti alla marijuana che usa per l'artrite e i dolori neuropatici. Non mangiavo un alimento del genere da anni.

Sarà interessante.

Dato che stasera non sono riuscito a sorprendere Delilah come volevo, ho optato per la seconda opzione migliore.

DELILAH

> Hai mandato tu cibo cinese e una marea di bouquet di fiori al mio appartamento?

Mi appoggio allo schienale del divano e sollevo i piedi sul tavolino finché non sono comodo. Aspettavo il suo messaggio da quando ho completato gli ordini, un'ora fa.

Dopo essermene andato dai miei, mi è venuta quest'idea, dato che non potevo lasciare la proprietà ma volevo comunque farle sapere che stavo pensando a lei. Mi dispiace tantissimo che sia rimasta coinvolta con me nel casino generato dall'articolo.

WILDER

> Ci sono forse tanti spasimanti che ti manderebbero il tuo cibo preferito e dieci dozzine di fiori?

DELILAH

Oh, sì, fuori dalla mia porta di casa c'è una fila di uomini che aspettano di corteggiarmi. Alcuni hanno addirittura portato degli asini da scambiare con il mio amore!

WILDER

Asini? Beh, meno male che io ti conosco meglio di loro.

DELILAH

Oh, davvero? Tipo?

WILDER

Odii gli asini. Quindi è un rifiuto immediato.

DELILAH

...Come fai a saperlo?

WILDER

Sei stata inseguita da un asino quando avevi dodici anni e da allora ti terrorizzano a morte.

DELILAH

COME FAI A SAPERLO?

WILDER

Tu pensi che non ti ascolti quando parli, ma io lo faccio sempre, quando si tratta di te.

DELILAH

Che cosa... carina!

WILDER

Davvero?

DELILAH

Ma soprattutto inquietante.

Alzo gli occhi al cielo anche se sta facendo la dispettosa di proposito. Il lavoro part-time di Delilah è trovare modi per sminuirmi.

Pecca con me

Risponde con l'emoji buffa che fa la linguaccia.

Decido di aggiungere qualcos'altro, anche se probabilmente dirà che è ancora più inquietante, ma a questo punto che cos'ho da perdere? A parte la mia salute mentale, ovviamente.

Osservo Delilah da anni, notando ogni suo piccolo dettaglio, e negli ultimi mesi ho imparato ancora di più su di lei. Non se n'era resa conto, o forse non ci faceva caso... sino ad ora.

DELILAH

Oppure significa che sei troppo arrogante per renderti conto che devi ancora allenarti per la partitona.

WILDER

Aspetta… Stiamo parlando di sesso o di football?

Risponde con un'emoji che alza gli occhi al cielo e un bersaglio. Adesso mi sta prendendo per il culo.

WILDER

Onestamente, avevo intenzione di portarti in un posto tranquillo per festeggiare il fatto che non sono dietro le sbarre ma ufficialmente confinato nella proprietà, a meno che non debba partecipare a sedute di terapia o svolgere servizi sociali.

DELILAH

I tuoi sono incazzati, eh?

WILDER

Di sicuro non sono contenti. Ma finché non si saranno calmate le acque, dovrò tenermi alla larga dagli ospiti; il che vuol dire che sono bloccato al ranch.

DELILAH

Non è poi così terribile. Perlomeno puoi lavorare e tenerti impegnato.

WILDER

Solo che hanno dato il mio lavoro a Landen. Quindi io devo fare il suo.

DELILAH

Intendi…

Manda l'emoji delle goccioline con una mano stretta a pugno.

WILDER

Già. Che vita di merda!

DELILAH

Di sicuro ormai sarai un professionista, no?

WILDER

A segare cavalli? Stranamente, no. Va oltre la mia esperienza personale.

DELILAH

Che bella la vita...

Invia un'emoji che ride e una melanzana, facendomi ridere con lei.

WILDER

E poi, nonna Grace mi ha dato uno dei suoi biscotti alla marijuana. Quindi potrei essere un tantino fatto.

Gli effetti, anche se evidentemente il biscotto ne conteneva una minima quantità, si sono fatti sentire e mi sono rilassato tantissimo.

DELILAH

AHAHAH, questo spiega tuuuuutto!

WILDER

È pronta a menare Molly.

DELILAH

Può mettersi in fila, perché Mati era pronta a stenderla.

WILDER

L'unico lato positivo è sapere che Wesley è stato sospeso e probabilmente sta facendo impazzire sua moglie.

DELILAH

Magari lei si sacrificherà per noi e lo spingerà giù dal loro tetto o qualcosa del genere.

Scoppio a ridere.

WILDER

Magari lo costringe ad appendere le lucine di Natale e quello fa la fine di Babbo Natale.

DELILAH

Ahah! Tipo che scivola e svanisce nel nulla. Puff!

WILDER

Mi sa che sono fatto, perché adesso voglio vedere quel film.

DELILAH

Avresti dovuto dirmelo prima e avrei portato questo cibo da te. C'è un profumo assurdo qui dentro... letteralmente. Il pollo cinese e l'aroma di riso in cucina, e in soggiorno sembra di essere da un fioraio.

WILDER

Immagino significhi che dovremo organizzare qualcosa per un'altra sera.

DELILAH

Pensavo di venire questo weekend per cavalcare Jasmine. Ci facciamo un'escursione a cavallo?

WILDER

Molto volentieri. Sabato alle tre?

DELILAH

D'accordo. Grazie per il cibo e i fiori. Non dovevi esagerare così, però mi hanno fatto sorridere dopo una giornata frenetica.

WILDER

Bene... Allora, missione compiuta.

Le mando l'emoji che fa il saluto militare e lei risponde con un cuore rosso.

Ho flirtato a volontà con Delilah per anni senza pensarci

troppo, perché pensavo che mi vedesse solo come un fratello fastidioso.

Ma, dopo quella pomiciata erotica in cui è venuta sulle mie dita e mi ha supplicato di darle di più, farò tutto il possibile per uscire dalla friendzone, anche se dovesse uccidermi.

Capitolo Otto
Delilah

"Allora… com'è la vita fuori dalla prigione?" La mia sorella minore si mette comoda dietro il bancone, dove non le è permesso di stare. È entrata con fare sicuro dieci minuti fa, sgranocchiando piselli dolci e rendendosi da subito insopportabile.

"Non sono stata in prigione…" replico, spingendola verso la parte anteriore della cassa.

"Dovresti sentire i pettegolezzi che girano. Una tipa ha chiesto se a Wilder sono concesse le visite coniugali e dove poteva iscriversi per fargliene una". Harlow scoppia a ridere.

Alzo gli occhi al cielo. "Ma nessuno legge? Nemmeno lui è in prigione".

"Però è esilarante sapere che, anche se fosse dentro, le ragazze accorrerebbero comunque da lui a frotte. Probabilmente perfino più di prima".

"Non ne dubito. Probabilmente avrebbe anche migliaia di amiche di penna che gli fanno proposte di matrimonio e lo supplicano di concepire un figlio con loro".

Prendo la pila di biancheria intima che va inserita nel sistema e mi concentro sullo schermo del computer.

"Qualcuna mi pare gelosa…" Mastica un altro pisello.

"Non lo sono".

"Davvero? Hai le guance arrossate e il collo bordeaux. Sono piuttosto sicura che ci sia un succhiotto che stai provando a nascondere con quel trucco messo male".

"Oh, mio Dio!" esplodo, sbattendo le grucce. "Sei qui solo per darmi sui nervi?"

Quando si acciglia, mi sento subito in colpa per averle urlato addosso, ma poi la sua bocca si trasforma in un sorrisetto del cazzo. "Quindi le altre voci sono vere".

Aggrottando le sopracciglia, ricomincio a scansionare gli articoli. "Quali?"

"Che ti sei fatta Wilder".

"Chi lo dice?"

"Ehm… tutti".

Grandioso.

"Beh, possono andare a farsi fottere. Tanto non sono comunque affari loro".

"Io sono tua sorella! Dimmelo".

"No! Tu non me l'hai detto quando ti facevi il mio *ex-ragazzo*…" le ricordo. "Anzi, l'ho scoperto perché vi ho beccati a pomiciare nella selleria".

Fingo di vomitare.

"Quindi adesso gliela stai facendo pagare portandoti a letto il gemello? Sfacciata. Mi piace". Fa una risatina.

"Non ha nulla a che vedere con Waylon. O con te".

"Davvero non me lo dici?" Sbuffa, appoggiandosi al bancone mentre tira in fuori il labbro inferiore. Un tempo quella tecnica funzionava su di me.

Però adesso lei è cresciuta e non me la bevo.

"No, ma io e Wilder siamo solo amici. Ha già abbastanza roba a cui pensare nella sua vita, e pure io; quindi non sto cercando di incasinare ancora di più le cose".

Il che è in gran parte vero.

Ma non voglio neanche rivivere l'imbarazzo raccontandole la storia perché, non appena dovessi dirle che ci siamo baciati, vorrebbe conoscere tutti i dettagli proprio come Mati.

Wilder avrà anche ricambiato il bacio e fatto altre cose, ma cominciare qualcosa tra di noi aggiungerebbe una complicazione per la quale nessuno dei due avrebbe tempo… in aggiunta a quello che dice la gente sull'intera situazione. Non è il momento giusto.

"Perché si complicherebbero le cose? Secondo me, stai campando scuse perché hai paura".

"Ok, Miss Ficcanaso…" Sbuffo, prendendo le grucce con i set di lingerie prima di uscire da dietro il bancone per appenderle.

"Allora dimmi che mi sbaglio!"

Non posso perché, in un certo senso, ha ragione.

Non ho paura di avere una relazione, ma ho paura di essere ferita. Da lui, specialmente. Ho paura che ciò rovinerebbe il nostro rapporto e che poi mi mancherebbe ciò che avevamo.

"Sto lavorando, Harlow", dico in tono cantilenante. "Te ne devi andare, se non compri niente".

Il negozio è rimasto vuoto nell'ultima ora, e mi mancano solo dieci minuti di turno prima che arrivi Harper.

"Argh, non sei più divertente. È questo che succede quando entri nei trenta?" Mastica in modo aggressivo, facendomi male al cervello.

"Molto simpatica", dico impassibile. Adora fare battute sulla mia età, dato che sono molto più grande di lei.

Quando la campanella sulla porta suona, guardiamo entrambe in quella direzione e sbarro gli occhi nel vedere Jonah che entra.

È arrivato prima.

E avrebbe dovuto raggiungermi al bar, non qui.

Non volevo uscire a cena e a bere qualcosa insieme, visto che non lo conosco. In questo modo, se la situazione si fa scomoda, posso andarmene in fretta.

"Ehi", mi saluta, con un largo sorriso. "Sono arrivato prima del previsto perché avevo paura di non trovare parcheggio. A quanto pare, in questo paese non è un problema".

"No, di solito no". Faccio un sorriso goffo. "Ho quasi finito".

"Non preoccuparti. Non mi dispiace aspettare".

"E tu chi sei?" Harlow si mette di fronte a lui, spostando lo sguardo su e giù lungo il suo corpo.

"Sono Jonah".

"Piacere di conoscerti". Harlow gli porge la mano. "Sono la sorella di Delilah, Harlow". Jonah ricambia il gesto e le stringe la mano. "Dove state andando?"

"Prendiamo un caffè giusto dietro l'angolo. Le dovevo delle scuse per averle rovesciato una birra sulla maglietta".

"Ah… sei *quel* tipo".

Mi do mentalmente una sberla in faccia per averle raccontato quella parte della storia.

"Già, colpevole".

"Dunque…" Harlow gli gira attorno con le braccia dietro la schiena, come se stesse interrogando un sospettato. "È un appuntamento?"

"Harlow!" sibilo, camminando verso il bancone.

"Che c'è? Sto solo chiedendo".

Non è affatto un appuntamento.

Sospirando, porto il mio cassetto sul retro. Voglio andarmene da qui non appena arriva Harper.

Quando torno in negozio, Harlow e Jonah stanno ridendo. Chissà quale cosa imbarazzante su di me gli ha detto adesso, ma non lo chiederò di fronte a lei.

Arriva Harper, risparmiandomi di dover sopportare ancora a lungo questa situazione scomoda, e dico ad Harlow di smammare.

"Quando ci vediamo giovedì per il Ringraziamento, ti insegno il modo giusto per nascondere un succhiotto!" mi dice quando usciamo. "Ciao!"

Digrigno i denti mentre si incammina verso il suo pick-up, nella direzione opposta.

"Mi dispiace…" Scuoto la testa, con le guance che bruciano per l'imbarazzo.

Jonah ed io ci dirigiamo verso il caffè, che si trova a giusto pochi minuti da qui.

"Ma no, nessun problema. Ho un fratello minore che si comporta nello stesso modo".

"Ha dieci anni in meno di me e adora tormentarmi il più possibile", spiego.

"Wow, che differenza enorme! Mio fratello ne ha due in meno, però mi ha sempre rotto le palle". Si fa una risata. "Tu hai fratelli?"

"No, siamo solo io e Harlow. Una sorella è sufficiente". Ridacchio. "Frequenta il mio ex".

Non so perché me lo sia lasciata sfuggire, ma ormai non posso più rimangiarmelo.

"Davvero? Non è strano?"

"All'inizio sì, ma l'ho superato presto quando lui l'ha salvata da un paio di tizi che l'hanno rapita lo stesso giorno in cui è morto nostro padre. Quindi non ho avuto molto tempo per arrabbiarmi". Le sue sopracciglia schizzano verso il cielo. "Oh, mio Dio!" Chiudo con forza gli occhi, dandomi una sberla mentale sulla fronte quando mi rendo conto che non sono proprio capace di avere una conversazione normale. "Non volevo vomitarti tutta quella roba addosso. È chiaro che non ci so fare".

Appaiono due fossette quando fa un largo sorriso.

"Va tutto bene. Io non saprei neanche come spiegare i miei drammi familiari".

"Beh, se mi raccontassi qualcosa, mi sentirei meglio per essermi lasciata sfuggire alcune cose mie".

Fa una risatina, ed è un piacevole suono profondo. "Quando ci danno i caffè, ti racconto di mia sorella, che ha vomitato sul suo abito da sposa dieci minuti prima di camminare verso l'altare".

Rimango a bocca aperta. "Oh, mio Dio, il mio peggiore incubo!"

Quando arriviamo, Jonah mi tiene la porta aperta, così entro e lui mi segue da vicino.

"Già… Qualunque cosa pensi della tua famiglia, ti garantisco che la mia è dieci volte peggio".

Raggiunto il bancone, ordino una bevanda e un muffin, dato che non mangio da mezzogiorno. Se prendo il caffè a stomaco vuoto mi viene la nausea, e per oggi mi sono già messa abbastanza in ridicolo.

Jonah ordina dopo di me e, anche se mi offro di pagare il mio, insiste che me lo deve.

Due dei tavoli sono occupati, ma quello vicino alla finestra è libero; quindi scegliamo quello. Avvia la conversazione parlando della sua famiglia e di quando si è trasferito dall'altra parte dello stato dopo l'università, non appena ha trovato lavoro.

"Quando mia sorella si è sposata, è venuta a vivere qui per stare con il marito; quindi ci vedevamo raramente. Qualche mese fa, ha annunciato la gravidanza e mi sono reso conto che non volevo perdermi la crescita di mio, o mia, nipote. Quindi ho cercato un nuovo lavoro e mi sono trasferito qui per starle più vicino".

"Wow, che cosa dolce! Sono sicura che lo apprezza". Do un morso al mio muffin e poi lo mando giù con il caffè macchiato freddo. Anche se probabilmente mi terrà sveglia più a lungo del solito, è delizioso e vale una notte insonne.

"Lei sì… Suo marito, non troppo".

"Oh… È qui che entrano in gioco alcuni dei casini?"

Annuisce, bevendo un sorso del caffè caldo. "Proprio così. Credo che lui fosse al Twisted Bull lo scorso weekend a spiarmi. Avevo passato una settimana difficile; quindi ho bevuto come una spugna. Più di quanto non farei di solito".

"Aspetta…" Sedendomi più dritta sulla sedia, ripenso a quando Wesley ha dichiarato di essersi trovato lì quella notte per seguire un sospetto spacciatore.

"Come si chiama tuo cognato?" chiedo con esitazione.

"Wesley Townsend. L'agente. Ho saputo cos'è successo e mi sono sentito ancora più in colpa per l'incidente".

Oh, mio Dio!

Se Wesley stesse dicendo la verità, allora Jonah potrebbe essere il tipo che stava tenendo d'occhio.

Potrebbe essere lui lo spacciatore!

Ma forse Wesley ha mentito sull'intera faccenda.

Comunque sia, non dovrei stare qui con qualcuno che è legato a lui. Soprattutto dopo che Molly ha provato con i suoi modi subdoli a parlarmi.

Per quanto ne so, potrebbe essere un'altra trappola.

"Mi dispiace…" Mi alzo di scatto con il caffè in mano. "Devo andare".

"Aspetta, cosa?" Balza in piedi, torreggiando su di me.

Prima che possa rispondere, la porta del bar si spalanca ed ecco lì Wilder, sexy da impazzire con il suo cappello Stetson, i Wrangler scuri e degli stivali da cowboy.

E lo sguardo letale che ci sta lanciando addosso mi dice che è incazzato da morire.

Capitolo Nove

Wilder

La mia prima giornata completa di lavoro all'allevamento non è stata poi così terribile come mi aspettavo. Il nostro stallone, Rocky, ha provato a darmi un calcio solo una volta, e per fortuna ha mancato il bersaglio, altrimenti ora avrei un testicolo in meno.

La stagione riproduttiva è finita e le giumente sono tornate dai proprietari. Oltre a prendermi cura dei bisogni di Rocky, mi concentro sulle vendite online, raccogliendo, valutando e trattando il suo seme per poi spedirlo.

È noioso e strano da morire – e di certo non l'attività da ranch che preferisco – ma, diamine, ho fatto di peggio.

L'unica cosa che mi ha aiutato a superare la giornata era sapere che avrei visto Delilah, anche se per pochi minuti. Lavora sino alle cinque; quindi non avrò moltissimo tempo, ma spero di beccarla prima che lasci il negozio.

Anche se non è pronta a discutere di ciò che è successo tra di noi durante l'ultimo weekend, spero che prima o poi lo sarà. Fino ad allora, starò al suo gioco e non ne parlerò.

Dato che il rifugio dista quarantacinque minuti in macchina, esco un'ora prima. Quando raggiungo il negozio, sono passate da poco le cinque, ma il suo pick-up è ancora nel parcheggio.

"Salve, benvenuto al Lacey's", mi accoglie una delle dipendenti con un sorriso. "Cerchi qualcosa per te o per la tua signora?"

"Ehm…" Mi strofino la mano sul mento. "Delilah c'è?"

"Dipende". Incrocia le braccia. "Sei un giornalista?"

"No". Sollevo lo Stetson così che possa vedermi meglio il volto. "Sono Wilder Hollis. Un suo amico".

"Oh, giusto". Schiocca le dita. "Quello che picchia i poliziotti". Trasalisco, in attesa di vedere come reagisce. "L'hai mancata per un pelo", continua. "Se n'è andata con un tipo".

Il cuore mi martella nel petto. "Chi?"

Fa spallucce, armeggiando con alcuni articoli a caso dietro il bancone. "Non ne ho idea. Sono arrivata per il mio turno e loro sono usciti".

"Non sai dove sono andati?"

"Non me l'ha detto, ma hanno girato a destra dalla porta, se può aiutare".

"Ok, grazie". Corro fuori e sono indeciso se chiamarla o meno, ma, quando raggiungo la fine dell'isolato, la vedo dietro la grossa finestra di un bar.

È seduta al tavolo, con un uomo di fronte. Hanno entrambi una tazza davanti, mentre sorridono e ridono.

Ringhio, e detesto sentirmi così geloso. Per quanto mi piacerebbe fare irruzione lì dentro e strappare la testa a quel tipo, non posso rischiare di fare un'altra scenata che mi farebbe sbattere in prigione.

Mentre mi avvicino, continuo a guardarlo, riconoscendolo vagamente e cercando di ricordarmi dove l'ho già visto.

E poi ricordo.

Dev'essere una presa per il culo.

Perché diamine sarebbe uscita a prendere un caffè con il tipo che le ha rovesciato addosso la birra e mi ha picchiato?

Che cosa assurda!

Ed è ancora più assurdo che non me ne abbia parlato stamattina, quando abbiamo messaggiato.

Prima di riuscire a fermarmi, afferro la maniglia e spalanco la porta.

Delilah è già in piedi quando entro e mi fissa come un cervo davanti ai fari di una macchina.

Sposto lo sguardo sull'uomo dietro di lei e serro la mascella.

"Wilder". Delilah si avvicina, all'apparenza calma, ma stringe con forza il caffè mentre se lo tiene vicino al corpo. "Parliamo fuori".

"Delilah, aspetta…"

Lei si volta verso di lui, ma indietreggia quando lui le va incontro.

"Non farlo", lo avverto.

Solleva i palmi in segno di finta resa. "Rilassati, non farò niente".

"Scusami, Jonah. Devo andare". Il rimorso nella voce di Delilah mi fa sentire ancora più confuso.

Delilah si gira e mi spinge fuori dalla porta. Resta in silenzio mentre camminiamo verso il parcheggio.

"Delilah… hai intenzione di dire qualcosa?" chiedo prima di raggiungere il suo pick-up.

Finalmente mi guarda. "Che ci fai qui? Pensavo avessi la registrazione".

"Ero passato a vederti per un po'. La tua collega mi ha detto che sei andata in centro con un tipo; quindi…"

Incrocia le braccia, appoggiandosi alla portiera. "Quindi cosa?"

"Sono venuto a cercarti per vedere con chi fossi…" Mi stringo nelle spalle. "Ero preoccupato".

"Wilder, so badare a me stessa".

"Ne sono consapevole, ma perché sei uscita proprio con quel tipo? È per colpa sua se Wesley ti ha sentito addosso la puzza della birra".

Butta fuori un respiro, abbassando le braccia. "Ieri è passato in negozio per scusarsi. Quando mi ha chiesto di uscire a cena, gli ho suggerito di andare a prendere un caffè. Ma non era un appuntamento. Siamo usciti come amici".

Faccio una risata nasale, sollevando il cappello per passarmi una mano tra i capelli. "Come amici? Lui lo sapeva?"

"Sì", dice strascicando la parola, decisamente infastidita dalla mia accusa. "Io e te usciamo come amici; quindi che problema c'è?"

"No…" dico con decisione. "Noi non siamo amici. Non appena le tue labbra hanno toccato le mie e ho potuto gustarti, abbiamo smesso di essere *solo amici*".

"Wilder", mormora piano, abbassando lo sguardo.

"Sì, so che non vuoi parlarne, ma io sì".

"Farai tardi".

Sbuffo. "Non me ne frega un cazzo".

Chiederò scusa quando arriverò, ma preferisco restare qui a parlarne, se lei è disposta a farlo.

"Fa parte della tua libertà vigilata!" Mi spinge con delicatezza. "Devi andare".

Le afferro il polso prima che si allontani, poi mi chino su di lei. "Dammi una buona ragione per cui non possiamo essere più che amici".

Il suo sguardo si blocca nel mio mentre torreggio su di lei. "Sarebbe una relazione tossica".

Inarcando un sopracciglio, raddrizzo la schiena e la lascio andare. "Tossica come?"

"Mia sorella e tuo fratello stanno insieme, e le nostre vite sono troppo intrecciate. Complicherebbe le cose, se dovessimo lasciarci. Uno di noi soffrirebbe, o entrambi. E non potremmo mica evitarci per sempre. E poi?"

"Chi lo dice che ci lasceremmo?"

"Non hai mai avuto una relazione seria; quindi cosa ti fa pensare che noi potremmo farne funzionare una, dati tutti i nostri trascorsi?"

I trascorsi che nessuno dei due ha mai menzionato.

Avvicinandomi, elimino lo spazio tra di noi e appoggio la mia fronte sulla sua, sconfitto. Con un respiro profondo, rispondo: "È esattamente per questo che so che funzionerebbe… ma suppongo che tu non sia pronta ad avere nemmeno *quella* conversazione".

Il mio cuore, colmo di rabbia e frustrazione, martella talmente forte che non mi sorprenderebbe se lei, mentre me ne vado a passo pesante, riuscisse a sentirlo.

Arrivo al rifugio con cinque minuti di ritardo, ma la signorina Tierney liquida le mie scuse con un gesto della mano. Mi accoglie con un sorriso e mi porta nell'ufficio sul retro.

"Anche se fa parte della tua libertà vigilata, abbiamo delle regole che ci aspettiamo vengano seguite da tutti".

"Sì, signora. Farò qualunque cosa possa servirvi. Non sono qui per causare problemi", la rassicuro.

Aggrotta le sopracciglia quando la chiamo "signora": probabilmente avrà poco meno di quarant'anni, ovvero cinque o sette più di me, se dovessi tirare a indovinare. Ha conosciuto mia madre tramite l'organizzazione giovanile dove Landen aiuta alcuni dei ragazzini impartendo lezioni di equitazione e di lazo. Lei è la madre di uno dei bambini addestrati da mio fratello.

Mi spiega le loro regole e cosa si aspettano da me. Questo è uno dei rifugi più grandi dello stato, ed è sempre pieno. Mi vergogno di dire che non ho mai dato una mano in uno di questi posti; quindi, anche se lo sto facendo perché i servizi sociali mi sono stati imposti, sono felice di essere qui ad aiutare.

"Comincerai sul retro della cucina. Una volta che ci avrai preso la mano, potrai essere spostato davanti. Le persone che vengono qui sono in condizioni vulnerabili e sono abituate a vedere certi volontari; è per questo che bisogna introdurre in modo graduale i nuovi arrivati".

"Nessun problema. Non mi dispiace aiutare in cucina. Qualunque cosa possa servirvi", dico con sincerità.

"Perfetto!" Fa un sorriso raggiante. "Compila questo documento e poi ti faccio fare un giro".

La signorina Tierney mi presenta alcuni membri dello staff e i volontari che vengono qui regolarmente. Molta gente è più grande di noi, tra i sessanta e i settant'anni, e mi guardano storto come se portassi la tuta arancione e le manette.

La signorina Tierney deve aver detto loro in anticipo il motivo per cui sono qui.

Mi mostra la cucina, mi spiega le basi dei compiti che dovrò svolgere e poi mi porta di nuovo nell'ufficio.

"Io o un altro supervisore dobbiamo approvare le tue ore alla fine di ogni turno. Quindi assicurati di trovare qualcuno, prima di tornare a casa. So che lavori molte ore al ranch; quindi ti ho inserito per i pomeriggi di sabato e domenica. Ti occuperai della preparazione della cena e della pulizia dopo i pasti; poi sarai libero di andare".

Forse è una buona cosa che mio padre abbia scambiato il mio lavoro con quello di Landen, visto che all'allevamento c'è meno da fare e posso prendermi i fine settimana liberi per venire qui.

"D'accordo. Allora ci vediamo fra quattro giorni".

Alzandosi in piedi, mi prende la mano e la stringe. "A prescindere dalla ragione, sono contenta che tu sia qui. Il tuo fascino naturale farà sentire le donne più a loro agio".

Arrossisco involontariamente e sorrido al complimento. "Ehm, grazie?"

Anche se non avevo considerato che avere un uomo che lavora

in un rifugio per donne e bambini potesse destare preoccupazione, capisco bene perché. Chissà cosa hanno passato, e l'ultima cosa che voglio fare è mettere una qualunque di loro a disagio.

Ridacchia, dandomi una pacca sul braccio. "Figurati. Ci vediamo sabato alle quattro".

Quando salgo sul pick-up, controllo il telefono e ci rimango male quando non vedo nessuna notifica da Delilah. Non che mi aspettassi un messaggio da parte sua, ma odio come le cose tra di noi siano rimaste in sospeso, e speravo che volesse parlarne.

I quarantacinque minuti di viaggio per tornare a casa aiutano a schiarirmi ancora di più la mente, ma sento la necessità di bermi una birra mentre elaboro tutto quanto. So che è uno dei miei meccanismi di difesa; tuttavia, certi giorni ne ho bisogno per respingere i pensieri soffocanti che mi frullano nella testa.

Per fortuna, o forse sfortuna, non ci sono né birre né alcolici nel mio frigorifero. Ho smesso di acquistarli regolarmente dopo che mi sono disintossicato la prima volta, e poi ho ricominciato a bere soltanto in compagnia.

Peccato che non ho nessuno di quei biscotti alla marijuana di nonna Grace.

Arrivato a casa, mi butto sotto la doccia, dato che non ho avuto tempo per lavarmi prima della registrazione. Mi ero tolto gli abiti da lavoro e pulito alla meglio, ma ora voglio disperatamente sentire l'acqua bollente sulla pelle.

Il mio psicologo lo definisce "una forma di comportamento autodistruttivo". È un'alternativa ai tagli, senza la paura di morire dissanguato. È un metodo che uso per regolare le emozioni replicando, al tempo stesso, quel sollievo che provavo tagliandomi.

A volte, invece, faccio la doccia ghiacciata; di solito rimango sotto l'acqua finché la pelle non sembra congelata quando ho i postumi della sbornia e devo andare al lavoro.

Non è affatto un meccanismo sano, ma è il meno dannoso rispetto a tutti gli altri che ho provato.

Mettendomi sotto il getto, inspiro violentemente quando l'acqua ustionante mi colpisce la schiena, però accolgo il senso di disagio. Invece di alimentare i pensieri negativi, la mia mente si concentra sul dolore mentre lavo il corpo e i capelli. Quando cambio il getto, imposto una pressione pulsante e lascio che l'acqua mi martelli sul petto finché non resisto più.

Quando esco, il bagno è ormai pieno di vapore. Dopo aver asciugato lo specchio, esamino il mio corpo prima di avvolgerlo in un telo. La temperatura non è abbastanza alta da lasciare segni, ma restare sotto l'acqua per più di dieci minuti causerebbe dei danni temporanei. Dopo essermi fatto venire le vesciche, qualche anno fa, ho capito di non doverci stare più a lungo di così.

Dato che non ho cenato e il Lodge chiuderà presto, mi preparo qualche panino con prosciutto e formaggio.

Mi butto sul divano con dei pantaloni da tuta strappati e appoggio il piatto di carta sull'addome nudo. Con un piede sollevato sul tavolino, un video con i momenti salienti della partita in TV e una bottiglia di Coca accanto, mi sembra di essere tanto patetico quanto il mio aspetto.

A metà del mio secondo panino, mentre sto scrollando all'infinito sul telefono, il nome di Delilah spunta con un messaggio.

Detesto che ci clicchi sopra subito e che il mio cuore prenda a battere più forte perché lei mi ha scritto per prima.

DELILAH

Com'è andata la registrazione?

Per non darle l'impressione di essere troppo impaziente di parlarle, faccio l'indifferente.

WILDER

Bene.

DELILAH

Quando cominci?

WILDER

Sabato. Lavorerò tutti i weekend finché non avrò completato le ore.

DELILAH

Ti terrai impegnato.

WILDER

Così sembra.

DELILAH

Te ne sei andato prima che potessi dirtelo, ma… non puoi dare di matto e reagire male.

Che cazzo c'è, adesso?

Mettendo il piatto sul tavolino, mi siedo con i gomiti appoggiati sulle ginocchia.

WILDER

Che c'è?

DELILAH

Appena prima che arrivassi, ho scoperto che la sorella di Jonah è sposata con Wesley. Stando a quanto mi ha detto Jonah, credo che fosse lui quello che Wesley stava tenendo d'occhio al Twisted Bull.

WILDER

Cristo santo!

E questo significa che probabilmente Jonah sa che sono io quello che si è portato a letto sua sorella e potrebbe star usando Delilah per vendicarsi di me.

DELILAH

Se quello che ha detto Wesley sulla droga è vero, allora forse si riferiva a Jonah. Non so se volesse davvero scusarsi o avesse altre intenzioni. Quindi gli ho detto che dovevo andare.

Fisso lo schermo, serrando la mascella mentre digrigno con forza i denti. Il fatto che quel coglione sia imparentato con Wesley rende le cose ancora più contorte e assurde. Ma non posso reagire ad armi spianate; altrimenti Delilah capirà quanto mi sta facendo infuriare questa notizia.

WILDER

Devi stare alla larga da lui.

DELILAH

Avevo già intenzione di farlo. Non mi fido di nessuno che non conosco, considerando quel maledetto articolo.

WILDER

Bene.

A questo punto, non so cos'altro dire. Probabilmente è per questo che ci mette qualche minuto a rispondere.

DELILAH

Comunque sia… volevo giusto dirtelo, nel caso tu lo rivedessi. Meglio prevenire che curare. Quindi stagli lontano. L'ultima cosa che ti serve è che se la prenda con te di proposito.

WILDER

Ne prendo nota.

Se rivedo Jonah, gli pianto un pugno dritto in faccia per l'effetto domino che ha causato.

Al diavolo le conseguenze!

DELILAH

Mi ha sorpreso vederti al bar dopo che lo avevo appena scoperto. Quindi scusami se non te l'ho detto prima.

WILDER

Mi pare normale, dato che non vuoi parlare di un sacco di cose.

Si, mi rode ancora. Non perché non sono capace di accettare un rifiuto, però lei è l'unica donna per cui abbia mai provato dei sentimenti, e sono davvero stanco di nasconderli. Più la vedo e le parlo, più diventa difficile mantenere le distanze.

Ma poterla baciare e toccare? È un miracolo che non mi sia buttato in ginocchio per *supplicarla* di darmi una chance. Capisco la sua esitazione, ma vorrei che mi permettesse di dimostrarle che si sbaglia.

DELILAH

Non è giusto. Te l'ho già detto… Non mi sento me stessa da quando mio padre è morto, e avere una relazione quando ne sto passando così tante non sarebbe corretto nei tuoi confronti. Non avremmo una possibilità reale. Ci sarebbero troppe cose in ballo, se finisse male. Per il momento, puoi dimenticare che sia successo e riportare le cose a com'erano prima di quella notte?

WILDER

Temo di non poterlo dimenticare, Delly. Ma rispetterò la tua decisione e non tirerò più fuori l'argomento a meno che non lo faccia tu. Magari passare del tempo lontani mi aiuterà a superare i miei sentimenti, perché vederti non fa altro che ricordarmi che anche tu mi vuoi.

Detesto che il discorso suoni così drammatico, soprattutto da parte mia. Ma, dopo aver creduto per anni che quel desiderio che mi consumava fosse unilaterale, non posso ricominciare a fingere che i miei sentimenti non esistono.

DELILAH

Del tempo lontani? Che significa?

WILDER

Significa che la prossima volta che ci vedremo sarà a Las Vegas… sempre che mi permettano di andarci.

DELILAH

Sei sicuro che sia necessario? Mancano ancora tre settimane.

WILDER

Tanto devo concentrarmi sulle sedute di terapia e sui servizi sociali.

Inoltre, fra due giorni comincio il corso di gestione della rabbia e dovrò andarci ogni giovedì per due mesi. Dopodiché, passerò a un giovedì sì e uno no fino all'udienza di revisione.

Ci mette un po' a rispondermi. I puntini saltellanti appaiono e scompaiono diverse volte prima che prema finalmente invio.

DELILAH

Va bene. Se è questo che vuoi...

Alzo gli occhi al cielo perché sapevo che avrebbe detto così. Si sta tirando indietro, ma non le ho comunque lasciato molto spazio per discutere.

WILDER

Non è quello che voglio, ma è quello che devo fare.

Sono riuscito a reprimere i miei sentimenti per anni perché non ho mai immaginato che potesse ricambiarli. Tuttavia, sapere che prova le stesse cose e che non vuole fare nulla al riguardo significa che devo provare a dimenticarla una volta per tutte. Altrimenti, non riuscirò mai a voltare pagina.

Capitolo Dieci
Delilah

Non è quello che voglio, ma è quello che devo fare.

Il messaggio di Wilder ha continuato a ripetersi nella mia testa nell'ultima settimana.

Avevamo originariamente programmato di vederci sabato scorso per un'escursione, ma non si è mai presentato. Immagino sia dovuto andare al rifugio, però mi aspettavo comunque che mi mandasse un messaggio per informarmi. Avevo poche speranze, dopo quello che mi ha detto, tuttavia mi sono comunque aggrappata alla speranza che lo facesse.

I miei sentimenti per lui sono complicati, e non è tutto bianco o tutto nero. C'è una gigantesca area grigia del nostro passato che non abbiamo mai discusso. Oltre a tutto il resto che mi preoccupa riguardo al diventare *più* che amici, non posso dimenticare le innumerevoli avventure di una notte che ha avuto nel corso degli anni.

Non si è mai mostrato interessato ad avere una relazione. Quella sera al bar, ha persino detto che ci avrebbe messo altri vent'anni, prima di sistemarsi. Anche se stava bevendo e sparando cazzate, le sue parole racchiudono una parte di verità, ovvero che non riesce a vedersi felice con una donna sola per il resto della vita.

Allora perché dovrei pensare di essere diversa?

L'attrazione che provo per lui non si ferma all'aspetto fisico. Va addirittura oltre alla sua capacità di essere affascinante e seducente. È presente sin da prima che ci conoscessimo di persona.

Avrei dovuto dire qualcosa anni fa. Però lui si stava godendo la giovinezza ed era chiaro che non voleva nulla di più di una scopamica.

Ed ero disposta ad aspettare, se ce ne fosse stato bisogno. L'equitazione acrobatica consumava gran parte del mio tempo libero, e in quel momento mi bastava.

Pensavo che, quando fosse finalmente successo qualcosa tra di noi, sarebbe accaduto al momento giusto. Tutti i pezzi sarebbero andati al loro posto e sarebbe stato naturale proprio come lo era stato parlare al telefono per quei sei mesi.

Ma poi mio padre è morto, e da quel momento nulla mi sembra andare nel modo giusto.

La tristezza e il dolore di averlo perso mi colpiscono a caso. All'apparenza dal nulla e spesso in momenti inappropriati.

È per questo che ci sono giorni in cui riesco a malapena a lasciare il letto o a pulire il mio appartamento, mentre altri mi sento benone e finalmente mi metto in pari con le lavatrici. Se mi provoca un tale sconvolgimento emotivo, non ho dubbi che avrebbe lo stesso effetto su un partner.

Non supererò mai il modo in cui è morto né mi sentirò meno in colpa, però mi piacerebbe essere in uno stato mentale migliore prima di fare un altro cambiamento nella mia vita.

Non aiuta il fatto che lui sembra volere da me delle risposte che non gli posso dare. Non so quando sarò pronta a discutere dell'elefante nella stanza. Anche quando lo faremo, non credo che sarà disposto a rinunciare per sempre al suo stile di vita.

Sono fiera del lavoro che ha fatto, e vedo che si sta impegnando molto.

Ma è per questo che, secondo me, abbiamo bisogno entrambi di risolvere i nostri casini, prima di essere pronti per qualcun altro.

È una delle cose di cui ho discusso con la mia consulente per il lutto durante l'appuntamento di ieri. Ha capito che sono in difficoltà e, quando ho menzionato Wilder e ciò che è successo tra di noi, non si è trovata subito d'accordo con me.

Tuttavia, dice che, se non mi sento pronta, allora devo ascoltare il mio istinto e seguirlo.

Dopo che Wilder mi ha scritto che vuole passare del tempo lontano da me per superare i suoi sentimenti, il mio istinto è a soqquadro.

Sentendomi smarrita e avendo bisogno di aria fresca, raggiungo la tomba di papà, che si trova dietro agli alloggi dei dipendenti del ranch. Sebbene l'abbiano cremato, mamma voleva un posto speciale in cui potessimo fargli visita.

Waylon ha creato un giardino privato dove ha sepolto le ceneri rimaste, che abbiamo tenuto dopo averle sparse alla fattoria in cui papà aveva lavorato per anni prima dell'incidente.

Ci sono una panchina commemorativa, un ciliegio e tantissimi fiori. Wilder ha trovato alcune ruote vecchie di trattore e ha decorato la zona con balle di paglia, fiori di campo e altri attrezzi agricoli vecchi.

Apprezzo tutta la cura e l'affetto che ci hanno messo, soprattutto ora che avrei più bisogno che mai dei consigli di mio padre.

"Ciao, papà. Mi manchi". Mi inginocchio di fronte alla tomba, sentendomi in colpa perché erano settimane che non venivo qui. "Io, mamma e Harlow abbiamo superato il nostro primo Ringraziamento senza di te. Abbiamo ordinato cibo cinese e guardato dei vecchi film di Natale, come al solito, ma non è la stessa cosa. Senza rendercene conto, abbiamo ordinato il tuo piatto preferito e alla fine abbiamo dovuto dividercelo per non sprecarlo".

Sorrido, ricordando quanto ci siamo sentite confuse quando è arrivato il nostro ordine e c'era un piatto in più di pollo all'arancia con riso.

Colgo uno dei fiori e faccio roteare lo stelo tra le dita. Abbasso lo sguardo sul terreno, mentre il rimorso e il dolore mi colpiscono con forza il petto.

"Ho deciso di ritirarmi ufficialmente dall'equitazione acrobatica", confesso, chiedendomi se sarebbe deluso da me perché ho rinunciato a qualcosa che amo. "Cercare ancora di capire cosa voglio fare a trentun anni è piuttosto imbarazzante, ma non posso lavorare al negozio di lingerie in eterno. Cioè… chi è che comprerebbe un pagliaccetto in pizzo da una sessantenne?"

Sorrido al pensiero. Lacey, la proprietaria, ha cinquant'anni e qualcosa e lavora principalmente dietro le quinte. Si occupa di tutti gli ordini e organizza i turni, oltre a gestire gli affari. È una brava persona, ma non la vedo spesso.

"Credo che mi piacerebbe aiutare le persone, come quando facevo la volontaria per Haven Grace. Mi dava uno scopo". Uno scopo molto *specifico*.

Se l'incidente di Harlow non fosse successo quando è successo, avrei continuato a lavorarci fino alla chiusura di due anni fa.

"Però è come se non avessi quasi più tempo per decidere. Non sono andata all'università a diciotto anni, e pensare di andarci tredici anni dopo sembra terribile. Però devo capire presto cosa fare, prima che sia troppo tardi, e sono bloccata. Non sono me stessa senza una passione su cui concentrarmi, e ormai ho paura di aver perso interesse per qualunque cosa".

Appoggiandomi sui talloni, sollevo lo sguardo verso il cielo e inspiro l'aria fresca. Anche se il sole splende luminoso su di me, c'è una brezza fredda che mi fa bruciare le guance.

"È davvero triste non poter avere la tua opinione. Davi sempre i migliori consigli e discorsetti di incoraggiamento, ed è una cosa che non apprezzavo a sufficienza. Pensavo che avrei sempre potuto parlarti quando ne avrei avuto bisogno. Adesso sono costretta ad ascoltare la mia consulente, che è più simile a un genitore severo ma amorevole di quanto io sia abituata".

Onestamente, forse è proprio quello che mi serve, a questo punto.

Qualcuno che mi faccia assumere le mie responsabilità, così che io non mi senta soddisfatta e non rinunci mai a inseguire ciò che voglio nella vita.

Prima di andarmene, gli dico un'ultima cosa.

"Wilder lo sa, papà. Sa che sono la ragazza della linea di assistenza e sa che io so. Continua a lasciare intendere che vuole parlarne e che diventiamo più che *solo amici*, ma ho paura di rivivere quella parte della mia vita. È stato un periodo buio per la nostra famiglia. Vorrà sapere perché non ho mai detto nulla al riguardo e discutere del fatto che mi ha raccontato alcuni dei suoi segreti più profondi e oscuri. Ma soprattutto..." inspiro profondamente, poi chiudo gli occhi mentre lo butto fuori, "... vuole più di quanto io possa dargli in questo momento. Anche se sono io quella che ha aspettato per tutti questi anni, il tempismo è terribile. Come posso dare il mio cuore a qualcuno, quando ho l'impressione che ne manchino alcuni pezzi?"

Non smetto di piangere da cinque giorni. Purtroppo, non posso nemmeno dare la colpa al ciclo.

Ma, da quando sono andata a trovare mio padre e ho buttato fuori tutto quello che avevo nella testa, mi sento triste, ansiosa e smarrita.

Ieri sera, ho cenato da mamma con Waylon e Harlow. È diventata una tradizione da quando papà è morto. Ogni sabato, mamma prepara un banchetto e poi tiriamo fuori qualche gioco di società.

È sempre divertente e mi distrae per qualche ora. È perfino più spassoso quando Harlow perde e mette il broncio. Quando giocava con i nostri genitori da piccola, la lasciavano sempre vincere, ma adesso che è adulta non è capace di attuare strategie per vincere da sola.

Ci riuscirà, *prima o poi.*

Mamma ha capito che avevo pianto dagli occhi arrossati e infossati. Beh, prima mi ha chiesto se fossi fatta e, dopo che le ho assicurato di non esserlo, mi ha parlato non appena gli altri se ne sono andati.

Indipendentemente dalla mia età, non sarò mai troppo grande per piangere sulla spalla di mia madre fino a ridurmi a un disastro singhiozzante col naso che cola.

Perlomeno, è stato terapeutico in una maniera che non provavo da molto tempo. Piangere contro il mio cuscino non è affatto la stessa cosa.

Quando mi sono svegliata, questa mattina, mi sono sentita cento volte meglio, come se la nube oscura che mi fluttuava sopra la testa si fosse finalmente spostata.

Ho fatto la doccia per la prima volta in tre giorni, mi sono truccata e ho asciugato i capelli.

Ma poi, il destino ha voluto che una telefonata rovinasse rovinato tutto.

"Questa è una chiamata a carico della prigione di Cocke County…"

Capitolo Undici
Delilah

Mentre guido verso la prigione della contea, mi chiedo se questa non sia la cosa più stupida che abbia mai fatto e, ancora prima di attraversare il parcheggio, giungo alla conclusione che lo è.

Prima d'ora, sono stata soltanto alla prigione di Sugarland Creek, che in realtà è composta da una cella per due persone nell'ufficio dello sceriffo.

La prigione della contea è più grande.

E più spaventosa.

Dato che lo sto dicendo anche se non sono io la persona dietro le sbarre, so bene che è una cattiva idea. Ma quando mi ha chiamata – implorando il mio aiuto, giurando che è innocente e sostenendo di non avere nessun altro da chiamare – mi è dispiaciuto per lui e ho ceduto.

Dopo il nostro ultimo incontro, non mi aspettavo certo di sentire la voce di Jonah dall'altro capo della linea, e sono rimasta sorpresa.

A quanto pare, è stato fermato per eccesso di velocità, anche se sostiene di aver superato il limite solo di otto chilometri orari. Hanno trovato trenta grammi di marijuana nel vano portaoggetti e l'hanno arrestato per possesso di droga.

Giura e spergiura che non è sua e che Wesley l'ha messa lì per poi chiedere a uno dei suoi compari di seguirlo finché non l'hanno fermato. Tra di loro scorre cattivo sangue, e afferma che Wesley sta provando a metterlo nei guai.

Dopo aver scoperto che sono cognati e che Wesley stava sorvegliando un sospettato al Twisted Bull, ho immaginato che stesse tenendo d'occhio Jonah. Altrimenti, è una strana coincidenza che si trovasse lì due ore dopo la fine del proprio turno per pedinare qualcuno la notte stessa in cui il cognato stava lì a spassarsela.

Ma comunque, sapendo com'è fatto Wesley e quanto è losco, non credo nemmeno a una sua parola.

Se Jonah sta dicendo la verità, potrebbe essere Wesley quello coinvolto nel giro di droga e, in tal caso, avrebbe poi potuto piazzarla facilmente nel pick-up del cognato.

Tuttavia, il mio istinto potrebbe sbagliarsi e sto invece aiutando uno spacciatore.

Dopo l'udienza per la cauzione, mi ha chiamata di nuovo per dirmi che l'hanno fissata a duemila dollari. È fortunato che non fosse di più, perché altrimenti avrebbe dovuto ricorrere a un garante per coprirla. Ma, visto che si tratta della sua prima infrazione, non è considerato a rischio di fuga e non ha precedenti penali; quindi gli hanno concesso clemenza.

Fra qualche giorno sarà chiamato in giudizio e verrà formalmente accusato. Poi dovrà cavarsela da solo. Nella migliore delle ipotesi, non finirà in carcere, ma io sono venuta solo per pagare la cauzione e portarlo a ritirare il pick-up al deposito. Non ho intenzione di farmi coinvolgere più di così.

"Delilah…" Jonah attira la mia attenzione mentre mi trovo nella sala d'attesa con la testa da un'altra parte.

Dopo che ho pagato per lui, mi hanno mandata qui e ho aspettato per più di due ore.

Alzandomi, lo saluto con un sorriso. "Ehi, sono contenta che finalmente ti hanno fatto uscire!"

"Non posso ringraziarti abbastanza per essere venuta. Sul serio, ti devo un favore".

Faccio una risata nasale, caricandomi la borsa sulla spalla e in diagonale sul petto. "Già, duemila dollari e un favore gigantesco".

Trasalisce, e so che gli dispiace. "Ti ripagherò, promesso. E, qualunque cosa ti serva, consideralo fatto. Un fegato? Dei reni? Puoi averli entrambi".

Una risata mi sfugge dalla bocca mentre scuoto la testa. Sembra abbastanza pentito; quindi non aggiungo altro per non aumentare il suo senso di colpa. "Ok, andiamo. Qui dentro c'è puzza".

Ridacchia, seguendomi verso l'uscita. "Non puoi sapere quanto puzza una cella".

"Risparmiamelo, per favore".

Quando saliamo sul mio pick-up, mi dà le indicazioni per raggiungere il deposito. A quanto pare, il suo l'hanno rimosso dopo l'arresto e adesso deve pagare per tirarlo fuori.

"Senti, ma come hanno fatto a trovare l'erba?" Gli faccio la domanda scottante che mi pongo da tutto il giorno. "Gli hai dato il permesso di perquisire la tua macchina?"

Sbuffa. "Sì, come no. L'agente Testadicazzo sosteneva che mi stessi comportando in modo sospetto. Ma il mio avvocato è convinto che riuscirà a far cadere le accuse per via della perquisizione illegittima. Dopo l'udienza preliminare, presenterà un'istanza di annullamento per mancanza di motivo fondato".

"Come ti stavi comportando?"

"Che cazzo ne so? Avevo lavorato per dodici ore ed ero davvero esausto. Ha detto che avevo gli occhi arrossati e che stavo strascicando le parole, cosa non vera. Quando ho provato a spiegare che stavo tornando a casa dopo una serataccia, mi ha ordinato di scendere dal veicolo e poi ha iniziato a perquisirlo. Non mi sono opposto perché sapevo di non avere nulla di illegale, ma, quando mi ha agitato una busta davanti alla faccia sostenendo di averla trovata nel vano portaoggetti, ho capito che Wesley mi aveva incastrato. Io non fumo erba".

"La vendi?"

"Certo che no! È Wesley quello che ha accesso alle droghe. O ne fa uso o le vende, o entrambe le cose. Maledizione, potrebbe aver rubato delle prove da un altro caso o qualche stronzata simile!"

"Sono cose che succedono davvero nella vita reale? O forse hai guardato troppi polizieschi?"

Fa spallucce. "Beh, è l'unica cosa che ha senso, perché l'erba non è mia. E non sono così stupido da tenerla in un posto dove è così facile trovarla".

"Dove la metteresti?" chiedo, perché ora sono curiosa.

"Tutti sanno che va infilata nei pantaloni o tra le chiappe".

Cristo santo!

"Oh, certo…" dico con sarcasmo, strascicando le parole. "Anche nella passera, giusto?"

Fa un sorrisetto. "Così ho sentito".

"Perché Wesley è così determinato a spedirti in prigione?"

"Quando Raven ha annunciato che si stavano sposando, io mi sono opposto. Non l'ha mai trattata nel modo giusto ed è un pezzo di merda che la tradisce. Io sono l'unico della famiglia che non gli lecca il culo. L'agente "onnipotente"…" Alza gli occhi al cielo. "Quindi trova sempre un pretesto per rompermi i coglioni".

"Stando a Wilder, Raven l'ha tradito".

"In quel periodo erano separati, ma lui lo nega; quindi la accusa di essergli stata infedele".

"Perché si sono rimessi insieme?"

"Perché lui è un coglione manipolatore che le annebbia la mente e le promette a vuoto che migliorerà, così che lei non lo lasci".

"Mi dispiace per Raven, che probabilmente si sente troppo in trappola per fuggire. Wesley non le renderebbe le cose facili, se dovesse provarci", ammetto. "Esistono dei programmi che possono aiutarla a lasciarlo in sicurezza".

"È uno sbirro; quindi mia sorella è convinta che nessuno si metterebbe contro di lui. È un miracolo che io sia riuscito a convincerla ad andarsene, l'ultima volta".

"Avete altri parenti da cui potrebbe stare?"

"No, i nostri genitori vivono in una casa piccola a due ore di distanza e nostra madre non è…" Si morde il labbro prima di continuare: "Non sta bene, a livello mentale. È per questo che non sempre la pensiamo allo stesso modo. Mio padre si rifiuta di farla aiutare perché sostiene che sta bene. Solo che *stare bene* non significa fare irruzione in camera mia quando ho sedici anni e puntarmi una pistola in faccia perché pensa che sia un intruso".

Spalanco gli occhi per lo shock. "Oh, mio Dio!"

"Già… e questa non è stata neanche la cosa peggiore. Quindi non sarebbe un ambiente sano per una donna incinta che si nasconde dal marito poliziotto. Probabilmente lo porterebbero dritto da lei".

"Oh, merda, mi ero dimenticata che era pure incinta!"

"Già… È per questo che la stavo aiutando a fare i bagagli quando Wesley è tornato a casa presto e ci ha beccati. Avevano litigato la sera prima e lui le ha lasciato un occhio nero. Le ho detto che doveva denunciare il fatto e che l'avrei portata a casa mia finché non fosse riuscita a ottenere un ordine di protezione".

"E, visto che lui è un poliziotto, la cosa non gli è piaciuta…" ipotizzo, scuotendo la testa perché riesco a immaginare come finisce la storia.

"No. Mi ha tirato un pugno e mi ha lanciato contro la parete, mandando in frantumi alcune cornici con le loro foto. Poi mi si è piazzato davanti e ha detto che, se mi avesse visto di nuovo a casa sua, si sarebbe assicurato che fosse l'ultima volta".

"Porca puttana!" Ho il cuore a mille soltanto al pensiero di quello che ha fatto passare a Raven. "Sembra uno psicopatico".

"Un coglione presuntuoso, egocentrico e assetato di potere", approfondisce. "Quello è successo pochi giorni prima dell'incidente al Twisted Bull ed è il motivo per cui ero uscito con un collega a ubriacarmi: avevo bisogno di una nottata fuori".

A quel punto Wesley era di sicuro furioso e ha sfogato quella rabbia repressa su Wilder quando lo ha visto salire sul mio pick-up. Dato che Jonah non era uscito dal bar, ha deciso di seguire me e ha aspettato il momento giusto per fermarci. Ce l'ha con Wilder perché si è portato a letto la moglie e mi ha sfruttata per renderlo ostile nei suoi confronti.

"Quindi è questo il vero motivo per cui stava sorvegliando il parcheggio?"

"Sì, probabilmente sperava che lo conducessi al luogo in cui ho nascosto Raven o magari di buttarmi fuori strada. Non che quella sera avessi avuto intenzione di guidare. In ogni caso mi avrebbe rotto i coglioni in qualche modo, se ne avesse avuto l'occasione".

"Oh, quindi sei riuscito a tirarla fuori da lì? Grazie a Dio!"

"Sì. Un vicino li ha sentiti litigare e urlare, e ha chiamato il 911. Ho ottenuto l'ordine di protezione per Raven e per me, ho sporto denuncia alla polizia per aggressione e poi l'ho portata in un rifugio per donne in un paese qui vicino, dove potrà rimanere finché non riuscirò a trovarle un appartamento. Mi sono rifiutato di lasciare casa loro senza di lei. Wesley era visibilmente incazzato perché non poteva seguirmi, con lo sceriffo presente".

Ecco perché lo sceriffo Wagner ha detto che Wesley era già nei guai: si riferiva all'ordine di protezione e all'aggressione ai danni di Jonah.

Sarebbero state ottime informazioni da conoscere prima.

"Buon per te. Adesso sono contenta che Wilder l'abbia messo al tappeto".

Fa un largo sorriso. "Perlomeno è stato sospeso senza paga".

"E sono sicura che questo lo faccia incazzare ancora di più".

"Ed è per questo che so che questa storia è tutta opera sua. Gli ho portato via il lavoro e la moglie, e adesso sta cercando di rinchiudermi. È il motivo per cui non ho potuto chiamare Raven e chiederle di aiutarmi. Non mi sorprenderebbe se lui fosse qui nei dintorni, nella speranza che lei venisse a prendermi per poi poterla seguire".

Beh, che pensiero sgradevole...

Guardo negli specchietti, alla ricerca di autisti sospetti dietro di me.

"Non preoccuparti: sto tenendo d'occhio la situazione", mi dice quando lo nota.

Ora che conosco meglio i dettagli, sono contenta di essere venuta perché, se non l'avessi fatto, sarebbe rimasto bloccato lì dentro per giorni, e sua sorella sarebbe stata vulnerabile.

"Peccato che non sei stato fermato a Sugarland Creek. Lo sceriffo Wagner, conoscendo i tuoi trascorsi con Wesley, avrebbe garantito per te".

"Wesley non è così stupido, anche se i sassi che rotolano nel suo cervello direbbero il contrario. Lavoro a un'ora da qui; dunque mi ha fatto seguire da un suo amico poliziotto di un'altra città. L'ha fatto di proposito".

Entro nel parcheggio del deposito e mi fermo di fronte all'ufficio.

"Mi dispiace per quello che stai passando, soprattutto per Raven. Per favore, fammi sapere se posso aiutarti in qualche modo. E mi dispiace di aver pensato il peggio di te e di averti piantato in asso al bar".

"Non preoccuparti. Non ti biasimo, considerando le informazioni che avevi. Sono felice che tu sia stata disposta a venire anche se pensavi fossi uno spacciatore".

Ridacchio, con il viso infiammato dall'imbarazzo per averlo giudicato troppo in fretta.

"Beh, per quanto può valere, sono contenta di essermi sbagliata. Spero che tu riesca a dormire, e stai attento, ok?"

"Certo. Wesley sa che, se dovesse avvicinarsi, finirebbe in prigione; quindi non correrebbe il rischio. Cercherà qualche altro modo per colpirmi… come ha fatto oggi".

Apre lo sportello per uscire, ma poi gira la testa verso di me. "Giusto per sicurezza: guardati le spalle anche tu, ok? Non possiamo sapere cosa farebbe Wesley a chiunque lo ostacoli".

Capitolo Dodici
Wilder

Mi ribolle il sangue mentre spalanco la porta del negozio di Delilah. Lei è dietro alla cassa e mi accoglie con la sua voce professionale, senza alzare lo sguardo.

Fatto il giro del bancone, la afferro per il gomito e la trascino nello stanzino sul retro.

"Ma che…" La faccio roteare verso di me, con la mascella serrata dalla furia. "Wilder?" Strabuzza gli occhi quando i nostri sguardi si incontrano. "Che diavolo stai facendo?"

Con uno strattone, libera il braccio dalla mia presa, ma sono tentato di toccarla di nuovo. Sono state due settimane lunghe senza vederla o parlarle. Per fortuna, o forse sfortuna, sono stato troppo occupato per pensarci molto, però mi manca tanto da restare sveglio la notte.

Sono piuttosto sicuro di non aver dormito per otto di quelle notti.

"Perché cazzo avresti pagato la cauzione di Jonah?"

Trasalisce, e il suo corpo si fa rigido quando incrocia le braccia. "Come fai a saperlo?"

"È un paesino piccolo, ricordi? Rispondimi".

Aggrottando la fronte, fa un lieve passo indietro. "Non sono affari tuoi".

"Oh, davvero?"

"Jonah è un amico. Lo stavo aiutando in un momento di difficoltà. Quale sarebbe il problema?"

"Il problema sarebbe che ti sei messa un bersaglio sulla schiena…"

"Di cosa stai parlando? La sua chiamata in giudizio era stamattina. Hanno fatto cadere le accuse".

"Già, e Molly era in prima fila in tribunale".

Tiro fuori il telefono e tocco lo schermo un po' di volte; poi glielo do così che possa leggere l'articolo.

"Oh, mio Dio…" Affloscia le spalle mentre legge il titolo e scrolla i paragrafi in cui Molly ha scritto sul possesso di droga di Jonah e lo accusa di essere uno spacciatore.

La decisione del giudice sulla perquisizione illegittima scatena l'indignazione pubblica: "Un altro spacciatore la fa franca"

Menziona pure Delilah come la complice che l'ha fatto uscire di prigione pagandogli la cauzione. Poi continua a blaterare su come nemmeno il cognome Fanning potrà tirarla fuori dai guai, se dovessero beccarla con le mani nel sacco.

"Non ci sono prove che sia uno spacciatore. Come può sparare queste stronzate?" Mi restituisce il telefono, chiaramente arrabbiata e infastidita da quello che ha letto.

"Libertà di stampa", le dico. "Però non so come abbia fatto a scoprire che l'hai tirato fuori tu".

"Wesley", afferma. "Deve averci visti nel parcheggio. Dopo essere passata a prendere Jonah, l'ho accompagnato al deposito per recuperare il suo pick-up".

Raddrizzo la schiena e incrocio di nuovo le braccia sul petto. "Allora, mi vuoi spiegare come ti sei fatta coinvolgere?"

"Non che *debba* spiegarti qualcosa, ma Jonah mi ha chiamata implorandomi di aiutarlo perché non aveva nessun altro. Ha detto che Wesley l'ha incastrato e che l'erba non era sua".

"Pfft. E tu gli hai creduto sulla parola perché gli spacciatori non mentono…"

"Gli credo!" urla.

Per fortuna non ci sono clienti in negozio, altrimenti sentirebbero tutto.

"Perché?" chiedo, alzando la voce. "Perché Wesley dovrebbe prendersela con lui?"

"Perché picchia la moglie incinta! Wesley le ha lasciato un occhio nero; quindi Jonah l'ha pregata di lasciarlo una volta per tutte. Wesley li ha beccati mentre facevano i bagagli. Ha dato di matto e ha scaraventato Jonah contro il muro. Chiedilo allo sceriffo!" Mi spinge mettendomi le mani sul petto, però i miei piedi rimangono piantati al pavimento, facendola incazzare ancora di più. "Hanno chiesto un ordine di protezione contro di lui, ed è per questo che era già nei guai la notte in cui mi ha fermata. Wesley era al Twisted Bull per spiare Jonah perché vuole trovare Raven".

Questo spiega anche perché Wesley era così oltraggiato e ha deciso di sfogarsi su di me quando mi ha visto salire sul pick-up di Delilah: aveva voglia di fare a pugni, e non gli importava con chi.

Butta fuori un respiro di frustrazione quando non rispondo.

"Puoi credermi oppure no, ma Wesley l'ha fatto per vendicarsi di Jonah. Ha piazzato la droga e si è assicurato che venisse fermato e perquisito. Probabilmente stava aspettando nel parcheggio della prigione perché sperava che Raven passasse a prenderlo, ma poi ha visto me".

"Ti credo, ma ora che Jonah ti ha coinvolta in questa faccenda, Wesley farà tutto il possibile per vendicarsi, dato che l'hai aiutato. Potrebbe perfino supporre che tu sappia dove si trova sua moglie".

Si stringe nelle spalle con noncuranza. "Che ci provi. E non è colpa di Jonah. Wesley è pazzo!"

"Dovresti parlare con lo sceriffo Wagner e ottenere un ordine di protezione anche per te".

"Se lo faccio, la smetti di rompermi le palle per questa storia?"

Con un sorrisetto, faccio guizzare fuori il piercing alla lingua. "Certo. Per ora".

Alza gli occhi al cielo. "La gente può dire quello che vuole, ma la verità verrà a galla. Se dovesse infrangere l'ordine di protezione con Raven o Jonas, finirebbe in prigione".

"Userà di nuovo Molly per mettervi in cattiva luce. E questo *se* verrà beccato. Spero che Raven sia in un posto sicuro".

Adesso che non sono più così arrabbiato, sto pensando a Raven e alle misure drastiche che Wesley sarebbe disposto a prendere per trovarla. E poi, se ci riuscisse, a ciò che potrebbe farle.

"Sì, è in un posto sicuro. È per questo che Jonah non ha potuto chiamarla e ha dovuto chiedere aiuto a me".

Adesso sono ancora più preoccupato per la sicurezza di Delilah.

"Devi stare molto attenta. Guardati le spalle. Non posso lavorare, seguire i corsi di gestione della rabbia, andare alle sessioni di terapia, fare volontariato e tenere *pure* d'occhio te".

"Non ho bisogno che mi tieni d'occhio. Non sono un cane".

Alzo gli occhi al cielo per quanto fa la drammatica. "Va bene, ma per l'amor del cielo… Se tu o Jonah doveste trovarvi nei guai, o se dovessi anche solo sospettare che Wesley ti sta osservando, chiama subito me o lo sceriffo. Non rischiare".

"Lo farò", promette, sedendosi dietro alla piccola scrivania per poi fare il login nel computer. "Vado in giro con il gas lacrimogeno e una pistola stordente. Non ho paura di usarli".

Dopo tutto quello che ha passato la sua famiglia, non la biasimo perché se li porta dietro, però detesto che debba farlo.

"E non attraversare da sola il parcheggio. È così che hanno preso Harlow".

"Lo so, e non lo farò. Io e Mati resteremo insieme".

"A proposito di Mati, dov'è?"

"Sono proprio qui, rubacuori", risponde lei dal negozio.

Non l'avevo nemmeno vista quando sono entrato su tutte le furie perché ero concentrato soltanto sul trovare Delilah.

"Hai sentito quello che ho detto? Restate insieme", le urlo.

"Signorsì, signore!" esclama. "Resterò davanti al bagno mentre fa la pipì, se devo".

Faccio una risata nasale. "È la tua bodyguard personale".

Delilah ridacchia, girandosi per guardarmi. "Non hai idea di *quanto* sia personale".

Inarcando un sopracciglio, sollevo l'angolo delle labbra, intrigato.

"Personale tipo mi-ficco-la-sua-mano-nella-figa-perché-ho-perso-un-assorbente interno". Mati entra nello stanzino sul retro con le mani piene di grucce. "Le opzioni erano quella o andare all'ospedale; il che sarebbe stato umiliante. Per fortuna, la signora Fanning ci ha spiegato cosa fare per telefono, così non mi è toccato andarci".

La madre di Delilah è un'infermiera del pronto soccorso, ma sono ancora fissato sulla parte dell'assorbente perso.

"Come diavolo..." Sollevo una mano, scuotendo la testa. "Anzi, lasciamo perdere. Non voglio saperlo".

"Non lo vuoi, fidati". Delilah scuote la testa.

"Oh, perché pensi che io non lo farei per te?" chiede Mati con insolenza. "In realtà..."

"Basta chiacchiere. Rimettiti al lavoro", la interrompe Delilah.

Mati ride, appende i set di lingerie e poi ne prende di nuovi. "Oh, eddai... Stava quasi per arrossire".

Quando lo dice, mi si surriscaldano le guance e abbasso lo sguardo per nasconderlo.

"Bene, eccolo lì". Mati mi indica prima di avvicinarsi.

"È una persona... *particolare*".

"Ed è così ancora prima di bersi tre Margarita. Cosa che farà tra un paio d'ore".

"Dove andate?"

"Al Maria's Kitchen. Ci andiamo tutti i giovedì dopo il lavoro, ci beviamo qualcosa, mangiamo delle *chips* con la salsa e poi ci dividiamo una *chimichanga* gigantesca".

"Come tornate a casa?"

"È a un chilometro e mezzo dal nostro appartamento. Di solito torniamo a piedi".

"No, non dovreste farlo al buio da brille. Sareste troppo

vulnerabili, con Wesley in circolazione; quindi non trovo che sia una buona idea".

Sospira, afflosciando le spalle, sconfitta. "Va bene, prenderemo un Uber. Contento?"

"Che per una volta mi darai retta? Sì. Ma sarei più contento se restassi a casa".

"Non vivrò nella paura per colpa di uno stronzo. Così vincerebbe".

"Non avrà importanza chi vince o chi perde, se ti fa qualcosa".

"Non lo farà. Hai visto Mati? È capace di cavalcare il toro meccanico alla perfezione dopo cinque drink. A differenza di qualcun altro che conosco…"

Sbuffo. "Questo lo vedremo la prossima volta che usciamo".

Scoppia a ridere, si alza e poi mette la sedia sotto la scrivania. "Certo, Wilder. Il giorno in cui ci resterai sopra per otto secondi sarà il giorno in cui ti sposerò".

"Mi sposerai?" Questa sì che è un'idea *interessante*…

"Sì, perché nessuna delle due cose succederà mai".

"Mi ferisci, signora Hollis". Metto il broncio, posandomi una mano sul cuore.

"Non è divertente!" Mi dà uno schiaffetto sul petto.

Sto per rispondere, quando tira fuori il telefono dalla tasca posteriore.

"Oh, mio Dio…" mormora, fissando lo schermo. "Jonah ha perso il lavoro. L'hanno licenziato per colpa dell'articolo!"

"Merda… Spero che tu non perda il tuo".

"Lacey non lo farebbe mai, ma non posso credere che l'abbiano cacciato".

"Io sì. È sospettato di essere uno spacciatore o, come minimo, di detenere della droga. La maggior parte delle aziende non accetta queste cose".

"Anche se le accuse sono state ritirate? Non era sua!"

Faccio spallucce, appoggiandomi alla parete. "Non ha importanza. Mette in cattiva luce l'azienda, ed è un rischio che non vogliono correre".

"Magari può lavorare al ranch, che dici? È abituato a sollevare carichi pesanti e a stare fuori al freddo e al caldo".

"No".

"Eddai, Wilder!"

Non so nemmeno dove lavorava. "Che cosa faceva?"

"L'operaio edile".

"Mi pare giusto…"

Non c'è da stupirsi se ha il fisico di Hulk.

"Cosa vuol dire?"

"Niente, ma non credo che sia una buona idea, dato che c'è già il mio nome sui titoli dei giornali. Non c'è modo che mio padre lo assuma, con tutta questa cattiva pubblicità".

"Non deve saperlo nessuno. Può lavorare nella parte del ranch, come te".

"E chi lo dice che voglia davvero lavorare in un ranch? Solo perché lavorava nell'edilizia non significa che sia bravo con i cavalli".

"Allora fagli spalare merda o trasportare il fieno, che ne so. Sono sicura che possa fare qualcosa".

"Spalare merda e trasportare fieno?" chiedo in tono impassibile. "Credi che facciamo solo questo?"

Fa spallucce, con drammaticità. "Di solito vengo lì a cavalcare e allenarmi. Non presto attenzione a tutto il resto".

Butto fuori un respiro e mi passo una mano tra i capelli. "Farò tardi alla mia lezione di stasera, ma va bene… Ne parlerò con mio padre".

"Grazie!" Mi avvolge le braccia attorno al corpo in modo talmente inaspettato, che quasi il suo tocco mi manca ancora prima che si separi da me.

"Scrivimi quando hai finito al ristorante. Passo a prendervi, se sto tornando a casa".

"Oh, mio Dio, è un cowboy sexy! Quaggiù! Vieni a prenderci!" Mati fischia, agitando il braccio sopra la testa come se avesse un lazo.

Cristo santo, sono ubriache marce!

"Di solito vi ubriacate così tanto in mezzo alla settimana?"

"Eh? Non siamo ubriache". Delilah fa per salire sul pick-up, ma poi sbatte la faccia sul sedile del passeggero.

Mati ride in modo incontrollabile dietro di lei, poi la aiuta spingendola dentro.

"Visto? Assolutamente sobrie".

"Già, abbiamo bevuto un solo Margarita", aggiunge Mati, poi rutta. "Più cinque".

Jonah arriva dietro di loro, e digrigno i molari. Delilah non mi aveva detto che si sarebbe unito a loro.

"Scusa, bello… Hanno continuato a ordinare ogni volta che ero distratto".

Mi sforzo di fare un sorriso tirato. "Serve un passaggio anche a te?"

"No, ho bevuto solo una birra quando sono arrivato. Le avrei portate a casa io, ma hanno detto che stavi già arrivando tu".

"Lo faccio volentieri".

Il mio corso di gestione della rabbia si tiene a trenta minuti da qui e dura circa quarantacinque minuti, se non rimango a chiacchierare. Non appena Delilah mi ha scritto che stavano mangiando il dolce, ho tolto le tende per arrivare prima che uscissero.

Quando le ragazze sono a bordo, Jonah chiude la portiera, poi fa il giro per raggiungere la parte davanti del pick-up. "Delilah mi ha fatto sapere quello che ti ha chiesto. Quindi volevo dirti che lo apprezzo e che non ci resterò male se non dovesse funzionare".

"Nessun problema. Ho già chiamato mio padre e ha detto che ti concederebbe un periodo di prova di due settimane. Però sarai costretto a fare il lavoro sporco".

Fa un sorriso raggiante, come se il pensiero lo rendesse felice. "Per me va bene! Qualunque cosa, pur di mantenere Raven".

Annuisco, sentendomi meno preoccupato per avergli dato una chance. "Fatti trovare lì alle sei e mezza".

"Ricevuto, capo".

"Non chiamarmi così", dico d'impulso. "Va bene Wilder".

Fa un sorrisetto. "Ti stavo solo prendendo in giro. Buona fortuna con quelle due!"

"Già, grazie". Rido.

Le ragazze lo salutano e poi parto verso il loro appartamento.

"Che carini… Adesso siete amiconi!" ironizza Delilah.

"Culo e camicia!" urla Mati.

Ridacchiano entrambe, aumentando la mia frustrazione.

Come ha fatto Waylon a tollerarmi per tutti quegli anni quando ero ubriaco? Questa sarebbe la mia punizione? Non posso bere, quindi adesso devo sorbirmi queste due ubriache?

Scommetto che morirebbe dalle risate.

"Farete il sesso a tre migliore più erotico di sempre", dice Mati a Delilah. "Posso guardare?"

"No!" la rimprovera Delilah, ma quando Mati piagnucola, aggiunge: "Va bene, puoi ascoltare. Ma non guardare e toccare".

"Affare fatto! Tanto userò comunque un giocattolino".

"Quello rosa o quello nero?"

"Cristo santo! Voi due siete *fin* troppo intime, cazzo!" mormoro, scuotendo la testa per quanto sono chiassose e fastidiose.

"Oh, gli raccontiamo del tuo incidente con il buttplug?"

Per poco non finisco fuori strada.

Non ho mai visto Delilah così ubriaca, probabilmente perché stava sempre badando a me, ma, porca troia, nessuna delle due ha filtri!

"Nooo… È troppo imbarazzante!"

"Ma è cooosì divertente".

"Sì, forse per te. Ma non eri tu quella che ce l'aveva bloccato dentro, con la vibrazione attiva, e poi ha perso il telecomando!"

Mi pizzico la radice del naso, espirando dalla bocca.

Non ti eccitare.

"Di nuovo… Non voglio sapere niente, ma come cavolo può succedere una cosa del genere?" chiedo.

"Era un obbligo che mi ha dato durante un gioco alcolico e poi ci siamo ubriacate troppo per ricordarci dove fosse il telecomando".

"E troppo ubriache per capire come tirarlo fuori", aggiunge Mati, con le lacrime che le rigano gli occhi mentre ride. "Ho dovuto separarle le chiappe e ricoprire tutto il buchino di olio per bambini".

"Quello non glielo dovevi dire!" la rimprovera sommessamente Delilah.

"Perché no? Hai un bel culo. Grosso e tondo, con delle lentiggini adorabili sulle chiappe".

E adesso ce l'ho duro come il marmo.

Il viso di Delilah è rosso come un peperone mentre chiude con forza gli occhi.

"Se non se lo prende lui, lo farà qualcun altro…" minaccia Mati, e adesso il *mio* viso arrossisce.

"Ok, siamo arrivati…" annuncio, entrando in un parcheggio di fronte al loro palazzo. "Vi accompagno dentro".

"Anche tu vuoi vedere le sue lentiggini, vero?" chiede ironica Mati, che per poco non cade dal pick-up quando apre la portiera.

"Voglio cancellare dalla memoria questi ultimi cinque minuti", mormoro, scendendo per aiutarle.

Si prendono a braccetto mentre saltellano verso la porta, e rischiano quasi di inciampare e sbattere la faccia sul marciapiede.

"Dammi le chiavi", dico, prendendole dalla mano di Mati.

Dopo aver aperto, aspetto che le ragazze entrino e poi faccio un controllo veloce dell'appartamento per assicurarmi che non ci sia niente di sospetto. A parte la montagna di vestiti sul pavimento e il lavello pieno di piatti, non sembra esserci nulla fuori dall'ordinario.

"Siamo al sicuro, cowboy detective?" Delilah si butta sul divano e per poco non scivola giù.

Mati barcolla accanto a lei. "Se sei così preoccupato, stanotte puoi dormire nel mio letto. Non mordo… però succhio".

Lei e Delilah ridacchiano di nuovo, e adesso so di dovere le mie più sentite scuse a Waylon per avermi dovuto sopportare per anni. Anche a Delilah, ma, se questa è la sua rivincita, adesso siamo pari.

"Preferirei annegare nella salsa piccante…" dico sottovoce.

Mettendomi in piedi di fronte a Delilah, le afferro il mento, così che incroci il mio sguardo. "Se ti serve qualunque cosa, chiamami, per favore. D'accordo?"

"Sì, signore", risponde beffarda, con il saluto militare.

Dio, aiutami!

Capitolo Tredici
Delilah

Dato che il viaggio per Las Vegas è questa settimana, sto facendo i bagagli e mi sto preparando mentalmente a rivedere Wilder. Anche se ci siamo incontrati quattro giorni fa durante la mia avventura da ubriaca, non ero abbastanza in me da pensare troppo al fatto che non c'eravamo visti per due settimane prima di quel giorno.

Detesto il fatto che, dopo aver finito di rimproverarmi, abbia fatto battere così forte il mio cuore. Ogni volta che faceva schizzare fuori quello stupido piercing alla lingua, prendevo in considerazione l'idea di partire di nuovo all'attacco della sua bocca.

E il modo in cui ha fatto irruzione in negozio – come un cavernicolo, furioso e infervorato – è stato un *tantino* sexy.

Ma non lo ammetterei mai a voce alta.

Non volevo ubriacarmi al ristorante messicano con Mati, ma non appena abbiamo iniziato a bere e la mia mente è andata in tilt per il modo in cui è entrato, non ho potuto fare a meno di ordinare altri drink per calmare i miei pensieri frenetici.

Ho invitato Jonah a uscire con noi per dirgli che probabilmente avrebbe potuto lavorare al ranch, sempre che volesse farlo, e più parlavamo più continuavamo a bere.

A parte il messaggio di Wilder del mattino seguente per sapere come mi sentissi e la sua risposta quando gli ho chiesto come se la stesse cavando Jonah per il suo primo giorno, non ci siamo sentiti. Mi ha scritto un semplice *tutto bene*.

Più tardi, Jonah mi ha detto che Wilder gli è stato col fiato sul collo per dieci ore di fila e non si è messo a fare conversazione con lui se non per dargli ordini. Non l'ha nemmeno presentato agli altri garzoni; quindi l'ha fatto lui stesso.

Il secondo giorno mi ha scritto che una ragazzina gli ha lanciato un'occhiataccia perché aveva fatto impantanare il quad. E, invece di aiutarlo, se n'è andata ridendo.

Dopo qualche giorno, Jonah ha dimostrato di essere un gran lavoratore; quindi Wilder ha iniziato a trattarlo con più leggerezza. Continua a dargli incarichi di merda, ma lui è più che felice di farlo, per il bene di Raven.

Avendo turni lunghi, ha dato il mio numero a sua sorella, nel caso abbia mai bisogno di qualcosa e non riesca a contattarlo. Una volta lei mi ha scritto ringraziandomi per aver aiutato Jonah a ottenere il lavoro, e le ho detto che può cercarmi in qualunque momento.

Dopo l'articolo, nessuno di noi ha più visto o avuto notizie di Wesley o Molly. Posso solo sperare che le cose continuino così, perché sono stufa di guardarmi le spalle ogni volta che esco di casa. Lasciare questo paesino sarà piacevole anche solo per questa ragione.

Sono impaziente di vedere come andranno le cose tra noi dopo aver passato del "tempo lontani". La mia più grande paura è che le cose non saranno più le stesse. O mi dirà che l'ha superata oppure che gli serve più spazio.

Per quanto vorrei che le cose tornassero a com'erano prima che lo baciassi, non sarebbe giusto chiedergli di farlo. Non quando so che prova qualcosa per me e che sa di essere ricambiato.

Detesto non riuscire a scrollarmi di dosso il dolore e il senso di colpa, così da potermi abbandonare a quei sentimenti ed essere la persona che lui merita.

Anche se è da quasi un anno che parlo con una psicologa,

l'imminente anniversario della morte di mio padre mi soffoca. Questo strano senso di anticipazione mi pesa addosso come se si trattasse di una scadenza improrogabile: se riesco a raggiungere quella data, posso dire di essere sopravvissuta al peggio. L'anno più difficile della mia vita sarà finito, e finalmente potrò respirare.

Ma la realtà è che le giornate brutte non finiranno magicamente. E questo devo ancora accettarlo.

"Non posso crederci che ci stai andando senza di me". Mati mette il broncio, lasciandosi cadere pesantemente sul mio letto finendo quasi sopra la valigia. "Puoi almeno portarmi un cowboy o una cowgirl boni?"

"Perché non uno e una?" chiedo scherzando.

Si mette seduta, con gli occhi che brillano, ansiosa come un cane che aspetta l'osso. "Sì, grazie!"

Faccio una risata nasale, prendendo altri vestiti.

"Dovresti portare il tuo nuovo set in pizzo color lavanda".

"Per chi?"

"Per il tuo futuro marito".

"E chi sarebbe?"

"Qualunque bel pezzo di manzo ti trovi". Si butta all'indietro sui miei cuscini, sospirando mentre solleva lo sguardo con aria sognante.

"Ti stai immaginando ragazzi che portano sovrapantaloni in pelle e cappelli da cowboy, vero?"

"Proprio il mio tipo. Preferibilmente a torso nudo e tatuato".

Ridacchio, frugando nell'armadio alla ricerca del set di lingerie che non ho nemmeno provato.

"Se non sono pronta a fare il passo successivo con Wilder, cosa ti fa pensare che questo completino vedrà mai la luce del giorno?" chiedo, tenendolo sollevato contro il mio corpo. È minuscolo, in confronto a me.

"Magari ti darà la sicurezza che ti serve per uscire da quella tua testolina ed essere finalmente onesta con te stessa".

Sbuffo e il mio occhio ha un tic. "Sembri la mia psicologa".

"Allora siamo entrambe geniali", gongola.

"Mmm-mmh". Lascio cadere la lingerie in valigia visto che… perché no?

"Mandami qualche selfie quando te lo metti davvero…" Agita le sopracciglia. "Così ci sono le prove".

"Non sperarci troppo".

Cerco i miei stivali da cowboy preferiti e li aggiungo alla pila. Poi controllo la cassettiera e prendo mutandine e calze. Non so perché mi stia fissando così tanto su quello che indosserò sotto i vestiti, ma preferisco portare più del necessario che rischiare di finire la biancheria.

"Delilah?"

La voce tonante di Mati attira la mia attenzione, e mi giro rapidamente verso di lei.

"Che c'è?" chiedo, stringendo gli indumenti al petto.

"Stai bene?" Scivola giù dal letto, poi si alza per mettersi di fronte a me. "Ti ho chiamata tipo tre o quattro volte. Avevi la testa completamente da un'altra parte".

Sbattendo un po' di volte le palpebre, annuisco. "Sì, ero concentrata su quali paia portare, suppongo". Lascio andare una risatina. "Non se ne possono mai portare troppe, giusto?"

"Sì, immagino". La sua voce esitante mi dice che non se l'è bevuta. "Non sei costretta ad andarci, se hai dei ripensamenti. Sono sicura che Harlow capirebbe".

"Non è quello…" Lancio la biancheria sul letto e mi siedo. "Sono solo nervosa all'idea di stare insieme a Wilder in un contesto diverso senza sapere cosa ne pensa della nostra… situazione".

"Credo che dovresti partire e provare a non pensarci. Tu divertiti e lasciati andare. Sei in vacanza. Non deve girare tutto attorno a Wilder. Passa questi giorni con tua mamma e tua sorella. Wilder aspetterà oppure troverà un modo per parlarti, se vuole farlo, ma non metterti pressione. E poi, è Las Vegas! Vai a vivertela".

"Hai ragione. Sarà bello potermi divertire per un paio di giorni".

"Così ti voglio!" Mi dà uno schiaffetto sul ginocchio. "Vedi solo di non tornare incinta. Abbiamo promesso che avremmo avuto un bambino insieme, e io non sono ancora pronta per quello".

Getto indietro la testa, ridendo per il patto che abbiamo stretto a tredici anni. "Ok, affare fatto".

Non prendevo l'aereo da diversi anni, da quando io e Mati siamo andate in Florida per capriccio e abbiamo passato il weekend a Key West. I ricordi di quei giorni sono molto confusi, visto che abbiamo passato tutto il tempo a spassarcela. Ma ci siamo divertite un mondo e spero che a Las Vegas sarà la stessa cosa.

Pur avendo i nervi a fior di pelle – per diverse ragioni – sono emozionata quando passo a prendere mia madre e vedo quanto è gasata all'idea di lasciare Sugarland Creek per un po'.

Wilder va in macchina con Tripp e Magnolia fino all'aeroporto; quindi ho un'ora per schiarirmi la mente prima che arriviamo tutti. Dato che il nostro volo parte fra tre ore, dovremmo avere tempo a sufficienza per raggiungere il gate e aspettare l'imbarco.

"Che ne dici di andare dagli Hollis per Natale, quest'anno?"

Faccio scattare la testa verso mia madre, seduta sul sedile del passeggero. "Ma mangiamo sempre a casa tua".

"Giusto, ma è il primo senza tuo padre, e credo sia giunto il momento di creare nuove tradizioni".

"Ne abbiamo create alcune", ribatto. Come le serate di gioco il sabato.

"Lo so, tesoro. Suppongo che mi faccia strano festeggiarlo a casa senza di lui. Magari prima o poi sembrerà normale, ma per il momento vorrei provare qualcosa di nuovo. La signora Hollis ci ha invitate".

"Oh…" Mi si serra la gola, e ricaccio indietro le lacrime. Avrei dovuto pensare a quanto sarebbe stato difficile anche per lei. "Ok, possiamo andarci".

"Grazie, tesoro". Allunga la mano e tocca la mia. "Spero che per allora tu e Wilder abbiate fatto pace".

"Eh? Cosa ti fa pensare che abbiamo litigato?"

"Non sono cieca, Delilah. Sei uno straccio da un paio di sabati, e sono sicura che quell'articolo abbia peggiorato le cose. Si è arrabbiato perché hai aiutato Jonah?"

Irrigidisco le spalle, però merita una spiegazione. Le ho già parlato di lui e della sorella, e della situazione di merda con Wesley. Ma non le ho rivelato i dettagli su me e Wilder.

Durante il resto del viaggio, le racconto tutto quanto. Accidenti, continuo praticamente a vomitare le parole finché non mi si svuota il cervello. Le dico anche la verità sulla notte in cui sono stata fermata e sulla pomiciata con Wilder.

E le racconto anche di quando poi ho dato di matto e mi sono arrabbiata con Wilder, chiarendole così il motivo per cui noi due siamo a questo punto e io sono nervosa all'idea di rivederlo.

"Probabilmente pensi che sono un disastro emotivo, vero?"

Quando la guardo, sta sorridendo raggiante. "Nient'affatto".

"Perché sembri così felice?"

"Mi chiedevo quando tu e Wilder vi sareste finalmente messi insieme". Si stringe timidamente nelle spalle. "Sin da quando hai scoperto che era "Luke" e poi hai passato più tempo insieme a lui, era solo questione di tempo prima che le tue emozioni traboccassero".

Ho raccontato ai miei genitori la storia di Luke/Wilder dopo che io e Waylon c'eravamo lasciati, due anni dopo. Quando ho chiesto a Noah di allenarmi, all'inizio ero esitante. Non per via della mia relazione passata con Waylon, ma per Wilder.

"Hai sentito la parte in cui ho detto che ho dato di matto, vero?"

"Sì. E questa cosa di prendersi del tempo lontani è uno stratagemma".

"Che vuoi dire?"

"Lui non ha bisogno di tempo per dimenticarti o voltare pagina. Sta dando a te del tempo per metterti in pari, perché sa che i sentimenti che prova sono reciproci".

"Non credo, mamma. Era serio quando l'ha detto".

"Ho sempre notato il modo in cui ti guardava. Persino da ubriaco, ti fissava come se fossi la sua ancora. Si aggrappava a te per tenersi in equilibrio ed è per questo che so che non rinuncerebbe così facilmente senza lottare".

Non mi ero mai resa conto che mi guardasse in un modo particolare.

"Sa che sono la ragazza della linea di assistenza", le dico la stessa cosa che ho detto a mio padre. "E sa che anche io so".

"Non mi sorprende. Si sentiva al sicuro con te. L'hai aiutato a superare un periodo difficile e sapeva che non lo avresti mai giudicato come pensa facciano tutti gli altri. Gli dai conforto e stabilità". Fa un sorriso talmente largo che raggiunge le tempie. "Sei il suo punto fermo".

Mi si riempiono gli occhi di lacrime prima che possa fermarle. Non ho mai pensato al fatto che mi vedesse in quel modo e, anche se non voglio vantarmi e fare l'arrogante, posso capire il perché.

Io e Wilder abbiamo passato settimane a parlare al telefono, discutendo dei suoi alti e bassi. Ha condiviso tantissimo con me – tranne il suo vero nome e la sua identità – però avevo memorizzato la sua voce ed è stato così che l'ho capito non appena ha aperto bocca.

Gli altri tasselli hanno trovato il loro posto.

Fratello gemello. Il maggiore di cinque. Più tutto quello che mi aveva detto sulla sua salute mentale.

Durante quei mesi, mi ero chiesta chi fosse e alla fine ho capito che mi aveva dato un nome falso quando gli era quasi sfuggito durante una delle sue storie. Però non ho insistito per farmelo dire perché alcune persone si vergognano di chiamare una linea di assistenza, e non volevo che si sentisse così. Ero orgogliosa che continuasse a chiamare anche quando era ovvio che lo faceva solo per parlare con me. Sentire la sua voce era un qualcosa che aspettavo con ansia e di cui ho sentito la mancanza quando ho dovuto lasciare il lavoro da volontaria da un momento all'altro.

"Se provi qualcosa per lui, diglielo. Poni fine alle sofferenze di quell'uomo e alle tue".

Mi asciugo la guancia, tirando su col naso per ricacciare indietro le mie emozioni. "Non è così semplice, mamma".

"L'amore non lo è mai, tesoro. Altrimenti, non ci sarebbero cuori spezzati".

Capitolo Quattordici
Wilder

L'ansia di rivedere Delilah e passare i prossimi giorni a Las Vegas con lei mi fa inzuppare la camicia di sudore ancora prima di entrare in aeroporto. Ho scroccato un passaggio a Tripp, visto che Waylon e Harlow stanno viaggiando in macchina e Noah, "troppo incinta" per l'aereo, è partita con suo marito Fisher qualche giorno fa. Però Magnolia ha parlato e cantato con la radio durante tutto il tragitto; quindi non sono nemmeno riuscito a schiarirmi la mente prima di arrivare.

E ho bisogno di farlo perché sto precipitando in una spirale. Più del solito, e questo mi sta riportando ai giorni in cui rimanevo talmente bloccato nella mia testa da non trovare una via d'uscita finché non alleviavo il dolore.

La mente iperattiva, la sensazione di angoscia, gli attacchi d'ansia.

Come se al momento non avessi alcun controllo sulla mia vita.

È stato in parte colpa mia – per esempio, sono stato io a sferrare un pugno in faccia a Wesley – ma non me ne pento. Vale la pena passare ogni giovedì al corso di gestione della rabbia e ogni weekend al rifugio per averlo messo al suo posto.

Lavorare con Jonah negli ultimi cinque giorni mi ha tenuto più occupato del solito e, anche se la cosa mi ha aiutato a distrarmi un pochino, lui non mi va ancora a genio. Tutte le volte che ci prendevamo una pausa e sorrideva al telefono mentre messaggiava con Delilah, volevo picchiarlo.

Lei sostiene che sono solo amici, ma, se fosse così, allora noi due che cosa diavolo siamo?

Comunque sia, non vedo l'ora di prendermi questa pausa. Jonah lavora per Ayden, il responsabile delle scuderie, e con gli altri garzoni che rimangono a casa, inclusa Mallory e il suo ragazzo Antonio.

L'estate scorsa, la mia cuginetta ha implorato mio padre perché lo facesse lavorare con lei al ranch dopo la scuola e nei fine settimana. All'inizio le aveva detto di no, ma, dopo che l'ha supplicato piangendo dicendo che Antonio doveva risparmiare per comprarsi un cavallo per la sua futura carriera nei rodei, papà ha ceduto.

Mallory stai imparando il *barrel racing*; quindi adesso frequenta il ranch più del normale e adora darmi sui nervi.

Dopo che Landen ha iniziato a lavorare come volontario per l'organizzazione giovanile locale, due anni fa, ha cominciato ad addestrare Antonio nelle tecniche di equitazione e nell'uso del lazo, e da allora lui si è allenato in vista del momento in cui potrà dedicarsi a tempo pieno alla disciplina, dopo il diploma.

Questo significa che quei due ce li ho *sempre* intorno… a toccarsi, baciarsi e farmi venire da vomitare.

Ammetto che quello stronzetto non mi piace. Sin da quando li ho beccati a pomiciare nella scuderia, due anni fa. Quando ho visto la mano di Antonio palpare una *certa* zona, l'ho attaccato al muro e gli ho detto che se l'avesse toccata di nuovo ci avrebbe rimesso le palle. Ero pronto a metterlo al tappeto, ma poi non sono arrivati Landen e Tripp, esigendo che lo lasciassi andare.

Mallory non mi ha parlato per un mese, dopo quell'evento. Non ha mai avuto paura di esprimere le sue opinioni, e la sua rabbia nei miei confronti non fa eccezione. Sapendo quanto sa essere irascibile, potrei trovare un po' di gioia nel sapere che Jonah è bloccato lì con loro, visto che lei lo tollera meno di me.

Ruby, una delle dipendenti di Noah, è già a Las Vegas con suo marito Levi, che partecipa alle gare di *team roping* professionistico. Le finali nazionali si svolgono nel corso di dieci giorni, ma, non potendo prenderci così tanto tempo libero, noi arriviamo all'ottavo, e speriamo di assistere alla vittoria di Ellie nel campionato di *barrel racing* il giorno finale.

"Hai portato una valigia sola?" mi chiede Magnolia quando la carico sulla bilancia.

"Sì? Stiamo via solo per qualche giorno. Tu quante ne hai portate?"

Tripp fa una risata nasale. "Tre. E una è solo per le scarpe".

"Ci sono anche i tuoi stivali lì dentro!" Gli dà una sberla sul petto. "E poi, mi servivano vestiti per il rodeo e alcuni per le uscite serali".

"Oh, sì, anche a me", dico, imitando una vocina acuta. "Le mie magliette da giorno e le mie magliette da notte".

"Oh, sta' zitto!" Magnolia scoppia a ridere. "Mi sorprenderebbe se avessi anche un solo cambio di mutande".

Schiocco le dita. "Accidenti, ecco cosa mi sono dimenticato!"

Dopo aver superato i controlli di sicurezza, mi sudano ancora di più le mani mentre camminiamo verso il nostro gate. Non appena vedo Delilah seduta accanto alla madre, il battito del mio cuore prende il volo.

"Ehi! Sono così felice che venite anche voi!" Magnolia la stringe in un abbraccio quando lei si alza.

"Anche io. Non sono mai stata a Las Vegas", dice Delilah, evitando il mio sguardo.

"Oh, mio Dio, ti piacerà da morire! L'anno scorso è stato un vero spasso. Vedere Ellie vincere mi ha dato una botta di adrenalina che non ho più provato da quel giorno".

Delilah ridacchia. "Non vedo l'ora".

Magnolia lascia il suo bagaglio a mano per terra, vicino al posto di Tripp. "Adesso si va al bar".

"Ehi, sono le otto del mattino", mormoro. Vorrei avere un momento da solo con Delilah prima che venga trascinata via.

"Seguiamo gli orari dell'aeroporto; il che significa che non è mai troppo presto", mi dice Magnolia, voltando la testa.

"Andiamo, mamma", le dice Delilah, e anche lei se ne va.

"E poi dicevate che io ero problematico".

Le ragazze si prendono a braccetto, quasi saltellando via.

Mi siedo accanto a Tripp e tiro fuori il telefono per controllare i messaggi.

Sei da Mallory.

MALLORY

Questo tipo è un fesso.

Perché mi hai lasciata da sola con lui?

ODDIO, sta CANTICCHIANDO! È uno che canticchia! Allarme rosso!

Essendo nel bel mezzo della settimana scolastica, è costretta a lavorare un paio d'ore prima delle lezioni, visto che noi non ci siamo. Non mi sorprenderebbe se mi scrivesse ogni mattina fino al nostro ritorno per lamentarsi.

MALLORY

Oh, e adesso sta fischiettando. Sono all'inferno.

Ridacchio perché so quanto lo detesta.

MALLORY

Posso ammazzarlo, per favore?

Pulisco pure il sangue.

Scuotendo la testa, scrivo una risposta che odierà.

WILDER

Ingoia il rospo, cara mia. Se io devo lavorarci per TUTTO il dannatissimo giorno, tu puoi farcela per poche ore.

Alzo gli occhi al cielo per quanto sta facendo la drammatica.

Quando sento Delilah ridere, sollevo lo sguardo e la fisso.

"Va tutto bene?" Tripp mi dà una gomitata al braccio.

"Ehm… sì. Tutto bene", rispondo, tenendo lo sguardo incollato su di lei.

"Davvero?"

"Mmm-mmh. Perché?" Provo a leggerle il labiale, ma non riesco a capire cosa sta dicendo.

"Perché, a giudicare dalla bavetta che hai alla bocca, direi che sei innamorato…" dice in tono di scherno, dandomi un colpetto sulla mascella.

Lo spingo via, riprendendomi finalmente dalla trance. "Ultimamente non ci siamo parlati molto".

"Beh, alzati e di' qualcosa".

"Non è così semplice".

Tripp si avvicina. "Non dirmi che, dopo aver passato tutti questi anni a girarvi attorno, te la sei scopata e poi hai rovinato tutto…"

"No". Sposto di nuovo lo sguardo. "Lei voleva farlo, ma l'ho fermata".

Tripp aggrotta le sopracciglia. "*Tu* hai fermato *lei*? Impossibile".

"Che tu ci creda o no, non faccio sesso da più di un anno. Restare casto fa parte della mia terapia e mi aiuta a rimettere a posto la testa".

"Wow! Sono colpito". Fa un sorrisetto. "Chi poteva immaginarsi che saresti riuscito a resistere a Delilah dopo tutto questo tempo?"

"Fidati, non è stato facile. Ha dato di matto perché pensava che la stessi rifiutando. Ma poi mi ha ringraziato per averlo impedito perché sostiene che il tempismo è completamente sbagliato e che sta ancora avendo problemi ad accettare la morte di suo padre".

"È normale, soprattutto visto che Harlow è stata rapita lo stesso giorno che è successo. Ne ha passate tante".

"Non sapevo neanche che mi volesse in quel modo; quindi sono rimasto sorpreso. Per tutto questo tempo, credevo che riuscisse a malapena a sopportarmi. E poi scopro che stava lottando contro i suoi sentimenti come facevo io".

"Quindi cos'è successo dopo?"

Mi gratto la guancia, riflettendo su quanto dovrei confessargli.

"Mi ha chiesto di dimenticare quello che abbiamo fatto quella sera e di tornare a essere amici; al che le ho detto che non potevo farlo. Poi le ho detto che mi serviva del tempo lontani per superare i sentimenti che provo per lei perché starle vicino era troppo difficile".

"Oh, merda! Ti piace *davvero*". Sbarra gli occhi. "Non avevo idea che fossi così cotto".

"Non lo sapeva nessuno".

Dato che non ho mai detto ai miei fratelli che chiamavo la linea di assistenza e che le ho parlato per sei mesi prima di conoscerla come la nuova ragazza di Waylon, non ho mai avuto modo di spiegare il motivo per cui provo dei sentimenti per lei da tutto questo tempo. È un qualcosa di più profondo dell'attrazione.

"Stare lontani ha funzionato?"

Butto fuori una risata priva di allegria. "Neanche lontanamente. Ha peggiorato le cose. Non parlarle né vederla mi ha fatto venire ancora più voglia di parlarle e vederla. Quando è uscito quell'articolo su Jonah, le ho chiesto perché lo avesse aiutato e poi abbiamo litigato un pochino. Quella sera, sono passato a prendere lei e Mati al ristorante messicano ed erano ubriache marce… insieme a Jonah. Mi sono assicurato che arrivassero a casa sane e salve e le ho scritto il mattino dopo per chiederle come stava, ma poi basta".

"A me sembra che tu debba sfruttare questi prossimi giorni per decidere cosa fare. Se non riesci a superare i tuoi sentimenti, ma non vuoi smettere di frequentarla, dovrai imparare a soffrire in silenzio. E fidati di me, che l'ho fatto… per anni. Ho dovuto vedere Magnolia avere una relazione tira e molla con quel coglione e aspettare il momento giusto".

"E quando è stato il momento giusto per te?"

"Non esiste, bello. Non c'è *nessun* momento giusto per dire alla donna che ami in segreto che sei innamorato di lei. Quando pensavo che avesse una cotta per un tipo a caso, ho perso la ragione. Chiedilo a Landen. L'ho quasi preso a calci finché non mi ha detto che il tipo della cotta ero *io*. E lì ho avuto l'illuminazione. Non è stato necessariamente il momento giusto, perché mi sono reso ridicolo con le mie congetture, però è stato *il* momento che mi ha fatto capire che, se non avessi fatto qualcosa subito, avrei potuto perderla per sempre".

"Però Magnolia ti ha accolto a braccia aperte. Io come faccio a convincere Delilah a darci almeno una chance? O a mettermi alla prova?"

Tripp ci riflette per un istante. "Glielo dimostri. Crede che tu non sia pronto perché ha paura e sta proteggendo il suo cuore. Se le piaci da un po', la sua esitazione è comprensibile. Ha dovuto vederti per anni insieme ad altre ragazze, con cui non hai mai preso un impegno serio. Dimostrale che sei pronto con le tue azioni".

"Ok". Annuisco. "E come lo faccio?"

Tripp fissa Magnolia, dall'altro lato del gate. "Non farle mai dubitare delle tue intenzioni. Metti tutte le carte in tavola, così che sappia esattamente cosa provi".

Sono costretto a sedermi vicino a qualcuno che non conosco, visto che sono il terzo incomodo. Delilah e la signora Fanning si trovano qualche fila più avanti rispetto a Tripp e Magnolia, che sono di fronte a me. Meno di due ore dopo, atterriamo a Dallas per lo scalo.

E questa volta sono determinato a parlarle, dato che non ne ho avuto l'occasione prima del decollo. Magnolia se l'è tenuta tutta per sé fino a quel momento e, quando siamo saliti a bordo, lei è andata avanti con la madre.

"Com'erano i cocktail dell'aeroporto?" le chiedo da dietro quando si mette in fila per il caffè. La signora Fanning è seduta a un tavolo, mentre Tripp e Magnolia fanno un giro; quindi ne approfitto per stare da solo con lei per qualche minuto.

Si gira verso di me. "Costosi, ma buoni. Di sicuro hanno aiutato con l'ansia pre-partenza".

"Già, è stato un volo movimentato".

Quando l'aereo ha incontrato una turbolenza, un coro di sussulti ha riecheggiato nella cabina, e ho dovuto reggermi al sedile di fronte finché non è finita.

"Avresti dovuto prenderne uno con noi", dice con un sorriso genuino, e lo prendo come un buon segno. "O stai aspettando di arrivare a Las Vegas per bere?"

Infilando le mani nelle tasche davanti, faccio spallucce. "Non volevo interrompere il vostro momento tutto al femminile".

Ridacchia, poi si gira e procede nella fila. Quando volta la testa, i suoi occhi azzurri trovano i miei. "Da quando ti fai problemi a interrompere qualcosa? Adori essere al centro dell'attenzione".

"Non è vero…" Tenendo le braccia dietro la schiena, mi avvicino. Le sfioro il contorno dell'orecchio con le labbra e abbasso la voce a un sussurro: "Adoro essere al centro della *tua* attenzione".

Irrigidisce la schiena, e sento la sua pelle fremere. Però, prima che possa rispondere, la voce della cassiera squarcia l'aria per chiamare il cliente successivo.

Delilah deglutisce con forza e cammina finché non la raggiunge.

Dopo che ha ordinato, mi sposto accanto a lei e aggiungo il mio drink; poi tiro fuori il portafoglio.

"Potevo pagare io", dice piano.

"Ma poi non avrei potuto dire che questo è un appuntamento". Faccio l'occhiolino e do la carta al cassiere.

Un'espressione confusa appare sul viso di Delilah. Probabilmente non avrei dovuto dirlo prima che potessimo discutere la nostra situazione, ma ormai è troppo tardi.

Dopo esserci spostati all'estremità del bancone per aspettare le nostre bevande, cominciamo a parlare entrambi nello stesso momento.

"Scusami, vai pure".

"No, nessun problema. Comincia tu", insiste.

Sposto goffamente il peso del corpo, cercando di trovare le parole che voglio dire senza farla scappare via spaventata. Essere nel bel mezzo dell'aeroporto, tra il baccano e il caos, non aiuta.

"Ehm, beh…" Leccandomi le labbra, mi passo una mano sul mento. "Volevo dirti che prenderci del tempo lontani non mi ha aiutato a superare i miei sentimenti. Non che pensassi veramente che lo avrebbe fatto, ma…"

Il barista ci porge i bicchieri, interrompendomi.

"Grazie".

Delilah prende i due drink per lei e la signora Fanning, mentre io prendo il mio. Poi la seguo al tavolo dove sua madre la sta aspettando.

"Ciao, Wilder". Mi fa un sorrisetto sospettoso, afferrando il suo bicchiere.

"Salve, signora Fanning. Come sta?"

"Benone, ti ringrazio". Beve un sorso del suo tè, poi sposta lo sguardo su Delilah. "Faccio un giro al negozio di souvenir e cerco un nuovo libro da leggere. Ti raggiungo al gate, tesoro".

"Oh, sei sicura?" Delilah sembra in preda al panico, ma sua madre la tranquillizza.

"Certo. In questo modo, tu e Wilder potete parlare in privato". Le fa l'occhiolino prima di andarsene.

"È stato… interessante", mormoro, poi mi porto il bicchiere alla bocca per impedirmi di chiederle se ha parlato di noi alla madre.

"Molto".

"Non credo che avrei dovuto vedere quel gesto discreto che ha fatto, ma credo di piacerle". Agito le sopracciglia, e lei alza gli occhi al cielo.

"Dove vuoi parlare?"

"Sono sicuro che da qualche parte ci sia un gate vuoto. O potremmo trovare una di quelle stanze per i neonati e scoprire perché lo chiamano *allattamento al seno…*"

"Wilder Hollis!" urla, dandomi una manata scherzosa sul petto, ma io rimango immobile. "Non sei spiritoso".

"Che c'è?" Fingo innocenza. "Non posso essere curioso?"

"Mmm-mmh… sono sicura che sei *molto* curioso".

Capitolo Quindici
Delilah

È un sollievo ridere di nuovo insieme a Wilder. Non sapevo quanto sarebbe stato strano guardarlo in faccia, soprattutto dopo che lui ha visto me e Mati inciampare nei nostri stessi piedi e ci ha sentite condividere fin troppi dettagli.

Ma una cosa in cui è bravo è rompere il ghiaccio nelle situazioni scomode.

Anche se sono emozionata all'idea di fare questo viaggio e vedere Ellie gareggiare nella competizione più importante dell'anno, sono ancora più gasata al pensiero di poter passare questo tempo con Wilder. Mi è mancato, e odio aver messo questa barriera tra di noi. Forse era quello che mi serviva per rendermi conto che preferirei agire nonostante le mie insicurezze piuttosto che rischiare di perderlo.

Camminiamo per alcuni minuti finché non troviamo un gate vuoto; poi ci sediamo sul retro, vicino alle finestre.

"Come vanno il volontariato e le lezioni di gestione della rabbia?" chiedo, poi bevo un sorso del mio caffè freddo.

Si gira sulla sedia per roteare il corpo verso di me, e io faccio la stessa cosa. Non sono comoda, ma è meglio di niente.

"Onestamente, sta andando bene. Le lezioni di gestione della rabbia mi stanno aprendo gli occhi, per usare un eufemismo. Sono entrato convinto di non aver bisogno di essere lì perché avevo le mie emozioni sotto controllo, ma a quanto pare identificare i miei fattori scatenanti e comprendere la mia rabbia mi aiuterà a trovare i meccanismi di difesa giusti, prima di esplodere. Per quanto detesti ammetterlo, mi piace andarci".

"È davvero fantastico, Wilder!" Gli faccio un largo sorriso pieno d'orgoglio perché ha dato una chance al corso, invece di non partecipare.

"Anche il rifugio è un'esperienza illuminante. Ho conosciuto tante persone e sentito molte delle loro storie. Tierney è un'ottima mentore. A parte il vecchissimo sistema di lavaggio dei piatti, è un qualcosa di molto bello, ed essere lì mi fa sentire bene. Vorrei aver cominciato a lavorarci come volontario molto prima che me l'ordinasse il tribunale".

La sua sincerità mi strappa un sorriso. È bello vederlo così, come se avesse trovato uno scopo oltre al lavoro nel ranch. "Mi sembra perfetto per te".

"Mmm-mmh".

"Beh, chi è Tierney?" Non l'ho mai sentita nominare e adesso sono sospettosa perché gli si è illuminato il viso quando ha pronunciato il suo nome.

"Gestisce lo staff e i volontari. Molto gentile. Dà molti consigli e risorse a chi ne ha bisogno".

"Oh, capito". Annuisco mentre parlo. "È una donna più grande?"

Fa schizzare fuori quel piercing alla lingua che, giuro, è collegato direttamente al mio clitoride. "Forse una decina di anni in più di me".

"È sposata?" Mi schiarisco la gola quando mi becca a fissargli la bocca. "Voglio dire, sembra che abbia un lavoro impegnativo. Mi chiedevo se il marito la supportasse quanto lei supporta gli altri".

Bel salvataggio, idiota. Non se l'è affatto bevuta.

"Non saprei. Non gliel'ho mai chiesto".

"Ha la fede?" lo incalzo. "Eri sempre un professionista nel trovarle".

Si strofina la mano sul mento, incorniciato da una barbetta che non rade da qualche giorno. "Hai ragione. Non ho visto nessuna fede".

"Mmh. Beh, sono contenta che tu possa passare i weekend con lei. Voglio dire, *lì*. Al rifugio. Ad aiutare le persone".

Con un sopracciglio inarcato, fa un sorrisetto. "Sei... *gelosa?*"

"Io? Cosa? Pfft", rispondo, buttando fuori le parole talmente in fretta che non ci credo nemmeno io. "Certo che no. Perché dovrei... ehm... esserlo?"

"Allora perché sei così agitata?"

"N-Non lo sono. Ero curiosa, tutto qui".

"D'accordo, beh..." Si avvicina. "Nel caso quella tua testolina curiosa vada in tilt, lasciami finire quello che ti stavo dicendo prima".

Wilder si china su di me, mi dà un bacio delicato e lento, ma si ritrae prima che io possa reagire. "Stavo aspettando di farlo da settimane, e avevo bisogno di gustarti di nuovo prima di avere questa conversazione".

"Ehm..." Mi lecco le labbra, nervosa. "Non mi hai dato la possibilità di ricambiare il bacio".

"Questo perché te l'ho rubato", risponde compiaciuto. "Ma prima stavo dicendo che il tempo lontani non mi ha aiutato a superare i miei sentimenti. Preferisco che siamo amici piuttosto che niente. Il fatto è che non ho mai sperato che un giorno potessi piacerti anch'io; quello che conta è quanto mi sento bene quando sto con te. Mi piace quella sensazione e, se magari un giorno riuscissi a dimostrarti che posso essere ciò di cui hai bisogno, sarò qui, pronto. Fino ad allora, non voglio allontanarmi da te".

Gli angoli dei miei occhi si riempiono di lacrime, ma le ricaccio indietro finché non riesco a tirare fuori le parole. "Nemmeno io voglio allontanarmi da te", confermo, e vedo le rughe attorno ai suoi occhi distendersi per la felicità. "Ma voglio che siamo più che amici".

Sbatte le palpebre. "Davvero?"

Mi succhio il labbro inferiore in bocca per non esplodere. "Sì... Stavo aspettando il giorno in cui mi avresti detto che provavi le stesse cose che provo io, e adesso non voglio permettere alla paura dei *se* di impedirci di vedere dove possono andare le cose. Tuttavia…"

Sospira profondamente. "Sapevo che ci sarebbe stato un ma".

Rido, e lo fa anche lui.

"Non è un ma, è una… condizione. Voglio che facciamo le cose con calma. La mia mente fa ancora fatica a credere che stia succedendo davvero e ha bisogno di tempo per metabolizzare. Non ho una relazione da molto tempo, e ho paura di rovinarla".

"Tesoro, se qualcuno potrà rovinarla, quello sarò io". Mi solleva il mento, avvicinandosi di nuovo. "Ma ti prometto che prenderò le cose con calma; farò qualunque cosa ti serva, ok? Non c'è fretta".

"Non ti dispiace?"

"No". Mi preme la bocca sulla guancia, poi abbassa la bocca vicino al mio orecchio. "Anzi, non ti bacerò neanche finché non mi supplicherai".

"Wilder!" Gli do una spintarella. "È un'ingiustizia".

"Oh, pensavi che avrei giocato pulito perché finalmente hai confessato di avermi sempre desiderato?" Fa schizzare fuori quel fottuto piercing che mi fa stringere le cosce. "Perché tu mi hai fatto soffrire per nove anni. Mi pare più che *giusto* ricambiare il favore".

"Sarà così che andranno le cose?" chiedo in tono provocatorio, incrociando le braccia e raddrizzando la schiena. "Perché chi la fa l'aspetti. Se qualcuno si metterà a supplicare, sarai tu quando ti salterò addosso con il mio nuovo set di lingerie in pizzo color lavanda".

"Ti sei portata della *lingerie* a Las Vegas?" Inarca un sopracciglio sospettoso, avvicinandosi senza rendersene conto, e poi si ritrae.

Può ringraziare Mati per avermi incoraggiata a metterlo in valigia, ma non lo ammetterò.

"Mmm-mmh. Ti sfido a provare a non toccarmi. Anzi, sarai tu a strisciare da *me*…"

Abbassa lo sguardo sul mio petto, tirando fuori la punta della lingua mentre esamina ogni centimetro del mio corpo. Poi si sistema palesemente il pacco, e i miei occhi schizzano proprio lì, mentre ricordo la prima volta che ho visto i suoi piercing *speciali*. Ho dovuto cercare su internet e sono quasi rimasta accecata da quello che ho scoperto.

Non sono una santarellina, però sembra doloroso, e non solo per lui.

"Stai facendo un pessimo lavoro nel convincermi che non sarai tu a supplicare", gli dico dopo aver strappato gli occhi dal suo pacco.

"Mi sono trattenuto per anni…"

"Anche io", gli ricordo. "Senza farmi gente a caso e avere rapporti occasionali".

Non so se mi faccia fare bella figura o se dia l'impressione che nessun altro abbia voluto fare sesso con me. Ma, tra i viaggi per i rodei, gli allenamenti e il lavoro al Lacey's, non avevo tempo per le relazioni. Ci sono stati pochi uomini interessati a cui ho dato corda per mezzo secondo, ma non ho avuto nulla di serio con nessuno, dopo Waylon.

E forse questo dovrebbe farmi riflettere.

Wilder mi solleva il mento, avvicinando la faccia a mezzo centimetro dalle mie labbra. "Scommetto cento dollari che sarai comunque tu la prima a cedere".

"Dato che stiamo andando a Las Vegas, rendiamo le cose interessanti", ribatto, ritraendomi finché non allenta la presa.

"D'accordo, cosa proponi?"

"Cinquecento dollari, e chi perde deve *pure* ammettere la sconfitta supplicando per un bacio".

"Oh, tesoro… Mi supplicherai per avere molto più di quello". Mi fa l'occhiolino, con un sorrisetto così convinto che, secondo me, crede davvero di vincere.

"Questo lo vedremo…"

"Allora, quali sono le regole?"

"Nessuna… tanto non le seguiresti comunque". Bevo un lungo sorso di caffè freddo per placare l'improvvisa ondata di calore alle guance.

Finge innocenza sbuffando leggermente. "Infrango solo quelle stupide".

"Non puoi permetterti di infrangerne *nessuna*. Sei fortunato che tuo padre e l'ufficiale di sorveglianza ti abbiano permesso di lasciare lo stato, vista la situazione".

Quando ho scritto ad Harlow chiedendole se sapesse se avevano permesso a Wilder di venire, mi ha ripetuto quello che le aveva detto Waylon: dato che si tratta di un viaggio preorganizzato e che il ranch fa da sponsor a Ellie, il suo ufficiale ha dato il via libera… a patto che lui non si mettesse nei guai durante il soggiorno.

Mi ha detto anche che Waylon mi ha di nuovo incaricata di fargli da baby-sitter. Non che mi dispiaccia, ma non li ho esattamente tenuti al corrente della situazione; quindi ho risposto con l'emoji che fa il saluto militare.

"Fidati, lo so. Ho dovuto chiedere un permesso per saltare la lezione di gestione della rabbia di domani sera e perdermi le ore di volontariato del fine settimana".

"D'accordo; quindi non puoi sbronzarti né fare a pugni".

Spinge la lingua contro la guancia come se stesse cercando di non ridere. "Non ho intenzione di farlo".

Quando arriva il momento di tornare al nostro gate per prendere il secondo volo, non riesco a smettere di sorridere. Il fatto che io e Wilder siamo tornati ai nostri scambi scherzosi è sufficiente per mettermi di buon umore per il resto del mese. Non parlargli né vederlo è una tortura. Preferisco avere di nuovo a che fare con il Wilder chiassoso ed esasperante, piuttosto che chiudere del tutto con lui.

Ma, questa volta, ho i nervi a fior di pelle e le farfalle nello stomaco.

Non abbiamo dato un'etichetta al nostro rapporto, e va bene così, dato che lui è stato chiaro circa i suoi sentimenti, ma vorrei che avessimo avuto più tempo per parlare e discutere delle implicazioni future.

"Sembra che tu e Wilder vi siate fatti una bella chiacchierata", afferma mamma, sporgendosi verso di me.

Dopo il decollo, ci ha messo solo dieci minuti per tirare fuori l'argomento.

"Mmm-mmh, sì", rispondo senza lasciar intendere nulla.

"Quindi? Cos'è successo?"

"Stai facendo la pettegola, mamma?" ironizzo, sapendo quanto detesta il gossip.

"No! Sto mostrando interesse per la vita sentimentale di mia figlia. Voglio sapere se devo aspettarmi dei nipotini fra pochi anni… o magari venti".

"Mamma!" sibilo sussurrando, rimproverandola giocosamente. "Li avrai prima da Harlow che da me".

"Ok, beh, allora magari un matrimonio?" suggerisce con fin troppa foga. "Nulla di impegnativo, giusto una dolce cerimonia all'aperto e un ricevimento".

La guardo a bocca aperta come se avesse perso la ragione. "Harlow mi batterà anche all'altare. Avrai molto presto il tuo momento da madre della sposa con lei".

"Perché dici così? Per caso Waylon ti ha detto qualcosa?"

E, in un batter d'occhio, non sono più io l'argomento della conversazione.

Grazie al cielo!

Con mia madre che mi ha stordita di chiacchiere per più di tre ore, non ho avuto tempo per elaborare quello che è successo durante lo scalo. Accettare una battaglia su chi sarà il primo a cedere per baciare l'altro è letteralmente la cosa peggiore che avrei mai potuto fare, dato che ero pronta a saltargli addosso nel bel mezzo dell'aeroporto.

Quando atterriamo, scrivo a Mati che siamo arrivati e la aggiorno brevemente.

MATI

ODDIO, finalmente, cazzo!!!

DELILAH

Oh, piantala! Dentro di me sto ancora impazzendo un pochino, ma sto cercando di non farmi sopraffare. Ha accettato di procedere con calma, e questo aiuta.

MATI

Con calma?? È una cosa che fanno gli adolescenti e le coppie di anziani! Mettiti quel set di lingerie sexy e sconvolgi tutto il suo mondo.

DELILAH

Oddio!

MATI

È quello che urlerai quando ti sculaccerà quel culetto e te lo ficcherà dentro con forza. Ti piace farlo a pecora, no? Può colpire tutti i punti giusti da quell'angolo, e con quei suoi piercing… gli squirterai addosso.

Porca puttana!

Mi pizzico la radice del naso perché adesso ho quell'immagine in testa, e alcune goccioline di sudore mi si formano lungo l'attaccatura dei capelli al solo pensiero che possa diventare realtà.

È passato davvero *tantissimo* tempo dall'ultima volta che ho fatto sesso.

DELILAH

Forse Wilder ha ragione: siamo un tantino troppo intime…

MATI

A dire il vero, di solito siamo ubriache quando parliamo di sesso. O usiamo giocattolini.

DELILAH

Giusto. Quindi è chiaramente colpa dell'alcool.

MATI

Esatto!

Faccio una risata nasale, poi infilo il telefono in tasca per prendere il trolley e sbarcare.

"Cosa vuoi fare come prima cosa?" mi chiede Magnolia quando mi raggiunge, per poi dirigersi con me verso il ritiro bagagli.

"Fare una doccia e mangiare", rispondo, facendo la spiritosa. "E poi trovare Harlow e Waylon".

"Voglio fare la zipline al Fremont Street Experience, visto che l'anno scorso non ce l'ho fatta".

"Sopra la strada?" chiedo conferma, e lei annuisce. "Potrebbe essere un po' troppo per il mio livello di avventura".

"Fai equitazione acrobatica a livello professionistico!" esclama Magnolia. "Dovrebbe essere perfettamente nelle tue corde".

"Non fa così paura come sembra", aggiunge Tripp.

A loro non ho detto che non riprenderò i rodei durante la prossima stagione, ma questo non mi sembra il momento giusto per tirare fuori l'argomento; quindi lascio perdere.

"Magari possiamo provare quelle attrazioni adrenaliniche o lo SkyJump al The Strat, che dite?" propone Magnolia.

"Oh, sembra divertente", interviene mia madre, e la guardo come se le fosse spuntata un'altra testa.

"Vuoi saltare giù da un palazzo di più di cento piani?" chiedo, esterrefatta. "Non dici sempre a me e Harlow di non morire facendo stronzate?"

Ci ha raccontato una marea di storie dell'orrore su gente arrivata al pronto soccorso dopo aver fatto cose rischiose; quindi mi sciocca tantissimo che questo le vada bene.

"Beh, sì, cioè… Non fate corse clandestine e non tuffatevi da una scogliera. Queste, invece, sono attività adrenaliniche *sicure*".

"Sono piuttosto certo che mi abbia visto al pronto soccorso una ventina di volte, quando ero alle superiori", dice Wilder, camminando accanto a mia madre. "Perché io facevo *tantissime* stronzate".

"Oh, me lo ricordo. Le infermiere avevano una scheda del bingo e segnavamo un quadratino ogni volta che venivi per aver fatto qualcosa di sconsiderato. Ci sono voluti solo pochi mesi perché qualcuno vincesse".

Wilder rimane a bocca aperta e ridiamo tutti. "Questo perché i miei genitori mi ci facevano andare per ogni minima cosa: botte alla testa, costole rotte, danni alle gambe…"

"Già, come si sono permessi mamma e papà di volerti tenere in vita?" chiede Tripp in tono impassibile, ma non credo che volesse farla uscire così, perché la sua espressione si incupisce non appena le parole gli escono di bocca.

Il mio cuore ha un sussulto quando il volto di Wilder si indurisce per la vergogna. Distoglie lo sguardo, e lo faccio anch'io.

La conversazione si spegne mentre attraversiamo l'aeroporto. Osservo tutte le luci luminose e i grandi schermi che mostrano gli spettacoli e i casinò che Las Vegas offre. E la cosa non dovrebbe sorprendermi, però lo fa quando vedo le file di slot machine.

Ci mettiamo quasi trenta minuti a recuperare tutti i bagagli. Dato che prendiamo la navetta fino all'hotel, usciamo fuori per raggiungere l'area da cui parte.

"Ho bisogno di un pisolino e di un piatto pieno di costine alla griglia", annuncia mamma.

La sua voglia specifica mi strappa una risatina. "Ho sentito che qui hanno dei buffet fantastici".

"Oh, è vero", risponde Wilder, arrivando al mio fianco. "Credo di aver messo su quasi cinque chili prima di ripartire, l'anno scorso".

"Anche io", aggiunge Magnolia. "Però non mangiate prima di salire sulle attrazioni".

"Non era mia intenzione".

La mano di Wilder sfiora la mia mentre continuiamo ad aspettare. Le mie sono fredde perché siamo all'esterno con questo tempaccio, ma, non appena mi sfiora le dita, il mio corpo intero si surriscalda.

Poi, con nonchalance, si china su di me e mi sfiora l'orecchio con la bocca. "Sarò da solo in camera mia, nel caso tu decida di arrenderti e cedere a qualunque cosa tu voglia che ti faccia".

"Intendi quello che *tu* vuoi fare a me", ribatto a bassa voce così che nessun altro possa sentire.

"È la stessa cosa. In ogni caso, mi supplicherai per averlo".

Capitolo Sedici
Wilder

G uardando dalla finestra la Las Vegas Strip, mi domando se dovrei scrivere a Delilah e chiederle di venire da me.

Cristo, sono un cretino!

Sono passate solo un paio d'ore da quando abbiamo deciso di prendere le cose con calma, ma quell'accordo si è trasformato presto nel gioco di chi cederà per primo e, maledizione, io sono pronto a farlo adesso!

Voglio baciare quelle sue labbra carnose, succhiarle il collo e sentire quelle curve contro i miei palmi.

Ma, soprattutto, voglio passare del tempo con lei. Anche stare seduti a chiacchierare. Adoro starle intorno, a prescindere da quello che stiamo facendo.

Mi manca il periodo in cui non facevamo altro che parlare, prima di incontrarci di persona, e quando non c'era niente di off-limit. Sin da allora, la nostra amicizia non si è concentrata su quello, ma è ciò che desidero più ardentemente.

...così come portarla al limite con la lingua finché non mi viene in faccia.

Ma ho promesso che avrei seguito i suoi ritmi; quindi, finché non sarà pronta ad avere di più, mi tratterrò.

Dopo aver fatto il check-in in albergo, lei e sua madre sono salite nella loro camera, Tripp e Magnolia sono andati nella loro, mentre a me è toccato ritirarmi nella mia da solo. L'evento della finale nazionale è già incominciato, ma stasera erano tutti troppo esausti dal viaggio per andarci.

Invece, ci siamo organizzati per vederci domani per il brunch, e poi andremo al centro congressi per l'Esperienza NFR, un festival gratuito per i fan con musica dal vivo, shopping e una sessione di autografi con le star del rodeo. Magnolia ha insistito così tanto per andarci, visto che l'anno scorso non ce l'ha fatta.

Quando avrà finito di torturarci lì, andremo al Thomas & Mach Center. L'arena è gigantesca e, anche se sarà strapiena, ci offrirà un'esperienza divertente.

Dato che non volevo uscire a mangiare, ho ordinato il servizio in camera e poi ho fatto una doccia calda. Adesso mi sto annoiando a morte. Dovrei andare a letto e recuperare qualche ora di sonno, ma sono troppo gasato. Il mio cervello non vuole saperne di spegnersi e, quando succede, di solito cerco di distrarmi in qualche modo.

Prendendo gli stivali, mi siedo sul bordo del letto e li infilo. Poi mi metto il cappello Stetson e recupero le chiavi della stanza.

Non bevo un sorso di alcool da quasi un mese; quindi magari qualche birra mi aiuterà a rilassarmi abbastanza da crollare.

Solo che, quando apro la porta, vengo accolto dalla stessa donna che vive a tempo pieno nella mia mente.

"Ehi…" Sbatto le palpebre per schiarirmi la vista e assicurarmi che sia davvero di fronte a me. "Che ci fai qui? Stai bene?"

"Sì, sto bene". Nota gli stivali e il cappello. "Vai da qualche parte?"

"Mi stavo annoiando". Faccio spallucce. "Volevo scendere al casinò e bermi qualcosa, magari giocare un po' alle slot".

"Oh, ok". Fa un passo indietro. "Non voglio interferire con i tuoi piani".

Fanculo i miei piani!

"Vuoi entrare?" chiedo, aprendo di più la porta. "Perché preferirei decisamente passare del tempo con te".

"Davvero?"

"Sì". Rido, facendole cenno di entrare. "Non ti ho scritto perché pensavo fossi con tua madre o troppo stanca per fare qualcosa".

Aspetto che mi superi, poi chiudo la porta e la seguo nella stanza.

"Abbiamo preso da mangiare, ci siamo fatte la doccia e poi lei è andata a letto. Ho provato a dormire, ma…" Solleva le spalle, poi si gira verso di me. "Il mio cervello iperattivo non me l'ha permesso".

"È lo stesso problema che avevo io…" Mi metto di fronte a lei e le sollevo il mento finché i suoi occhi non trovano i miei. "Cosa ti piacerebbe fare?"

La sua lingua fa capolino e il mio corpo intero si surriscalda.

"Potremmo, ehm…" mormora, poi deglutisce a fatica, "… parlare?"

Mi morsico il labbro inferiore per trattenere un largo sorriso. Cazzo, è adorabile quando è nervosa!

"Certo, possiamo farlo". La lascio andare, poi mi siedo sul letto e tocco lo spazio vuoto al mio fianco.

Quando non si muove, inarco un sopracciglio. "Delly?"

Sospira e si mette in piedi tra le mie gambe. "Avrei dovuto dirti una cosa molto tempo fa".

"Riguardo a cosa?" Mentre mi piego all'indietro e mi appoggio sui palmi, vedo la sua espressione che cambia, e ho paura per quelle che potrebbero essere le sue prossime parole.

"Il nostro passato. Che ero la ragazza della linea di assistenza. E perché l'ho tenuto nascosto". Oh, merda! Vuole avere quella conversazione *adesso*? E qui? Però annuisco per farla continuare. "Mi sentivo in colpa per aver iniziato a provare qualcosa per te mentre tu stavi affrontando alcuni dei tuoi momenti più bui. E in un certo senso mi sentivo anche sciocca perché conoscevo soltanto la tua voce. Quando Waylon ci ha presentati e ti ho sentito parlare, non sapevo proprio come comportarmi. L'ho riconosciuta subito e sono rimasta parzialmente sotto shock. Waylon mi aveva raccontato alcuni dei tuoi incidenti con le lamette; così, una volta che ci siamo conosciuti di persona, è stato facile mettere insieme i tasselli del puzzle".

"Quindi anche tu l'hai capito subito?" Raddrizzo la schiena per starle più vicino.

"Non sapevo quando tu lo avessi capito".

"Subito. Abbiamo parlato per sei mesi, ogni tanto per cinque volte alla settimana. Sentivo la tua voce nel sonno. Ogni volta che pensavo se prendere o meno una lametta, ti sentivo mentre mi dicevi di metterla giù". Scuoto la testa al ricordo. "Ma ho capito senza alcun dubbio che eri tu quando hai detto che ero stato salvato per *mancanza di prove concrete* perché mi avevi detto quelle stesse quattro parole al telefono".

"Non posso crederci che te lo ricordi".

Lascio il cappello vicino a me e mi passo le dita tra i capelli. "Cazzo, ero furioso quando lui ti ha trovata prima di me. La mia solita fortuna. L'unica persona con cui avessi mai sentito una connessione era la stessa che stava rendendo mio fratello più felice di quanto non lo avessi mai visto".

Il suo sguardo si addolcisce e lo abbassa, ricacciando indietro le lacrime.

"Non pensavo che ti avrei mai trovato. Mi avevi dato un nome falso; quindi avresti potuto essere chiunque".

Merda, non sapevo che l'avesse capito!

"Però ero così felice di vedere quanto stessi bene. O, almeno, quanto volessi che la gente ne fosse convinta. Non potevo credere che stessi lì, proprio di fronte a me, e non potevo dire niente senza violare l'accordo di riservatezza".

"Provavi qualcosa per me mentre stavi con mio fratello?"

Deve esserci stato un periodo in cui le nostre chiamate si sovrapponevano, all'inizio della relazione, e so che non dovrei chiederlo, ma voglio egoisticamente saperlo.

Trasalisce, continuando a evitare il mio sguardo. "Più o meno, sì. Mi piaceva davvero Waylon quando ci siamo messi insieme. È stato un fidanzato fantastico e mi ha sostenuta durante uno dei periodi peggiori della mia vita. Ma, dopo l'incidente di Harlow e con mio padre che aveva ancora bisogno di tantissimo aiuto, non riuscivo a mettere l'energia necessaria in una relazione".

"Nessuno potrebbe biasimarti per aver avuto bisogno di spazio e di tempo per concentrarti su di loro. Sei brava ad aiutare le persone, Delly. Era sempre un sollievo sentire la tua voce. È per questo che chiamavo così spesso. Sapevo di suonare patetico, però non mi interessava, purché tu rispondessi al telefono".

Finalmente mi guarda. "Mi ha distrutta sapere che avevi chiamato e scoperto che non sarei più tornata. Mentre piangevo per Harlow nel reparto di terapia intensiva, stavo piangendo anche per te. Temevo che avresti avuto una ricaduta e che io non avrei potuto esserci per te".

Senza più riuscire a non toccarla, le afferro i fianchi e la attiro sul mio grembo. Si mette a cavalcioni sulle mie cosce, passandomi le braccia attorno al collo, e starle così vicino è una sensazione bellissima.

Mi sento al sicuro. Confortato. A *casa*.

"Chiamavo una volta alla settimana per chiedere di te, nel caso fossi tornata. Anche se mi dicevano che non c'eri, mi aggrappavo alla speranza che un giorno lo avresti fatto, e quello è stato sufficiente per impedirmi di tagliarmi. Sapevo che, se avessi mai risentito la tua voce, volevo poterti dire che non ci ero ricaduto. E, grazie a te, non l'ho fatto".

Sono passati anni e ancora non l'ho fatto, ma è una sfida quotidiana non cedere al dolore e all'oscurità, quando mi invadono la mente.

"Vorrei che mi avessi detto che sapevi chi ero…" sussurra, appoggiando la sua fronte alla mia, col respiro più affannato di prima. "Così anche io avrei potuto dirti che sapevo la verità".

"Sarebbe cambiato qualcosa? Avevo l'impressione che volessi evitare questa conversazione".

Solleva la testa e trova i miei occhi. "N-Non lo so. Pensavo che, se avessi finto che tra di noi non c'era niente, prima o poi avrei voltato pagina e non avrei rischiato di soffrire. Non eri esattamente… adatto a una relazione".

"È vero…" Sollevo la mano per scostarle alcune ciocche di capelli biondi dietro l'orecchio. "Ma questo perché nessuna reggeva il confronto con te".

Si lascia andare al mio tocco, con le palpebre che fanno fatica a restare aperte. "Lo pensi davvero?"

"Al mille percento. Non mi sono mai sentito in quel modo con nessun'altra. È stata allo stesso tempo una benedizione e una maledizione. Mi sono aggrappato a quelle sensazioni e le ho cercate per anni, nella speranza di provarle di nuovo. A quanto pare, sono collegate direttamente a te e soltanto a te".

"Wilder…" sussurra piano. "Puoi baciarmi, per favore?"

Le porto una mano sulla nuca, spingendo i nostri corpi l'uno contro l'altro, però mi fermo prima che possiamo toccarci del tutto. "Sei sicura, Delly? Se ti bacio, non sarò in grado di fermarmi. Quindi ho bisogno che tu sia consapevole di quello che mi stai chiedendo".

"Sono sicura…" risponde con decisione. "*Ti prego*, Wilder. Baciami".

Ed è tutto ciò che ho bisogno di sentire prima di premere la mia bocca sulla sua e farci scivolare dentro la lingua. Succhia il piercing e geme quando le stringo le braccia attorno alla vita, fondendo i nostri corpi.

Mi infila le dita tra i capelli, e assaporo la sensazione delle sue labbra e delle sue mani addosso a me.

Baciarla di nuovo così, senza sentirmi confuso da ciò che sta succedendo, rende l'esperienza ancora più intensa della prima volta. Con le altre non ho mai provato nulla di così travolgente, esaltante, elettrico.

Inebriante.

Le sue labbra morbide e delicate accarezzano le mie in un modo che mi fa desiderare di più.

Appena le stampo dei baci delicati lungo la mascella, si strofina contro l'erezione, e gemo per quanto è meraviglioso. Getta indietro la testa quando trovo il suo collo e succhio la pelle dolce. Le palpo il sedere, incoraggiandola a sfregarsi con più forza su di me.

Mi viene duro e se non lo liberassi farebbe quasi troppo male.

"Delly..." gemo nel suo orecchio, e lei trema. "Ho bisogno di assaggiare la tua passerina. Togliti i vestiti e siediti sulla mia faccia".

"*Sulla* tua faccia?"

"Mmm-mmh. Lo sto sognando da troppo tempo".

"Non l'ho mai provato con un piercing alla lingua..." dice, poi esita. "Fa male?"

Con un sorrisetto, faccio scivolare le mani sotto la sua maglietta perché ho bisogno di sentire la sua pelle nuda, che è calda al tocco.

"Oh, ti piacerà tantissimo, piccola. Lascia che te lo dimostri".

Scende dal mio grembo e tiene il suo sguardo nel mio mentre si toglie i jeans e le mutandine. Non posso credere che stia succedendo, ma non posso correre troppo. Le ho detto che avremmo fatto le cose con calma, e ho intenzione di mantenere quella promessa... dopo averla fatta venire sulla mia lingua.

Scivolando più in alto sul letto, mi stendo e poi le faccio cenno di mettersi sopra di me.

"Sali quassù, tesoro. Mettimi quella dolce fighetta in faccia", le ordino quando esita, incerta su dove mettersi; poi si posiziona sopra il mio corpo.

"Mi sa che da quest'angolo faccio schifo..." Mi guarda dall'alto.

"Non da quello dove sarò tra poco". Ridacchio, agitando le sopracciglia.

Avvolgendo le mani attorno alle sue cosce, la sollevo ancora di più finché non tiro fuori la lingua e do un assaggio. "Perfetto. Ora siediti".

Quando non si abbassa a sufficienza, la tiro giù io. Lancia un gridolino, aggrappandosi subito alla testiera. Prova a sollevarsi, ma stringo più forte le dita e la tengo esattamente là dove la voglio.

Le colpisco il clitoride con la lingua, strofinando il piercing contro di lei in un modo che non ha mai provato prima, e a giudicare da come si sta dimenando, le piace.

"Oddio... è..." Geme in preda al piacere, e il suono me lo fa venire più duro.

Non venirti nei pantaloni. Non venirti nei pantaloni.

Scivolando tra le pieghe, penetro la fessura e la divoro.

"Wilder, porca…" Sussulta, e le sue gambe mi tremano accanto alla testa. "Sì, proprio lì".

Mi cavalca la faccia, ansimando e gemendo mentre ondate di piacere la travolgono. Lecco, succhio e le stuzzico il clitoride finché non raggiunge l'orgasmo con un urlo.

Quando il mio mi fa grugnire, le vibrazioni della mia bocca sul suo sesso la fanno godere di nuovo, e presto sta ansimando con il mio nome sulle labbra.

I suoi dolci umori mi imbrattano il mento, però lo adoro.

"Cazzo, è stato…" Crolla sul letto accanto a me, cercando di riprendere fiato. "Il mio cervello si è dimenticato le parole".

Sollevandomi su un gomito, rotolo verso di lei e le tocco il viso.

"Sentirti urlare il mio nome è un sogno diventato realtà. Neanche immagini da quanto tempo volevo farlo".

Poggiata la mia bocca sulla sua, ci affondo dentro e le do un assaggio.

"Deliziosa, cazzo", mormoro, intrecciando le dita ai suoi capelli e stringendo il pugno tra le ciocche. Anche se vorrei darle molto più piacere, mi trattengo. "Cristo, Delly! È valsa davvero la pena aspettare".

Si mette seduta, poi abbassa la mano sulla fibbia della mia cintura. "Permettimi di ricambiare il favore, cowboy".

Prima che possa abbassare la zip dei jeans, la fermo. "Ehm… non ce n'è bisogno. Dovremmo fare le cose con calma, ricordi?"

"E quello che mi hai appena fatto sarebbe fare le cose *con calma?*"

"Quella è stata un'anteprima. Sto rispettando la tua richiesta di non correre troppo. Altrimenti, adesso sarei ventitré centimetri dentro di te".

"Cristo, Wilder!" Mi dà una spintarella al petto. "Che differenza c'è, se abbiamo già fatto sesso orale? Non vuoi che te lo succhi? Ho già visto *tutto* di te, se è questo che ti preoccupa".

"Ehm, no…" Faccio un sorrisetto, pensando a quando potrà

provare i miei *altri* piercing. "Ma potrei essermi eccitato un tantino troppo mentre te la leccavo".

Sbarra gli occhi e risucchia le labbra in bocca. "Oh!"

"Non ridere!" Le ficco un dito nel fianco e per poco non vola giù dal letto quando provo a farle il solletico.

"Non sapevo che avessi un orario di arrivo *express…*" ironizza, e rotolo subito sopra di lei.

Spingendole le braccia sopra la testa, la tengo bloccata sul materasso con il bacino, e lei avvolge le sue cosce attorno alle mie. "Non ce l'ho, ma non hai idea di quanto sia erotico fottere con la lingua quella tua dolce fighetta. Aggiungici il modo in cui ti dimenavi e gemevi, e non ho potuto farne a meno". Affondando il viso nel suo collo, succhio la carne sotto l'orecchio, poi sussurro: "E quando avrò il piacere di penetrarti, non mi scuserò per tutte le volte che ti farò venire. Perché ho intenzione di portarti all'apice ancora e ancora finché non riuscirò più a trattenermi. Mi lascerò andare soltanto quando io avrò toccato a fondo ogni centimetro di te e lasciato il mio marchio sulla tua pelle e tu avrai la gola secca per le troppe urla".

Quando finisco di parlare, sta ansimando nel mio orecchio e sollevando il bacino contro il mio pacco.

"Ma non lo faremo stanotte".

"Oh, mio Dio, sei terribile!" Sbuffa, gettando indietro la testa.

Sfodero un sorriso, alzandomi da lei. "E mi devi cinquecento dollari per essere stata la prima a cedere".

Capitolo Diciassette

Delilah

Mi sveglio con un sorriso da ebete sul volto.

Dopo che io mi sono vestita e che Wilder ha fatto una doccia veloce, ci siamo coccolati a letto e abbiamo parlato ancora. Abbiamo deciso di tenere la cosa tra noi, per il momento, senza ricevere pressioni da tutti gli altri, e vedere come va, prima di fare l'annuncio.

Beh, a parte Noah, che ha notato il succhiotto che mi ha lasciato il mese scorso.

Ancora non ci credo che stia succedendo. Ho passato anni a compartimentalizzare i miei sentimenti per lui: quelli per il Wilder conosciuto attraverso la linea di assistenza e quelli per il Wilder conosciuto di persona. Non volevo far capire di aver realizzato che avevamo dei trascorsi e che avevano avuto un impatto su di me. Non solo mi sembrava sbagliato perché era il fratello gemello del mio ex, ma anche perché Wilder non era uno da relazioni. Aveva storielle e avventure di una notte, e non ero così stupida da pensare che con me sarebbe stato diverso, se avessimo fatto sesso da ubriachi.

Quindi ho mantenuto le distanze il più possibile finche Waylon non mi ha chiesto di tenerlo d'occhio.

È stato lì che le mie mura hanno cominciato a sgretolarsi, e ho capito che i miei sentimenti non erano dovuti solo alla persona che Wilder era nove anni fa, ma anche a come mi sentivo insieme a lui.

Cedere a queste emozioni è un rischio, ma, se c'è una cosa che ho imparato da tutto quello che ho affrontato, è che la vita è troppo breve per non correrlo. E, anche se una parte di me mi esorta a proteggere il mio cuore, sto seguendo il mio istinto, che mi dice di fare un tentativo.

"Buongiorno, tesoro. Come hai dormito?" mi chiede mia madre quando esce dal bagno, vestita e pronta a scendere per il brunch.

"Benone!" esclamo con un po' troppo entusiasmo, sedendomi alla scrivania per truccarmi.

Però è vero. Dopo gli orgasmi più incredibili della mia vita, ho dormito come una bambina.

Quando mi sono svegliata, riuscivo ancora a sentire la lingua di Wilder tra le gambe e avrei voluto scivolare di nuovo nel suo letto.

"Tu, invece?"

"Benone! Ero così esausta che per poco non ho sentito la sveglia".

"Alle sei era un tantino presto, mamma", dico scherzando, ma, considerando che io mi sono messa a letto soltanto alle due, sentire la suoneria mi ha svegliata di soprassalto. Per fortuna sono riuscita a riaddormentarmi per qualche altra ora.

"Sono abituata a quell'orario. Un po' più tardi, e tutta la mia giornata ha qualcosa di strano".

Ridacchio, poi finisco di prepararmi.

Quando il mio telefono vibra sul comodino, mamma mi chiede se voglio rispondere.

"Certo".

Prima di passarmelo, lancia un'occhiata allo schermo e solleva le sopracciglia.

"Che c'è?" chiedo, confusa; poi leggo quello che ha visto.

WILDER

> Buongiorno, splendore. È stato bellissimo
> addormentarmi con il tuo sapore sulla lingua.
> Potrebbe servirmi un altro assaggio più tardi,
> prima che svanisca del tutto.

"Oh, mio Dio!" Chiudendo con forza gli occhi, mi sbatto il telefono sulla fronte. "Non… Non è come sembra".

"Mmm-mmh", mormora in tono cantilenante. "Allora perché stai arrossendo?"

"Mamma!" strillo, incrociando i suoi occhi nello specchio che ho di fronte. "Va bene. Ma sei stata tu a dirmi di dargli una chance".

"Mi fa piacere vedere che per una volta mi hai dato retta".

"Non vogliamo ancora annunciarlo. Quindi…"

Finge di chiudersi le labbra con una zip. "Non preoccuparti. Non sono io la pettegola della famiglia".

Ridiamo entrambe, sapendo che quella è Harlow.

DELILAH

> Mia mamma ha visto il tuo messaggio! Quindi
> grazie mille…

WILDER

> Oops. Meno male che mi adora già.

DELILAH

> Mmm-mmh.

WILDER

> Scendi per il brunch?

DELILAH

> Sì, stiamo per uscire.

WILDER

> Ok, vengo con voi. Troviamoci in corridoio.

DELILAH

> Arriviamo subito.

"Mamma, dobbiamo andare".

Infilo i miei stivali da cowboy viola, che si abbinano all'outfit: un vestito boho vintage a maniche lunghe e con lo scollo a V color verde acqua, con una cintura viola alla vita. Magnolia ha detto che dovevo conformarmi allo stile delle finali e mi ha scelto qualcosa alla Rodeo Belle, la boutique dove lavora Harlow, e mi ha fatto persino prendere un nuovo cappello da cowboy.

"Oh, tesoro, sei adorabile!"

Sospiro, in piedi di fronte allo specchio. "Proprio quello che vuole sentirsi dire qualunque donna di trent'anni".

Prendo la borsa e ci avviamo verso la porta. Quando la apro, Wilder è appoggiato alla parete di fronte con le braccia incrociate... sexy da morire con i suoi Wrangler attillati e gli stivali.

Si spinge via dal muro e lascia cadere le braccia, facendo scendere lo sguardo lungo il mio corpo. Leccandosi le labbra, fa un sorrisetto quando incrocia i miei occhi.

"Sei..." Nota mia madre accanto a me. "Siete... bellissime".

"Tu sei molto affascinante, Wilder", commenta lei, lanciandomi poi un'occhiata. "Come sempre".

Alzo gli occhi al cielo per la sua poca discrezione.

"Pronta?" Wilder fa un largo sorriso e le porge il braccio, chiaramente felice di avere la sua approvazione.

"Lecchino", mormoro dietro di lui.

Scendiamo con l'ascensore e troviamo Tripp, Magnolia, Harlow e Waylon già al ristorante che ci aspettano. Poco dopo, Noah e Fisher si uniscono a noi.

"Landen ed Ellie se ne sono già andati?" chiedo quando torniamo dal buffet con i piatti pieni.

"Ellie doveva essere al centro convegni entro le nove e mezza", mi dice Noah. "Tra quando torna in albergo dal rodeo e si alza in piedi per prepararsi alla giornata, dorme a malapena".

"Però le piace tanto", aggiunge Magnolia. "È una campionessa".

"Non vedo l'ora di guardarla gareggiare, stasera".

Mentre continuiamo a mangiare e parlare, Wilder porta la mano sulla mia gamba sotto il tavolo e mi stringe il ginocchio.

Provo a coprirmi il viso con la mano così che nessuno noti il mio sorriso e il rossore che mi tinge la faccia.

Quando sono tutti distratti dalle loro conversazioni, si china verso il mio orecchio. "Alzati per andare in bagno fra trenta secondi e raggiungimi lì".

Prima che possa dirgli di no, spinge indietro la sedia e si alza. "La natura chiama. Torno subito".

Noah lo guarda mentre si allontana, e so che sospetterebbe qualcosa se lo seguissi.

Invece, aspetto cinque minuti prima di andare.

L'area è rumorosa e caotica, con persone dappertutto, e non è neanche mezzogiorno. Non ho mai vissuto un'esperienza simile, ma in un certo senso è confortante sapere che ci sono così tante persone per le finali nazionali. Lo capisco dal fatto che sono tutti vestiti come me.

Visto che Wilder non si è preoccupato di dirmi in quale bagno entrare, non so dove sto andando.

Prima che possa prendere una decisione, vengo trascinata in un bagno singolo per famiglie.

"Wilder!" sibilo sussurrando, riconoscendo la sua acqua di colonia.

Si preme la mia schiena al petto e mi copre subito la bocca con il palmo.

"Avevo detto trenta secondi", mormora nel mio orecchio; poi abbassa la mano.

"Sarebbe stato troppo sospetto. Perfino adesso, si staranno chiedendo perché ci stai mettendo così tanto".

"Dirò che il cibo mi ha fatto male".

Ridacchio. "Che schifo!"

Mi fa roteare e preme le nostre labbra insieme prima che io abbia un momento per respirare.

"Non vedevo l'ora di baciarti di nuovo", dice nel mezzo. "Soprattutto dopo averti vista in questo vestito, che mette in mostra le tue tette come se fossero un'opera d'arte".

"Per quanto sia dolce questa cosa... siamo in un *bagno*", gli ricordo. "Non credo che questo sia il posto giusto in cui dovremmo pomiciare".

"Accetto quello che posso prendermi". Mi fa camminare all'indietro contro la porta e poi mi succhia il collo. "Cazzo, voglio marchiarti, così che tutti gli uomini arrapati che ci sono qui non si facciano idee strane".

"Gli uomini arrapati come te?" chiedo ironica, aggrappandomi ai suoi bicipiti per non cadere.

"Esattamente. Quelli peggiori…" Fa scivolare la lingua sull'osso della clavicola esposto, facendomi tremare per quanto sono eccitata.

"Dovremmo tornare dagli altri prima che notino qualcosa", gli dico. "E prima che mi lasci un altro succhiotto!" Spingendolo via, abbasso lo sguardo sul suo pacco, dove i Wrangler attillati non lo stanno aiutando a nascondere l'erezione. "Non venirti di nuovo nei jeans, altrimenti dovrai cambiarti", lo provoco, però il pensare a quanto gli è piaciuto leccamela ieri notte mi fa eccitare ancora di più.

Appiattisce i palmi sulla porta accanto alla mia testa, intrappolandomi tra le braccia. Poi mi solleva il mento finché i nostri occhi non si trovano. "Sei tu quella a cui serviranno delle mutandine nuove, quando avrò finito con te…"

"Cos…"

Fa scivolare la mano sotto il mio vestito e infila le dita sotto la biancheria di pizzo. "E non ce ne andiamo da qui finché non avrei fatto un bel macello".

"Ci beccheranno", sussurro, ma, quando spinge dentro un dito, perdo la forza di volontà per oppormi.

"Allora ti conviene darti una mossa e finire". Ne aggiunge un altro, poi incurva le dita più in profondità.

"Wilder", ansimo, stringendo con forza gli occhi mentre mi godo l'intrusione.

"Così, Delly. Fottimi le dita". Agito il bacino contro di lui, affondando le unghie nelle sue braccia mentre gli cavalco la mano. "Sei bagnatissima…" Preme le labbra al mio orecchio. "Vieni per me, piccola. Voglio succhiare via i tuoi umori dalle dita e gustarti di nuovo".

Un'ondata di calore mi percorre la schiena quando mi strofina il polpastrello del pollice sul clitoride e, poco dopo, mi abbandono al piacere. Non volendo fare troppo rumore, mi premo una mano sulla bocca e urlo per l'orgasmo.

"*Caaaazzo!*" esclama gemendo sul mio collo.

Deglutisco a fatica, poi cerco di riprendere fiato. È impossibile che la sua famiglia non capisca che ce la stavamo spassando, dopo che è passato così tanto tempo.

"Dobbiamo tornare dagli altri". Apro gli occhi e incrocio il suo sguardo.

Wilder si spinge le dita tra le labbra e le pulisce leccandole lentamente, facendo spuntare il piercing. Il modo in cui geme, come se io non gli bastassi mai, mi fa contrarre i muscoli del sesso ancora una volta.

"Mi hai reso dipendente. C'è voluto un solo assaggio per catturarmi. Adesso avrò bisogno di una dose ogni giorno". Fa l'occhiolino, poi muove la lingua tra due dita e ce la fa scivolare attorno in un modo provocante che non aiuta a placare il bisogno che ho di lui. "Aspetta quando ti divorerò da dietro e gusterò *ogni parte* di te…"

"Hai una boccaccia zozza", mormoro, ancora preoccupata che qualcuno possa sentirmi.

Si avvicina per un bacio. "Non hai idea delle cose *zozze* che voglio farti. La prossima volta che avrò la faccia tra le tue cosce, le voglio avvolte attorno alla testa mentre indossi questi stivali… e solo questi stivali".

Abbassa lo sguardo su di essi e un sorrisetto malizioso si apre sul suo bellissimo viso.

E, se non esco da qui, gli permetterò di farmi tutte quelle cose in questo istante.

"Me ne vado", sussurro, spingendolo via. "Aspetta un minuto e poi torna al tavolo".

Do una rapida occhiata allo specchio e mi acciglio, notando il rossore sul collo e sul petto causato dallo sfregamento della sua barba sulla pelle. Mi passo le dita tra le ciocche di capelli, mi aggiusto il vestito e poi sblocco la porta.

"Non aspettare troppo", gli dico, poi sbircio fuori. Per fortuna non c'è nessuno che aspetta di usare questa stanza.

Ho il cuore a mille quando tiro fuori la mia sedia e mi unisco di nuovo al gruppo.

Harlow incrocia il mio sguardo e mima con la bocca: "Stai bene?"

"Sì, c'era molta fila", rispondo, con un gesto della mano.

Mamma mi sorride, ma è uno di quei sorrisi di intesa segreti che soltanto una madre sa fare. Come se sapesse esattamente perché ci ho messo così tanto.

Fantastico, cazzo.

Quando vedo Wilder con la coda dell'occhio, prendo il bicchiere e bevo un sorso per nascondere il rossore che mi copre le guance. Dopo quello che abbiamo fatto, è difficile non eccitarmi tutta nel vederlo.

Il che, onestamente, è ridicolo alla mia età, ma non posso farne a meno.

"Pensavo che ti fossi perso o fossi morto in bagno", esclama Noah quando Wilder prende posto accanto a me.

"Ma no, tutta colpa del mio intestino irritabile". Si dà una pacca sull'addome, e mi strozzo con l'acqua, sputandone un po' sul mento.

"Stai bene?" chiede Wilder, passandomi un tovagliolo.

"Mmm-mmh, grazie". Lo prendo e mi pulisco il viso.

"Se abbiamo finito tutti, andiamo!" Magnolia batte le mani, gasatissima per il festival.

Visto che dista un chilometro e mezzo da qui, decidiamo di andarci a piedi. Più ci avviciniamo, più fitta si fa la folla. Wilder mi resta accanto, e le nostre dita si sfiorano mentre camminiamo, ricordandomi costantemente dove le ha messe meno di venti minuti fa.

Il centro convegni è gigantesco, con persone che vanno e

vengono in ogni direzione. Mi sento sopraffatta perché, nonostante viaggi tutta l'estate da un rodeo all'altro, non ho mai partecipato a niente di simile a questo.

Il che significa che gli eventi di stasera saranno ancora più travolgenti.

"Prima volete andare a cercare Ellie?" chiede Magnolia. "Dovrebbe star firmando autografi e facendo foto".

Dato che ha vinto il campionato l'anno scorso, si trova allo stand di *barrel racing* con le altre stelle del rodeo.

"Sì, voglio farmi una foto con Tommy Graham", strilla Harlow.

"Da quand'è che conosci i cavalcatori di tori famosi?" Waylon incrocia le braccia.

"Da quando Antonio non parla d'altro. Gli ho detto che mi sarei fatta fare un autografo per lui", spiega, ma, a giudicare dall'espressione, Waylon non ne è affatto convinto.

Ci mettiamo più di un'ora a raggiungere lo stand di Ellie, visto che ci fermiamo da venditori a caso, che offrono una marea di abiti western, stivali e cappelli da cowboy, fibbie e tanto altro. Quando finiamo di fare la coda per lei, sono passati altri trenta minuti.

"Oh, mio Dio, ciao!" A Ellie brillano gli occhi quando ci vede tutti qui.

Fa un giro di abbracci e poi chiede a Landen di scattare fotografie.

"Vi state divertendo?" chiede lui, dando una gomitata a Wilder. "Mi sorprende vederti qui".

"Perché non dovrei esserci?"

"Niente di particolare. È solo che non mi sembra una cosa da te".

"La carne calda e fresca è senz'altro una cosa da Wilder", si intromette Waylon, che a quanto pare non si è reso conto che il gemello non si stacca da me da quando siamo arrivati.

"Non proprio", sbotta Wilder, con un'espressione tutt'altro che divertita. Mi dispiace che i suoi fratelli lo vedranno sempre come quella persona, invece di apprezzare l'uomo che è diventato nell'ultimo anno. Ha lavorato sodo con le sessioni di terapia e per rimettere a posto la testa, nonostante i casini in cui si è cacciato con Wesley.

"Beh, non più..." aggiunge Tripp, dandogli una pacca sulla spalla.

Landen fa spallucce. "Oh, d'accordo".

"Dov'è Tommy?" chiede Harlow, spezzando la tensione.

"Vuoi incontrarlo?" Ellie spalanca gli occhi, colmi di malizia. "Di persona è addirittura più carino".

"Come, scusa?" Landen sbuffa.

"Che c'è? Lo è". Ellie è una che se ne frega di tutto, ed è per questo che la trovo così esilarante. Prima che iniziassero a frequentarsi, ha passato quattro anni a odiare Landen e anche dopo il matrimonio non si fa certo mettere i piedi in testa da lui.

Landen mette il broncio quando Ellie prende Harlow per mano e la conduce verso un altro stand.

"A quanto pare, avete perso le vostre donne", ironizza Wilder. "Per un cavalcatore di tori".

"Beh... potete biasimarle?" Noah fa una risatina, dando una pacca sul petto di Fisher, che rimane immobile come una statua accanto a lei. "I cavalcatori di tori *sono* sexy".

Suo marito era un cavalcatore di tori; dunque è ovvio che la pensi così.

"E degli stronzi arroganti". Fisher fa un sorrisetto, e credo di non averlo ancora sentito parlare così tanto da quando siamo arrivati.

"Grandioso", mormorano Landen e Waylon, per poi seguire le loro donne.

Wilder ne approfitta per chinarsi sul mio orecchio, visto che nessuno sta prestando attenzione. "Dopo il rodeo e qualunque altra cosa che ci spingono a fare, stanotte sei mia. Intesi?"

Trattengo l'impulso di sorridere. "Questo lo vedremo, cowboy. Fino ad allora, comportati bene".

Pecca con me

Capitolo Diciotto
Wilder

"Che mal di piedi!" si lamenta Delilah quando lasciamo l'arena. "Questi stivali non sono affatto adatti per camminare".

Dopo aver passato tre ore al centro convegni, metà del gruppo è tornato in hotel per darsi una rinfrescata e cambiarsi, mentre il resto di noi ha continuato a esplorare Las Vegas. Io, Delilah e sua madre abbiamo fatto compagnia a Noah e Fisher e così siamo stati in piedi tutto il maledetto giorno.

Siamo finiti in un bar panoramico, dove ho bevuto la mia prima birra in un mese. In altre circostanze mi sarei lasciato andare e ne avrei bevute di più, ma volevo rimanere vigile e attento, essendo circondato da estranei in un territorio sconosciuto.

Delilah ha preso dei Long Island Iced Tea per lei e sua madre. Sono certo che non si rendesse conto di quanto alcool contengono, perché la signora Fanning era brilla già dopo il primo.

Avremmo dovuto raggiungere tutti gli altri in albergo e andare al rodeo insieme, ma, dato che le ragazze volevano prima farsi passare la sbronza, hanno ordinato una selezione di stuzzichini per assorbire l'alcool.

Quando l'ultimo evento della serata è finito, abbiamo tolto le tende. Ellie è andata benissimo, come al solito, ed è arrivata seconda. Ma, dopo aver sentito per quasi tre ore le ragazze urlarmi nell'orecchio, ero più che pronto ad andarmene.

Hanno organizzato diversi afterparty per le finali lungo la strip, ma la signora Fanning stava già per crollare; così mi sono offerto di riaccompagnare Delilah in hotel mentre tutti gli altri andranno fuori.

"Vuoi che ti porti io?" propongo a Delilah.

"Dici sul serio?"

Mi metto di fronte a lei e le faccio cenno di salirmi sulla schiena.

Esita per un momento e poi lo fa. La sollevo più in alto, poi avvolgo le mani attorno alle sue cosce per tenerla ferma.

"Ti strapperai un muscolo a tenermi quassù". Mi passa le braccia attorno al collo, reggendosi forte.

Giro il viso verso di lei così che possa sentirmi meglio. "Tesoro, sollevo roba che pesa il doppio di te per lavoro; quindi piantala di dubitare di me".

"Non dubitavo di te, ma non sono neanche così piccolina".

La signora Fanning mi dà una gomitata. "Si preoccupa per niente. Il suo corpo è perfetto".

Faccio un largo sorriso mentre la guardo. "È quello che dico da anni". Delilah fa una risata nasale, stringendo più forte le cosce attorno alla mia vita. "Di solito sei tu quella che mi trasporta in giro quando sono ubriaco", ironizzo, godendomi la sensazione di avercela così vicina, anche se non in modo erotico.

"Non sono poi così *tanto* ubriaca…"

A metà rodeo, siamo andati ai chioschi e abbiamo preso un altro paio di drink. Lei ha optato per della birra, ma, bevendo raramente alcolici, la volta che lo fa li regge poco.

Ecco spiegata la serata in cui ha bevuto troppi Margarita con Mati e Jonah.

Ci mettiamo poco più del normale a raggiungere l'hotel, dato che i marciapiedi sono affollati. Ma, quando arriviamo, metto giù Delilah prima di entrare nell'ascensore.

"Voi uscite, ragazzi?" chiede la signora Fanning mentre saliamo al nostro piano.

Delilah mi lancia un'occhiata prima di rispondere: "Sì, probabilmente. Prima vado a darmi una rinfrescata e a cambiarmi. Ma sono sicura che troveremo qualcosa da fare".

"Mi pare che Fisher e Landen volessero andare al casinò qui sotto. Potremmo stare un po' con loro. Credo che nel frattempo le ragazze siano andate al bar".

"Ho sentito che qualcuno parlava di uno strip club", dice inaspettatamente Delilah. "Però uno per ragazze, se capite cosa intendo".

"Ooh, come i Chippendales…" La signora Fanning fa un sorrisetto, e il suo tono allusivo mi strappa una risata.

"C'è uno spettacolo fantastico che si chiama *Thunder From Down Under*", aggiunge qualcuno alle nostre spalle, e ci voltiamo. "Con ballerini australiani".

"Mmh… io voto per quello", dice ironica Delilah.

Quando finalmente arriviamo al nostro piano, la signora Fanning e Delilah vanno in camera loro, mentre io nella mia.

Dato che stiamo uscendo di nuovo, decido di fare una doccia veloce per lavare via la giornata. È come se a Las Vegas il tempo non esistesse, con tutte queste luci accecanti e la gente per strada a qualsiasi ora della notte.

Un anno fa, mi sarei lasciato andare alla vita notturna molto più di quanto stia facendo ora e, quando ci sono stato l'anno scorso, ho in effetti fatto festa come se non avessi avuto nulla da perdere.

Però adesso ho imparato che non ho bisogno di farlo per potermi divertire o godermi la compagnia delle persone con cui sono, soprattutto quando si tratta di Delilah.

E, questa volta, ho *molto* più da perdere, se dovessi fare qualche casino.

Afferrando un telo, esco dalla doccia e mi asciugo. Le docce che ci sono qui sono le migliori che abbia mai provato, e quasi non volevo smettere. Ma so che Delilah sarà pronta presto.

A proposito…

Un bussare alla porta mi dice che è arrivata.

Mi avvolgo il telo attorno alla vita e poi corro fuori dal bagno per afferrare la maniglia.

"Ehi", dico, facendo un passo indietro per farla entrare.

Indossa un altro abito bellissimo, ma questo è più scuro e svolazzante.

"Sei bellissima vestita così". Pizzico il tessuto tra le dita.

Ignorandomi, fissa il mio petto nudo e poi abbassa lo sguardo sul telo che mi copre i fianchi. "Hai fatto la doccia?"

"Sì, ho pensato che il tempo ce l'avevo", le dico non appena la porta si chiude dietro di lei, facendoci avvicinare. "Ci metto giusto qualche minuto a vestirmi. Hai deciso dove vuoi andare?"

Cammino verso la valigia, ma poi lei mi avvolge le dita attorno al polso e mi attira a sé con uno strattone. "In realtà..." con l'altra mano scioglie il nodo del telo, che cade ai miei piedi, "...stavo pensando che è arrivato il mio turno di gustarti".

Sbattendo le palpebre, incredulo, mi schiarisco la gola. "*Adesso?*"

"A meno che tu non preferisca essere trascinato al Magic Mike Live e lasciare che siano loro a farmi vedere uno spettacolino". Si morsica il labbro inferiore, guardando in alto verso di me tra le ciglia.

Se questo è il suo tentativo di sedurmi, sta funzionando.

"Ehm, decisamente no". Le sollevo il mento, rubandole un bacio. "Ma non devi farlo se..."

"Wilder, ti prego... sta' zitto per una volta". Avvolge il palmo attorno all'asta semi-eretta, e il modo adorabile in cui assume il controllo mi strappa un sorrisino.

Quando abbassa lo sguardo sulla sua mano e guarda i miei piercing aggrottando le sopracciglia, capisco che la incuriosiscono. Faccio sollevare l'uccello, e lei lo lascia andare come se l'avesse morsa un serpente.

"Oh, mio Dio!" Mi guarda storto quando ridacchio.

Avvolgendo la mano attorno all'erezione, la massaggio per un po'. "Adesso mi è concesso parlare?"

Alza gli occhi al cielo per la mia domanda impertinente. "Come si chiama quel tipo di piercing?"

Tiro su la punta per mostrarglielo meglio. ""Magic cross". Due piercing che si incrociano nel glande. È per questo che ne spuntano quattro palline".

"Cristo, sembra doloroso!" Fa una smorfia.

Riporto la sua mano su di me, poi la copro con la mia per mostrarle cosa fare.

"Non lo è. Non mi farai del male, e oserei dire che ti piacerà pure".

Solleva timidamente il suo sguardo verso il mio. "Dimmi cosa ti piace".

Rimango momentaneamente paralizzato perché, anche se di solito sono super sicuro di me quando si tratta di sesso, con Delilah è diverso. So che per lei è passato del tempo dall'ultima volta, ma è così anche per me.

"Mettiti in ginocchio e apri la bocca", le ordino.

Obbedisce e, quando si è messa comoda, stringo la presa e riprendo a massaggiare.

"Tira fuori la lingua, Delly".

Non appena lo fa, ci sbatto sopra la punta un po' di volte prima di spingermi più in profondità.

Afferrandole i capelli nel pugno, avvicino la sua faccia. "Ma che brava! Adesso succhia…"

Sigilla le labbra attorno all'uccello, svuota le guance e scivola attorno all'asta. È pura estasi.

"Cazzo, così! Prendine più che puoi". Ho le palpitazioni per quanto cazzo è piacevole. Mai e poi mai avrei pensato che sarebbe successo, e adesso che siamo qui non riesco ancora a crederci.

Non ci mette molto a trovare un ritmo. Stacca la bocca e lo massaggia per un po' prima di far scorrere la lingua lungo la parte inferiore, dalla base fino ai piercing, che avvolge di nuovo.

"È bellissimo, piccola. *Cazzo*…" Mi mancano le parole perché voglio solo tirarla su e divorarla.

Geme mentre prosegue la sua dolce tortura con la mano e la bocca, ingoiandomi e stuzzicandomi. La sua presa salda sull'asta mentre gioca con i piercing mi costringe a resistere all'orgasmo.

"Delly, mi manca poco… Forse dovresti…"

Scuote con fervore la testa, tenendo gli occhi puntati sui miei e affondando le dita dietro le mie cosce.

Non riesco a strappare lo sguardo dalla vista spettacolare di lei con il mio uccello in bocca e le labbra gonfie attorno al glande. Ogni centimetro del mio corpo trema, le gambe si irrigidiscono.

I forti suoni che emette mentre lo succhia sono la mia rovina, e grugnisco per l'intensità dell'orgasmo. Delilah ingoia come se non ne avesse mai abbastanza.

"Cristo santo, mi hai lasciato a secco!" Inspiro con forza, cercando di riprendere fiato.

"Suppongo voglia dire che ci so ancora fare", dice ironica, asciugandosi il mento.

Ridacchio, offrendole la mano per aiutarla ad alzarsi.

Sollevandole il mento, mi avvicino. "Avere la tua bocca su di me sarà sempre incredibile. Ma *quello* è stato fottutamente erotico. Soprattutto perché non me lo aspettavo".

"Mi sembra la trama della nostra storia, eh?" Sfodera un sorriso. "A proposito…"

Facendo un passo indietro, afferra l'orlo del vestito e se lo sfila da sopra la testa, rivelando il set di lingerie color lavanda di cui mi aveva parlato prima.

"Ehm…" Non riesco a formulare alcuna parola mentre sposto lo sguardo sul suo corpo perfetto. Un corsetto in pizzo le avvolge il seno e un perizoma spunta sotto un set di reggicalze che cinge i fianchi formosi. "Cazzo, è troppo sexy addosso a te!"

Senza pensarci due volte, la sollevo e attraverso la stanza. Poi la spingo contro la grande finestra, alta fino al soffitto, e la tengo su con il mio corpo quando le sue cosce mi abbracciano la vita.

"Ti sei portata dietro anche quel tuo buttplug che vibra?" chiedo in modo provocante, afferrandola per il sedere.

"No. Ho perso il telecomando, ricordi?" Scoppia a ridere e lo faccio anche io, ripensando alle rivelazioni inopportune di Mati di quando erano ubriache. "Però non mi dispiacerebbe prenderne uno nuovo…" Fa scorrere i denti sul labbro inferiore, e giuro che il mio uccello sobbalza al pensiero di toccarla lì dietro.

"Molto presto", la esorto.

Se esistesse una cura per la depressione che non include parlare dei miei sentimenti o prendere medicinali, sarebbe questa. Questo tipo di scarica di serotonina che mi fa battere forte il cuore e sudare è tutto ciò di cui avrei bisogno per il resto della mia vita, purché arrivi dai momenti passati con Delilah.

Pecca con me

Quando abbassa con la forza le mie labbra sulle sue, sento il mio sapore su di lei, e questo me lo fa venire di nuovo duro. Le prendo la mano che ha avvolto attorno al mio collo e la appiattisco contro il vetro sopra la sua testa, spingendo l'erezione sul suo ventre.

"Voglio strapparti di dosso questa bella cosina e scoparti contro la finestra", mormoro quando spinge il bacino verso di me. "Ma ho promesso che avrei fatto le cose con calma; quindi non lo farò".

"Wilder", dice in tono lamentoso, e io le bacio il collo. "Fanculo quello che ho detto!"

Ridacchiando contro la sua pelle surriscaldata, scuoto la testa. "Non ho portato preservativi. Ma, anche se ne avessi uno, correre troppo sarebbe comunque una cattiva idea. Non voglio rovinare le cose".

"Sei sicuro che non posso farti cambiare idea?" Abbassa la mano libera tra di noi e mi afferra l'uccello, per poi strofinarlo sul pizzo che nasconde a malapena il suo sesso. "Perché io non riesco a smettere di pensare a come sarà sentire quei piercing dentro di me".

Sta letteralmente cercando di uccidermi.

"Delly…" Mi muovo nella sua presa, sentendo i suoi dolci umori sull'asta. "Stai mettendo alla prova la mia forza di volontà".

Sposta di lato il tessuto delle mutandine giusto quel tanto da poter strofinare la punta e i piercing tra le pieghe bagnate. "E adesso?"

"Pensavo di essere io quello che stava corrompendo te". Appoggio la mia fronte alla sua, lottando contro il desiderio di farlo e basta. "Però, a meno che tu non voglia che riempia questa fighetta stretta di sperma e ti metta incinta, non ti conviene tentarmi".

Prima che possa opporsi, le avvolgo le braccia attorno al corpo e la lancio sul letto; poi mi inginocchio tra le sue cosce e gliele spalanco; infine sposto di lato le mutandine e la divoro come se fosse il mio ultimo pasto sulla Terra.

Nel giro di qualche minuto, sta inarcando la schiena e urlando il mio nome, finché il sapore della sua eccitazione non mi esplode sulla lingua.

"La prossima volta che mi metto questo, ti conviene avere un preservativo", dice in tono autoritario mentre riprende fiato e si solleva sui gomiti. "Altrimenti uso il mio vibratore".

"Oh, useremo senz'altro il tuo vibratore…" Premo un bacio sul suo interno coscia. "Ma non stasera".

Si butta all'indietro con un gemito, e ridacchio per la reazione. "Forza, è ora di prepararsi! Gli strip club e i Long Island Iced Tea ci stanno aspettando".

E, se non riuscirò a uscire con lei da questa stanza entro i prossimi dieci minuti, farò esattamente ciò che le ho detto che non avrei fatto e la scoperò finché il mio sperma non colerà fuori da lei.

Capitolo Diciotto

Wilder

"Che mal di piedi!" si lamenta Delilah quando lasciamo l'arena. "Questi stivali non sono affatto adatti per camminare".

Dopo aver passato tre ore al centro convegni, metà del gruppo è tornato in hotel per darsi una rinfrescata e cambiarsi, mentre il resto di noi ha continuato a esplorare Las Vegas. Io, Delilah e sua madre abbiamo fatto compagnia a Noah e Fisher e così siamo stati in piedi tutto il maledetto giorno.

Siamo finiti in un bar panoramico, dove ho bevuto la mia prima birra in un mese. In altre circostanze mi sarei lasciato andare e ne avrei bevute di più, ma volevo rimanere vigile e attento, essendo circondato da estranei in un territorio sconosciuto.

Delilah ha preso dei Long Island Iced Tea per lei e sua madre. Sono certo che non si rendesse conto di quanto alcool contengono, perché la signora Fanning era brilla già dopo il primo.

Avremmo dovuto raggiungere tutti gli altri in albergo e andare al rodeo insieme, ma, dato che le ragazze volevano prima farsi passare la sbronza, hanno ordinato una selezione di stuzzichini per assorbire l'alcool.

Quando l'ultimo evento della serata è finito, abbiamo tolto le tende. Ellie è andata benissimo, come al solito, ed è arrivata seconda. Ma, dopo aver sentito per quasi tre ore le ragazze urlarmi nell'orecchio, ero più che pronto ad andarmene.

Hanno organizzato diversi afterparty per le finali lungo la strip, ma la signora Fanning stava già per crollare; così mi sono offerto di riaccompagnare Delilah in hotel mentre tutti gli altri andranno fuori.

"Vuoi che ti porti io?" propongo a Delilah.

"Dici sul serio?"

Mi metto di fronte a lei e le faccio cenno di salirmi sulla schiena.

Esita per un momento e poi lo fa. La sollevo più in alto, poi avvolgo le mani attorno alle sue cosce per tenerla ferma.

"Ti strapperai un muscolo a tenermi quassù". Mi passa le braccia attorno al collo, reggendosi forte.

Giro il viso verso di lei così che possa sentirmi meglio. "Tesoro, sollevo roba che pesa il doppio di te per lavoro; quindi piantala di dubitare di me".

"Non dubitavo di te, ma non sono neanche così piccolina".

La signora Fanning mi dà una gomitata. "Si preoccupa per niente. Il suo corpo è perfetto".

Faccio un largo sorriso mentre la guardo. "È quello che dico da anni". Delilah fa una risata nasale, stringendo più forte le cosce attorno alla mia vita. "Di solito sei tu quella che mi trasporta in giro quando sono ubriaco", ironizzo, godendomi la sensazione di avercela così vicina, anche se non in modo erotico.

"Non sono poi così *tanto* ubriaca…"

A metà rodeo, siamo andati ai chioschi e abbiamo preso un altro paio di drink. Lei ha optato per della birra, ma, bevendo raramente alcolici, la volta che lo fa li regge poco.

Ecco spiegata la serata in cui ha bevuto troppi Margarita con Mati e Jonah.

Ci mettiamo poco più del normale a raggiungere l'hotel, dato che i marciapiedi sono affollati. Ma, quando arriviamo, metto giù Delilah prima di entrare nell'ascensore.

"Voi uscite, ragazzi?" chiede la signora Fanning mentre saliamo al nostro piano.

Delilah mi lancia un'occhiata prima di rispondere: "Sì, probabilmente. Prima vado a darmi una rinfrescata e a cambiarmi. Ma sono sicura che troveremo qualcosa da fare".

"Mi pare che Fisher e Landen volessero andare al casinò qui sotto. Potremmo stare un po' con loro. Credo che nel frattempo le ragazze siano andate al bar".

"Ho sentito che qualcuno parlava di uno strip club", dice inaspettatamente Delilah. "Però uno per ragazze, se capite cosa intendo".

"Ooh, come i Chippendales…" La signora Fanning fa un sorrisetto, e il suo tono allusivo mi strappa una risata.

"C'è uno spettacolo fantastico che si chiama *Thunder From Down Under*", aggiunge qualcuno alle nostre spalle, e ci voltiamo. "Con ballerini australiani".

"Mmh… io voto per quello", dice ironica Delilah.

Quando finalmente arriviamo al nostro piano, la signora Fanning e Delilah vanno in camera loro, mentre io nella mia.

Dato che stiamo uscendo di nuovo, decido di fare una doccia veloce per lavare via la giornata. È come se a Las Vegas il tempo non esistesse, con tutte queste luci accecanti e la gente per strada a qualsiasi ora della notte.

Un anno fa, mi sarei lasciato andare alla vita notturna molto più di quanto stia facendo ora e, quando ci sono stato l'anno scorso, ho in effetti fatto festa come se non avessi avuto nulla da perdere.

Però adesso ho imparato che non ho bisogno di farlo per potermi divertire o godermi la compagnia delle persone con cui sono, soprattutto quando si tratta di Delilah.

E, questa volta, ho *molto* più da perdere, se dovessi fare qualche casino.

Afferrando un telo, esco dalla doccia e mi asciugo. Le docce che ci sono qui sono le migliori che abbia mai provato, e quasi non volevo smettere. Ma so che Delilah sarà pronta presto.

A proposito…

Un bussare alla porta mi dice che è arrivata.

Mi avvolgo il telo attorno alla vita e poi corro fuori dal bagno per afferrare la maniglia.

"Ehi", dico, facendo un passo indietro per farla entrare.

Indossa un altro abito bellissimo, ma questo è più scuro e svolazzante.

"Sei bellissima vestita così". Pizzico il tessuto tra le dita.

Ignorandomi, fissa il mio petto nudo e poi abbassa lo sguardo sul telo che mi copre i fianchi. "Hai fatto la doccia?"

"Sì, ho pensato che il tempo ce l'avevo", le dico non appena la porta si chiude dietro di lei, facendoci avvicinare. "Ci metto giusto qualche minuto a vestirmi. Hai deciso dove vuoi andare?"

Cammino verso la valigia, ma poi lei mi avvolge le dita attorno al polso e mi attira a sé con uno strattone. "In realtà…" con l'altra mano scioglie il nodo del telo, che cade ai miei piedi, "…stavo pensando che è arrivato il mio turno di gustarti".

Sbattendo le palpebre, incredulo, mi schiarisco la gola. *"Adesso?"*

"A meno che tu non preferisca essere trascinato al Magic Mike Live e lasciare che siano loro a farmi vedere uno spettacolino". Si morsica il labbro inferiore, guardando in alto verso di me tra le ciglia.

Se questo è il suo tentativo di sedurmi, sta funzionando.

"Ehm, decisamente no". Le sollevo il mento, rubandole un bacio. "Ma non devi farlo se…"

"Wilder, ti prego… sta' zitto per una volta". Avvolge il palmo attorno all'asta semi-eretta, e il modo adorabile in cui assume il controllo mi strappa un sorrisino.

Quando abbassa lo sguardo sulla sua mano e guarda i miei piercing aggrottando le sopracciglia, capisco che la incuriosiscono. Faccio sollevare l'uccello, e lei lo lascia andare come se l'avesse morsa un serpente.

"Oh, mio Dio!" Mi guarda storto quando ridacchio.

Avvolgendo la mano attorno all'erezione, la massaggio per un po'. "Adesso mi è concesso parlare?"

Alza gli occhi al cielo per la mia domanda impertinente. "Come si chiama quel tipo di piercing?"

Tiro su la punta per mostrarglielo meglio. ""Magic cross". Due piercing che si incrociano nel glande. È per questo che ne spuntano quattro palline".

"Cristo, sembra doloroso!" Fa una smorfia.

Riporto la sua mano su di me, poi la copro con la mia per mostrarle cosa fare.

"Non lo è. Non mi farai del male, e oserei dire che ti piacerà pure".

Solleva timidamente il suo sguardo verso il mio. "Dimmi cosa ti piace".

Rimango momentaneamente paralizzato perché, anche se di solito sono super sicuro di me quando si tratta di sesso, con Delilah è diverso. So che per lei è passato del tempo dall'ultima volta, ma è così anche per me.

"Mettiti in ginocchio e apri la bocca", le ordino.

Obbedisce e, quando si è messa comoda, stringo la presa e riprendo a massaggiare.

"Tira fuori la lingua, Delly".

Non appena lo fa, ci sbatto sopra la punta un po' di volte prima di spingermi più in profondità.

Afferrandole i capelli nel pugno, avvicino la sua faccia. "Ma che brava! Adesso succhia…"

Sigilla le labbra attorno all'uccello, svuota le guance e scivola attorno all'asta. È pura estasi.

"Cazzo, così! Prendine più che puoi". Ho le palpitazioni per quanto cazzo è piacevole. Mai e poi mai avrei pensato che sarebbe successo, e adesso che siamo qui non riesco ancora a crederci.

Non ci mette molto a trovare un ritmo. Stacca la bocca e lo massaggia per un po' prima di far scorrere la lingua lungo la parte inferiore, dalla base fino ai piercing, che avvolge di nuovo.

"È bellissimo, piccola. *Cazzo*…" Mi mancano le parole perché voglio solo tirarla su e divorarla.

Geme mentre prosegue la sua dolce tortura con la mano e la

bocca, ingoiandomi e stuzzicandomi. La sua presa salda sull'asta mentre gioca con i piercing mi costringe a resistere all'orgasmo.

"Delly, mi manca poco… Forse dovresti…"

Scuote con fervore la testa, tenendo gli occhi puntati sui miei e affondando le dita dietro le mie cosce.

Non riesco a strappare lo sguardo dalla vista spettacolare di lei con il mio uccello in bocca e le labbra gonfie attorno al glande. Ogni centimetro del mio corpo trema, le gambe si irrigidiscono.

I forti suoni che emette mentre lo succhia sono la mia rovina, e grugnisco per l'intensità dell'orgasmo. Delilah ingoia come se non ne avesse mai abbastanza.

"Cristo santo, mi hai lasciato a secco!" Inspiro con forza, cercando di riprendere fiato.

"Suppongo voglia dire che ci so ancora fare", dice ironica, asciugandosi il mento.

Ridacchio, offrendole la mano per aiutarla ad alzarsi.

Sollevandole il mento, mi avvicino. "Avere la tua bocca su di me sarà sempre incredibile. Ma *quello* è stato fottutamente erotico. Soprattutto perché non me lo aspettavo".

"Mi sembra la trama della nostra storia, eh?" Sfodera un sorriso. "A proposito…"

Facendo un passo indietro, afferra l'orlo del vestito e se lo sfila da sopra la testa, rivelando il set di lingerie color lavanda di cui mi aveva parlato prima.

"Ehm…" Non riesco a formulare alcuna parola mentre sposto lo sguardo sul suo corpo perfetto. Un corsetto in pizzo le avvolge il seno e un perizoma spunta sotto un set di reggicalze che cinge i fianchi formosi. "Cazzo, è troppo sexy addosso a te!"

Senza pensarci due volte, la sollevo e attraverso la stanza. Poi la spingo contro la grande finestra, alta fino al soffitto, e la tengo su con il mio corpo quando le sue cosce mi abbracciano la vita.

"Ti sei portata dietro anche quel tuo buttplug che vibra?" chiedo in modo provocante, afferrandola per il sedere.

"No. Ho perso il telecomando, ricordi?" Scoppia a ridere e lo faccio anche io, ripensando alle rivelazioni inopportune di Mati di quando erano ubriache. "Però non mi dispiacerebbe prenderne uno nuovo…" Fa scorrere i denti sul labbro inferiore, e giuro che il mio uccello sobbalza al pensiero di toccarla lì dietro.

"Molto presto", la esorto.

Se esistesse una cura per la depressione che non include parlare dei miei sentimenti o prendere medicinali, sarebbe questa. Questo tipo di scarica di serotonina che mi fa battere forte il cuore e sudare è tutto ciò di cui avrei bisogno per il resto della mia vita, purché arrivi dai momenti passati con Delilah.

Quando abbassa con la forza le mie labbra sulle sue, sento il mio sapore su di lei, e questo me lo fa venire di nuovo duro. Le prendo la mano che ha avvolto attorno al mio collo e la appiattisco contro il vetro sopra la sua testa, spingendo l'erezione sul suo ventre.

"Voglio strapparti di dosso questa bella cosina e scoparti contro la finestra", mormoro quando spinge il bacino verso di me. "Ma ho promesso che avrei fatto le cose con calma; quindi non lo farò".

"Wilder", dice in tono lamentoso, e io le bacio il collo. "Fanculo quello che ho detto!"

Ridacchiando contro la sua pelle surriscaldata, scuoto la testa. "Non ho portato preservativi. Ma, anche se ne avessi uno, correre troppo sarebbe comunque una cattiva idea. Non voglio rovinare le cose".

"Sei sicuro che non posso farti cambiare idea?" Abbassa la mano libera tra di noi e mi afferra l'uccello, per poi strofinarlo sul pizzo che nasconde a malapena il suo sesso. "Perché io non riesco a smettere di pensare a come sarà sentire quei piercing dentro di me".

Sta letteralmente cercando di uccidermi.

"Delly…" Mi muovo nella sua presa, sentendo i suoi dolci umori sull'asta. "Stai mettendo alla prova la mia forza di volontà".

Sposta di lato il tessuto delle mutandine giusto quel tanto da poter strofinare la punta e i piercing tra le pieghe bagnate. "E adesso?"

"Pensavo di essere io quello che stava corrompendo te". Appoggio la mia fronte alla sua, lottando contro il desiderio di farlo e basta. "Però, a meno che tu non voglia che riempia questa fighetta stretta di sperma e ti metta incinta, non ti conviene tentarmi".

Prima che possa opporsi, le avvolgo le braccia attorno al corpo e la lancio sul letto; poi mi inginocchio tra le sue cosce e gliele spalanco; infine sposto di lato le mutandine e la divoro come se fosse il mio ultimo pasto sulla Terra.

Nel giro di qualche minuto, sta inarcando la schiena e urlando il mio nome, finché il sapore della sua eccitazione non mi esplode sulla lingua.

"La prossima volta che mi metto questo, ti conviene avere un preservativo", dice in tono autoritario mentre riprende fiato e si solleva sui gomiti. "Altrimenti uso il mio vibratore".

"Oh, useremo senz'altro il tuo vibratore…" Premo un bacio sul suo interno coscia. "Ma non stasera".

Si butta all'indietro con un gemito, e ridacchio per la reazione. "Forza, è ora di prepararsi! Gli strip club e i Long Island Iced Tea ci stanno aspettando".

E, se non riuscirò a uscire con lei da questa stanza entro i prossimi dieci minuti, farò esattamente ciò che le ho detto che non avrei fatto e la scoperò finché il mio sperma non colerà fuori da lei.

Capitolo Diciannove

Delilah

Ho le gambe di gelatina, e non a causa dei due orgasmi sconvolgenti che mi ha dato prima Wilder, ma perché non avevo mai camminato così tanto con degli stivali da cowboy. Mi bruciano le cosce, che mi stanno quasi supplicando di mollare tutto, ma non voglio farlo.

Voglio passare più tempo possibile con Wilder prima di tornare al mondo reale, quando le cose ricominceranno ad essere complicate.

Tra il conflitto di Jonah e Wesley, con Raven nel mezzo e gli articoli di Molly che causano problemi, non possiamo sapere cosa succederà quando torneremo a casa. Jonah mi ha scritto un paio di volte e, per quanto ne so, non è successo nulla fuori dal comune. Raven si trova ancora al sicuro al rifugio per donne e Wesley continua ad essere in congedo obbligatorio.

Io e Wilder siamo finiti in uno strip club, non uno di quelli divertenti alla Magic Mike, ma un posto pieno zeppo di donne bellissime mezze nude e tantissimi alcolici. È dura vederle flirtare con lui, anche se Wilder non ricambia le loro attenzioni. Scene del genere mi ricordano gli anni in cui lo avrebbe fatto senza pensarci due volte. Lui ha molta più esperienza di me in fatto di sesso, e so che è successo tutto prima che diventassimo più che amici, ma è difficile non paragonarmi a loro.

Sono stata definita "bella" per tutta la vita. Quando i ragazzi ci provano con me, per esempio al bar, dicono sempre *sei bellissima* mentre mi fissano le tette. E sì, a volte è una piacevole iniezione di autostima, ma preferirei essere ritenuta una ragazza intelligente, di talento o che lavora sodo. Sono più del mio corpo e persino più del mio cervello. È una bella ventata d'aria fresca quando qualcuno se ne rende conto e dimostra di conoscerti meglio di quanto credi… E ho notato che con Wilder è così nei momenti più inaspettati.

Sono sempre fin troppo leale. Concedo seconde, terze e a volte quarte possibilità. Chiedo scusa anche quando non sono nel torto, perché mantenere la pace è più sicuro che dare inizio a una guerra.

Probabilmente dovrei parlarne con la mia psicologa.

Ma soprattutto aiuterò sempre qualcuno in difficoltà, fosse anche un estraneo che mi sta vomitando sulle scarpe.

"Oh, merda, mi dispiace tanto…" dice una ragazza che ho conosciuto cinque minuti fa in fila per il bagno. Sapevo che non avrebbe resistito ancora a lungo; quindi l'ho presa per mano e sono passata davanti a tutti gli altri appena in tempo per farla vomitare nel cestino.

"Nessun problema. Sono lavabili". Prendo dei fazzoletti e li inumidisco prima di darglieli.

"Di solito non bevo così tanto, ma il mio fidanzato mi ha lasciata all'altare lo scorso weekend; così mi sono portata le mie damigelle nella nostra luna di miele". Si pulisce la bocca e il mento.

"Oh, mio Dio! Mi dispiace. Direi che l'hai scampata bella, se non è nemmeno riuscito a dirtelo prima della cerimonia". Prendo dell'altra carta per pulirmi gli stivaletti.

"È quello che continuano a dirmi tutti, ma era l'amore della mia vita… o così pensavo. Gli ho dato ben sette anni della mia giovinezza!"

Strabuzzo gli occhi quando la trama s'infittisce. "Sette anni, eh? Quanto ci ha messo a farti la proposta?"

"Cinque anni! Ma poi dovevamo risparmiare e ci serviva tempo per organizzare tutto. Quel bastardo ha avuto due anni per ammettere di aver cambiato idea!" Si lava le mani e poi fa i gargarismi con l'acqua. "È quello che più mi fa arrabbiare. Mi ha fatto perdere tantissimo tempo e tutti i soldi, esclusivamente *miei*, che avevamo investito! Sono piuttosto sicura che avesse una tresca con la sorellastra".

"Con *chi*?" È impossibile che questa non sia la trama di un film. Sto cercando di stare al passo con la storia, e poi lei mi sconvolge con *questo* dettaglio? "Cosa te lo fa pensare?"

Mi segue fuori dal bagno, dove mi scuso con tutte per aver tagliato la fila. Mi metto in fondo, visto che devo ancora fare la pipì e non voglio passare davanti alle altre.

"Mia sorella minore giura di averli visti abbracciarsi in modo un po' troppo intimo, se capisci cosa intendo…" Incrocia le braccia, aspettando insieme a me. "E si baciano sulle labbra quando si salutano. È strano, giusto?"

Faccio spallucce, senza sapere cosa pensare. "Vengo dal Sud; quindi da noi è normale essere eccessivamente amichevoli. Però non bacerei mai il mio fratellastro adulto in quel modo, soprattutto se fosse fidanzato".

"È quello che ho pensato io! È a dir poco sospetto. Comunque sia… mia sorella ha suggerito di farci un viaggio tra ragazze a Las Vegas e, beh, eccomi qui. Ad annegare il mio dolore nell'alcool e, a quanto pare, a vomitare su perfette sconosciute".

"Anche io sono venuta con mia sorella. Beh, non è qui, però sta con il mio ex. Quindi è… interessante". Rimane a bocca aperta, e rido per la sua reazione. "Ma no, non è così strano quanto sembra. Ci siamo lasciati anni fa. Ma, comunque, sono venuta con un gruppetto di persone per le finali nazionali. Abbiamo deciso di uscire per esplorare la zona, dato che restiamo qui solo qualche notte. Il mio, ehm… amico è venuto con me, mentre gli altri sono andati agli afterparty".

"Intendi quel cowboy sexy che non riusciva a tenere le mani o gli occhi lontani da te? Vi ho visti prima. Mi stai dicendo che è un *amico*?" Mi fissa con un'occhiata incredula.

Ridacchio e faccio qualche passo verso il bagno. "Ok, sì, ci frequentiamo. Ma è una relazione nuova e non l'abbiamo ancora detto a nessuno".

Dopo tutto questo tempo, dire che *ci frequentiamo* suona strano.

"Beh, buona fortuna! Spero che la vostra finisca meglio della mia".

"Troverai qualcuno che ti tratterà talmente bene, che sarei contenta che il tuo fidanzamento è stato annullato. Anche se non dovesse succedere subito o se fosse con l'ultima persona che ti aspettavi, ho un ottimo presentimento".

"Credo che sia la cosa più dolce che qualcuno mi abbia mai detto". Sorride con gratitudine, e noto che le sue guance stanno riprendendo colore.

Anche se il bagno è chiassoso e caotico, è stato bello conoscere una persona che ho potuto far sentire meglio, anche se momentaneamente.

Dopo aver finito ed essermi lavata le mani, mi dirigo verso il tavolo dove Wilder mi sta aspettando. Mi fa trovare un altro Long Island Iced Tea e due bicchierini da shot.

"Questi cosa sono?" Faccio il giro del tavolo e mi siedo sul suo grembo.

Mi avvolge un braccio attorno alla vita e mi attira più vicina al petto. "Tequila… Pensavo che potremmo fare un giochetto alcolico".

"Stai cercando di farci ubriacare?" Prendo il mio Long Island e ne bevo un sorso, sapendo di essere già brilla. Se qualcuno mi dicesse che questi non contengono alcool, ci crederei, ma, considerando che mi sento leggera come una piuma, so che ce n'è per forza. "Qual è il gioco?"

"Ci facciamo uno shot ogni volta che qualcuno si avvicina e chiede se mia *moglie* ne gradirebbe un altro. Me l'hanno già chiesto due volte".

"Perché dovrebbero pensare che sia tua moglie?"

"E io che ne so? Però me l'hanno chiesto due cameriere diverse mentre eri in bagno".

Ridacchio, buttando giù un altro sorso della mia bevanda dolce. "Sei sicuro che non l'abbiano detto per poter capire se sei single o no? Dicono *moglie* e poi aspettano che tu le corregga per capire se sei disponibile".

Porta le labbra al mio orecchio. "È grave che non abbia voluto correggerle?"

La vibrazione delle sue parole contro il lobo mi fa tremare. "Credo che tu abbia bevuto troppo".

"Ma no, mi piaceva che pensassero fossi tuo marito. Mi ha fatto sentire degno di te".

"Lo sei già", lo rassicuro, sollevando l'altra mano per toccargli la guancia. "Non ho mai pensato diversamente".

Si gira e mi bacia il palmo. "Magari un giorno lo crederò anch'io".

Prendo uno degli shot e lo butto giù.

"Tu bevi l'altro…" Glielo porgo, ma, invece di prenderlo, apre la bocca e inclina leggermente la testa all'indietro.

Wilder regge intensamente il mio sguardo mentre verso la tequila tra le sue labbra e poi lo guardo deglutire.

"Grazie, mogliettina".

Gli scocco un'occhiata assassina. "Smettila".

"Perché? Ti dona. Fatti mettere incinta e poi sarai la milf più sexy su cui abbia mai posato gli occhi".

Ridendo, scuoto la testa. "Adesso so per certo che sei pazzo".

"Di te".

Alzo gli occhi al cielo per la battuta sdolcinata. "In bagno ho conosciuto una ragazza che è stata mollata all'altare dal fidanzato, con cui stava da sette anni. E, se questo non è un segno del destino, non so cos'altro potrebbe esserlo".

"Un segno di cosa?"

"Che il matrimonio è una cattiva idea".

"No, lui è un codardo, soprattutto per averla fatta aspettare così tanto. Io ci ho messo sette secondi a rendermi conto che mi piacevi".

Faccio una risata nasale perché non può dire sul serio. "È irrealistico".

"No. Nel momento stesso in cui ti ho vista e ho sentito la tua voce, non solo ho capito che eri la ragazza della linea di assistenza, ma ho anche avuto la conferma dei miei sentimenti. Sei stata la prima persona a sapere del mio passato e a non trattarmi comunque in modo diverso. Waylon ti aveva detto che ero un disastro o comunque qualcosa del genere; eppure tu non mi hai sorriso con pietà. Mi hai guardato come se fossi una persona che aveva bisogno di qualcuno che capisse il suo dolore".

Mi si gonfia il cuore per le sue parole profonde. In tutti questi anni, ho sentito qualcosa di così dolce uscire dalla sua bocca solo dopo che siamo diventati più che amici.

E non mentirò: mi sta piacendo... *molto*.

Chi l'avrebbe mai detto che Wilder avesse un lato tenero? È sempre stato così concentrato sul fingere che tutto andasse bene quando non era così, da non aver mai permesso a se stesso di godere dei momenti migliori.

Posandogli una mano sulla guancia, premo dolcemente la bocca su quelle labbra che ancora non riesco a credere di poter baciare. "E, nel caso non lo sapessi o avessi bisogno di sentirlo di nuovo, sono orgogliosa di tutta la strada che hai fatto. Soprattutto durante quel periodo davvero buio. Non tutti riescono a uscire dall'oscurità, e tu lotti come un forsennato ogni giorno per restarci fuori".

Strofina il suo naso sul mio. "Non credo che qualcuno mi abbia mai detto un qualcosa di così sincero. Grazie".

"Non c'è di che", dico mentre una donna si avvicina al nostro tavolo.

"Salve". Il suo viso si illumina quando nota il cappello da cowboy di Wilder. "Per caso a te o a tua moglie andrebbe di ballare?"

Wilder mi fissa, con il sorriso riflesso negli occhi. "No, grazie. Ma prendiamo altri due shot di tequila".

Prima che lasciassimo l'arena, Waylon mi ha chiesto di nuovo se fossi disponibile a tenere d'occhio Wilder stasera. Per non destare sospetti, gli ho assicurato che mi andava bene, dicendogli però che mi doveva ancora un favore da Capodanno, quando mi aveva chiesto di controllarlo.

Temo di aver sopravvalutato la mia capacità di tenere d'occhio suo fratello perché, dopo lo strip club, abbiamo trovato un bar a tema cowboy con un toro meccanico, e Wilder è determinato a resistere per tutti gli otto secondi senza cadere.

Dopo ciascun giro, che tu ce l'abbia fatta o meno, ricevi uno shot gratis, e al momento Wilder è al suo quinto tentativo. Ogni volta che ne ha bevuto uno, ne ha preso uno anche per me.

"Ok, questa è la volta buona. Me lo sento!" urla per sovrastare la musica, tenendomi stretta al suo fianco.

Scuoto la testa e me ne pento all'istante. Sta già pulsando. "Meglio che lo sia, perché io non posso più bere e nemmeno tu dovresti farlo".

"Cosa? Perché? Sono sobrio come una capra".

"Eh?" Quando mi metto in punta di piedi per sentirlo meglio, inciampo sui miei stivali, e Wilder mi prende al volo. "Non ha alcun senso".

"Certo che ce l'ha! Perché le capre sono sempre sobrie".

Aggrotto di più le sopracciglia e adesso so per certo di essere ubriaca perché penso che non abbia poi tutti i torti.

"Un'altra volta, poi dovremmo tornare in albergo".

"Non ti stai divertendo?"

"Ho ancora la lingerie sotto il vestito", gli ricordo. Solo perché non possiamo fare sesso non significa che dobbiamo rinunciare ad altre cose che comportano lo spogliarsi a vicenda.

Mi stampa un bacio sulle labbra e poi mi fa l'occhiolino. "Come portafortuna".

Il bar è affollato come il resto di Las Vegas, ma sto cominciando a farci l'abitudine. Però qui la musica è diversa.

Con grande sorpresa mia e di tutti gli altri, Wilder riesce a restare sul toro per tutti gli otto secondi, e la folla lo acclama. Anche loro erano in attesa di assistere al suo trionfo.

E non cade nemmeno col culo a terra quando scende. O è diventato più bravo a reggersi oppure ha una tolleranza maggiore di quanto ricordassi.

Urlando, saltello su e giù per festeggiare con lui. So che è sciocco, ma ci stava provando da anni. Non è facile come sembra e di solito scende barcollando.

Wilder mi avvolge con le sue braccia, mi tira su e poi mi fa roteare. Scoppio a ridere mentre affonda il viso nel mio collo.

"Oh, merda, è stata una pessima idea…" Alla fine si ferma e si rende conto che così ci sono venute le vertigini.

"Già, sto per vomitare".

Dopo che lui ha bevuto lo shot gratuito e io ne ho preso un altro con lui, troviamo un tavolo.

"Avrei dovuto farti un video, così potevi farlo vedere ai tuoi fratelli", gli dico, dopo essermene resa conto troppo tardi.

"Nessun problema. Tanto sei tu quella su cui volevo fare colpo". Mi fa l'occhiolino, e mi vengono le farfalle nello stomaco perché so che non è soltanto una battuta.

"Beh, allora considerami *molto* colpita". Porto la testa all'indietro e gliela appoggio su una spalla, chiudendo gli occhi per un breve momento mentre mi accoccolo tra le sue braccia. La sua acqua di colonia crea dipendenza quanto lui, e non ne ho mai abbastanza.

"Ricordi quando hai detto che il giorno in cui ci sarei rimasto sopra per otto secondi sarebbe stato il giorno in cui mi avresti sposato?" chiede, e ci metto un minuto per realizzare che parla sul serio.

"Mmh… vagamente", dico, però me lo ricordo, perché è stato lo stesso giorno in cui io e Mati ci siamo ubriacate con i Margarita. "Ma quello è stato *prima*".

Wilder mi sfiora la tempia con le labbra. "Pecca con me nella città dei peccati, Delly. Ti va?"

"Perché preannuncia guai, detto da te?" Alzo lo sguardo su di lui e il suo sorriso malizioso raggiunge le rughe attorno ai suoi occhi, e mi basta questo per sapere che non ha in mente nulla di buono.

"Ti fidi di me?"

"Sì", rispondo senza esitazione.

Mi mette una mano sulla nuca e preme con forza la bocca sulla mia. In questo momento, capisco di essere disposta a fare qualunque cosa per lui, e so che lui farebbe lo stesso per me.

E probabilmente questo dovrebbe spaventarmi molto più di quanto non faccia.

Ma do la colpa alla mia mancanza di inibizione.

Non è la prima volta che Wilder mi trascina in un posto discutibile quando dovrei invece tenerlo d'occhio. Durante l'estate, quando ha ricominciato a bere per qualche mese, siamo finiti a una festa in un fienile, e giuro che noi due eravamo le persone più grandi presenti. La parte peggiore era che quel fienile ospitava dei maiali e puzzava talmente tanto che sono stata costretta a uscire diverse volte per prendere una boccata d'aria fresca.

Quindi, in teoria, purché non mi porti in un porcile, non dovrebbe andare poi così male.

Tuttavia, c'è sempre la possibilità che debba ricredermi.

Capitolo Venti
Wilder

Mi sveglio con il bisogno di pisciare e sono talmente disorientato da non vedere dove mi trovo. Cerco di afferrare il telefono sul comodino e resto perplesso quando non lo trovo là come al solito.

Merda! Devo averlo perso durante la serata o, più probabilmente, stamattina quando sono entrato in camera barcollando. *E chissà quanto tempo fa è successo...*

L'orologio dice che sono le sette, ma non ricordo di essere tornato qui ieri notte.

Non sarebbe la prima volta.

Dato che non posso usare la torcia, scivolo alla cieca fuori dal letto. Inciampo su roba a caso sul pavimento e sbatto l'alluce.

"Cazzo..." Saltellando su una gamba sola, vado avanti finché non trovo una porta.

Ho gli occhi a malapena aperti, ma la luce forte me li fa chiudere del tutto. Cerco a tentoni l'interruttore per spegnerla, ma non lo trovo.

Soltanto quando la porta si chiude dietro di me, mi rendo conto di essere in corridoio. *Un secondo troppo tardi.*

"Maledizione!" Sbatto la parte posteriore della testa contro il legno; poi, dovendo ancora fare pipì, vado davanti alla stanza di Waylon e busso.

Abbassando lo sguardo, noto che indosso solo i boxer. Allora busso di nuovo, pregando che lui si svegli prima che mi veda qualcuno.

Ma ha sempre dormito come un sasso.

La stanchezza prende il sopravvento; quindi scivolo giù lungo la porta e aspetto. Prima o poi dovranno alzarsi per fare colazione.

"Ma che cazzo? Wilder!" La voce tonante di Waylon mi sveglia dal riposino.

Aprendo gli occhi, sorrido per il sollievo. "Ehi… *finalmente*".

"Cosa diavolo ci fai qua fuori?" mi chiede, e poi noto Harlow in piedi al suo fianco con un'espressione preoccupata sul viso. Dato che lei indossa ancora il pigiama, non so come abbiano fatto a sapere che mi trovavo qui fuori, se non stavano uscendo.

"Ho dimenticato la chiave", spiego, cercando di alzarmi.

"Questa non è camera tua", mi dice Waylon, afferrando la mia mano per aiutarmi ad alzarmi. "Dov'è il tuo telefono? Dice che la tua posizione è tipo sul tetto".

"Non lo so, l'ho perso", mormoro. "E ho perso la mia chiave. È per questo che sono venuto qui".

Non ho idea di dove l'abbia messa ieri notte perché non ricordo niente di quello che è successo dopo che abbiamo lasciato il bar a tema cowboy. Abbiamo bevuto… molto.

Oh, cazzo! Delilah. Dove accidenti è?

"Vuoi parlarmi di questo?" Waylon mi afferra la mano sinistra, rivelando una fede nuziale nuova di zecca all'anulare.

"Oh, merda…" Strabuzzo gli occhi, fissandola e chiedendomi come accidenti sia finita lì. "Chi ho sposato?"

Se è la persona che penso…

"Cristo santo!" Waylon si passa una mano sul viso. "La mia ex ragazza, coglione".

Harlow fa una risatina.

"*Delilah?*" Ho bisogno di sentire la sua conferma perché so che lei non avrebbe mai accettato di sposarmi, se fossimo stati sobri.

"Già".

"Cazzo… mi ucciderà, vero?" Mi gratto la testa, chiedendomi cosa cavolo farò adesso.

"Oh, sì…" Waylon scuote la testa, incrociando le braccia. "Forse mi conviene cominciare a scrivere subito il tuo elogio funebre".

Finalmente mio fratello mi fa entrare per lasciarmi usare il bagno.

"Come facevate a sapere che ero qua fuori?" chiedo dopo essermi lavato le mani.

"Tua *moglie* ci ha chiamati in preda al panico perché si è svegliata e tu eri scomparso", risponde Waylon. Non posso fare a meno di sorridere quando la chiama così. "Levati quell'espressione ebete dalla faccia. Ti ammazzerà".

"Non sai nemmeno se è colpa mia. Eravamo entrambi ubriachi fradici", mi difendo. "Solo che non mi ricordo quasi nulla".

"Questo non spiega perché il tuo localizzatore ti dà sul tetto…" dice Waylon, guardando il suo schermo. "Oh, un attimo, si è mosso!"

Harlow dà un'occhiata, inclinando la testa. "A quanto pare, sta volando sopra la Strip".

"Grandioso". Butto fuori un respiro frustrato. "Dovrò comprarne uno nuovo prima di partire".

Waylon abbassa lo sguardo sulla mia mano sinistra. "Direi che al momento hai problemi più grossi di quello".

Mi si serra il petto. "Sembrava arrabbiata?"

"Mi sta scrivendo adesso". L'espressione tesa di Harlow non mi trasmette una buona sensazione. "Ti sta aspettando".

Prendo un respiro profondo e lo butto fuori lentamente. "D'accordo, dille che sto arrivando. Augurami buona fortuna".

"Buona fortuna, cognato".

Waylon ridacchia.

Dopo la camminata della vergogna fino alla mia stanza, trovo Delilah che, in piedi di fronte alla porta aperta, sta bloccando l'ingresso.

Ha le braccia strettamente incrociate sul petto, e il cipiglio impresso sul suo volto rende fin troppo chiaro quanto è arrabbiata.

"Ciao, *maritino*", dice in tono impassibile.

"Buongiorno". Faccio un sorrisetto e poi le tocco il viso per avvicinarmi e baciarla, ma lei si ritrae prima che possa toccare le sue labbra. Entro in camera, lasciando che la porta si chiuda dietro di me. "Se vuoi urlarmi addosso, puoi farlo dopo che ho dormito per qualche altra ora?"

Mi spinge prima che possa superarla, poi mi agita in faccia la mano sinistra. "Come diavolo è successo?"

"Speravo che me lo dicessi tu..." Faccio spallucce, passandomi una mano tra i capelli spettinati. "Non ricordo nulla di quello che è successo dopo che abbiamo lasciato il bar per cowboy. Ci siamo fatti quegli ultimi shot e poi..."

"Mi hai chiesto se mi fidavo di te e io, come una stupida, ho detto di sì!"

"Allora perché mi stai urlando addosso? Per quanto ne so, è stata un'idea tua".

Alza gli occhi al cielo, incrociando di nuovo le braccia. "Questa cosa ha la tua firma scritta sopra".

"Non lo negherò, ma, comunque, se ci siamo sposati, anche tu hai dovuto firmare la licenza. Stai dicendo che ti ho costretta a fare anche quello?"

Lascia ricadere le braccia lungo i fianchi. "No. L'ho trovata sulla cassettiera".

Dopo essermi avvicinato, la prendo e la leggo. Ovviamente, ci sono due firme.

"Oh, merda, siamo andati alla Little White Wedding Chapel!"

Delilah rimane accanto a me, a leggerla di nuovo. "Oddio, mi ricordo qualcos'altro che hai detto".

"Voglio davvero saperlo?"

"Mi hai chiesto se volevo peccare con te nella città dei peccati e poi, dopo aver lasciato il bar, abbiamo raggiunto a piedi la cappella". Oh, cazzo! Ha ragione. Adesso me lo ricordo. E poi le ho chiesto di permettermi di dimostrarle che il matrimonio non era una cattiva idea. "Oh, e qui c'è la fattura". La raccoglie dal pavimento e solleva le sopracciglia mentre la esamina. "A quanto pare, hai speso un occhio della testa per il pacchetto deluxe".

Quando lancia un urlo divertito, vengo preso alla sprovvista perché giusto un attimo fa era accigliata.

"Abbiamo scelto gli anelli lì…" Agita di nuovo la mano sinistra, leggendo il foglio mentre cammina per la stanza. "E sono pure costosi".

"Solo il meglio per mia moglie".

Il suo sorriso scompare, ed è chiaro che non le piaccia che la chiami così.

"Peccato che li restituiremo".

Prima che possa mettermi a discutere, corre verso il letto e prende il telefono. "Aspetta, ci hanno dato un link per le foto. Ricordo di averlo inserito negli appunti".

"Aspetta. Torna indietro. Perché vorresti restituire gli anelli?"

"Ehm… perché annulleremo il matrimonio il prima possibile. Non ho intenzione di tenere una fede che ho indossato per la prima volta quando eravamo tutti e due ubriachi".

Mi gratto il mento, cercando di capire come farla rallentare e parlarne senza spaventarla.

"Oh, mio Dio!" Si copre la bocca con il palmo della mano mentre fissa lo schermo del telefono. "Dovrebbe essere illegale permettere a persone così ubriache di sposarsi".

Curioso, mi siedo accanto a lei e guardo. Come mi aspettavo, c'è una sfilza di fotografie in cui posiamo con gli occhi arrossati e facce stupide. "Cristo santo!"

Non posso fare a meno di ridere, perché è chiaro come un cielo terso che non eravamo in noi. Ma non ricordo di essermi sentito così ubriaco sul momento. Quegli shot di tequila devono aver fatto effetto prima che me ne rendessi conto.

"Non è che non abbiamo mai parlato di matrimonio…" inizio, ma, a giudicare dalla sua espressione, non è un buon punto di partenza. "Perché non facciamo un tentativo, prima di affrettarci a chiedere l'annullamento?"

"Ti ha dato di volta il cervello? Sei ancora ubriaco, vero?" Mi guarda più intensamente.

"No", rispondo, offeso. "Stiamo insieme; quindi non è mica…"

"Stiamo insieme da tipo due minuti! Wilder, non puoi dire sul serio". Mi fissa con uno sguardo incredulo. "Non possiamo passare dall'amicizia a qualche sessione di baci bollenti e poi, subito dopo, ritrovarci sposati. È una… *follia!*"

"Perché no?"

"*Perché?*" chiede in tono piatto, poi solleva un dito. "Non siamo nemmeno andati a letto insieme. Non viviamo insieme. Non abbiamo avuto nemmeno un appuntamento vero… A meno che tu non voglia tenere in conto il fatto di avermi accompagnato all'altare", dice aridamente, continuando a sollevare altre dita. "Abbiamo già dei bersagli sulla schiena a casa; quindi…"

"Così avranno qualcos'altro di cui parlare per un po'". Faccio spallucce. "Chi se ne frega".

"Frega a me, Wilder! Restare sposati quando nessuno dei due era pronto per questo passo è la ricetta di un disastro. Il matrimonio non dovrebbe essere un qualcosa di temporaneo".

"Sono d'accordo. È per sempre".

"Non siamo pronti a prenderci un impegno simile".

"Io sì", ribatto.

"Wilder, sii serio".

Invece di continuare a discutere con lei, mi butto in ginocchio e prendo la sua mano sinistra.

"C-Che stai facendo?" Incespica sulle parole, e faccio un largo sorriso nel vedere il leggero rossore che le copre le guance.

"Delly…" comincio, leccandomi le labbra mentre cerco di calmare il battito frenetico del mio cuore. "So che è presto, e che tu credi che non possiamo farcela, ma, se mi dai trenta giorni per dimostrarti che posso essere il marito che meriti, prometto che non ti deluderò. Se, per qualunque ragione, volessi ancora annullarlo dopo quel tempo, allora non mi opporrò. Ma, ti prego, prima dammi una chance. Lascia che ti mostri quanto possiamo stare bene insieme".

"Wilder…" sussurra il mio nome, deglutendo con forza. "Non voglio farti soffrire".

"Nulla potrebbe superare il momento in cui ti ho incontrata per la prima volta e ho dovuto vederti con mio fratello gemello. Quello è un dolore che non augurerei a nessuno".

Le lacrimano gli occhi, ma prova a nasconderlo chiudendoli mentre porta indietro la testa.

"È soltanto un mese, piccola. Trasferisciti da me e proviamoci per davvero".

"Trasferirmi da te?" Spalanca gli occhi. "E Mati?"

"Beh… per quanto mi piaccia la tua coinquilina, credo che stringerci tutti e tre nel mio letto potrebbe essere un po' scomodo".

Mi dà una lieve pacca sul petto. "Non voglio lasciarla nei casini. Conta su di me per pagare metà dell'affitto e delle bollette".

"Non ti avrei chiesto soldi per venire a vivere con me, Delly".

"Perché no? Se siamo sposati e viviamo insieme, non dovrei occuparmi della metà delle spese?"

"Spariscono dal mio conto ancora prima che li veda. E poi, anche se non fosse così, non ti farei pagare comunque. E, per dimostrarti ulteriormente che voglio questa cosa con te, coprirò le tue spese, così che Mati non debba preoccuparsi. Diamine, pagherò per entrambe".

"Non c'è bisogno che tu lo faccia".

"Non mi dispiacerebbe in nessun caso. Qualunque cosa, purché tu mi dia una chance…"

Si morsica il labbro inferiore, riflettendo in silenzio, e aspetto mentre le mie ginocchia nude affondano nella moquette. Ma rimarrò qui per tutto il tempo che impiegherà a prendere una decisione.

"A una condizione".

"Affare fatto".

"Non l'hai neanche sentita". Ride. "Continuiamo a *frequentarci* in modo normale. Solo perché siamo sposati non significa che io debba stare in cucina a preparare la cena tutte le sere o a farti il bucato".

Scocco un sorrisetto. "Ho visto il tuo appartamento; quindi quello non me lo aspetterei comunque".

L'occhiataccia che mi rivolge fa allargare il mio sorriso.

"Sì, beh… è stato un anno difficile".

"Lo capisco…" Ed è vero. Dopo che suo padre le ha lasciate, ho visto che i suoi occhi hanno perso la loro scintilla. "Permettimi di fare quelle cose per te. Dovrebbe essere il mio lavoro, come tuo *marito*, aiutarti a elaborare il dolore, assicurarmi che mangi e abbia vestiti puliti, e fare qualunque altra cosa tu abbia bisogno che faccia".

Mi guarda con scetticismo. "Sei a malapena capace di fare quelle cose per te stesso".

"Ma per la persona giusta dedicherei il tempo e l'impegno necessari per farle. E, nel caso tu abbia vissuto in una bolla negli ultimi nove anni, quella persona sei tu".

"Sei sicuro di volerlo fare?"

"Sì. Altrimenti non ti avrei chiesto di peccare con me".

Alza gli occhi al cielo, ma il largo sorriso sul suo volto mi dice che adora la cosa. "Ok".

"Ok?" chiedo ad alta voce, per assicurarmi di aver sentito correttamente.

Sospira, annuendo. "Ti darò trenta giorni".

Balzo in piedi e, questa volta, quando le prendo il viso tra le mani premo la bocca sulla sua, e non mi spinge via.

"E hai *una* chance! Una", dice con decisione tra un bacio e l'altro.

"Non me ne servono altre, piccola".

Capitolo Ventuno

Delilah

"Buongiorno, tesoro", mi saluta mamma quando entro in camera nostra.

Dopo aver accettato la proposta di Wilder di far durare il matrimonio almeno trenta giorni, sono tornata qui per lavarmi e cambiarmi, prima di andare a fare colazione e bermi un litro di caffè. Sarà una giornata tosta perché ho dormito soltanto qualche ora.

Però adesso devo dare la notizia a mia madre prima di incontrare tutti gli altri.

"Ehi, mamma. Come hai dormito?" chiedo, rovistando nella valigia alla ricerca di vestiti puliti.

"Benone. Tu? Un po' mi ha sorpreso svegliarmi e vedere che non c'eri".

Trasalisco, voltandomi lentamente verso di lei. "Già, ho dormito in camera di Wilder".

Fa spallucce, con disinvoltura. "Lo immaginavo. Vi siete divertiti?"

"Ehm… sì. Direi di sì". Mi morsico l'interno della guancia, riflettendo su come dirglielo. Devo tagliare la testa al toro e arrivare al punto prima che veda la pietra al mio dito. "Però devo confessarti una cosa".

Mi giro del tutto verso di lei, e mi sta già guardando.

"Che cosa?"

"Ehm, beh… ieri notte io e Wilder abbiamo bevuto *molto* e abbiamo fatto una cosa un po' stupida".

"È stato arrestato di nuovo?"

"No, grazie a Dio". Butto fuori un respiro e mi preparo alla sua reazione.

"Tatuaggi abbinati?" tira a indovinare e, quando scuoto la testa, continua: "Ti sei fatta mettere un *piercing* da qualche parte?" Indica il mio petto, e faccio una risatina.

"Abbiamo fatto… il grande passo".

Inclina la testa e incrocia le braccia, sbattendo un po' di volte le palpebre. "Ehm… che vuoi dire?"

Avvicinandomi, tendo la mano sinistra e le mostro la fede. "Siamo andati in una di quelle piccole cappelle e ci siamo sposati".

"Delilah Fanning!" esclama in tono di rimprovero, poi dà uno strattone alla mia mano per guardare meglio. "O adesso è *Hollis?*"

"Mamma!" Scoppio a ridere per il suo sorrisetto malizioso. "È colpa di quei Long Island Iced Tea".

"Beh…" Lascia andare la mia mano. "Sono proprio buoni".

Con un largo sorriso, annuisco. "Un pochino *troppo* buoni".

"Wilder ha dato di matto?"

"Stranamente, no. Quando ho suggerito di ottenere l'annullamento, mi ha implorato di dargli trenta giorni per dimostrarmi che possiamo far funzionare il matrimonio. Sono un pochino scettica, ma ho accettato di dargli una chance".

"Bene, mi fa piacere".

"Davvero?"

"Certo!" Apre le braccia e me le avvolge attorno al corpo. "Il matrimonio è un impegno bellissimo, e soltanto chi è davvero innamorato può sperimentare appieno i benefici che ha da offrire".

"Ma noi non siamo *innamorati*… Eravamo ubriachi", chiarisco.

"Lo sarete. Non ho dubbi che lui lo sia già".

"Non sono sicura che sappia come ci si sente ad essere innamorati. Non ha mai avuto una relazione seria. E poi, nemmeno io ho fatto quell'esperienza". Io e Waylon non ci siamo mai detti che ci amavamo. "Nessuno dei due ha alcun motivo per sposarsi così presto".

"Sei innamorata di Wilder da anni, ma non hai mai permesso a te stessa di ammetterlo. Quando la testa e il cuore smetteranno di combattere, lo sentirai".

"Mamma, è impossibile. Come si può essere innamorati di qualcuno senza saperlo?"

L'angolo delle sue labbra si solleva. "La nostra mente tende a proteggerci per non farci soffrire. A quel fine, blocca la nostra capacità di provare determinate cose. Il fatto che Wilder non fosse disponibile a livello emotivo e il fatto che tu abbia mantenuto le distanze ha reso le cose più semplici, ma nel profondo ti sei innamorata di lui molto tempo fa. Però ora puoi innamorarti dell'uomo che è oggi – una versione molto migliore di lui – purché tu apra il tuo cuore e la mente alla possibilità".

"Tu credi che ti risposerai mai?" chiedo, avendo bisogno di un momento per pensare a quello che ha detto perché, se ha ragione, non riuscirò ad allontanarmi incolume, dopo trenta giorni.

"È troppo presto per dirlo, ma ne dubito".

"Magari papà ti manderà qualcuno", le dico. "So che vorrebbe che fossi felice".

"Vorrebbe che lo fossi anche tu, anche se non può essere qui e vedere quella felicità".

Mi si riempiono gli occhi di lacrime, come è accaduto spesso negli ultimi mesi. Ogni volta che penso a lui o ne parlo, mi commuovo.

"Mi manca tantissimo", sussurro, sedendomi sul bordo del letto.

"Anche a me, tesoro. Non c'è stato giorno in cui non abbia pensato a lui". Si mette accanto a me e mi passa un braccio attorno alle spalle.

"Io sto ancora soffrendo dopo quasi un anno e non vivo nemmeno a casa, dove potrei vedere le sue cose ogni giorno. Non riesco nemmeno a immaginare quanto sia difficile per te stare da sola, circondata dalla sua sedia a rotelle, i suoi libri e vestiti".

"Mi dà conforto", spiega, con voce tranquillizzante. "A volte inganno il cervello immaginando che sia a casa con me e che stia facendo un pisolino. Quando vedo i suoi cruciverba, ne faccio uno e fingo che mi stia dando le risposte. Mi fa sentire meno sola".

Ricaccio indietro le lacrime, ma mi scendono comunque sulle guance. "Detesto sapere che adesso sei sola".

"Non preoccuparti, tesoro". Si sporge verso di me e mi asciuga il viso. "Il mio lavoro mi tiene molto impegnata. Adoro lavorare con i miei colleghi e aiutare tutti i miei pazienti. Perdere tuo padre mi ricorda perché lavoro così duramente. Sapere che ho dato tutto mi fa sentire realizzata a fine giornata".

"Vorrei provare quel livello di passione", ammetto. "Mi piace lavorare al Lacey's, ma non è soddisfacente come andare ai rodei ed esibirmi. Ho deciso di non riprendere l'equitazione acrobatica l'anno prossimo, ma non sono sicura di cosa voglio fare".

"Diciamo che lo avevo capito, e va bene così. Tutti dobbiamo guardarci attorno per trovare ciò che ci dà gioia. Non ho dubbi che lo capirai, ma potrebbe non essere semplice".

"È anche per questo che sono scettica riguardo alla riuscita del matrimonio, visto che sto ancora capendo che cosa voglio fare. E alla mia età, quando la maggior parte delle persone sono già sposate e hanno figli, mi sembra di essere rimasta indietro".

"Sposarsi significa invecchiare con qualcuno che ami e avere un partner con cui affrontare gli alti e bassi. Finché crescete insieme e vi supportate a vicenda, non c'è motivo per cui tu non possa capire che cosa vuoi avendo lui al tuo fianco".

Le lacrime mi riempiono di nuovo gli occhi ma stavolta per un motivo diverso. Mia madre ne ha passate tante con papà e non lo ha mai abbandonato. Ha sposato l'amore della sua vita e gli è rimasta accanto per superare ogni ostacolo, senza mai lamentarsi.

Voglio *quello*.

"Non credi sia una follia che ci siamo sposati dopo tipo tre giorni di relazione?"

"Certo". Ride, e lo faccio anch'io. "Ma questo non significa che devi gettare la spugna prima di fare un tentativo, specialmente quando questa cosa va avanti da anni. Mi piace Wilder, ma soprattutto, mi piace Wilder per te. Se dovessi sceglierti un uomo, sarebbe uno proprio come lui. Certo, non ha dei trascorsi meravigliosi con le relazioni, ma il fatto che ti stia chiedendo una chance mi fa capire che è pronto. Stava aspettando te".

Annuisco, poi la cingo tra le braccia. "Grazie, mamma".

Dopo aver fatto la doccia ed essermi vestita, vado a fare colazione con Wilder. Ci sono anche i suoi fratelli, che ci tormentano perché siamo *novelli sposi*. Sembrano piuttosto felici per noi, ma so che adorano rompere le scatole a Wilder. Noah lo ha avvisato che i loro genitori daranno di matto, ma ci siamo tutti messi d'accordo per rivelarlo di persona.

Un'altra cosa di cui preoccuparsi.

Dato che il suo cellulare è scomparso, troviamo un negozio della Apple perché possa comprarne uno nuovo. Poi fa tutta una scenetta in cui cambia il nome del mio contatto in MIA MOGLIE.

Protesterei, se non suonasse così erotico.

Quando mi rifiuto giocosamente di cambiare il suo nel mio telefono, lo fa lui al posto mio. Solo che scrive PAPARINO.

"Non so se hai saltato le lezioni di biologia, ma senza un rapporto sessuale le probabilità che tu diventi padre sono pari a zero".

"Hai mai sentito parlare del *manifesting*? Mi mancano soltanto i miei cristalli fortunati, e il mio piano di sposarti e portarti a letto avrà successo!"

Faccio una risatina. "Sto cominciando a chiedermi se per caso tu non abbia fatto qualche rituale vudù".

Fa l'occhiolino. "Non lo rivelerò mai".

Mi prende la mano, intrecciando le nostre dita mentre ci dirigiamo verso l'arena. Quando mi bacia le nocche e sfodera il suo famigerato sorrisetto seducente, mi vengono le farfalle nello stomaco.

Cristo, sembro un'adolescente con il suo primo fidanzatino!

Visto che oggi è l'ultimo giorno delle finali, c'è più gente di ieri, ma speriamo di riuscire a vedere Ellie vincere il campionato di *barrel racing* per il secondo anno di fila. Domattina partiamo presto; quindi non andrò a nessuna festa né mi ubriacherò come abbiamo fatto ieri notte.

Inoltre, ho già bisogno di un riposino di otto ore.

"Secondo te, i tuoi genitori daranno di matto quando glielo diremo?" chiedo a Wilder dopo aver pensato a ciò che hanno detto i suoi fratelli a colazione.

"Dopo trentatré anni, sono abituati alle mie bravate. Credo che a questo punto nulla li scioccherebbe". La sua bocca si contrae. "E poi, non sono mica sposato con un'estranea. Quindi qualche punto lo guadagno".

Faccio una risata nasale. "Vediamo il lato positivo".

Inspirando l'odore pungente di cuoio mescolato a terra e muschio, ci sediamo nell'arena con il resto del gruppo e aspettiamo che l'annunciatore chiami il nome di Ellie. Essere qui mi riporta ai giorni in cui assaporavo tutta l'adrenalina dell'equitazione acrobatica. Il boato della folla, la musica martellante nell'aria e tutti i colori vivaci dei cappelli e degli stivali da cowboy mi danno la carica.

Posso solo immaginare la scarica che può dare a Ellie e a tutti gli altri concorrenti.

Ha spaccato ogni giorno, e non ho dubbi che lo farà anche oggi.

"Sono nervosa, e non sono nemmeno quella laggiù che deve gareggiare", sussurro a Wilder. "Non so come faccia".

Si sporge verso di me, stringendo la mia mano nella sua. "È impetuosa. Non ho mai visto nulla del genere".

"Non guasta il fatto che si allena con Noah che le urla addosso", dice Magnolia, e scoppio a ridere perché stava origliando.

"Io non urlo, faccio il *tifo!*" si difende Noah. "Però è ovvio che aiuti, perché guardate quanta strada ha fatto".

Landen si gira e la fissa. "Se quello per te vuol dire fare il tifo, allora dev'essere quello che Ellie fa in camera da letto quando me la…"

"Ehi". Tripp gli dà un calcio allo schienale della sedia per fermarlo. "Non vogliamo saperlo".

"Parla per te…" Wilder guarda Landen agitando le sopracciglia per infastidirlo.

"Per caso i novelli sposi hanno bisogno di un po' di ispirazione?" lo provoca Landen, per poi scoccarmi un sorrisetto malefico. "Magari prova a fargli qualche disegnino, così sa dove *trovarlo*".

"Non preoccuparti, il suo piercing alla lingua l'ha trovato senza problemi", ribatto, facendo un sorrisetto a Wilder.

"Oddio…" Noah geme, con il viso che si contorce in una maschera di disgusto.

"È esattamente quello che ha urlato quando l'ho trovato". Wilder mi fa l'occhiolino.

"Wilder!" Mi si surriscaldano le guance. "Mia madre è proprio qui vicino a me!"

"E anche tua *sorella*", aggiunge Harlow.

Mamma ridacchia. "Non è nulla che io non abbia già sentito prima".

"Come se io non avessi dovuto sentire te e mio *fratello* nell'ultimo anno", ricorda Wilder ad Harlow. Camera sua è proprio sopra la loro, e si è lamentato diverse volte di averli sentiti. "Quindi non dimenticare che la vendetta è una cattiva bestia".

"Aspetta un attimo…" Mi rendo conto di una cosa. Abbassando la voce, aggiungo: "Non voglio che ascoltino".

"Oh, lo faranno", risponde orgoglioso. "Sono determinato a farli soffrire proprio come loro hanno fatto soffrire me".

"Non è colpa mia se il soffitto e le pareti sono sottili!" Harlow fa spallucce. "È per questo che ti ho comprato delle cuffie per il compleanno".

"Tu fai come faccio io…" Waylon gira la testa per guardare

Wilder. "Quando so che tu sei a casa e lei mi lancia *quell'occhiata*, entro nella doccia. L'acqua e la ventola sovrastano gli altri rumori e al piano di sopra non si sente niente".

"Come, prego?" Harlow ha l'aria inorridita.

"Pensi che debba farmi tre docce al giorno? Credevo lo sapessi". Waylon fa spallucce.

"Dobbiamo trasferirci…" mormora Harlow, scuotendo la testa.

Prima che lui possa rispondere, sentiamo che viene annunciato il nome di Ellie, che vola fuori dal corridoio con il suo cavallo, Ranger.

La conversazione viene dimenticata mentre balziamo in piedi e facciamo il tifo per lei. Noah saltella su e giù con un cartellone inappropriato, mandando avanti la sua tradizione: *Gira attorno a quei barili come se ti stesse inseguendo un uomo!*

Ellie supera tutti e tre i barili senza difficoltà e, tanto rapida come quando è entrata, se ne va.

"Porca puttana! Con questo non può non arrivare prima", urla Noah, con un largo sorriso fiero.

Il resto della folla esulta quando il tempo viene mostrato sullo schermo.

"Tredici punto uno!" Magnolia solleva le braccia sopra la testa. "È uno dei suoi tempi migliori".

Quando tutti i punteggi degli ultimi dieci giorni vengono sommati, la media più alta vince il campionato. I gareggianti possono guadagnare anche soldi e premi ogni giorno, e lei si è già portata a casa molto.

Quando hanno finito tutti, annunciano che Ellie è la vincitrice del decimo round e poi aspettiamo con il fiato sospeso che i risultati generali vengano pubblicati.

"Ebbene, gente, l'ha fatto di nuovo. Per il secondo anno di fila, ci dimostra perché è la Principessa del Rodeo! Congratulazioni a Ellie Donovan e Ranger!"

1. Ellie Donovan - 13.3

"Porca puttana, è andata meglio dell'anno scorso!" Noah saltella da una parte all'altra, senza riuscire a contenersi, e poi se ne va verso l'uscita. Landen la segue a ruota.

"È sempre così emozionata quando Ellie vince?"

"Sì", rispondono all'unisono Fisher, Wilder, Waylon, Tripp e Magnolia.

Rido, sedendomi di nuovo, così che le persone dietro di noi possano vedere l'evento successivo.

"Qual è stato il suo punteggio dell'anno scorso?" chiedo a tutti.

"Tredici punto cinque. E perfino quello era un record", spiega Magnolia. "Si è allenata duramente nell'ultimo anno".

"Si vede".

Wilder mi passa un braccio attorno al corpo, e io mi accoccolo al suo fianco con un sorriso sul volto.

Sono felicissima per Ellie. Anche se non la conosco super bene, si vede che adora questo sport più di qualunque altra cosa e che ci ha messo tutta se stessa. Voglio quel genere di passione. Quella soddisfazione di aver sudato per raggiungere qualcosa ed essermelo guadagnato.

Mi sentivo orgogliosa quando facevo equitazione acrobatica, ma ho perso la passione dopo la morte di papà. Quell'eccitazione è scomparsa, e non credo che la proverò mai più.

Ma il mio obiettivo rimane quello di trovare una carriera gratificante dove sappia di stare facendo la differenza. Spero che accada il prima possibile.

Capitolo Ventidue

Wilder

"Grazie a Dio sei a casa!" Mallory mi avvolge nell'abbraccio più caloroso che mi abbia mai dato e, quando lancio un'occhiata a Delilah, la vedo ridere a crepapelle per quanto sta facendo la drammatica. "Se fossi stata costretta a lavorare con quel tipo per un altro giorno, lo avrei ammazzato".

Io e Delilah siamo tornati in aereo stamattina e, dopo aver lasciato sua madre a casa, è venuta da me perché è nostra intenzione elaborare un piano per dare la notizia ai miei genitori.

"È stato così terribile?" chiede Delilah quando Mallory mi lascia andare.

"Si comporta come se non avesse mai lavorato in un ranch". Butta fuori un respiro frustrato. "Ho dovuto spiegargli ogni cosa e poi aveva tutta una sfilza di ulteriori domande. Non riuscivo a fare nessuna delle mie cose. Alla fine, ho detto ad Antonio di occuparsi di lui".

"Non ci ha mai lavorato…" Delilah aggrotta le sopracciglia. "Lavorava nell'edilizia, non in un ranch".

Mallory inclina la testa verso di me, fulminandomi con lo sguardo. "Mi avevi detto che sapeva quello che stava facendo!"

"L'ho addestrato per qualche giorno". Faccio spallucce, passandole attorno per raggiungere il frigorifero.

"Probabilmente voleva qualcuno con cui parlare", dice Delilah. "Non ha molti amici qui".

"Mamma mia, mi chiedo perché…" Mallory alza gli occhi al cielo, incrociando le braccia. "Beh, in ogni caso… io mi tiro fuori. È di nuovo un vostro problema".

Mi verso un bicchiere di tè freddo e poi ne preparo uno per Delilah. "Forse dovrai sopportarlo per qualche giorno la settimana prossima".

Mentre passo a Delilah uno dei bicchieri, una smorfia le compare sul viso. Non le ho rivelato che sto organizzando una specie di mini-luna di miele prima di Natale; quindi non abbiamo molto tempo, ma sono determinato a incastrarla tra i nostri impegni. Se ho soltanto trenta giorni, non ne sprecherò nemmeno uno.

"Wilder, sei tornato!" Mamma entra in cucina con nonna Grace. Mi viene incontro con le braccia aperte e me le avvolge attorno al corpo. "Delilah? Ehi, tesoro". Abbraccia anche lei. "Com'è andato il volo?"

"Bene", risponde Delilah, guardandomi oltre la spalla di mia madre. Vedo che sta entrando nel panico.

Nonna Grace si avvicina e mi dà uno schiaffetto su una guancia. "Che cos'hai fatto?"

Mi premo la mano sul punto che ha colpito. "Questo per cos'era?"

Il suo sguardo trova la mia mano sinistra. La mia espressione si fa maliziosa quando mi rendo conto che sta fissando la fede.

"Oh-oh. Che cos'hai fatto?" Arriva Mallory, che infila il naso tra di noi.

La spingo via e mi metto accanto a Delilah.

"Papà è a casa?" chiedo a mamma.

Se devo spiegare la situazione, preferisco farlo una volta sola.

"Sta uscendo dalla doccia. Scenderà tra un attimo", risponde mamma. "Avete mangiato?"

"Non ancora, ma…"

"Mallory, aggiungi altri due piatti, per favore. C'è abbastanza arrosto anche per voi. Sedetevi", ci ordina mamma; il che significa che non possiamo opporci.

"Ti piace la cheesecake alla fragola?" chiede nonna Grace a Delilah dopo che ci siamo seduti.

"Sì, sembra deliziosa". Delilah fa un largo sorriso, a disagio.

Portando una mano sulla sua gamba, la stringo un poco e mi chino verso il suo orecchio. "Rilassati. Andrà bene".

Il suo sorriso tirato mi dice che non mi crede.

Mentre aspettiamo mio padre, chiacchieriamo con Mallory e nonna Grace. A quanto pare, si sono imbattute in Molly al supermercato, e mia nonna le ha fatto una lavata di capo quando Mallory l'ha minacciata di scaricare merda di cavallo nella sua macchina se avesse scritto un altro articolo negativo sulla famiglia.

"Cristo Santo…" Scuoto la testa. "Non c'è da meravigliarsi se la gente ci chiama *i mafiosi del Sud*".

"Bada a come parli!" sbotta mamma. "E chi è che lo fa?"

"*Tutti…*" Alzo la mano destra e sollevo un dito. "Craig è morto nell'incendio al fienile dopo aver minacciato la vita di Noah". Ne tiro su un altro. "Landen ha sparato a uno spacciatore collegato al padre della figlia di Magnolia, che è stato trovato morto nel bagagliaio di suddetto spacciatore". Terzo dito. "Trip ha sparato all'ex ragazzo di Ruby, che ha provato a ucciderla e che poi è stato trovato morto nel lago il giorno dopo". Un altro dito. "Io ho sparato al tizio che ha rapito Harlow, che purtroppo è sopravvissuto".

Delilah mi guarda lentamente, e so di preciso a cosa sta pensando: *A che cavolo di famiglia mi sono unita?*

Scoppierei a ridere, se non ci fosse così tanta verità.

"Se la metti così, sembriamo un pochino dei mafiosi". Mallory fa una smorfia.

"In tutta onestà, quelle persone se lo meritavano". Nonna Grace fa spallucce, mescolando la salsa gravy sul fornello. "La famiglia si protegge a tutti i costi".

"È esattamente ciò che direbbe la mafia", ironizzo, bevendo un sorso del mio tè.

"Quello cos'e?" Mallory indica la mia mano sinistra.

Delilah tiene la testa bassa, nascondendo strategicamente la sua sotto il tavolo.

"Che cos'è cosa?" chiede papà, entrando finalmente in cucina.

"Si riferisce alla mia fede".

La testa di Delilah scatta verso l'alto insieme a tutte le altre.

"Perché porti una fede all'anulare?" chiede Mallory, ignara dell'ovvio.

"Perché mi sono sposato a Las Vegas", rispondo con calma, osservando tutti in attesa che diano di matto.

"*Sposato?*" Mio padre solleva le sopracciglia, incrociando le braccia mentre si alza a capo tavola. "Con chi?"

"Con me", confessa Delilah, sollevando la mano sinistra per rivelare la pietra che le ho comprato.

"Lo sapevo!" urla Mallory, alzando un pugno in aria. "Mi devi cinquanta dollari, zia Dena".

"Eh?" Sposto lo sguardo da lei a mia madre.

"Abbiamo scommesso che vi vedevate in segreto. Lei pensava che fossi pazza, ma..."

"Eravamo ubriachi", specifico, soprattutto per rovinarle la festa.

"Conta comunque", ribatte Mallory.

"Io..."

"Fatemi capire bene..." Papà solleva il palmo, interrompendomi. "Voi due..." agita un dito tra me e Delilah, "...vi siete sposati a Las Vegas dopo esservi ubriacati?"

"È piuttosto corretto, sì".

Non ammetterò che c'era una parte di me che sapeva esattamente cosa stavamo facendo. O che non me ne pento.

Mamma si alza vicino a papà, massaggiandosi le tempie. "Voi due state... *insieme?*"

Con un largo sorriso, guardo Delilah e le stringo la mano. "Sì".

"Abbiamo appena iniziato a frequentarci", chiarisce lei. "Tipo tre giorni fa".

"Ma quando ha gridato il mio nome, non ho potuto resistere alla tentazione di darle il mio cognome". Le faccio l'occhiolino, e diventa tutta rossa come un peperone.

"Wilder!" sibila lei, colpendomi la coscia con la sua.

Come se i miei genitori non fossero abituati alla mia boccaccia larga.

"Oh, allora ho senz'altro vinto la scommessa", gongola Mallory, ballando sulla sedia. "Ve l'avevo detto".

"Io lo sapevo prima di tutti gli altri", si vanta nonna Grace.

"Ma certo…" Mallory butta fuori un respiro. "È sempre così".

Scoppio a ridere perché è vero.

"E adesso?" chiede papà, prendendo una birra dal frigorifero.

"Si trasferisce da me e vediamo come va". Sollevo una spalla perché, per quanto la stia facendo semplice, è vero. Anche se Delilah ha detto trenta giorni, non ho dubbi che durerà a lungo.

"Beh, allora…" mamma appoggia il piatto da portata con l'arrosto al centro del tavolo, "…benvenuta nella famiglia, Delilah! Spero che tu sappia quello che stai facendo". Le fa l'occhiolino. "E dovrai presentarti alle cene domenicali e restare per lo *scrapbooking*".

Le guance di Delilah arrossiscono, ma il suo sorriso si allarga. "Sì, signora".

"Non è andata poi così male, vero?" chiedo, tenendola per mano mentre camminiamo verso il mio pick-up.

"Meglio di quanto mi aspettassi, onestamente. Ma ho la sensazione che si sentano delusi".

Apro la portiera del passeggero e la aiuto a salire, ma si gira verso di me e mette le gambe ai lati del mio corpo. "Fidati, li ho visti delusi altre volte, e non si tratta di quello. Sono più preoccupati che altro. Per te, non per me".

Ridacchia. "Quando avrai finito le ore di volontariato al rifugio, dovrai venire a casa dei miei per le serate di gioco del sabato. Soprattutto se io verrò qui tutte le domeniche sere".

"Potrei non finire le ore nei prossimi trenta giorni…" Le sollevo il mento, avvicinando la bocca alla sua senza però toccarla. "Ma se sarò ancora tuo marito quando le avrò completate, per me sarebbe un onore andarci con te".

Elimina lo spazio tra di noi e posa la sua bocca sulla mia. "Affare fatto, *maritino*".

"Cazzo, non farmelo venire duro!" Mi sistemo l'uccello nei jeans.

Ridendo, scuote la testa. "Vuoi dirmi che cosa stai tramando che ti farà saltare il lavoro?"

"Non ancora. Ma preparati a chiedere qualche giorno di ferie".

"Non posso, dopo averle prese per Las Vegas".

"Parlerò con Lacey e Mati. Sono sicuro che…"

"Non parlerai con il mio capo e la mia collega! Non oltrepassare quel limite!"

"Sei mia *moglie*…"

"Che non ha bisogno che il *marito* si intrometta nel suo lavoro".

Le poso una mano sul viso, avvicinandomi abbastanza da sfiorarle la mascella con il naso, risalendo fino all'orecchio. "Ci facciamo una breve luna di miele", sussurro. "Voglio passare qualche giorno da solo con mia moglie prima delle feste".

Inspira con forza. "Dove?"

"A Willow Branch Mountain. I miei zii possiedono un ranch con un resort di lusso. Prima ho scritto a mio cugino Warren e ci ha trovato un lodge. Partiamo mercoledì".

Dato che è uno dei loro lodge più vecchi ed è stato appena ristrutturato, non avevano ricevuto prenotazioni. Di solito vanno esauriti con un anno d'anticipo; quindi gli sono davvero grato per avermelo messo a disposizione.

"Non c'è abbastanza tempo per trovare qualcuno che copra i miei turni".

"Allora licenziati. Coprirò io le tue spese e qualunque altra cosa ti serva".

Mi dà una spinta sul petto. "Non puoi dire cose del genere. Voglio lavorare e non ho bisogno che tu ti prenda cura di me".

"E se volessi farlo?"

"So che tu sei abituato a ottenere quello che vuoi e che la tua famiglia ha una marea di soldi, ma per me è un orgoglio poter pagare da sola. In più, il mio lavoro mi piace".

"Ma non è quello che vuoi fare a lungo termine".

"Corretto. Ma finché non avrò capito cosa voglio, non mi licenzio".

"Ok, va bene. Ma a partire da mercoledì, sarai mia fino a sabato".

"Che farai con le lezioni di gestione della rabbia e il volontariato?"

"Seguirò la lezione giovedì. Dista solo un'ora da dove ci troveremo. E informerò la signorina Tierney che salterò il sabato, ma che recupererò durante le vacanze festive".

L'agriturismo chiude dalla Vigilia di Natale sino a Capodanno; quindi Landen potrà riprendersi il suo lavoro all'allevamento finché non avrà escursioni da guidare. Waylon può occuparsi delle mansioni alla scuderia e io aiuterò ovunque avranno bisogno di me quando non sarò al rifugio.

Mi guarda con scetticismo. "Ok… troverò una soluzione per i turni. Però…" il sorrisetto sul suo volto si allarga mentre risucchia il labbro inferiore in bocca e lo morde, "…stavolta vedi di portare i preservativi".

Capitolo Ventitré

Delilah

"Oh, mio Dio, finalmente!" urla Mati quando entro nel nostro appartamento.

Dopo la cena dagli Hollis e la conversazione con Wilder in cui mi ha convinta ad andare con lui la settimana prossima, sono tornata a casa.

Lascio cadere i bagagli quando si lancia verso di me per poi avvolgermi le braccia attorno al collo.

"Cristo!" Ridacchio, aggrappandomi a lei per non cadere. "Ti comporti come se fossi stata via per un mese".

"Mi hai lasciata al lavoro con Harper e Amanda…" dice in tono impassibile. "Non riuscirebbero a capire qualcosa neanche se unissero i loro due neuroni. Giuro, se non fossero le nipoti di Lacey, sarebbero già state licenziate".

Faccio una smorfia, sentendomi ancora più in colpa per ciò che sto per dirle. "Mi dispiace".

"Non ti sei fatta sentire molto. Almeno ti sei divertita?"

Prende una delle mie borse, mentre io raccolgo l'altra e la porto in camera mia. Il cuore mi martella nel petto, ma prima sputo il rospo, meglio è.

"Sì, è stato divertente. Ho bevuto molto, una cosa che non

facevo da secoli. Ellie ha spaccato; quindi è stato uno spasso vederla".

"Tu e Wilder state ancora procedendo *con calma*?" Solleva le mani per fare le virgolette. "O finalmente gli sei saltata addosso come se volessi cavalcare un cavallo selvaggio?"

Faccio una risata nasale, lanciando la valigia sul letto per poi aprirla. Afferra il set di lingerie color lavanda appallottolato.

"Lo sapevo!" Lo tiene come se fosse una bomba attiva prima di lanciarlo nella cesta della biancheria. "Allora... com'è stato?"

"Non abbiamo fatto sesso", confermo, poi decido di darle la notizia: "Ma ci siamo sposati".

Getta indietro la testa con una risata gutturale. "Bella questa! Beh, quanto ce l'ha grosso?" Solleva i palmi, distanziandoli sempre di più come se stesse aspettando una mia conferma.

"Mati!" la rimprovero, poi allungo la mano sinistra per rivelare la fede. "Sono seria".

Rimane a bocca aperta e resta paralizzata mentre i suoi occhi si focalizzano sulla pietra.

"Eravamo ubriachi... Avevamo bevuto tipo sette shot di troppo", aggiungo. "Mi sono svegliata con questo al dito, senza ricordare assolutamente niente di ciò che avevamo fatto la notte prima".

"Ma che cazzo dici?" Avvicina a sé la mia mano con uno strattone, mettendosela a un centimetro dagli occhi. "È *legale*?"

"Sì, ho trovato la licenza e la fattura che lo dimostrano. Dovresti vedere le foto. Sembriamo fuori di noi".

"Quando ti ho detto di andare a viverti Las Vegas, non intendevo che dovevi sposarti!"

"Mi hai detto di non tornare *incinta*..." le ricordo ironicamente. "E non lo sono".

"Quindi siete sposati *legalmente*, ma non avete ballato il tango orizzontale?"

"Ce la siamo spassata, ma nessuno dei due aveva un preservativo. Tuttavia..." mi stampo in faccia la mia migliore espressione da *non arrabbiarti con me*, "...partiamo la prossima settimana per una… specie di luna di miele. Su al resort dei suoi zii; quindi ho bisogno che mi copri al lavoro".

"Ti prego, no". La sua faccia si trasforma in un cipiglio. "Non sopporto più le gemelle Barbie".

"Vedo se Lacey può coprire un paio dei miei turni".

Mi abbraccia. "Grazie! Non mi dispiace lavorare più ore, ma non con loro".

"C'è un'altra cosa…"

Affloscia le spalle. "Oddio. Che cosa?"

"Non appena mi sono resa conto di ciò che avevamo fatto, ho dato di matto e gli ho detto che dovevamo annullare il matrimonio".

"Fiuu…" Butta fuori un respiro rumoroso prima che io possa finire. "Quindi ti sei resa conto di quanto era folle la cosa?"

"Certo!" Lancia il resto della biancheria sporca nella cesta e poi prendo l'altra valigia per togliere i prodotti da bagno. "Mi ha supplicato di dargli trenta giorni per dimostrarmi che dovremmo restare sposati e vuole che mi trasferisca da lui in quel periodo. Però gli ho detto che non sarei diventata la sua domestica o la sua cuoca".

Fa una risatina. "Brava".

"Sono nervosa, ma dopo la conversazione che ho avuto con mia madre credo che sia la cosa giusta da fare. Se non ci provo, continuerò a tormentarmi con i *se*. E con quelli ho vissuto abbastanza a lungo".

Mati mi afferra la spalla per impedirmi di allontanarmi e trova i miei occhi. "Sono d'accordo. Voi due meritate questa possibilità e, nonostante sia tristissima di perderti come coinquilina, ti auguro soltanto felicità".

Le lacrime mi riempiono gli angoli degli occhi, e la attiro in un abbraccio. "Grazie. Ti voglio bene".

"Ti voglio bene anch'io". Si ritrae un poco. "E non mi importa se tecnicamente è tuo marito. Voglio comunque i dettagli, quando finalmente lo farete".

Erompo in una sonora risata, scuotendo la testa. "Se mi aiuti a lavare il bucato e rifare le valigie, ti racconto tutto sui suoi piercing al cazzo".

"Oh, sì! Affare fatto!"

È una strana sensazione essere al lavoro dopo cinque giorni, ma sono contenta di ricominciare la mia routine, anche se solo per poco. Ho fatto sapere a Lacey che sarei stata di nuovo via e, dopo averla pregata in ginocchio ed essermi offerta di lavorare di più durante la settimana di festa, ho ottenuto le ferie.

Quando avrò finito il turno, andrò da Wilder per "trasferirmi" da lui nel prossimo mese. L'idea mi mette ancora a disagio, soprattutto visto che non ho mai vissuto con un uomo, a parte mio padre, e Wilder è l'ultima persona che avrei mai immaginato di avere come coinquilino.

Però so che me lo merito. Anche se il mio istinto mi dice di tirarmi indietro e di rintanarmi nel mio posto sicuro, nel mio letto, non permetterò a me stessa di farlo.

Sto per andare in pausa pranzo quando entra Jonah, cogliendomi di sorpresa.

"Ehi!" Faccio un sorriso raggiante. "Che ci fai qui?"

Si passa una mano tra i capelli. "Sono in pausa e volevo vederti, dato che è passato un po' di tempo. Ho pure i duemila dollari che ti devo".

"Tempismo perfetto. Anche io sono in pausa. Ti va di andare al bar?" Prendo la borsa dal retro e informo Amanda che sto uscendo.

"Grazie ancora per aver pagato la cauzione". Jonah mi porge una busta piena di banconote.

"Figurati". La infilo nella borsa e poi lo prendo a braccetto. "Muoio dalla voglia di sapere come procedono le cose al ranch".

Mi apre la porta e usciamo nell'aria gelida.

"Prima io voglio sapere la storia del matrimonio…" Mi guarda assottigliando gli occhi.

"L'hai saputo, eh?" Ridacchio.

"Wilder ti ha chiamata sua *moglie* più o meno dieci volte stamattina e, quando mi sono reso conto che stava parlando di te, per poco non mi sono strozzato con la lingua".

"Già, gli piace proprio tanto dirlo". Mi si surriscaldano le guance al ricordo di lui che mi chiama così. "Mi ci sto ancora abituando pure io".

Quando arriviamo, mi apre la porta. Tutti spostano lo sguardo e una dozzina di persone ci fissano mentre entriamo.

"Immagino che ormai l'abbiano saputo anche tutti gli altri", mormora dietro di me.

"Grandioso". Dopo aver preso il cibo, troviamo un tavolo. "Beh, come stanno Raven e il bambino?"

"Bene. Venerdì l'ho portata a una visita prenatale e abbiamo sentito il battito".

"Oh, cielo, che cosa dolce! Conosci già il sesso?"

"Ha deciso che vuole che sia una sorpresa".

"Oh, lo adoro! Però richiede un grande autocontrollo. Come si trova al rifugio?"

"Le hanno trovato un lavoro da remoto; quindi adesso la situazione è migliorata molto. Sta risparmiando per prendere un appartamento".

"È fantastico! Beh, dovrei chiedere anche a Mati, ma, se vuole andarsene da lì prima, c'è la mia stanza disponibile. Purché non le dispiaccia vivere con qualcun altro".

"Davvero? Credo che le piacerebbe molto. Questo significa che ti trasferisci da Wilder, vero?"

"Sì, stasera. I miei mobili resteranno a casa; quindi Raven potrà usare quelli e tutto ciò che non mi porterò dietro".

"Beh, se per Mati non è un problema, sono sicuro che a Raven farà molto piacere avere più spazio e vivere con un'altra donna, così da non essere sola".

"E Mati è una tosta; quindi non esiterebbe a spaccare la faccia a chiunque provi a infastidire Raven".

Jonah scoppia a ridere, dando un morso al suo cibo. "Lo apprezzo. Non so che cosa avrei fatto se non ti avessi conosciuta quella notte al bar e poi trovata al Lacey's. Sei stata un'ottima amica per me e non avevi alcun motivo per esserlo".

Inclino la testa e mi acciglio. "Tutti meritano una seconda chance. E ho seguito il mio istinto, che mi ha detto che sei una brava persona".

"Grazie, lo apprezzo".

"Non c'è di che". Faccio un sorriso caloroso. "Adesso parlami del lavoro. Ti sta piacendo?"

"Ehm, no… Prima parliamo di te che ti sei sposata a Las Vegas con un tipo che non sapevo nemmeno stessi frequentando…"

Un'ondata di calore mi risale su per il collo pensando a Wilder. "Ok, mi pare giusto".

Dopo che gli ho raccontato tutto dall'inizio alla fine, attacca a parlare del suo lavoro al ranch.

"A parte il fatto che ho dovuto prendere ordini da una Satana diciassettenne, sta andando tutto bene. Però, accidenti, quant'è autoritaria e maleducata!"

"Se può farti sentire meglio, credo che dia del filo da torcere anche a Wilder".

"Stavo faticando come un dannato per far muovere uno dei cavalli, uno stronzetto testardo, e lo sai che cosa mi ha detto?"

"Non so neanche se voglio saperlo". Faccio un sorrisino attorno a una patatina fritta prima di mangiarla.

"'Se vuoi metterti a frignare, vattene in un asilo. Altrimenti, stringi i denti e usa quelle cose che chiami muscoli!'"

Al che mi copro subito la bocca, quasi a voler trattenere la mia risata. "È terribile".

"Non stavo nemmeno piangendo! Mi era finito del sudore negli occhi".

"Oh, mio Dio, sto morendo!" Bevo un sorso prima di strozzarmi con il cibo.

"Mi terrorizza a morte. E poi si gira e fa tutta la dolce col suo fidanzatino".

"Beh, certo". Ridacchio. "Vive lì da quando aveva nove anni ed è stata praticamente cresciuta dagli Hollis. Ci vuole una bella corazza per superare quello che ha passato nella sua breve vita, per non parlare del dover sopportare quattro cugini maschi".

"Me lo stavo chiedendo… Dove sono i suoi genitori?"

"Wilder non te l'ha detto?"

"No, non parla molto. Non con me, perlomeno".

"Sono morti in un incidente stradale. Dena e Garrett l'hanno accolta in casa".

"Oh, accidenti! Che tristezza!"

"Lo so. È legata a loro e a nonna Grace. Ma credo che nasconda il dolore per averli persi in così tenera età".

"Il che sarebbe comprensibile. Immagino che questo mi faccia provare un po' meno rabbia per il modo in cui fa la comandina".

Sorrido. "Magari prova a parlarle di Raven e del bambino. Trova qualcosa di cui potete discutere che non sia relativo al lavoro. Sono sicura che le farebbe molto piacere sapere di tua sorella e di quanto è stata coraggiosa".

"Credi?"

"Sì… Perlomeno, tentar non nuoce".

"D'accordo, grazie. Lo farò".

Finiamo il cibo e mi riaccompagna al negozio. Gli parlo della luna di miele e lo informo che io e Wilder staremo via per qualche giorno. Poi gli prometto che mi impegnerò di più per restare in contatto.

"Grazie per essere passato. È stato fantastico poter parlare con te e vederti".

Mi avvolge in un abbraccio. "Anche per me. Ti auguro una buona giornata".

"Ciao!" Lo saluto con la mano quando la porta si chiude.

"Quello chi era?" chiede con enfasi Amanda non appena lui se n'è andato.

"Il mio amico Jonah", rispondo, senza guardarla negli occhi perché so cosa sta per chiedermi.

"Jonah è single?"

"Temo che tu non sia il suo tipo", mormoro, lasciando la borsa sul retro. "Mi dispiace".

"Che significa?"

Mi gratto la guancia, cercando in tutta fretta di inventarmi una bugia. "Gli piacciono le donne più vecchie. È per questo che siamo rimasti solo amici".

"Oh". Mette il broncio, incrociando le braccia. "Vecchie quanto?"

"Tipo… almeno cinquant'anni. Credo che la sua ex ne avesse cinquantadue".

Sbarra gli occhi e lascia cadere le braccia. "Oh. Lasciamo perdere".

Gira i tacchi e torna in negozio.

Scuotendo la testa, mormoro tra me e me: "Mi devi un favore, Jonah. Ti ho salvato il culo".

Capitolo Ventiquattro
Wilder

"Chiudi gli occhi", dico a Delilah dopo che abbiamo parcheggiato vicino a un albero.

"È davvero necessario?" chiede, slacciando la cintura.

"Sì". Balzo giù dal pick-up e faccio il giro da davanti prima di aprirle la portiera. "È una sorpresa".

Sospira con un sorriso sul bellissimo volto e alla fine obbedisce. "Spero sia bella". Ridacchio, poi infilo le mani nell'abitacolo e la sollevo. "Wilder!" Mi avvolge subito le braccia attorno al collo, reggendosi a me con forza. "Che stai facendo?"

"Non ho potuto portarti in braccio oltre la soglia dopo che ci siamo sposati; dunque lo sto facendo ora", rispondo, camminando verso la veranda del lodge in cui soggiorneremo per le prossime notti.

Scoppia in una sonora risata, affondando la testa nel mio collo. Il suo respiro caldo contro la pelle mi fa morire dalla voglia di entrare e spogliarla.

Sin da quando si è trasferita ufficialmente da me, due giorni fa, abbiamo condiviso il mio letto e ce la siamo spassata un po', però abbiamo deciso di aspettare di essere soli – senza mio fratello e sua sorella nella camera sotto la nostra – per spingerci oltre.

Ma questa luna di miele è molto più di questo: serve a creare una connessione e a passare del tempo di qualità insieme, senza essere interrotti dal lavoro o dagli altri. Approfitterò appieno di questi prossimi venticinque giorni per dimostrarle che siamo davvero fatti l'uno per l'altra.

"Secondo me, sei pazzo", dice con una risatina.

"Solo di te, mogliettina".

Fa una risata nasale. "Sono convinta che l'unica ragione per cui mi hai portata in quella cappella fosse per potermi chiamare così".

"E io sono convinto che l'unica ragione per cui hai portato quel set di lingerie a Las Vegas fosse per sedurmi".

"In realtà, quella è stata opera di Mati. Tuttavia… indossarlo sotto il vestito per tentarti è stata senz'altro opera mia".

La sua confessione mi strappa un sorriso; al che allungo la mano verso il pomello e apro la porta.

Varcata la soglia, mi guardo intorno raggiante per quanto è bello. Warren aveva decisamente sottovalutato il risultato della ristrutturazione.

"Ok, adesso ti metto giù e poi puoi guardare".

Dopo che l'ho rimessa in piedi in tutta sicurezza, le scosto i lunghi capelli biondi da una spalla e le sussurro all'orecchio: "Apri gli occhi".

"Oh, cielo!" Fa un passo avanti e gira su se stessa, osservando ogni angolo. "È meraviglioso".

"Vero?" Faccio un largo sorriso, poi raggiungo il bancone della cucina dove un grande cestino ci aspetta. "Credo che questo sia per noi".

"Da parte di chi?" Apre il bigliettino e lo legge: "Congratulazioni ai novelli sposi! Spero che vi godiate il soggiorno al Ranch Resort Willow Branch Mountain. Fateci sapere se avete bisogno di qualcos'altro. Da…" Mi guarda prima di continuare: "Chi sono i Langston?"

"Zia Lindsey è la sorella di mio padre e la migliore amica di mia madre. Ha sposato Grady Langston e hanno cinque figli".

"Sei cresciuto con i tuoi cugini?" chiede, rovistando nel cestino dei regali.

"Warren ha la stessa età di Landen. Sono in buoni rapporti. Da piccoli, venivamo tutte le estati e andavamo sulla zipline, facevamo escursioni e ci tuffavamo dai burroni. Ce la spassavamo sempre".

"Oh, wow, sembra divertente!" Tira fuori alcuni articoli. "Maschere per il viso e per gli occhi! Queste le facciamo di sicuro". Poi apre un barattolo di bagnoschiuma al latte. "Ooh, che buon profumo!"

Me lo mette sotto il naso, e inspiro l'odore di lavanda.

"È mia cugina Posey a fare i saponi", spiego. "Controlla l'etichetta".

Gira il barattolo e legge: "Saponi Langston. Che figata! Qui dentro ci sono anche un paio di libri".

Sollevandoli, legge velocemente la retrocopertina. "La moglie di Warren, Maisie, è un'agente letteraria. Di solito include alcuni romanzi dei suoi autori nei cestini di benvenuto".

"Potrò conoscere questi tuoi cugini?" chiede, mettendoli giù, per poi prendere la bottiglia di champagne dal secchio del ghiaccio.

"Probabilmente. Vivono tutti nella proprietà e svolgono diversi lavori nel ranch e al resort. Sono sicuro che ne incontreremo un paio".

"Beh... che cosa vuoi fare come prima cosa?"

La prendo per mano e la attiro al mio petto per poter premere le mie labbra sulle sue. "Facciamo un giro e poi porto dentro le valigie".

Attraversiamo il soggiorno, le camere da letto e il gigantesco bagno. C'è una vasca profonda di fronte a un'ampia finestra panoramica. Si vedono gli alberi e le montagne in lontananza mentre il sole comincia a tramontare.

"Mi dispiace, ma io passo la nostra luna di miele qui dentro". Delilah entra nella vasca e scivola giù con il sorrisino più adorabile sul volto; poi appoggia le braccia sui bordi mentre si piega all'indietro. "Mmh... sì, andrà benissimo".

"Mi sembra grande abbastanza per due persone".

"Proviamoci! Porta le bollicine".

Con un sorrisetto, le porgo la mano per aiutarla a uscire.

"Champagne e un bagno con la schiuma. In chi mi stai trasformando?"

"Nell'uomo che sei sempre stato destinato a essere". Mi avvolge le braccia attorno al corpo e solleva la testa per farmi premere la bocca sulla sua. "E posso metterti quella maschera in tessuto sulla faccia".

Scoppio a ridere, scuotendo la testa. "Vedremo".

Dopo aver disfatto le valigie, ispezioniamo le credenze per vedere cos'hanno lasciato in cucina. Sono sicuro che sia stata opera di Bellamy. Dà una mano con i servizi per gli ospiti, ma, essendo la più giovane, tocca sempre a lei fare le commissioni e gli acquisti. Ha qualche anno in meno di Noah e ha un fratello gemello che si chiama Bodie, che lavora principalmente al ranch e si occupa dei cavalli.

"Vuoi che prepari le bistecche prima o dopo il bagno?" chiedo, mentre cerco una padella. Non sono un grande chef, ma so cuocere la carne.

"Dopo. Non voglio essere piena e pure nuda", dice, sedendosi al tavolo mentre sfoglia uno dei libri.

"Oh, eccome se sarai piena e nuda…"

Si sbatte un palmo sulla fronte. "Questa te l'ho proprio servita su un piatto d'argento, vero?"

"Proprio così". Mi avvicino e la tiro su. "Andiamo".

Prende alcune cose dal cestino e poi mi segue in bagno.

Mentre l'acqua calda scorre, recupero gli articoli da bagno che ha scelto e li posiziono attorno alla vasca. Poi mi spoglio. Delilah fa la stessa cosa e aspetta che io entri per primo.

"Non guardare le mie smagliature". Prova a nascondere la pancia, ma io allungo le mani e le tiro giù le braccia.

"Ho visto tutto di te", le ricordo. "E le adoro".

Alza gli occhi al cielo, posizionandosi tra le mie gambe. "Nessuno adora le smagliature sulle maniglie dell'amore".

"Non sono d'accordo. Altrimenti, perché chiamarle maniglie dell'*amore?*" la provoco, avvolgendo le mani attorno al suo ventre per attirarla più vicina.

"Probabilmente è stato un uomo a scegliere quel nome", dice impassibile.

Ridacchio contro il suo collo mentre affondo il viso tra la sua testa e la sua spalla, inspirando il profumo dolce dello shampoo.

Prende il latte da bagno e strofina le mani per fare la schiuma prima di spalmarsela sulle braccia. Quando ne prendo un po', faccio la stessa cosa e poi lo massaggio sui suoi seni. Gioco con i capezzoli, posando delicatamente le labbra sotto il suo orecchio.

Non avevo mai fatto un bagno con una donna, perché è un qualcosa di molto intimo e sensuale; quindi sono felice di aver aspettato per fare questa esperienza con lei.

"Mmh..." mormora, inclinando la testa di lato per darmi maggiore accesso al collo. "Se continui a farlo, mi addormento".

"Non possiamo permetterlo..." Faccio scorrere una mano giù per il suo corpo fino ad arrivare tra le cosce. Infilando le dita tra le pieghe, mi fermo quando trovo il clitoride e lo strofino lentamente.

Quando la sensazione cresce, sussulta e inarca la schiena. "È bellissimo".

"Sarà ancora più bello quando mi avrai dentro di te", mormoro nel suo orecchio; poi faccio scorrere due dita oltre la fessura finché non arrivano in profondità.

Fa ricadere la testa all'indietro sulla mia spalla mentre con le mani mi afferra le cosce, stringendo con forza.

"Ti prego, dimmi che stavolta ti sei ricordato di prendere i preservativi".

Ridacchiando, annuisco. "Sì, ma due giorni fa ho fatto un test rapido per le malattie veneree e mi hanno mandato i risultati stamattina per email. Nel caso tu non voglia usarlo, sono pulito".

"Non vuoi che ne faccia uno anch'io?"

Aggiungo un terzo dito prima di penetrarla di nuovo, godendomi il modo in cui geme e si dimena contro di me.

"Sono quasi certo che tu non faccia sesso da più tempo di me; quindi mi fido del fatto che anche tu abbia usato le protezioni".

"Sempre, però è un colpo basso".

Ridacchiando, le catturo il lobo tra i denti. "Non doveva esserlo. Ma ti conosco abbastanza bene da sapere che non ti fai nessuno da qualche anno".

"Come fai a saperlo? Potrei averlo fatto durante i weekend in cui non dovevo farti da baby-sitter mentre ti ubriacavi".

"Mmh… beh…" Rifletto su quanto sia opportuno ammettere, ma poi ricordo che adesso è mia moglie, e devo essere onesto con lei, anche se la cosa la farà arrabbiare. "Potrei essere stato io il motivo per cui i ragazzi non ti hanno mai chiesto di uscire".

"C-Che vuoi dire?" Il suo tono di voce si abbassa, ma lei rimane immobile, ansimando tra le parole.

"Potrei… aver detto in giro che eri off-limit e che, se avessi visto qualcuno che ti mangiava con lo sguardo, gli avrei lanciato una di quelle occhiate da *se pensi di toccarla, ti ammazzo*. I residenti lo sapevano, ed è per questo che non ero pronto quando Jonah, il nuovo arrivato in paese, si è avvicinato barcollando per attirare la tua attenzione".

"Aspetta, torna indietro…" Gira la testa per trovare i miei occhi. "Hai ostacolato la mia vita sessuale? Per quanto tempo?"

Stringendo insieme le labbra, faccio l'innocentino con una piccola alzata di spalle. "Mi appello al quinto emendamento".

"Wilder Hollis!" Mi pianta il gomito nello stomaco, strappandomi un verso soffocato.

"Ok, va bene. Dopo che Barry Johnson continuava a flirtare con te e tu hai accettato di uscire con lui, sono andato al suo posto di lavoro e gli ho detto di cancellare l'appuntamento, altrimenti avrei detto al suo capo che stava mandando foto del suo cazzo alla moglie".

"Oh, mio Dio!" Rimane a bocca aperta, inorridita. *"Perché?"*

"Perché è un idiota e meritavi di meglio. Ma sapevo che non mi avresti dato retta. A quei tempi eravamo poco più che amici; quindi ho dovuto usare metodi alternativi".

"Sei pazzo, lo sai?"

"Soltanto quando si tratta di te". Faccio l'occhiolino.

Alza gli occhi al cielo, posizionandosi di nuovo contro il mio corpo. "Ma com'è che tutti gli altri sapevano di non dovermi chiedere di uscire?"

"Le voci viaggiano in fretta, soprattutto quando andavo ad alcuni dei rodei a cui partecipavi e le facevo girare anche lì".

"Sei assolutamente diabolico".

"Ti avevo avvertito che sono pazzo di te".

"Direi più uno stalker".

Sposto l'attenzione sul clitoride. "Non c'è nulla di male nel voler proteggere ciò che sapevo un giorno sarebbe stato mio. Non potevo rischiare che trovassi qualche cretino che ti avrebbe fatta innamorare della sua banalità con l'inganno".

Risucchia il labbro inferiore in bocca. "Avresti potuto dirmi che mi volevi, no?"

La verità nelle sue parole mi brucia il petto, perché ha ragione. "Lo so, e vorrei averlo fatto, ma dovevo ancora crescere molto prima di sentirmi degno. Non credo ancora di esserlo, ma non riuscivo più ad aspettare dopo che mi hai baciato e ho capito che i miei sentimenti erano corrisposti".

"Beh, mi dispiace dirtelo, ma ci sono stati un paio di ragazzi che non hanno ricevuto il tuo promemoria". Spinge di proposito il sedere contro l'uccello semi-eretto per torturarmi. "Ho partecipato ad alcuni eventi fuori dallo stato e ho bevuto troppo".

"Delly..." ringhio, stringendole più forte il seno.

"Mmh?"

Il suo tono provocante mi dice che sa esattamente cosa sta facendo.

"Non voglio sapere".

"Perché no? Ti sei assicurato di spaventare più uomini possibile. Non vuoi sapere di quelli che…"

Afferrandole il mento, premo con forza la mia bocca sulla sua e continuo i movimenti tra le gambe. Geme quando faccio scorrere la lingua contro la sua e mi spingo più in profondità.

"Non ha più importanza, perché ho intenzione di cancellarti quelle scene dalla mente non appena ti penetro. Quando avrò finito con te, non ricorderai nemmeno i loro nomi".

"Allora cosa stai aspettando, cowboy?"

Faccio scivolare le labbra lungo la sua mascella e il collo. "Girati e mettiti sopra di me".

"Adesso, qui dentro?"

"Non posso aspettare un secondo di più, Delly. Cavalcami, così posso riempire la tua dolce fighetta", le dico, quasi pregandola.

Per fortuna, la vasca è abbastanza larga perché possa mettersi in ginocchio sopra le mie cosce. I lati delle sue gambe colpiscono la porcellana, ma c'è abbastanza spazio per massaggiarmi l'asta e farla scivolare tra le sue gambe.

Delilah è uno spettacolo per gli occhi, dannatamente stupenda sopra di me.

Quasi non riesco a credere che *finalmente* stia succedendo.

"Sei pronta?" chiedo, facendo scivolare la punta dell'uccello tra le sue pieghe.

"Sarà strano con i piercing?"

"Forse all'inizio, però ti massaggeranno le pareti interne; quindi dovrebbe essere piacevole", spiego, poi le afferro con delicatezza il mento perché mi guardi. "Ma, se dovessi sentirti a disagio o provare dolore in qualunque momento, dimmelo. Ok?"

Annuisce. "Lo farò".

Anche se non riesco a vedere molto sotto l'acqua, guido con lentezza l'uccello dentro di lei, riempiendola centimetro dopo centimetro. Le sue guance rosee e i suoi sussulti acuti catturano la mia attenzione.

"Oddio…" Chiude gli occhi mentre stringe la presa sulle mie spalle.

"Va tutto bene?"

Espira. "Mmm-mmh".

"Allora continuo…"

"Non sei tutto dentro?"

Trattengo una risata. "Tu respira, piccola. Rilassa il tuo corpo per me". Ritrae il labbro inferiore tra i denti. Tenendo una mano sul suo fianco e l'altra tra di noi, la spingo verso il basso e sollevo il bacino fino a penetrarla del tutto. "Cazzo, Delly…" dico gemendo, e la sensazione di essere dentro di lei è talmente travolgente che mi dimentico di respirare.

"Adesso posso muovermi?" chiede, reggendosi alle mie spalle per usarle come leva.

"Cristo, sì".

L'acqua attorno a noi schizza da una parte all'altra, traboccando dal bordo della vasca e facendo un macello, ma non me ne frega niente. Avere Delilah, mia moglie, è una sensazione bellissima, e non riesco a credere di essere sopravvissuto così a lungo senza di lei.

La afferro per la vita, aiutandola a scivolare su e giù lungo l'asta e, mentre le sue tette mi rimbalzano in faccia, mi sporgo in avanti e le gusto.

"È stupendo…" geme, appoggiando la fronte alla mia. "Per te è piacevole?"

Portando la mano dietro il suo collo, la attiro più vicina. "Non ne hai idea, piccola".

Si sta stretti, sia nella vasca che dentro di lei, ma non ho mai provato questo tipo di euforia. Nemmeno quando mi tagliavo per alleviare il dolore e stavo per svenire.

Questo non è minimamente paragonabile.

La sposto un poco per poter mettere una mano tra di noi e massaggiarle il clitoride col pollice. Continua a cavalcarmi finché non chiude con forza gli occhi, getta indietro la testa e geme quando l'orgasmo la travolge… con l'aspetto di una dea dorata mentre i suoi capelli bagnati schizzano acqua attorno a noi.

"Sei bellissima quando vieni", confesso, stuzzicando uno dei capezzoli con la lingua. "Mi manca pochissimo… però è troppo bello. Non voglio finire".

"Vienimi dentro", mi implora, ed è tutto ciò che ci vuole.

Inarcando il bacino, mi spingo un altro po' di volte prima di riversarmi dentro di lei, riempiendola talmente tanto di sperma da sapere che le colerà fuori non appena si alzerà.

"*Cazzo*…" urlo, appoggiandomi all'indietro contro la vasca, trascinandola con me così che il suo petto colpisca il mio. "Per me è stata la prima volta".

"Che facevi cosa?" chiede, con il petto che si muove rapidamente mentre mi posa la testa sulla spalla.

"La prima volta senza un preservativo. La prima volta in una vasca da bagno. La prima volta che mi sento così".

"Così come?" La sua voce delicata mi dice che era esitante a chiedermelo, ma sono felice che l'abbia fatto.

È difficile spiegarlo, e non voglio spaventarla così presto con la parola che inizia per A, ma voglio che sappia quanto è stato speciale questo e quanto lei è speciale per me.

"Per me, il sesso è sempre stato un qualcosa di fisico: ottenere quella sensazione di euforia e assicurarmi che la mia partner fosse soddisfatta. Ma, una volta che era finito, non avevo alcun desiderio di avvicinarmi a quella persona. Non c'era nessuna emozione. Ma con te sapevo che sarebbe stato diverso. E lo è stato. Non ho mai avuto questa paura di perdere qualcuno o qualcosa perché nessuno e niente erano mai stati così importanti da temere che potessi restarne senza. Ma, quando si tratta di te, sono terrorizzato".

Delilah mi prende il viso tra le mani, mi guarda negli occhi e poi preme le sue labbra morbide sulle mie. La stringo a me come l'ancora che è sempre stata.

"Nessuno ha mai espresso in questo modo il suo affetto per me", sussurra. "Spero che tu sappia che provo la stessa cosa. Perfino quando cercavo di non pensare a te, eri sempre in un angolino della mia mente. Non ho mai smesso di farlo".

"Bene… allora speriamo che le cose restino così perché, adesso che so cosa si prova a stare dentro di te, non si può più tornare indietro".

"Quei piercing fanno davvero la differenza", dice, con le guance arrossate dal calore.

Scuoto la testa con una risata. "Aspetta solo quando ti metterò a novanta e colpirò ancora più in profondità".

"Non credo sia possibile". Mi lancia un'occhiata stanca.

"Oh, non sottovalutarmi". Giocherello con alcune ciocche bagnate dei suoi capelli, scostandole dietro l'orecchio. "Riuscirai a sentirmi in gola, quando mi sarò spinto a fondo dentro di te".

"È anatomicamente impossibile, ma non vedo l'ora che tu mi smentisca".

"Quanto sei spiritosa!" Ridacchio, premendo di nuovo la mia bocca sulla sua perché non riesco a smettere di gustarla.

"Secondo te, da chi ho imparato?" mormora, sorridendo contro di me.

Avvolgendo la mano attorno al suo corpo, la faccio scivolare fino al sedere e lo stringo con decisione. "Sto per insegnarti molto più di quello".

Capitolo Venticinque

Delilah

Dopo anni passati a prendermi cura degli altri e ad aiutare sempre chiunque ne avesse bisogno, è bello essere coccolata, per una volta. Ma non mi aspettavo certo che fosse Wilder a farlo.

Mentre ci laviamo nella doccia, insapona ogni centimetro del mio corpo, accarezzando lentamente i miei muscoli con le sue mani forti e sciogliendo con delicatezza i blocchi nella schiena e nel collo. L'acqua calda scivola giù sui nostri corpi dal soffione a pioggia.

"Non lascerò mai questo posto". Gemo quando porta una mano tra le mie gambe per lavarmi lì.

"Secondo te, perché le camere finiscono un anno prima? Molte delle loro prenotazioni vengono da clienti che ritornano".

"Sono pronta a trasferirmi qui e non andarmene mai".

"Potrei ristrutturare il bagno e renderlo simile a questo per te, se vuoi", mormora dietro di me. "Anche se mi piacerebbe tanto costruire una casa sul terreno del ranch, come hanno fatto Landen ed Ellie. Restare vicino al ranch avendo comunque privacy".

"Hai pensato a cose del genere?"

"Certo. Non voglio vivere per sempre negli alloggi dei dipendenti. Non sono male per uno scapolo, ma non c'è abbastanza spazio per una famiglia. Voglio che i miei figli abbiano le loro stanze e che ci sia abbastanza spazio per un'altalena, un trampolino o una sabbiera. E poi, ai cani servirà un cortile dove scorrazzare". Spalanco gli occhi, controllando di nuovo che l'uomo alle mie spalle sia lo stesso che ho sposato.

"Perché mi stai guardando come se ti sorprendesse sentirmi dire che voglio dei figli e dei cani?"

"Perché ricordo di averti sentito dire che non ti saresti sistemato per altri vent'anni. Passare da quello a questo è piuttosto estremo".

"Quello è stato prima che sapessi che stare con te fosse un'opzione". Si mette davanti a me e mi fa l'occhiolino, girando il soffione così che non ci spruzzi acqua in faccia. "E so che siamo in questo periodo di prova di trenta giorni, ma dovresti sapere che sono completamente tuo e che voglio tutto ciò che sei disposta a darmi: bambini, cani e perfino gatti, accidenti. E sono contento di darti qualunque cosa tu voglia… inclusa una vasca profonda".

"Non sono ancora abituata a questo tuo lato sincero e dolce", ammetto timidamente. "A volte dimentico che sei lo stesso uomo per cui mi sono dovuta fermare sul bordo della strada, così che potesse vomitare dopo aver bevuto troppo".

"Quell'uomo stava annegando il suo dolore nell'alcool". Elimina lo spazio tra di noi, prendendomi il viso tra le mani finché le nostre labbra non sono a pochi centimetri di distanza. "Adesso l'unico dolore che ho è il pensiero di perderti".

Mi sporgo in avanti, unendo le nostre bocche per un bacio fugace. "Condivido la tua paura, Wilder. Sin dal momento in cui ho sentito la tua voce e ciò che avevi fatto a te stesso, quel timore ha consumato i miei pensieri. Perfino anni dopo".

"Posso prometterti che non farò mai più rivivere quel trauma a nessuno. Lavoro ogni giorno per combattere quei demoni, e non vinceranno".

"Detesto l'idea stessa che tu debba farlo".

Mi scosta delle ciocche bagnate dalla fronte, con l'aria più vulnerabile di sempre. "La terapia sta funzionando. Gli antidepressivi sono ancora una novità e il dosaggio è basso; quindi è troppo presto per dirlo, ma per la prima volta in vita mia sento di essere sulla strada giusta".

"Stai prendendo dei farmaci? Da quando?"

"Da un mese". Fa spallucce. "Ho accettato di fare un tentativo, ma è per questo che devo limitare l'assunzione di alcolici. Ho chiuso un occhio a Las Vegas, ma ora voglio restare pulito perché possano funzionare".

"Sono così orgogliosa di te per esserti dato la migliore possibilità di successo. Il Wilder che conoscevo un anno fa non avrebbe mai fatto una cosa simile per sé".

"La morte di tuo padre mi ha dato una nuova prospettiva. Dopo aver visto te, Harlow e vostra madre sconvolte e affrante, mi è scattato qualcosa nella mente e ho capito di aver bisogno di farmi aiutare prima che fosse troppo tardi. Prima che permettessi all'oscurità di consumarmi e averla vinta. Sapevo che non potevo continuare ancora a lungo a ignorarla o ad annegare il dolore".

Le lacrime mi riempiono gli angoli degli occhi. Il suicidio di mio padre ha colpito tutti. Sebbene capisca che è stato il dolore cronico a fargli prendere quella decisione, sono ancora combattuta tra la rabbia e la tristezza.

Wilder mi passa i pollici sulle guance, asciugando le lacrime prima che cadano.

"Non ne posso davvero più di piangere", sussurro. "E di sentirmi triste".

"Sfogati, piccola. Non devi nascondermi il tuo dolore".

Mi cinge tra le braccia, stringendomi forte. Quando affondo il viso contro il suo petto, le lacrime continuano a cadere.

"Grazie per farmi sentire al sicuro", mormoro quando ho finito di piangere. "Non credo di essermi mai sentita così".

Afferrandomi il mento, mi preme un bacio sulla tempia. "È il mio lavoro – un privilegio – ed è un lavoro che prendo sul serio".

"Questo è l'accappatoio più soffice che abbia mai indossato".
Faccio un sorriso raggiante, stringendolo di più al corpo mentre
Wilder cucina le nostre bistecche ed io lo osservo dall'isola.

"C'è un motivo se lo chiamano *resort di lusso*". Sogghigna. "Però è
proprio una figata poter fare questa esperienza da adulto. Di solito
ci accampavamo nel bosco con le tende e i pick-up".

"Capisco perché le coppie vengono qui. Ci sono panorami
stupendi, regna la pace e puoi fare una fuga romantica con il tuo
partner".

"Scherzavamo sempre sul fatto che il modello è lo stesso
dell'agriturismo, solo che il nostro si concentra sulle famiglie con
figli, mentre il loro gira soltanto attorno alle coppie. E a questo
proposito, ho prenotato un massaggio di coppia per domani prima
che di andare alla lezione di gestione della rabbia. Spero non ti
dispiaccia".

La mia mascella sta già toccando il pavimento ancora prima che
lui finisca la frase. "Stai scherzando? Sembra fantastico".

"Purché non mandino un uomo a massaggiare mia moglie, lo
sarà".

Alzo gli occhi al cielo, dando un morso a un pezzetto di
cioccolato fondente dal cestino di benvenuto. "Allora vale lo stesso
se ci sarà una donna a massaggiare mio marito".

"Dillo di nuovo", ordina, con voce più profonda di prima.

"Quale parte?" chiedo, confusa.

"Quella in cui mi hai chiamato *mio marito*". Viene verso di me, fa
girare il mio sgabello per potersi mettere tra le mie gambe e poi mi
intrappola mettendo le braccia sul bancone alle mie spalle. "Voglio
sentirti di nuovo chiamarmi in quel modo".

"Non dovrei premiare questo comportamento da

cavernicolo…" Mi morsico il labbro inferiore quando fa cadere lo sguardo sulla mia bocca.

Lo libera con le dita, poi ci passa sopra il polpastrello del pollice. "Per favore".

"Beh… visto che me l'hai chiesto così *gentilmente*", ironizzo, facendo scorrere le mani sulla sua maglietta prima di stringere il tessuto nei pugni e attirarlo più vicino. "Non voglio che un'altra donna tocchi *mio marito*".

I suoi occhi azzurri si rabbuiano e un ringhio rauco riecheggia nell'aria prima che la sua bocca prema con forza sulla mia. Le nostre lingue si intrecciano, e mi divora come se avesse aspettato tutta la vita di gustarmi.

Il fischio che proviene dal coperchio della padella attira la nostra attenzione, e Wilder corre ad abbassare il fuoco.

"Merda, mi ero dimenticato delle bistecche!" Scuote la testa, girando velocemente la carne. "Mi hai distratto".

"*Io*? Ero seduta qui a farmi gli affari miei quando tu mi hai molestata".

L'occhiata di sbieco che mi lancia mi strappa una risatina.

Ammiro la sua schiena nuda mentre continua a cucinare e, anche se gli offro il mio aiuto, mi ordina di stare ferma. Dato che non beve, ha detto a me di godermi lo champagne; quindi, nell'attesa, mi verso un bicchiere e lo bevo al tavolo.

"Quanti figli vuoi?" chiedo d'impulso quando Wilder mi serve il piatto: una bistecca succosa con funghi e una patata al forno ripiena con panna acida e formaggio. Mi stupisce che se la sia cavata così bene.

"Ehm… forse tre".

"Maschi o femmine?" Taglio la carne e poi la inzuppo nella salsa prima di mangiarla.

"Per me non ha importanza, ma non sarebbe male uno e uno".

Annuisco mentre finisco di masticare il cibo. "Che razza di cane vuoi?"

Aggrotta le sopracciglia, conficcando la forchetta in un pezzo di carne. "Mi sento a un colloquio per un appuntamento".

"Beh, più o meno. Di solito le coppie parlano di queste cose durante il periodo di frequentazione e prima di sposarsi. Dato che abbiamo saltato tutta quella parte, lo facciamo adesso".

"Ok… Credo che mi piacerebbe un grande danese".

Mi escono gli occhi dalle orbite. "Sono giganteschi! Praticamente dei cavalli in miniatura".

"Lo so. Dei bambinoni. Tu che razza vuoi?"

"Pensavo tipo a un Bovaro del Bernese. Sono dei cani da fattoria e da ranch fantastici. E poi, sono bravissimi con i bambini. Un buon cane da lavoro, un buon cane da famiglia. Doppia vittoria".

"Ok, sono d'accordo. Come vuoi chiamarlo?"

"Perché dai per scontato che prenderemo un cane maschio?"

"Ooook, come vuoi *chiamarla*?"

"Dipende dal mese in cui nasce e dal periodo dell'anno".

Mi lancia un'occhiata esausta. "Perché avrebbe importanza?"

"Perché determinerebbe la scelta di un nome estivo o di uno invernale".

Sorride attorno alla forchetta come se si stesse trattenendo dal ridere di me. "D'accordo, diciamo che è nata in estate".

"Sunny, Daisy, Mango, Callie". *Per dirne giusto alcuni.*

"Carini. E se è nata in inverno?"

"Ivy, Cocoa, Rory, Holly".

"E se è nata in autunno?"

"Ah, questa è una domanda tosta". Faccio un sorrisino, pensandoci in tutta fretta. "Belle, Willow, Ember, Hazel".

"Come fanno a venirti in mente subito?"

"Tengo traccia dei nomi per bambini che mi piacciono da quando ho dodici anni".

"Quindi hai scelto anche i nomi dei nostri figli?"

Ridacchio, sollevando un poco la spalla. "Forse sì, forse no".

"A me piacerebbe un grande danese che si chiama Hank".

"Hank?" Faccio una risata nasale, bevendo un sorso di champagne.

"Hank Hollis! Non ti sembra un nome da duro?"

"Ehm, beh… stando alla mia ginecologa e a mia madre, non

diventerò più giovane e nemmeno i miei ovuli. A trentacinque anni sarò considerata a rischio".

"Ne mancano ancora quattro".

"Giusto, ma se vogliamo tre figli e ciascuna gravidanza dura nove mesi, più il tempo che ci metto a restare incinta, il primo dovrei concepirlo…" faccio i calcoli a mente, visto che farò presto trentadue anni, "…entro i prossimi tre mesi, se voglio evitare il potenziale alto rischio durante la terza gravidanza".

Il suo pomo d'Adamo si muove quando ingoia il cibo. "Ok, allora… beh, cioè, quando saranno finiti i trenta giorni, possiamo prendere in considerazione l'idea di, ehm… farlo succedere entro quel lasso di tempo".

Spingo la lingua nella guancia per trattenermi dal ridere nel sentirlo così nervoso. "Stai sudando?"

"No, beh, se sto sudando, è perché in cucina faceva caldo. Non perché stiamo parlando di bambini".

"Mmm-mmh. Magari cominciamo con un cane, che dici?"

"Non stavo sudando per quello", insiste. Quando inarco un sopracciglio, raddrizza la schiena con determinazione. "Non mi credi? Ti metto incinta proprio adesso". Indica alle sue spalle con il pollice. "Andiamo".

Questa volta, scoppio a ridere. "Smettila di preoccuparti. Credo che un giorno sarai un padre fantastico. Quando saremo pronti a fare quel passo".

"Lo pensi davvero?"

"Sì. Ti ho visto con le tue nipotine, Willow e Poppy, e perfino con tuo nipote Laken". Il figlio di Tripp e Magnolia ha un anno, ma ha cominciato a camminare tre mesi fa e dà del filo da torcere ai genitori. "Non sto dicendo che sarebbe facile, ma ho sempre desiderato diventare madre".

"Lo vedo. Anche tu sarai fantastica".

"Ma prima un cane… giusto?" chiedo con esitazione perché adesso sono combattuta.

"Giusto, giusto. Tipo la prossima settimana?"

"Casa, cane e poi i bambini".

"Ok, aspetta…" tira fuori il telefono, "…fammelo scrivere".

Gli do un calcio sotto il tavolo. "Possiamo lasciare che le cose accadano per conto loro. Non tutto deve essere programmato. Considerando che nulla di *questo* era nei piani…" Agito una mano tra di noi. "Diciamo che mi piace non sapere cosa succederà".

"Bene, perché se c'è una cosa che ho imparato finora della vita è che le parti inaspettate sono le più divertenti".

"Ci brindo su". Sollevo il bicchiere e lo faccio tintinnare contro il suo, pieno di tè freddo.

"Era tutto delizioso, comunque. Te la cavi piuttosto bene in cucina", gli dico dopo che abbiamo svuotato i piatti.

"Questo è il limite di ciò che so fare; quindi non emozionarti troppo".

"È più di quello che so fare io", ammetto, sciacquando i piatti nel lavello.

Si mette dietro di me, scostandomi i capelli da una spalla. "C'è del gelato in freezer, se gradisci il dessert".

"Mmh… mi sembra un'ottima idea".

"Secondo me, è ancora più buono se lo succhio via da questo collo…" Fa scorrere la lingua sotto il mio orecchio, facendomi tremare.

"Smettila di toccarti!" gli ordino per la terza volta, scacciandogli la mano dal viso.

"È normale che pruda così tanto?" Storce il naso, muovendo anche la maschera in tessuto.

"Significa che sta funzionando. Aspetta qualche altro minuto". Mi accoccolo sul divano accanto a lui, sfogliando il catalogo dei film finché non ne scegliamo uno.

Pecca con me

Dopo aver cenato e mangiato il dolce – in una ciotola – volevo usare alcuni dei prodotti del cestino regalo e ho notato che c'erano due maschere. Quando ho riso per come gli stava sulla barba, lui non l'ha trovato tanto divertente quanto me.

"È fredda", si lamenta.

"Non dovresti essere un cowboy super macho? Non reggi neanche un po' di skincare?"

"La prossima attività la scelgo io", dice con il broncio.

"Ci sarai tu nudo?"

"Beh, tu senz'altro lo sarai".

Gli do una gomitata.

"Ma, dopo che avrò visto quel buttplug nel tuo culetto stretto, sarò nudo anche io".

"Aspetta, *cosa?*"

"Hai detto di aver perso il telecomando del tuo; quindi ne ho fatto prendere uno nuovo a Mati".

"Oh, mio Dio…" Faccio ricadere la testa all'indietro sul cuscino. "Hai detto alla mia migliore amica di comprarmi un nuovo buttplug?"

"Fidati, è stata più che felice di aiutarmi".

"Perché la cosa non mi sorprende neanche?" Scuoto la testa, ridacchiando pensando a loro due che parlano di buttplug.

Finalmente decidiamo cosa guardare dopo che lui ha messo il veto su tutte le mie commedie romantiche e io ho respinto i suoi film d'azione.

"Prima, però, possiamo toglierci queste…" Balzo in piedi e poi lo tiro su con me.

"Grazie a Dio", mormora.

"Non pensare di averla già fatta franca. Adesso tocca alle maschere per il contorno occhi".

"Per il che? Perché?"

"Perché, dopo i trenta, ci vengono le borse, e queste aiuteranno". Dopo che ci siamo asciugati la faccia, le tiro fuori. "E sono carine".

"Proprio quello che speravo", dice con sarcasmo.

"Tu mi prendi in giro, ma un giorno mi ringrazierai, quando

tutti gli altri alla nostra età avranno le borse sotto gli occhi ma tu no".

Fa un sorrisetto. "Stai dicendo che non mi amerai, se ce le avrò?"

Il battito del mio cuore accelera quando usa con così tanta disinvoltura la parola con la A. Non sono nemmeno sicura che si sia reso conto di averlo detto, perché non batte ciglio.

"No, ma ci farà apparire più giovani. Ed è rinfrescante". Faccio un largo sorriso, piazzandone una sotto ciascuno dei suoi occhi e ci strofino sopra il dito per assicurarmi che aderiscano. "Ecco fatto".

Si guarda allo specchio. "Ovviamente, sono rosa e viola".

"Non capisco di cosa ti lamenti. Il viola ti sta *da dio*", ironizzo, poggiando l'altro set di maschere sotto i miei occhi.

"Davvero?" Mette la bocca a cuoricino e si controlla allo specchio.

"Ricordati una cosa…" Mi giro e mi metto in punta di piedi per avvicinare le nostre bocche. "Hai sposato tutto questo".

Mi cinge la vita con le braccia, attirandomi contro il suo petto. "Proprio così, e lo farei di nuovo, sobrio o ubriaco".

"Voleva essere una cosa dolce, giusto?" Avvolgo le mani attorno ai suoi bicipiti, aggrappandomi a lui.

Mi bacia la punta del naso. "Corretto, signora Hollis".

Oddio, è la prima volta che mi chiama così!

A parte quando l'ha detto per scherzo prima che ci sposassimo.

E, anche se una parte di me pensa che quel nome sia riservato a sua madre, l'altra è assolutamente eccitata.

"Allora…" Mi lecco le labbra. "Dove hai detto che è quel buttplug?"

Capitolo Ventisei

Wilder

"Fottutamente *stupendo*". Le sculaccio la natica nuda, stringendola dopo che lei ha agitato i fianchi di fronte a me. Piegata sul letto, nuda e con le gambe divaricate, me lo sta facendo venire duro come il marmo e sta mettendo alla prova ogni briciolo del mio autocontrollo per non penetrarla all'istante.

Inginocchiandomi dietro di lei, tuffo la lingua tra le sue pieghe e gusto il sesso bagnato. Poi scivolo più in alto tra le natiche e faccio roteare il piercing lungo la fessura, stuzzicando la zona sensibile.

"Oddio…" Il buttplug lasciato a bagno nella sua bocca soffoca le sue parole.

Chiudo il pugno attorno a una manciata dei suoi capelli e tiro leggermente prima di ficcare un dito in profondità nella passera. Quando è ricoperto di umori, lo porto là dove prima ho passato la lingua e spingo lentamente per superare la stretta barriera.

"Rilassati, piccola. Faccio piano, ma non puoi irrigidirti".

Piegandomi in avanti, premo dei baci sulla pelle morbida alla base della sua schiena mentre le mie dita giocano tra le sue natiche. Geme attorno al buttplug e poi si porta una mano tra le cosce per massaggiarsi il clitoride.

"Vuoi che ti riempia, piccola?" Riporto il dito sul suo buchino stretto e ci affondo dentro. "Che riempia tutti i tuoi bei buchi?"

Annuisce. "Sì, ti prego".

Afferrandola per i fianchi, la tiro su finché la sua schiena non trova il mio petto. Poi le tolgo il buttplug dalle labbra e gliele copro subito con le mie.

"Spero che tu riesca a reggere il passo, tesoro. Mi hai reso un vero selvaggio per te".

"Fai del tuo meglio, *maritino*". Si lecca le labbra, scoccandomi un sorrisetto. "Sono pronta".

Affondo la faccia nel suo collo e succhio con forza, sentendo il bisogno di marchiarla. Poi traccio una scia di baci che scende lungo la spina dorsale, intrecciando le dita ai suoi capelli.

"Non pensavo che mi sarei mai trovato d'accordo con Mati, però aveva ragione: hai davvero delle lentiggini troppo adorabili sul culo".

Ridacchia, ma, quando le do uno sculaccione deciso, lancia un gridolino e per poco non cade a pancia in giù. Per fortuna, riesce a fermarsi e si tiene su con i palmi.

"Cazzo, Wilder!"

Il suo tono di rimprovero mi fa sorridere con orgoglio.

Afferro il tubetto di lubrificante comprato sempre da Mati e ricopro il buttplug e le mie dita. Poi ne faccio scivolare due dentro, spalmando il gel con cura prima di spingermi più in profondità.

"Così va bene?"

"Mmm-mmh. Adesso puoi metterlo dentro", mi esorta.

Posizionando il buttplug tra le natiche, stuzzico il buchino prima di far roteare lentamente il giochino e portarlo il più in fondo possibile.

"Com'è?"

"Bellissimo". Inarca la schiena come non mai, regalandomi la visuale perfetta sul plug a forma di cuore rosso.

Il mio uccello pulsa tra di noi e, nonostante il disperato bisogno di penetrarla, mi sto trattenendo il più possibile.

Recuperando il telecomando dal comodino, lo accendo, e lei lancia immediatamente un urletto per la sensazione.

"Porca troia…" Affonda la faccia nel cuscino.

"Troppo?" chiedo, giocando con le diverse velocità di vibrazione.

I suoi gemiti soffocano la sua risposta, ma scuote rapidamente la testa.

Mettendo da parte il telecomando, la tiro su e catturo la sua bocca prima di stendermi sul letto con lei sopra di me. Invece di cavalcarmi, scivola giù lungo il mio corpo nudo e afferra l'asta. Ci avvolge attorno la bocca e la succhia tra le labbra, usando la lingua per girare attorno alla punta con i piercing.

"Cristo, Delly… è bellissimo!" Mi metto comodo con le braccia dietro la testa e la osservo mentre prende ogni centimetro di me in gola. "Proprio così".

Solleva lo sguardo su di me, con la bocca piena, e la visione mi fa quasi esplodere. Mi fa scorrere un palmo sugli addominali e sul petto, e io mi sporgo in avanti per catturare un dito tra i denti.

La sua mano e la sua bocca lavorano talmente bene che devo fermarla per non venire.

Con pochi movimenti rapidi, la rovescio finché non è piegata di fronte a me. I capelli biondi volano sulla sua schiena, e ne attorciglio le punte attorno al pugno; poi do un rapido strattone.

"Reggiti forte, amore mio".

Scivolo per metà dentro di lei e per poco non mi si mozza il fiato per quanto mi stringe forte. Quando sono sicuro che sta bene, affondo più in profondità.

"*Cazzo*", dice sottovoce.

Quando sono completamente dentro, mi ritraggo e poi la penetro di nuovo con violenza. Appiattisce i palmi contro la testiera, ma io le afferro le braccia e gliele porto dietro la schiena, per poi bloccarle con la mano.

"Ti senti bella piena, piccola?"

"Oddio, sì. Non fermarti".

E non lo farò.

Le mie dita affondano nel suo fianco mentre l'altra mano continua a tenere fermi i suoi polsi. È senza fiato e tutta sudata quando il suo corpo trema con il primo orgasmo.

"Ma che brava!" Le lascio andare le braccia, mi siedo sui talloni e la giro.

"Cristo!" Sussulta, posizionando le gambe attorno alle mie cosce prima di farlo scivolare di nuovo dentro.

"Quanto ti piacciono i piercing e il buttplug in quella posizione?" la provoco, torreggiando su di lei.

"Non ero mai venuta così in fretta durante il sesso; quindi sì, sono una fan".

Ridacchio per la sua onestà e poi le sollevo una gamba, posandomi la caviglia sulla spalla.

"Bene, ma ora voglio vederti venire così". Porto la bocca alla sua, facendomi spazio nel suo corpo mentre sento le pareti strette che mi circondano.

Mi avvolge una mano attorno al collo, ma la blocco rapidamente sul letto accanto a lei, poi succhio sotto il suo orecchio.

"Usa l'altra mano", sussurro. "Marchiami".

Le sue unghie affondano nella mia pelle, trascinandosi giù per la mia schiena fino a dove riesce ad arrivare. È quel genere di dolore che accetto volentieri e che bramo, quando si tratta di lei.

"Cazzo, è bellissimo!" Sistemo i nostri corpi, avvolgendomi l'altra sua gamba attorno alla vita finché lei non solleva il bacino e si strofina contro di me. "Sì... fallo di nuovo".

Questa volta, quando lo fa, getta indietro la testa e urla per il piacere accumulato.

"Sei bellissima, cazzo!" le dico. "Non mi basti mai".

"Fatti cavalcare", mi implora. Rotolo con lei finché non è posizionata sopra di me, con le sue cosce ai lati delle mie mentre mi tiene le braccia bloccate sopra la testa con le mani. "Non muoverti", mi ordina, e il fatto che abbia preso il controllo fa scattare l'uccello verso di lei.

Invece di scivolare giù sull'asta come mi aspettavo, preme la bocca sul mio petto e traccia una lenta scia di baci lungo l'addome. Sollevandomi sui gomiti, la guardo mentre si avvicina all'erezione, facendo scivolare piano la lingua attorno alla punta e ai piercing.

Mi fa un sorrisetto, poi mi allarga ulteriormente le gambe per potersi infilare tra di esse e inizia a baciarmi una delle cosce. Quando raggiunge l'altra, mi preparo psicologicamente.

I suoi baci si fanno più delicati mentre sfiora le cicatrici con le labbra come se stesse dedicando loro più attenzioni di proposito. Il suo sguardo ardente trova il mio, ma quando vedo le lacrime inumidirle gli occhi mi si spezza in due il cuore.

"Delilah…" Tendo la mano verso di lei, ma scuote cupamente la testa e poi continua a scendere lungo il corpo.

Nessuna donna le aveva mai notate come ha fatto lei, tantomeno si era commossa nel vederle. Si sono sbiadite negli anni, e lei si è impegnata per trovarle e dar loro la stessa dedizione e cura che ha riservato al resto di me.

Quando alla fine si allunga di nuovo sul mio corpo, mi metto seduto e le prendo il viso tra le mani, premendo con forza la mia bocca sulla sua. Si solleva fino a impalarsi con il mio uccello, e sussultiamo entrambi per la sensazione.

"Porca miseria, piccola!" Mi tengo su con una mano dietro di me, mentre con l'altra le do uno sculaccione. "Prenditi quello che ti serve da me".

"Mmh, fallo di nuovo". Stavolta le colpisco il sedere con più forza, e lancia un gridolino quando lo stringo. "Ancora", mormora, muovendosi più veloce. "Più forte".

"Cristo santo…" Sto già facendo fatica a trattenermi, ma le do esattamente ciò che vuole, adesso assicurandomi di lasciare una bella impronta rossa. Getta indietro la testa con un gemito gutturale, spingendo in fuori i seni, e ne catturo subito uno con il palmo. "Ti piace, eh?" chiedo in tono provocante, pizzicando il capezzolo tra l'indice e il pollice. "Mi stai facendo impazzire, Delly. Ti riempirò per benino".

"Sì, ti prego…" geme, annuendo. "Vienimi dentro".

I testicoli si irrigidiscono, e Delilah si sfrega su di me più velocemente, aggrappandosi alle mie spalle mentre i nostri corpi si muovono l'uno contro l'altro.

"Fammi vedere come giochi con il clitoride", le ordino. "Mi manca pochissimo".

Riesco in qualche modo a trattenermi finché lei non viene un'altra volta; poi affondo la faccia nel suo collo e mi svuoto dentro di lei.

Alla fine diventiamo un groviglio bollente di arti intrecciati, respiri affannosi e cuori che battono rapidi.

Quando il suo corpo crolla sopra il mio, la prendo tra le braccia e rotolo di lato.

"Sei così perfetta", sussurro, spostandole alcune ciocche sudate dal viso. "E così terribilmente bella".

"Non sono perfetta", mormora, riuscendo a malapena a muoversi.

Faccio scorrere un dito lungo il naso e attorno alla guancia, memorizzando ogni centimetro del suo volto.

"Sei perfetta *per me*. Sotto ogni singolo aspetto". Le bacio la punta del naso. "È per questo che mi sono preso una gigantesca cotta per te ancora prima di sapere che aspetto avessi. Poi, quando ci siamo conosciuti, vederti non ha fatto altro che confermare i miei sentimenti, e sapevo che nessun'altra avrebbe mai potuto competere con te. Ero pronto a vivere il resto della mia vita senza seguire il mio cuore, ma, purché avessi potuto fare parte della tua in qualche modo, sarei morto comunque felice".

"Wilder…" Sbatte le ciglia, guardandomi con altre lacrime negli occhi. "Non mi servono trenta giorni per sapere che voglio restare sposata con te. Nessuno è mai stato così sincero su ciò che prova per me, e sarei una sciocca anche solo a pensare di lasciarti andare, quando anch'io ti desidero da tutto quel tempo".

Il battito del mio cuore accelera per lo shock e per la pura felicità. "Davvero?"

"Sì, davvero". Fa un sorriso raggiante e ride.

Rotolo sopra di lei, premendo la mia bocca sulla sua, e continua a ridacchiare quando per poco non cadiamo dal letto.

"Merda, meglio se andiamo a lavarci prima di fare ancora più macello".

Alzandomi, la tiro su con me, ma non riesco a smettere di sorridere quando ce l'ho di fronte.

"Non ti lavo comunque il bucato", afferma con decisione, conficcandomi un dito nel petto.

Con un largo sorriso, le prendo il volto tra le mani e le stampo un bacio fugace sulle labbra. "Piccola, sto aspettando di prendermi cura di te da anni; quindi piantala di preoccuparti per me. È arrivato il mio turno di aiutarti come tu hai fatto con me nove anni fa".

Prima che possa rispondere, la sollevo tra le braccia e la porto nella doccia. Ci laviamo a vicenda e ridiamo perché questa è la seconda volta della giornata.

Quando ci siamo asciugati e abbiamo messo qualcosa di comodo, preparo dei popcorn e finalmente ci sediamo a guardare il film. Anche se, onestamente, riesco a malapena a concentrarmi sullo schermo perché la mia attenzione è soprattutto su mia moglie e su quanto è stupenda.

A metà, si addormenta contro di me; quindi la trasporto a letto e poi pulisco la cucina prima di scivolare al suo fianco. Non ricordo di aver mai toccato questo livello di felicità nella mia vita e, per quanto l'idea di perderla mi terrorizzi, ce la sto mettendo tutta per assicurarmi di essere il marito e il partner migliore per Delilah.

Non dovermi alzare per il lavoro all'alba è un piacevole cambiamento, ma il mio corpo è ancora programmato per svegliarsi prima del dovuto, cosa che di solito odio.

Però, oggi, quest'abitudine mi consente di trascorrere più tempo con mia moglie prima di dover partire per la lezione di gestione della rabbia.

Scendendo dal letto, mi dirigo in bagno per darmi una sistemata; poi vado in cucina per decidere cosa posso preparare a colazione.

Ci sono una scatola di preparato per pancake in dispensa, mirtilli freschi e bacon in frigorifero e una piccola piastra per waffle sul bancone. Non li ho mai preparati prima, ma le istruzioni sulla scatola sono piuttosto semplici; quindi faccio un tentativo.

Trenta minuti dopo, ho due piatti pieni di waffle, bacon e uova strapazzate.

Il resto della cucina è un disastro – me ne occuperò più tardi – ma ce l'ho fatta.

Visto che Delilah non si è alzata, scivolo accanto a lei e le stampo dei baci delicati sotto l'orecchio. "Piccola, sei sveglia? La colazione è pronta. Spero tu abbia fame".

"Vattene", mormora, affondando ancora di più il viso nel cuscino.

Ridacchiando, faccio scorrere la mano sul suo corpo e le do un leggero sculaccione. "Non costringermi a svegliarti in un altro modo".

"Alcuni di noi preferiscono dormire".

"Ma davvero?" chiedo in tono di sfida, facendo scivolare la mano sotto i suoi pantaloncini e scoprendo così che non porta le mutande. Quando faccio scorrere con delicatezza un dito tra le sue pieghe e massaggio il clitoride, geme piano, ma non si muove di mezzo centimetro. "Mmh... mi sa che avrò bisogno del piano B".

"Purché non debba muovermi".

"No". Con un sorrisetto, scivolo sotto le coperte e tra le sue gambe. Dato che non porta la biancheria e il tessuto dei pantaloncini è sottile, affondo la faccia tra le sue cosce e gemo contro la passera.

Quando non mi spinge via e non mi scaccia, le abbasso lentamente i pantaloni di pochi centimetri e comincio a stuzzicarle il clitoride con la lingua. Si dimena, inarcando il bacino contro la mia bocca, e poi le sue dita si intrecciano ai miei capelli.

"Wilder?"

Sollevo la testa, fermandomi di colpo. "Ti aspettavi qualcun altro qua sotto?"

Una risata le scuote il corpo. "No, ma ero mezzo addormentata".

"Puoi rimetterti a dormire", la provoco.

"Ok, però sbrigati. Ho fame".

"Non è divertente", dico impassibile.

Ridacchiando per la mia espressione, si toglie i pantaloncini e poi divarica le gambe attorno a me. Posizionandomi di nuovo nel mezzo, le avvolgo le mani attorno alle cosce e la trascino per avvicinare la sua passera alla bocca.

Spingo dentro due dita, sentendo quanto è bagnata, e poi appiattisco la lingua sulla carne prima di leccare il clitoride. Si contorce sotto di me, inarcando la schiena e tirandomi i capelli… E io sto adorando ogni secondo. Portarla al limite e fermarmi prima di farlo di nuovo la riduce a uno stato di bisogno e frustrazione.

"Wilder, ti prego… Mi manca pochissimo", si lamenta, spingendo la mia testa contro il suo nucleo. "Smettila di fermarti, altrimenti giuro su Dio che…"

Facendo roteare il polso, spingo le dita incurvate più in profondità e succhio più forte il clitoride finché, presto, non precipita nell'abisso. I suoi dolci umori mi esplodono sulla lingua, e li lecco prima di stampare baci delicati lungo la coscia.

"Beh…" Il suo petto si gonfia e sgonfia mentre cerca di riprendere fiato. "Ora sono sveglia".

Capitolo Ventisette
Delilah

Svegliarmi con la bocca di Wilder tra le cosce è un qualcosa a cui potrei *decisamente* fare l'abitudine.

Sapevo che sarebbe stato bravo nelle *attività fisiche*, ma c'è molto più di quello. Quando sono coinvolti sentimenti così intensi, tutto ciò che lui fa diventa dieci volte meglio.

Dal modo in cui mi batte forte il cuore quando mi bacia e dalle farfalle che mi invadono lo stomaco ogni volta che mi tocca so che sono completamente persa. Dire che ho una gigantesca cotta per lui non rende nemmeno lontanamente l'idea di ciò che provo, perché non ho mai sentito nulla del genere prima d'ora.

E adesso sono io quella che ha paura di perderlo.

Perché è troppo bello per essere vero.

Il banchetto che Wilder ha preparato per la colazione è una piacevole sorpresa, ma poi lottiamo con la macchinetta del caffè, che nessuno dei due riesce a far funzionare. Non volendo rischiare di romperla, Wilder scrive un messaggio a suo cugino, e una ragazza si presenta con due caffè.

"Ciao!" Ha un sorriso raggiante quando entra nel lodge. "Sono Bellamy Langston. Tu devi essere Delilah".

Ah… una cugina di Wilder.

"Sì, sono io. Grazie per averceli portati". Faccio un largo sorriso quando li appoggia sul tavolo.

Mi porge la mano per stringere la mia. "Piacere di conoscerti. Quelle macchinette possono essere complicate. Ti faccio vedere come usarla".

Wilder è sotto la doccia; quindi ci siamo soltanto noi due, ma dopo qualche minuto sono colpita da quanto rapidamente sia riuscita a farla funzionare.

"Domani ci provo, così non dobbiamo più disturbarti", dico, sperando di ricordare ogni cosa che mi ha mostrato.

"Oh, non è un problema. È il mio lavoro. Ti sorprenderebbe sapere quante volte trovo coppiette mezze nude". Serra le labbra. "In realtà, è piuttosto imbarazzante".

"Ehi, Bellamy!" la saluta Wilder dal corridoio, avvicinandosi con soltanto un asciugamano addosso.

"Già, proprio così", mormora sua cugina.

Faccio una risata nasale, scuotendo la testa. L'acqua gli sgocciola dai capelli e lungo il petto, rendendo appetibile ogni centimetro del suo corpo.

"Ehi, come sta andando la vostra luna di miele?"

"Benone…" Wilder fa un sorrisetto, agitando le sopracciglia mentre mi guarda. "Tra poco abbiamo un massaggio di coppia".

"Oh, vi piacerà tanto. Pedro e Felipe sono letteralmente delle divinità e le loro mani sono magiche". Sospira, con un sorrisino. "Gli impiegati ricevono massaggi gratuiti una volta al mese, e vi assicuro che io ne richiedo uno ogni volta".

"Come, scusa?" Wilder incrocia le braccia. "Non avete massaggiatrici donne?"

"Beh, certo che sì, ma oggi non lavorano".

"A quanto pare dobbiamo annullare".

"Wilder!" lo rimprovero, alzando gli occhi al cielo. "Sta scherzando", le dico.

"No, invece", mi fa il verso lui.

"Ma quindi l'hai… sposato di proposito?" Bellamy fa scattare la testa verso di lui.

"Da ubriaca, a Las Vegas…" confermo.

"Aah". Annuisce. "Così ha senso".

"Cosa vorrebbe dire?" Wilder prende uno dei caffè e beve un sorso.

"È troppo sexy per te", dice francamente Bellamy. "Ben al di fuori della tua portata".

Mi si surriscalda il viso, e prendo l'altra tazza per nascondere il rossore che mi copre le guance.

"Ecco, su *questo* sono d'accordo…" Wilder mi fa l'occhiolino.

"Non è vero. Anche lui è sexy", lo difendo.

"Che schifo, non sono per nulla d'accordo!" Bellamy batte insieme le mani. "Se avrete bisogno di qualcos'altro, vi basta mandarmi un messaggio".

"Grazie ancora per il caffè". Sorrido.

"Non c'è di che. Godetevi il resto della luna di miele!" Si incammina verso la porta, poi si gira di scatto. "Ma non troppo. Abbiamo già dovuto sostituire quel tavolo tre volte".

"Sei sicura che te la caverai mentre non ci sono?" mi chiede per la seconda volta Wilder.

Dopo il nostro massaggio di coppia, ho fatto una doccia calda e non ho più lasciato il letto. Felipe ha sciolto ogni nodo nel mio corpo e alleviato tutti i dolori muscolari come una specie di mago. Bellamy non mentiva.

Gli ho quasi chiesto di trasferirsi da noi.

"Sì…" Mi raggomitolo meglio sotto le coperte. "Recupererò quel sonno di cui mi hai privata e sognerò le mani di Felipe". Mi dà uno sculaccione prima di sedersi accanto a me sul materasso. Sapevo che lo avrebbe infastidito. "Solo le mani!"

"Ti conviene pensare alle mie, invece". Mi fa scivolare il palmo sotto la maglietta e stringe da sopra il reggiseno. "Ti farò dimenticare completamente le sue mani, quando torno".

"Oh, no… non farlo… che cosa terribile!" dico strascicando le parole. "Qualunque cosa tu faccia, non strofinarmele su tutto il corpo con dell'olio".

Mi palpa di nuovo la natica, stringendola; poi si alza. "Che insolente! Più tardi dovrò occuparmi anche della tua boccaccia". Fa l'occhiolino, abbassandosi per un bacio. "Dovrei tornare fra tre ore".

"Sarò qui, *Papi*", gli urlo dietro mentre si allontana, sapendo che questo lo farà innervosire ancora di più.

"Delilah! *Giuro…*" Sbuffa.

Ridacchiando per la sua frustrazione, rotolo dall'altra parte e prendo il telefono dal comodino per sentire Mati.

DELILAH

Mi sa che ho conosciuto il tuo futuro marito. Alto, mani forti. Occhi scuri e sensuali. Un accento che ti farà bagnare persino le cosce…

MATI

Ehm. LO PRENDO. Quando posso passare a ritirarlo?

DELILAH

È uno dei massaggiatori al resort. Credo che dovresti trasferirti qui.

MATI

Un massaggiatore? Non mi serve sapere altro. Mi sorprende che Wilder abbia permesso a un altro uomo di toccarti… Oppure questo è il momento in cui mi dici che al mio futuro marito manca una mano?

DELILAH

La cosa non l'ha fatto impazzire, ma ha ingoiato il rospo perché sapeva che più tardi avrebbe potuto attorcigliarmi come un pretzel.

MATI

Avete già usato il buttplug?

Invia l'emoji del diavolo, e faccio una risata nasale.

DELILAH

Se proprio vuoi saperlo, sì. Credo di doverti ringraziare.

MATI

Consideralo il mio regalo di nozze per la coppia arrapata!

Felice*

Oh, aspetta, probabilmente arrapata è più accurato.

Scoppio a ridere perché ha senz'altro ragione.

DELILAH

Ed è valsa assolutamente la pena aspettare. Il piercing magic cross per me è un 10. Anche quello alla lingua, ma la frizione contro i nervi è fantastica.

MATI

Ok, calmati, mi stai facendo eccitare e non ho messo in carica il vibratore.

DELILAH

Usa l'altro.

MATI

Oh, buona idea… Se solo facessero dildi con i piercing.

DELILAH

Nuova idea di business…

Pecca con me

Un bussare alla porta mi fa sussultare. Sono passati solo trenta minuti da quando Wilder se n'è andato; quindi non ho idea di chi potrebbe essere.

Dopo aver indossato in tutta fretta i leggings e una felpa, raggiungo con esitazione la porta e vedo una donna dalla finestra. Sorride quando mi nota e solleva quello che sembra un cestino da picnic.

"Salve?" la saluto, aprendo la porta con cautela.

"Ciao. Delilah?"

"Sì".

"Sono Maisie, la moglie di Warren".

"Oh, ciao. Entra pure". Indietreggio per lasciarla passare. "Però Wilder non c'è".

"Ha chiamato e ha chiesto se potevo portarti qualcosa da mangiare perché – parole sue, non mie – morirà di fame, se non la nutri. Brucerà il toast e si dimenticherà di accendere il fornello quando metterà l'acqua a bollire".

Rimango a bocca aperta e sbuffo, con le mani sui fianchi. "È successo una volta".

Ecco cosa ottengo per avergli raccontato storie imbarazzanti su di me.

Maisie ride, lasciando il cestino sul tavolo. "Io non giudico. Quando andavo all'università a New York, tiravo avanti a bagel e caffè freddi. Quando mi sono trasferita in un appartamento, era talmente piccolo da non avere nemmeno una cucina completa; quindi cucinavo di rado".

"Wilder mi ha parlato un po' del tuo lavoro da agente letteraria. Sembra proprio una figata".

"Può esserlo..." Apre il cestino e inizia a togliere contenitori di cibo. "Richiede tanto impegno e mi tiene molto occupata. Ora non più di tanto, visto che ho assunto qualche agente, ma all'inizio consumava la mia vita, giorno e notte".

"Scommetto che vivere in città è stata un'esperienza divertente..." Prendo due piatti dalla credenza, non sapendo se resterà o meno, e li porto al tavolo.

"Sì e no. Sono contenta di esserci andata perché ho imparato molto su me stessa, ma ora non lascerei questo posto nemmeno se mi pagassero. È dove sono cresciuta ed è casa mia. E poi, tornare e innamorarmi di nuovo di Warren è valso ogni sacrificio".

"Oh... che cosa dolce!"

"Non è sempre stato tutto rose e fiori. Quando sono arrivata, mi ha sbattuto la porta in faccia". Sbarro gli occhi, ma ora sono del tutto presa dal gossip. "Onestamente, non lo biasimo. Ci siamo sposati dopo che mi sono laureata, ma, quando ho trovato un lavoro nell'editoria a New York, sono tornata lì pur sapendo che lui non sarebbe venuto con me. Speravo che avrebbe cambiato idea, ma dopo qualche anno ho conosciuto un altro. Quando mi ha chiesto di sposarlo, sono tornata per supplicare Warren di firmare le carte del divorzio che gli avevo mandato in precedenza".

"Oh, merda!" Rimango a bocca aperta. "Non c'è da stupirsi se ha sbattuto la porta".

Ridacchia, annuendo. "Già, e abbiamo dovuto lottare ogni secondo per arrivare dove siamo ora. Ma ci ha riportati insieme; quindi non mi dispiace troppo".

Mi brontola lo stomaco mentre continua a tirare fuori tutto. "Che profumo delizioso!"

"Non posso prendermene il merito. Viene tutto dal ristorante che abbiamo qui, ma lo chef è incredibile. Se avete tempo prima di partire, passate a cenare. È molto romantico". Fa un sorriso raggiante, mentre mette dei bocconcini di manzo e della pasta su uno dei piatti.

"Sono sicura che lo faremo, altrimenti lo costringerò a riportarmi qui". Sorrido. "Mangi con me?"

"Sei sicura? Pensavo solo di lasciarti il cibo".

"Resta, per favore. Mi piacerebbe molto sapere di più su te e Warren, il resort e il tuo lavoro".

"Ok, certo". Sorride. "Ma, onestamente, dovrei raccogliere informazioni sul tuo conto per poter parlare agli altri della misteriosa nuova moglie di Wilder".

"Oddio…" Sbuffo, ridacchiando. "È una lunga storia".

Un angolo delle sue labbra si incurva all'insù. "Tutte quelle migliori lo sono".

Io e Maisie siamo raggomitolate sul divano con dei bicchieri di vino in mano quando Wilder entra. Sbircia in soggiorno e scuote la testa quando vede che lei è ancora qui.

"Dovevi lasciare il cibo, ricordi?"

"Mi ha invitata", si difende Maisie.

"Che c'è di male se è rimasta a tenermi compagnia?" chiedo.

Wilder scalcia via gli scarponi e si avvicina. "Perché so che Maisie ha un'infinità di storie imbarazzanti su di me da raccontare".

"Tipo quella volta che hai fatto zipline in mezzo al resort tutto nudo?"

Le punta un dito contro. "Proprio quella".

"Non avevo capito che vi conoscevate anche da ragazzini", dico a Wilder. "Quella parte l'hai tralasciata, vero?"

"Perché conosce troppe cose che potrebbero rovinarmi".

"Mi è davvero piaciuta quella storia di quando ti sei buttato di pancia da un burrone e hai colpito l'acqua talmente forte che ti è rimasto un livido su tutto il petto per un mese".

"Ehi, è meglio della volta in cui mi sono ubriacato e sono saltato giù da una cava di sei metri. Landen e Tripp hanno dovuto farmi il massaggio cardiaco".

"La cosa non mi fa sentire meglio, in realtà". Alzo gli occhi al cielo. "Ora basta lanciarti dai burroni!"

"Tutti i residenti sapevano che, quando i fratelli Hollis venivano per l'estate, ci sarebbe stato qualche guaio. O ce n'era uno che veniva arrestato o un altro che veniva portato di corsa al pronto soccorso".

Guardo Wilder con un sopracciglio sollevato.

"Non guardarmi così! Non ero l'unico a causare guai…"

"Sono piuttosto sicura che tutte le regole che ora abbiamo in vigore qui dipendano da voi", aggiunge Maisie.

"Mentre stavamo insieme, Waylon non mi ha mai detto di questi soggiorni. Quand'è che avete smesso di venire?"

"Ehm…" Wilder si gratta la nuca. "L'anno in cui l'amica di Landen è morta durante le vacanze di primavera".

"Non credo che me ne abbia parlato…" Faccio uno sforzo, ma sono passati anni. Tuttavia, sono piuttosto sicura che una cosa del genere me la sarei ricordata.

"Quella è un'altra storia lunga", dice Wilder, dirigendosi verso la cucina, per poi tornare con una bottiglia d'acqua poco dopo. "C'entra la cugina di Ellie, Angela".

"Oh…" Beh, ora devo saperlo.

"Ci sono degli avanzi per te nel microonde, se hai fame", gli dice

Maisie, alzandosi in piedi. "Dovrei andare a casa prima che Warren venga a cercarmi".

"Grazie ancora per avermi portato la cena". Mi alzo e la abbraccio.

"Non c'è di che. Sono felice di aver chiacchierato per un po'".

"Anche io. Spero che potremmo rifarlo presto".

C'eravamo scambiate i numeri prima dell'arrivo di Wilder; quindi potremo scriverci e restare in contatto.

Maisie fa il giro del divano e si mette di fronte a Wilder. "Hai scelto bene. Adesso non rovinare tutto". Gli dà uno schiaffetto sul petto.

Il sorriso di Wilder si allarga quando fa scattare lo sguardo su di me. "Non ho intenzione di farlo".

La accompagna alla porta, la ringrazia di nuovo e poi torna in soggiorno.

"Com'è andata la lezione?" chiedo, cingendolo tra le braccia. "Ti sono mancata?"

"Bene, e mi sei mancata da morire". Si china e preme le sue labbra sulle mie.

"Ti scaldo il piatto, se hai fame".

"Volentieri, ma poi vorrei mangiare il dolce a letto". Mi palpa il sedere e lo stringe.

"Ok, ma c'è solo il self service".

Capitolo Ventotto
Wilder

Gli ultimi quattro giorni a Willow Branch Mountain sono stati alcuni dei migliori da tempo. Il fatto di averli trascorsi con Delilah, averla avuta *quasi* tutta per me e aver imparato nuove cose su di lei mi fa sentire ancora di ottimo umore quando arrivo al rifugio, la domenica pomeriggio.

Mi dispiace molto perdermi un'altra cena di famiglia, però lei ci sarà e, se c'è qualcuno capace di gestire le loro buffonate, quella è lei.

"Wilder!" La signorina Tierney mi fa un largo sorriso, accogliendomi con un abbraccio. "Ci sei mancato da queste parti".

"Sono felice di essere tornato. Dove ha bisogno di me, stasera?"

È la notte prima della Vigilia di Natale; il che vuol dire che ci sarà il pienone. Per quanto sia triste pensare a tutte quelle persone che non saranno con le loro famiglie durante questo periodo dell'anno, sono contento di poter essere qui per contribuire alla realizzazione della cena festiva organizzata per loro.

"Stasera ci serve tutto l'aiuto possibile; quindi servirai in sala e poi laverai i piatti sul retro. Potresti ritrovarti a finire più tardi del solito".

"Nessun problema. Ho avvisato mia moglie che stasera avrei fatto tardi".

"*Moglie*? Quando è successo?"

Ha l'aria assolutamente scioccata, e ripenso a quando Delilah mi ha fatto un milione di domande su di lei e se fosse sposata o meno.

"Un paio di settimane fa".

Inarca un sopracciglio, incrociando le braccia. "Quando eri a Las Vegas?"

"Già". Faccio un sorriso raggiante. "E poi ci siamo fatti una mini-luna di miele".

"Oh…" Si stampa un sorriso sulla faccia. "Beh, congratulazioni!"

"Grazie".

"Si sono messi tutti dei cappelli da Babbo Natale o dei cerchietti da renna; quindi sentiti libero di sceglierne uno tra quelli che sono nel mio ufficio".

"Certo, lo farò".

Poi se ne va per assicurarsi che tutto il resto sia pronto, prima di aprire le porte.

Dopo che le prime persone in fila sono entrate, la cena ci impegna per due ore buone. I cuochi portano fuori pentoloni pieni e riprendono quelli vuoti, che io pulirò più tardi.

Quando la coda finisce, faccio un giro e mi offro di sparecchiare. Mi piace questa parte della serata perché significa che ho qualche secondo per chiacchierare con loro e chiedere come stanno.

Uno dei bambini mi viene incontro e mi porge qualcosa avvolto in un sacchetto bianco.

"Questo cos'è?" gli chiedo.

"L'ho fatto a scuola".

"È per me?"

Annuisce con fervore, saltando quasi fuori dalle scarpe. "Sì, aprilo!"

Stacco il nastro adesivo e apro la busta; poi frugo dentro per afferrare il regalo.

"Oh, mamma, Sam!" Rimango a bocca aperta quando vedo la cornice in legno decorata con pasta pitturata di rosso e verde. Ma non è quella a mandare in sovraccarico le mie emozioni.

All'interno c'è una nostra fotografia, scattata durante il mio primo weekend di volontariato. Mi inginocchio di fronte a lui, ammirando il pensiero premuroso. "È assolutamente preziosa. Grazie, piccoletto".

Non appena apro le braccia, ci cade dentro. "Prego".

"Non hai idea di quanto significhi per me".

Si ritrae con un sorriso a trentadue denti sul volto. "Ti piace?"

"La *adoro*. La metterò sul bancone della mia cucina per poterla vedere ogni singolo giorno".

"Forte". Sfodera un sorriso timido.

Mi dispiace non avere nulla da dargli in cambio; quindi mi tolgo il cappello da Babbo Natale e glielo metto sulla testa. "Ecco qui, sei molto più carino di me con questo".

Fa una risatina. "Grazie".

"Cosa speri che ti porti Babbo Natale quest'anno?" chiedo, visto che voglio dargli qualcosa la prossima volta che vengo. È in seconda elementare; quindi immagino gli piacciano cose come i camion e i Lego.

Abbassa lo sguardo sul pavimento e solleva una spalla. "Non ho scritto una lista".

"No? Perché no?"

"La mia mamma ha perso il lavoro e non volevo farla sentire triste".

Mi si spezza in due il cuore e capisco che avrei dovuto evitare di chiederglielo. "Mi dispiace. Vedrò cosa posso fare per lei, ma nel frattempo qual è una cosa che ti piacerebbe?"

"Ehm… un letto?"

"In che senso? Tipo delle lenzuola nuove?"

"No. Dormo sul divano perché la culla della mia sorellina occupa troppo spazio in camera di mia mamma. Ha un letto che prima usavamo insieme, ma ora si sveglia spesso la notte per dare da mangiare a Lily, così io dormo in soggiorno. Ma il divano non è così comodo".

Cerco di non darlo a vedere, però sono devastato. Non è la prima volta che sento le loro storie, e cerco sempre di aiutare quando posso. La signorina Tierney mi ha avvisato di non affezionarmi troppo, ma, quando si tratta di bambini, non riesco a non farlo.

"Mamma!" esclama Sam, salutandola dietro di me.

"Eccoti qui". Gli lancia un'occhiata, poi mi guarda. "Scusami, sono andata a cambiare Lily e gli ho detto di stare fermo, ma ovviamente è scappato".

Mi alzo, sorridendole. "Nessun problema. Mi ha mostrato l'adorabile cornice che ha fatto per me".

"Pensavo che ti sarebbe piaciuta". Fa un largo sorriso. "Parla sempre di te ed è sempre felicissimo di vederti nel weekend".

Sento un dolore nel petto, sapendo che probabilmente l'ha deluso non vedermi ieri o la settimana scorsa.

Abbasso la voce, così che Sam non possa sentirmi: "Mi piacerebbe aiutarti a comprargli qualcosa per Natale, ma non voglio essere invadente. Fammi sapere cosa posso fare. Anche per te e Lily". La mia offerta sembra metterla a disagio. "So che non è facile accettare aiuto, soprattutto da qualcuno che non conosci molto bene, però mi piacerebbe fare qualcosa, se per te non è un problema".

"Tipo cosa?" chiede, con la voce poco più di un sussurro.

"Sam mi ha detto che non hai un lavoro. Stiamo cercando una receptionist al Lodge a Sugarland Creek. Orari flessibili, ottima paga, assicurazione sanitaria e asilo nido in sede. L'annuncio non è ancora stato pubblicato, ma, se lo vuoi, il posto è tuo".

"Dici sul serio?" chiede nervosa, spostando Lily sull'altro fianco.

"Assolutamente".

Annuisce con fervore, mentre le lacrime le risalgono agli occhi.

"Grandioso!" Faccio un largo sorriso. "Li informerò del tuo arrivo, il due gennaio. Goditi le feste coi tuoi figli, e mi assicurerò che tu abbia abbastanza contante da coprire le spese fino ad allora. E anche che arrivi Babbo Natale..." dico piano, avvicinandomi.

"Non c'è davvero bisogno che tu lo faccia", mormora, sull'orlo delle lacrime, ma si asciuga rapidamente le guance.

Abbasso lo sguardo su Sam e sorrido nel vedere il bambino più dolce che abbia mai conosciuto. "Sarebbe un onore poterlo fare. Inoltre, so che anche a mia moglie farebbe molto piacere". Io e Delilah abbiamo pianificato di andare a fare shopping natalizio domani – proprio il giorno più caotico dell'anno – ma, con tutto quello che è successo, prima non ne abbiamo avuto il tempo. "Tieni, aggiungimi il tuo numero e l'indirizzo". Le passo il mio telefono. "Ti mando un messaggio, così possiamo passare domani sera, se per te va bene".

"Sì, saremo a casa". Inserisce il nome e le sue informazioni.

"Perfetto". Mi inginocchio di fronte a Sam. "Ti conviene fare da bravo con la mamma, così Babbo Natale ti porta tanti regali, ok?"

"Ok!" strilla, saltando tra le mie braccia.

Rido quando per poco non mi fa cadere per terra.

"Devo tornare in cucina a pulire, ma vi auguro una buona serata. Grazie ancora per il regalo. Lo custodirò per sempre". Faccio l'occhiolino.

"Per caso c'è un motivo se tua nonna continuava a toccarmi la pancia a caso e poi se ne andava senza proferire parola o darmi una spiegazione di ciò che stava facendo?" chiede Delilah mentre si mette il pigiama.

"Ehm… non ne ho idea. L'ha fatto con qualcun altro?"

"No!" Si mette in piedi di fronte allo specchio a figura intera e si gira di lato per guardarsi. "Forse ho messo su qualche chilo. Che ne pensi?"

"Non essere sciocca. Sei perfetta". Mi metto davanti a lei. "Probabilmente nonna Grace stava suggerendo che vuole altri nipoti. Le piace fare roba vudù strana come quella".

"No, sembro gonfia. È colpa di tutto quel sale nel cibo che mi fa mangiare tua madre". Ridacchio, poi la sollevo e la carico su una spalla. "Wilder! Mettimi giù!" Mi colpisce la schiena e cerca di scalciare.

La adagio sul letto e torreggio su di lei, tenendo le mani ai suoi lati e intrappolandole le gambe tra le ginocchia. "Sei bellissima e nulla di quello che mangi potrà cambiarlo. Hai capito?"

Alza gli occhi al cielo, senza prendermi seriamente. Le afferro le braccia e gliele blocco sopra la testa.

"Dillo… Di': *Sono bellissima*", le ordino.

Mi guarda con aria di sfida. "Sono bellissima", mormora, con voce a malapena udibile.

Chinandomi su di lei, affondo il viso nel suo collo e succhio… *forte*.

"Niente succhiotti!" Si dimena sotto di me.

"Allora dillo come se ci credessi", la avverto; poi continuo a succhiare lo stesso punto.

Gira la testa, cercando di spingermi via, ma per sua sfortuna sono più forte.

"Va bene, va bene!" urla. "Sono bellissima!"

Le stampo un altro bacio sul collo. "Perfetto…" Mi ritraggo e sorrido alla mia opera. "Come quello".

"Ti ammazzo". Solleva il ginocchio e per poco non mi colpisce dritto alle palle, ma la blocco in un lampo.

"Tch-tch, signora Hollis. Ti sembra il modo di parlare a tuo marito?"

"La vendetta è una brutta bestia, lo sai?" Mi dà una spinta sul petto.

Le scocco un sorrisino malizioso, alzandomi e trascinandola su con me. "Ci conto, piccola".

Alza di nuovo gli occhi al cielo. "Se non fossi l'uomo più dolce del mondo, cercherei davvero vendetta".

Appena sono arrivato a casa, le ho parlato di Sam e del mio piano di comprargli qualche regalo. È stata subito favorevole e ha perfino aggiunto che dovremmo comprare qualcosa anche per la madre. Dato che probabilmente lei non scarterà niente, l'idea mi è piaciuta tanto e ho anche deciso di trovare alcune gift card.

"Sentiti pure libera di cercare vendetta mentre stai nuda sopra di me..." la provoco, agitando le sopracciglia.

"Stavo pensando piuttosto di sedermi sulla tua faccia finché non riesci più a respirare".

"Ooh, tesoro..." Le afferro il sedere, attirandola più vicina. "Non minacciarmi con del sano divertimento".

Capitolo Ventinove

Delilah

Come ci aspettavamo, nel centro di Sugarland Creek regna il caos più totale. Tutti stanno acquistando i regali dell'ultimo minuto o si godono le festività. C'è un chioschetto di Babbo Natale dove i bambini possono fare fotografie, con accanto un banchetto di cioccolata calda e un gigantesco albero di Natale, mentre dei cantori natalizi passeggiano per le strade.

Ma non provavo questo tipo di gioia da prima che mio padre morisse; quindi sto facendo del mio meglio per assorbire tutto.

"Secondo te, potrebbe piacergli questa macchinina telecomandata?" A Wilder brillano gli occhi come se fosse di nuovo un bambino di dieci anni.

"Tesoro, gli hai già comprato tantissime cose. Secondo me, sua madre non saprà nemmeno dove mettere tutto".

Abbiamo già dovuto portare sacchetti di regali al suo pick-up tre volte. Lui ha scelto i giocattoli mentre io dei prodotti più sensati, come vestiti, scarpe e calze. Poi ho iniziato a fare shopping frenetico per Lily. Dato che non era sicuro di quanto tempo avesse, ho preso una varietà di misure che spero le durino di più. Poi ho preso scatole di pannolini e salviette umidificate.

"Ok, è l'ultimo. Promesso!" La prende prima che possa fermarlo.

"È così che ti comporterai quando avremo figli?" Lo dico mezzo scherzando perché conosco già la risposta.

"Oh, tesoro, questo non è nulla in confronto a quello che farò quando avremo bambini. Se non temessi di aver già oltrepassato i limiti con la mamma di Sam, le avrei già trovato un appartamento con due camere da letto. Ma non voglio soffocarla, visto che non mi conosce molto bene; quindi per ora mi assicurerò che Sam e Lily si sveglino con dei regali sotto il loro albero".

Guardo meravigliata mio marito mentre continua a curiosare nella corsia dei giocattoli. "Sei davvero molto dolce, lo sai?"

"E l'hai capito soltanto adesso?" Si gira a guardarmi e mi fa l'occhiolino. "Magari, quando si sentirà più a suo agio con me, posso offrirle il mio aiuto per trovare una casa migliore".

"Non è disponibile uno degli alloggi per il personale? Se lavorerà comunque all'agriturismo…"

"Sì!" Corre da me e mi prende il viso tra le mani, premendo la sua bocca sulla mia. "Sei geniale. Sarebbe perfetto. Non dovrebbe spostarsi per il lavoro, e io potrei passare del tempo con Sam nelle pause. E poi, lui avrebbe altri bambini con cui giocare. E sai quanto adora i bambini nonna Grace. Probabilmente le ruberebbe Lily".

Sorrido e scoppio a ridere per quanto è emozionato.

"Magari lascia che le parli io, così non la spaventi".

"Che vuol dire?"

Sollevo una spalla. "Per alcune persone sei un omone spaventoso".

Dopo aver pagato, portiamo il resto delle buste al pickup per l'ultima volta. "Vuoi passare al The Grindhouse? Possiamo prendere la carta regalo sulla strada".

"Certo. Ho già detto a mamma e Mallory che avrebbero dovuto fare pacchetti non appena fossimo tornati".

"La tua famiglia è molto gentile a dare una mano con così poco preavviso". Faccio un sorriso raggiante. Hanno le loro tradizioni, ma sono disposti a rinunciare a parte del loro tempo per incartare regali per un'altra famiglia.

Domani è il gran giorno, e mia madre verrà al Lodge insieme al resto dei fratelli Hollis. Non vedo l'ora, dato che è il primo Natale da quando papà è morto e spero che mi aiuti a distrarmi abbastanza da non passare la giornata a piangere.

"Anche tu". Mi solleva il mento. "Riconosci i tuoi meriti".

Sorrido quando si china e mi bacia.

Arriviamo al bar, dove la fila esce quasi dalla porta. "Vado a prendere la carta regalo qui vicino, se tu vuoi aspettare qui, ok?" propongo.

"Certo, vuoi il solito?"

"*Sai* qual è il mio solito?"

"Caffè freddo mezzo deca alla vaniglia, con due porzioni di crema e una di zucchero".

"Sono super eccitata…"

Il rossore che gli copre il viso mi strappa una risatina. "Mi sa che quella donna di fronte a noi ti ha appena sentita".

Faccio spallucce, poi lo attiro per un bacio. "Torno subito".

Dopo essermi fatta strada tra la folla sul marciapiede e aver raggiunto il negozio accanto, mi sento sollevata nel vedere che non è tanto pieno quanto gli altri.

C'è una vasta gamma di opzioni per bambini; quindi mi inginocchio e comincio a cercare qualcosa che secondo me piacerà a Sam e a Lily. Poi trovo della carta più elegante per i regali della madre.

"Oh, mio Dio, avete visto Wilder e la sua *nuova moglie*?" La voce irritante di una donna attira la mia attenzione dalla corsia accanto. L'ho già sentita prima, ma non riesco a identificarla.

Inclino la testa e mi sporgo più vicina per ascoltare.

"Lo sapete che l'ha sposato solo per i suoi soldi", aggiunge la voce di un'altra donna.

"Quello, oppure l'ha messa incinta; quindi hanno dovuto optare per un matrimonio riparatore prima che la madre di lui lo scoprisse".

Un paio di loro ridono prima che è una terza intervenga: "Dubito che sposerebbe una solo perché l'ha messa incinta.

Conoscendo Wilder, sarebbe scappato nella direzione opposta subito dopo aver intravisto un test di gravidanza positivo".

Ridono di nuovo.

Stringo le mani attorno alla carta regalo e irrigidisco la mascella per il modo in cui stanno parlando di lui. Come se lo conoscessero, come se conoscessero il *vero* lui: l'unica versione che io conosco da nove anni.

Vorrei farmi avanti e strappare le loro teste a morsi per quelle supposizioni del cazzo, ma cosa potrei dire? *In realtà, no, eravamo ubriachi e ci siamo sposati a Las Vegas.* Non è certo meglio di quello che stanno dicendo loro.

"Però è strano: tra tutte le donne di questo paese, ha sposato *lei*".

"Magari è una messinscena. Forse lei aveva bisogno dell'assicurazione medica di Wilder per un intervento urgente. O di un visto per restare nel paese".

"È nata qui, idiota".

"Sì, vabbè…" Sbuffa. "Delilah non sembra affatto il suo tipo".

Che cazzo significa?

C'erano alcune persone che ci fissavano negli altri negozi, ma pensavo che lo stessero facendo a causa dell'articolo che Molly ha scritto su Wilder. Questa è la prima volta che esce in pubblico e tutti avevano le loro opinioni sulla storia tra lui e Wesley. Quando lei ha scritto che ho fatto uscire uno spacciatore di prigione, la situazione non è certo migliorata.

Non mi ero resa conto che ci stessero fissando perché ci siamo sposati.

O meglio, *giudicando*.

"In realtà, è decisamente il mio tipo". La voce tonante di Wilder nella loro corsia mi fa sobbalzare. "E non che siano minimamente affari vostri – soprattutto non tuoi, Jen – ma Delilah è dieci volte la donna che tu vorresti poter essere. Non pronunciare il nome di mia moglie, altrimenti non proverò nemmeno a trattenerla quando vorrà sferrarti un bel pugno".

Strabuzzo gli occhi per la durezza del suo tono, ma mentirei se dicessi che le sue parole non mi hanno mosso qualcosa dentro.

Jen è un suo vecchio *flirt*, o non ricordo come l'ha definita lui. Hanno smesso di vedersi l'anno scorso e, a quanto pare, lei non l'ha presa bene.

"Sei pronta a pagare?" Wilder appare nella mia corsia con due caffè in mano. Senza sembrare minimamente turbato da quello che è appena successo, sorride e mi fa l'occhiolino.

"Sì…" Rispondo a voce alta. "Sempre che paghi tu, visto che ti ho sposato solo per i tuoi soldi".

"Pensavo che mi avessi sposato per il mio grosso ca…" Gli copro subito la bocca con il palmo.

"Cristo, Wilder!" sibilo. "Ci sono delle signore anziane qui dentro".

"Cosa? La piccola ha voglia di gelato?" chiede di proposito a voce alta.

Lo fulmino con lo sguardo, scuotendo la testa. "Popcorn con M&M, in realtà".

"Perfetto, qualunque cosa per le mie donne".

Questa volta rido, perché è troppo bravo a recitare.

Dopo aver pagato, prendo le buste e raddrizzo la schiena mentre superiamo le donne che stavano sparlando di me.

"Vi auguro la giornata che vi meritate, signore". Wilder le saluta con un cenno del cappello.

Quando mi apre la porta, lo guardo divertita. "Mi fa piacere vedere che quelle lezioni di gestione della rabbia stanno dando i loro frutti".

Passiamo un paio d'ore dai genitori di Wilder e tutti danno una mano per impacchettare i regali… Beh, a parte quelli che abbiamo preso per loro, di cui dovremo occuparci noi più tardi.

Della musica natalizia riecheggia nella casa mentre nonna Grace prepara diverse dozzine di biscotti e Mallory mette in mostra le sue spettacolari doti con i pacchetti e i fiocchi. Ha invitato il suo ragazzo, Antonio, ed è adorabile vederli insieme.

Lui tiene fermi i nastri mentre lei li annoda.

Quando finisce di impacchettare un regalo, Antonio lo mette da parte accanto agli altri e le passa il successivo.

Prima, quando nonna ha sfornato una nuova teglia di biscotti, gliene ha messo in bocca uno ancora caldo e per poco lei non si è bruciata il palato. La cosa l'ha fatta ridere, e lui le ha dato un bacio sulla punta del naso.

Hanno solo diciassette anni, ma si vede che si amano veramente.

Il signor Hollis ha aiutato Wilder a caricare il pick-up e poi ho inavvertitamente visto una scena tra di loro che mi ha fatta piangere.

"Sono fiero di te, figliolo. Hai visto qualcuno in difficoltà e non hai nemmeno esitato a cambiare i tuoi piani per aiutarli. Mi hai regalato molte sorprese quest'anno, tra cui l'esserti sposato da un momento all'altro, ma non ti ho mai visto più felice".

Non volevo origliare, ma si erano dimenticati un regalo e stavo uscendo per portarglielo.

"Grazie, papà. Significa molto per me".

"Hai fatto molta strada. Ammetto di aver passato un'infinità di notti a preoccuparmi per te, ma ora eccoti qui, l'esempio perfetto di un brav'uomo e un ottimo marito".

"È stata un'esperienza illuminante vedere quanto può cambiare la vita quando finalmente *decidi* di cambiare qualcosa. Anche il fatto che tu creda in me aiuta".

"Certo. Ho sempre saputo che potevi farcela. Ma, come genitore, è sempre un qualcosa di dolceamaro vedere tuo figlio sulla strada giusta e che fa scelte intelligenti".

"Quindi… non sei arrabbiato che mi sono sposato a Las Vegas?" indaga Wilder, incalzante.

Il signor Hollis fa un sorrisetto. "Probabilmente è stata la tua decisione più intelligente finora".

Per poco non mi sciolgo e poi torno dentro casa per non farmi beccare.

Prima che ce ne andiamo, Wilder scrive alla madre di Sam per farle sapere che stiamo arrivando, così possiamo intrufolarci dentro senza farci vedere da lui. Ci informa che si è addormentato nel suo letto; quindi la via è libera.

"Hai fatto davvero un ottimo lavoro aiutando questa famiglia", gli dico, stringendogli la mano mentre guida fuori dal paese. "Sarà tanto grata per la tua gentilezza".

Si porta le nostre mani alla bocca e mi bacia le nocche. "Ho preso ispirazione da qualcuno che mi ha aiutato quando ne avevo bisogno".

Arrivati all'appartamento, vediamo la madre di Sam che ci sta aspettando fuori.

"Ciao, sono Delilah. È un vero piacere conoscerti".

"Amelia, e lo è anche per me".

"Potremmo avere esagerato un tantino…" Wilder fa il giro del pick-up, poi apre il portellone.

Amelia rimane paralizzata con gli occhi lucidi. "Sarà così sorpreso domattina. Non posso ringraziarvi abbastanza".

"Lo facciamo volentieri", le dico.

Io e Wilder trasportiamo i regali fino al suo appartamento facendo meno rumore possibile e li raduniamo attorno all'alberello. L'appartamento è carino, ma, dato che ha soltanto una camera da letto, non rimane molto spazio per i giocattoli.

"Spero di non risultare invadente, ma, se tu sei d'accordo, vorrei che vi trasferiste in uno degli alloggi al ranch. Hanno due camere da letto e moltissimo spazio all'aperto. Così sarai anche vicina al Lodge", dice Wilder quando abbiamo finito. "E l'affitto è economico".

"N-Non credo di poter accettare. Hai già fatto abbastanza con i regali e il lavoro…"

"È lì tutto vuoto", le dico. "E verremo ad aiutarti col trasloco, così non dovrai farlo da sola".

"Perché lo state facendo? Vi sono molto grata, ma non sento di meritarmelo".

La tristezza nei suoi occhi mi spezza il cuore.

"So benissimo cosa significa sentirsi così, ma giuro che te lo meriti. Sei una brava madre che sta facendo il possibile per i suoi figli nonostante ciò che le viene gettato addosso. Non ci si deve vergognare ad avere bisogno di aiuto. Soprattutto per mandare avanti una famiglia ci vuole cooperazione".

La risposta di Wilder mi strappa un sorriso raggiante perché so che l'ha detto con il cuore.

"Questo è il mio primo Natale senza mio padre e, se c'è una cosa che ho imparato, è l'importanza della comunità. So che è difficile accettare aiuto, sia per il dolore che per l'orgoglio, ma i miei vicini e i miei amici mi hanno davvero dato una mano quando l'ho perso. E poter restituire quelle premure a qualcun altro nello stesso modo mi fa sentire un po' meno triste per il fatto che lui non c'è più".

Lo sguardo di Wilder trova il mio ed è pieno di tenerezza e dolore.

"Pensaci su, ok? Non sei costretta ad accettare nulla che non ti metta a tuo agio, ma se lo vuoi è tuo", la rassicura Wilder.

"Grazie. Ci penserò". Fa un sorriso che, stavolta, raggiunge i suoi occhi.

"Buon Natale, Amelia! Ti auguro una giornata meravigliosa con i tuoi bambini". Le passo con cautela un braccio attorno al corpo, non sapendo se apprezza il contatto fisico, ma poi mi avvolge in un abbraccio.

"Grazie. Davvero, davvero tanto".

Dopo che siamo usciti in silenzio e abbiamo raggiunto il pickup, Wilder mi spinge contro la portiera del passeggero e mi intrappola con un sorrisetto malizioso sul viso.

"Che stai facendo?" Salgo sul marciapiede per essere un pochino più alta.

"Posso darti un regalo di Natale anticipato?"

"Non avevamo deciso di non farlo?"

C'eravamo messi d'accordo di non scambiarci regali, dato che siamo appena andati in luna di miele e nessuno dei due aveva bisogno di qualcosa.

"Beh… c'è una cosa che i soldi non possono comprare".

Aggrotto le sopracciglia, confusa. Mi solleva il mento e preme un bacio delicato sulle mie labbra.

"Il dottor Benson dice che non dovrei tenermi dentro le cose, altrimenti mi consumano".

"Giusto".

"E non credo di poter aspettare un altro giorno senza dirlo prima che questo mi consumi".

"Che cosa?" Le diverse possibilità mi fanno battere forte il cuore.

"Che sono follemente innamorato di te. Lo sono da un casino di tempo e avevo intenzione di aspettare finché non avessimo raggiunto il trentesimo giorno per non spaventarti correndo troppo. Avevo bisogno di dirtelo adesso perché, ogni giorno in cui posso svegliarmi con te al mio fianco è un altro giorno sprecato senza dirtelo".

La gioia mi stringe il petto, e cingo Wilder tra le braccia, premendo con forza le nostre bocche insieme.

"Era anche ora". Rido contro le sue labbra. "Anche io ti amo".

Sorridendo, mi bacia di nuovo. "Bene, allora posso darti questo".

Quando tira fuori qualcosa dalla tasca, lo guardo storto perché mi ha comprato comunque un regalo.

"Bugiardo che…" Rivela una scatolina azzurra che ho visto soltanto nei film. "Che cos'è?"

"Aprila". Me la porge, ma sono sospettosa.

Quando lo faccio, sussulto di fronte all'anello più grande che abbia mai visto. Un taglio princess con una fascia di diamanti. *È stupendo*.

"Cosa sarebbe?"

"La fede nuziale che meriti e quella che volevo avessi".

"E quella che abbiamo preso a Las Vegas?"

"Quella che non ci ricordavamo di aver comprato perché eravamo troppo ubriachi? Va bene quando fai annullare il matrimonio dopo qualche settimana, ma non è un anello che ti tieni al dito per sempre". Lo estrae e mi prende la mano sinistra, poi me lo fa scivolare al dito. "Questo è quello che fai indossare a tua *moglie* quando sei innamorato di lei".

Non riesco a chiudere la bocca, che mi si è aperta per lo shock. "N-Non so nemmeno come tu abbia fatto a comprarlo così in fretta. Questa marca non è tipo… *molto costosa?*" Sussurro come se qualcuno potesse sentirci anche se siamo completamente soli. Ma sono troppo sconvolta per pensare lucidamente.

Fa spallucce con nonchalance. "Solo il meglio per mia moglie incinta, affamata di soldi".

"Wilder!" Gli do una spintarella, ma poi lo attiro di nuovo verso di me e lo bacio con forza sulla bocca. "Quando l'hai comprato?"

Gli ho detto che non avevo bisogno di trenta giorni o di annullare il matrimonio soltanto la settimana scorsa.

"Quando siamo tornati da Las Vegas".

"Stavamo ancora facendo la prova di un mese".

"Ero… speranzoso".

Alzando gli occhi al cielo per la sua eccessiva sicurezza di sé, sollevo la mano, ma non riesco ancora a crederci. "È assolutamente bellissimo. Grazie. Lo adoro".

"Oh, e c'è un'altra cosa…" Aggrotto le sopracciglia quando si mette in ginocchio. "Mi vuoi sposare di nuovo?"

"Aspetta, che vuoi dire?"

"Organizzare una cerimonia. Ballare al nostro ricevimento. Comprare un abito da sposa. Scambiarci le promesse. Il pacchetto completo".

"Vuoi davvero tutto quello?"

Wilder non mi sembra il tipo che perde tempo con i dettagli dell'organizzazione di un matrimonio, ma, in fondo, già in passato mi sono sbagliata su di lui.

"Lo voglio con *te*".

Proprio quando pensavo di essere abbastanza forte da trattenere le lacrime, ecco che mi rigano le guance.

"Sì…" Annuisco come una matta. "Sì, voglio sposarti di nuovo!"

Mi solleva tra le braccia e poi mi prende il viso tra le mani per baciarmi.

"Non vedo l'ora di vederti percorrere la navata per raggiungermi. E poi di strapparti di dosso quell'abito quando siamo soli". Fa l'occhiolino, sorridendo come se fosse compiaciuto.

"Ed eccolo qui". Rido, ma poi gli avvolgo le braccia attorno al corpo. "Grazie per amarmi durante l'anno più difficile della mia vita. Questo è già il miglior Natale di sempre, anche se pensavo che sarebbe stato il peggiore".

Mi solleva il mento, stringendolo con tenerezza. "Ti amerò attraverso ogni tempesta… proprio come tu hai fatto con me".

Capitolo Trenta
Wilder

"Ooh, signora Hollis…" urlo, togliendomi la camicia mentre calcio via gli scarponi.

Dopo la giornata che ho avuto, non vedevo l'ora di tornare a casa e da mia moglie.

"Sono qui!" risponde a voce alta dalla camera degli ospiti.

Probabilmente la sta riorganizzando. Sin da quando ha portato qui il resto delle sue cose, tre settimane fa, sta decidendo che cosa tenere e cosa buttare.

Sbottonati i jeans, li sfilo finché non rimango soltanto con i boxer addosso. Spero di convincerla a fare una doccia con me, così non perdiamo tempo prima di dover andare da sua madre per la cena e la serata giochi del sabato.

Sarà la prima a cui parteciperò, visto che ho finito le ore al rifugio. Ne ho fatte una marea durante la settimana delle feste e le ultime cinque domenica scorsa. Anche se la signorina Tierney le ha approvate tutte, ho promesso di tornare una volta al mese. Anche Delilah si è offerta di venire con me per dare una mano.

"È tempo di spogliarsi, piccola. Abbiamo trenta minuti, e venticinque di quelli voglio passarli dentro di…" rimango paralizzato quando entro nella stanza e trovo Amelia, che sembra inorridita.

"Wilder!" Delilah corre verso di me, spingendomi in tutta fretta in corridoio.

"Non sapevo fosse qui!" mi difendo.

La sua macchina è nel vialetto, però c'è sempre adesso che si è trasferita qui accanto. Lavora all'agriturismo dai primi del mese, ma tra i nostri impegni lavorativi e tutto il resto, io non riesco a parlarle tanto quanto fa Delilah. Però vedo sia lei che Sam quasi tutti i giorni quando sono in pausa pranzo e lui mangia al Lodge con sua madre.

"Già, beh, adesso ha visto tutto di te". Mi dà una spinta sul petto. "Buttati sotto la doccia, così non facciamo tardi".

"Speravo che ti unissi a me…" Agito le sopracciglia.

"Sono vestita e pronta". Muove una mano lungo il suo corpo e il mio sguardo la segue, apprezzando quanto è bella. "Ho uno scatolone di vestiti che sto donando al rifugio, ma prima volevo vedere se ad Amelia interessava qualcosa".

"Sarebbe stato bello saperlo più o meno sessanta secondi fa".

"Non preoccuparti, non ho visto il tuo *coso*!" urla Amelia, e il viso di Delilah arrossisce.

"Ti prego, vattene", dice Delilah, sconfortata.

"Prima posso rubarti un bacio?"

"Va bene, ma solo uno", risponde scherzosa, stropicciando le labbra.

Mi chino e premo le mie sulle sue, per poi rubarle qualche bacetto in più.

"Adesso sbrigati!"

Fare la doccia da solo è diventata l'attività che mi è meno gradita, ora che mi sono abituato ad avere mia moglie lì dentro con me. Abbiamo creato la nostra piccola routine in queste poche settimane, e sono più ossessionato da lei di quanto non lo fossi a Las Vegas.

Qualcuno potrebbe dire che è una malattia.

Ma, in quel caso, allora non voglio assolutamente essere curato.

"La via è libera?" urlo, facendo spuntare la testa dalla porta del bagno prima di uscire con solo un asciugamano addosso.

"Sì, Casanova. Hai quindici minuti", dice in tono cantilenante dal soggiorno.

"Se ce ne metto soltanto cinque a vestirmi, posso usare gli altri dieci per divorarti?"

"Bleah, t'ho sentito!"

Ma che cazzo?

"Non avevi detto che Amelia non c'è?" Corro verso la camera da letto.

"Non c'è".

"Ma tua cognata si!" esclama ironica Harlow.

"Cristo santo!"

"Non preoccuparti, non hai nulla che non abbia visto su tuo fratello".

"Che schifo, Harlow!" la rimprovera Delilah, ma ride con lei.

Delilah entra in camera da letto mentre finisco di vestirmi.

"Andiamo in macchina con loro; quindi stiamo solo aspettando che Waylon finisca di fare la doccia e poi partiamo".

"Non c'è mai stato un momento migliore per costruirci una casa nostra", dico impassibile. "Se non l'ho mostrato ad Amelia o ad Harlow, succederà con Mati e Raven".

Raven si è trasferita nel vecchio appartamento di Delilah un paio di settimane fa, visto che Wesley è sparito dalla circolazione. Lo sceriffo lo sta cercando, ma nessuno l'ha visto. Questo può voler dire che se n'è andato per ricominciare da capo da un'altra parte, oppure che si sta nascondendo. E in quest'ultimo caso, prima o poi dovrà rispuntare.

Però Mati ha rassicurato tutti che la sta tenendo d'occhio. Il lavoro di Raven le permette di lavorare da casa, ma, dato che Mati sta facendo più turni al Lacey's, ha investito in un buon sistema di sicurezza per quando è fuori.

Tuttavia, quando non lavorano, sono nel mio soggiorno per una serata tra ragazze a guardare film.

"Dovresti saperlo che vivere con una ragazza significa che ha delle amiche". Il sorrisetto adorabile mi rende impossibile arrabbiarmi.

"Mmm-mmh". La catturo per la vita e premo il suo corpo al mio. "Finché posso addormentarmi con te al mio fianco e svegliarmi con te tra le braccia, conviverò con la cosa".

"Beh, non è la cosa più dolce che abbia mai sentito".

"Credo di aver detto cose più dolci... di solito quando la tua bocca..."

"Zitto", dice bruscamente. "Non abbiamo tempo per quello e non farai altro che eccitarti se ne parli".

"Come fai a sapere cosa stavo per dire?"

"Sei mio marito, e ti conosco".

Le sollevo il mento, avvicinando la mia bocca alla sua. "Ecco, se c'è qualcosa che poteva farmi eccitare, è sentirti chiamarmi così".

"Uno!" grida Harlow.

"Chi ti ha insegnato a giocare?" Delilah mette il broncio, con il suo ventaglio di carte che le occupa entrambe le mani.

"Mi sono allenata con Willow e Poppy". Fa un sorriso raggiante.

Scherziamo sempre sul fatto che i loro genitori la facevano sempre vincere quando era bambina, così che non ha mai imparato a elaborare strategie o a seguire le regole del gioco. Sembra che finalmente abbia capito.

"Non hanno tipo tre anni?" chiedo.

"Tre e mezzo, e in realtà sono piuttosto brave".

Delilah fa una risata nasale, mettendo giù la sua carta. "Beh, adesso ne peschi quattro".

"Il fatto che vi state mettendo tutti contro di me non è carino né molto sportivo". Harlow prende con riluttanza le sue carte.

"Non preoccuparti, amore. Per me sei sempre una vincitrice", le dice Waylon con un largo sorriso, pur sapendo che lei non abboccherà.

La signora Fanning resta in silenzio, ma è tutta la sera che continua a sorridere. Visto che a fine mese ci sarà l'anniversario della morte di suo marito, temevo che se la passasse male o che fosse più turbata, ma sembra stare davvero bene. O forse è addirittura più brava a fingere di quanto io non creda.

Delilah, d'altro canto, si è impegnata un sacco a decorare l'appartamento – visto che, a quanto pare, era privo di fascino e calore – e a pulire ogni centimetro quadrato. Dato che prima, quando si sentiva molto triste, la sua strategia era quella di mettersi a letto a piangere, la considero una vittoria.

Ma ho già organizzato qualcosa per quella data; quindi spero che possa essere ricordato come un giorno felice.

"Uno", dice la signora Fanning, sorprendendoci tutti perché stasera è stata silenziosa.

"Come hai fatto a liberarti di tutte le tue carte?" Delilah sussulta.

La signora Fanning si stringe nelle spalle, con un sorrisetto misterioso sul volto.

Quando arriva il mio turno, rifletto se buttare una carta cambia colore o una gialla, che sarebbe quella che le serve per vincere. Dato che è seduta proprio accanto a me e non è stata bravissima a nascondere la sua mano, sono riuscito a vedere le sue carte.

Decidendo che, prima finisce la partita, prima posso portare a casa mia moglie, metto giù quella gialla.

La signora Fanning mi fa un sorrisetto come se sapesse che ho guardato e ci mette sopra la sua.

"Noooo! C'ero vicinissima!" Harlow mette il broncio, sbattendo le sue carte sul tavolo.

"E qui abbiamo finito". Faccio una risatina, passando un braccio attorno a Delilah per attirarla più vicina. "Adesso possiamo andare a casa? Voglio avere la tua passera sulla faccia entro i prossimi venti minuti", le sussurro all'orecchio.

"Oddio, trovatevi una stanza", brontola Harlow. "La fase degli sposini è finita".

"Parla per te", la prendo in giro.

"Devo ricordarti che una volta vi ho beccati?" dice Delilah in tono di rimprovero, sollevando un sopracciglio.

"Una volta!" Harlow getta le braccia per aria. "E vivo sotto di voi; quindi non fingete di essere innocenti".

Alzandomi, raccolgo il mio bicchiere vuoto di tè freddo e faccio il giro del tavolo per portarlo in cucina. "In quel caso, stanotte la farò urlare più forte del solito".

"Smettila di trattenerti… So che puoi fare più rumore di così".

Ancora prima che superassimo il portone d'ingresso me la sono caricata in braccio per portarla in camera nostra. Non appena si è completamente denudata, l'ho stesa sul letto e ho banchettato tra le sue gambe.

"Wilder… *non voglio* che mi sentano", sibila.

Mi pare proprio una sfida.

Appiattisco la lingua e la faccio scivolare sul suo sesso prima di succhiare il clitoride. Con due dita dentro di lei, la porto sempre più vicina all'apice, ma poi mi fermo di colpo prima di continuare la mia deliziosa tortura.

"Wilder, giuro su Dio…" si lamenta, tirandomi i capelli.

"Allora sei pronta a gridare per me?"

"Posso soffocare le urla con un cuscino?"

"Ma anche no. Voglio che ti sentano quelli del paese accanto".

"Non succederà, però sentiranno urlare *te* quando ti taglierò la lingua per non aver finito il lavoro".

"Non provarci neanche ad insultarmi". Incurvo le dita più in profondità e sorrido soddisfatto quando sussulta. "Immagino sia arrivato il momento di passare al mio piano B".

Portandomi una delle sue caviglie sulla spalla, le divarico ulteriormente le gambe e faccio roteare il polso fino a colpire il punto sensibile.

"Porca troia!" Inarca la schiena, ma so che tra qualche minuto dirà molto più di quello.

Sistemo l'angolazione giusto un pochino e poi spingo le dita dentro e fuori a velocità sostenuta.

"Wilder, oh…" Stringe le coperte nei pugni mentre cerca di trattenersi, ma quando il suo corpo esplode, squirtandomi su tutta la mano, non riesce più a fermarsi. "Ooh, mio D-Dio!"

Getta indietro la testa e il gemito più dolce di sempre esce dalla sua gola.

"Ecco la mia brava bambolina, cazzo".

Mi porto le dita alla bocca e le succhio, sentendo il suo sapore sulla lingua.

"Come cavolo hai fatto?"

"Conosco il tuo corpo meglio di te, amore".

"No, hai fatto una cazzo di stregoneria. Non è mai successo prima, davvero mai". Si solleva sui gomiti, cercando ancora di riprendere fiato. "Credo di aver fatto un casino sul letto".

Le lascio andare la gamba, abbassandola lentamente per poter risalire sul suo corpo. "L'hai fatto; il che vuol dire che potrò finalmente lavarti nella doccia, dove ti scoperò contro la parete finché non mi squirterai di nuovo sulla mano".

"Hai una boccaccia sporca, signor Hollis", mi provoca, con le guance tinte di una splendida sfumatura di rosso.

"Quella bocca è solo per te, signora Hollis". Faccio l'occhiolino, posando le mie labbra sulle sue.

"Per sempre?"

"Cazzo sì, Delly. Per sempre".

Capitolo Trentuno

Delilah

Il negozio è più tranquillo del solito per tutto il mese; il che è piuttosto comune a gennaio. Tutti hanno speso i loro soldi prima delle feste e nessuno acquista lingerie in pieno inverno. In questo periodo dell'anno vendiamo soprattutto mutande e reggiseni, ma, dato che entrano meno clienti, la giornata sembra infinita.

"Vuoi prenderti una seconda pausa?" chiedo a Mati, seduta alla mia scrivania mentre faccio roteare la penna. "Non ha senso che ci annoiamo a morte entrambe".

"Sì, mi andrebbe proprio un frullato. Ne vuoi uno?"

"No, grazie. Non ho fame".

"Devi mangiare, Delilah. So che stai cercando di perdere peso per entrare in un abito da sposa, ma un frullato non ti ammazzerà.

"Non ho nemmeno avuto tempo per cercare un abito. Però spero di averne fra qualche settimana".

Abbiamo fissato la data delle nozze a fine maggio; quindi adesso dobbiamo ordinare e programmare tutto. Dato che il piano è quello di prendere un tendone e celebrare il matrimonio al ranch, dobbiamo noleggiare dei tavoli e delle sedie, oltre al resto: il DJ, il catering e tutto ciò che una festa del genere comporta.

Anche se mi sento stressata solo a pensarci, per me e mia madre è una piacevole distrazione mentre ci avviciniamo all'anniversario della morte di mio padre.

"Hai detto a Jonah che stasera ci troviamo al Milly's Diner, invece?" chiede, prendendo il cappotto e la borsa.

Dato che è giovedì e stasera Wilder ha la lezione di gestione della rabbia, usciamo a mangiare e bere qualcosa. Però non avevo voglia di messicano, così andiamo da un'altra parte. Anche Raven ci raggiunge tutte le settimane, ed è divertente uscire noi quattro. Ogni volta proviamo a farci venire in mente dei nomi per il bambino, che però non le vanno mai bene.

Sono determinata a trovarne uno che le piaccia davvero. Altrimenti, quando partorirà fra qualche settimana, suo figlio non avrà un nome.

"Non ha risposto, ma ci riprovo", rispondo, prendendo il telefono.

"Ok, torno tra poco".

Quando se ne va, vado in negozio e mi metto dietro al bancone; poi decido di scrivere di nuovo a Jonah.

DELILAH

Ehi, sei ancora disponibile per la cena di stasera? Andiamo al Milly's.

Risulta consegnato, ma non ha letto nessuno dei miei messaggi di prima. Anche se è al lavoro e lì non possono usare i telefoni, so che si prende delle pause.

Se qualcuno sa dov'è, quello dovrebbe essere Wilder.

DELILAH

Quando ne hai l'occasione, puoi dire a Jonah di controllare i messaggi? Voglio essere sicura che sappia dove ci troviamo stasera.

Ti amo e mi manchi!

Dopo qualche minuto, risponde.

WILDER

Non ne ho idea. Stamattina quel bastardo non si è presentato al lavoro e non ha risposto a nessuno dei miei messaggi o chiamate.

DELILAH

Non è da lui. Controllo se Raven l'ha sentito.

WILDER

Fammi sapere, altrimenti è licenziato.

DELILAH

Aspetta! Potrebbe esserci una ragione legittima.

Risponde con l'emoji che alza gli occhi al cielo.

WILDER

Ti amo e mi manchi anche tu.

Il mio cuore ha ancora le palpitazioni quando dice quelle due parole.

Che sia al mattino prima che vada al lavoro, quando torna a casa la sera o quando siamo nudi a letto, non mi stanco mai di sentirle.

DELILAH

Oggi hai sentito tuo fratello? Non si è presentato al lavoro e non ha risposto ai miei messaggi. Sono preoccupata per lui.

Ma nemmeno lei mi risponde.

Tuttavia, con lei non è insolito. Dato che lavora da remoto, monitorano l'uso del suo computer per assicurarsi che sia connessa durante l'orario di lavoro; quindi può controllare il telefono solo di tanto in tanto.

Quando la campanella sopra la porta tintinna, immagino che Mati sia tornata dal bar, ma quando sollevo lo sguardo rimango sorpresa nel vedere Jonah.

"Ehi!" Sorrido raggiante, infilando il telefono in tasca. "Ti stavo…"

"Devo chiederti di uscire dal retro con me ed entrare nel mio pick-up, Delilah", dice tenendo le mani nelle tasche del cappotto nero.

Il suo tono mi fa aggrottare le sopracciglia. "Cosa?"

Il suo atteggiamento è completamente sbagliato. È teso e rigido, e ha gli occhi iniettati di sangue.

"Esci dalla porta sul retro con me ed entra nel mio pick-up!" ripete con fermezza.

"Jonah, non so di cosa tu stia parlando, ma non posso lasciare il negozio senza nessuno qui".

Sfila una delle mani e mostra una pistola. "Ora, Delilah!"

I miei occhi si concentrano sull'arma puntata contro di me, e poi non riesco a respirare.

Non mi sparerebbe, vero?

Abbiamo passato insieme un'infinità di ore, a parlare di roba personale e ad avvicinarci.

Questo non è da lui.

"Muoviti!" urla, facendomi sobbalzare per il terrore.

"Ok, vado..." Cammino lentamente all'indietro, poi mi giro quando raggiungiamo lo stanzino.

"Dove mi stai portando?" sussurro.

"Lo scoprirai. Tu vai. Il mio pick-up è giusto qui fuori".

Apro la porta, ricacciando indietro le mie emozioni perché, pur sapendo che questo non è il Jonah che ho iniziato a vedere come un fratello, c'è qualcosa di terribilmente sbagliato in lui.

Apre la portiera del passeggero, ed esito a salire. Magari, se gli faccio perdere tempo, Mati tornerà a distrarlo. Così potrò far volare via la pistola e scappare.

E se poi invece la usasse contro di lei?

Non posso rischiare che le faccia del male a causa mia.

"Forza, entra!" Mi spinge la canna della pistola nella schiena.

Salto a bordo e lui indica la cintura con un cenno del capo. "Allacciala!"

"Adesso?" sbotto dopo averlo fatto.

"Non muoverti e non fare niente, Delilah! Non voglio ritrovarmi costretto a farti del male".

"Allora perché stai facendo questo?"

Invece di rispondere, mi sbatte la portiera in faccia e corre davanti al pick-up per raggiungere l'altro lato e saltarci dentro.

"Finirà tutto presto, promesso".

"Non è molto rassicurante sentirmelo dire da qualcuno che mi ha appena rapita minacciandomi con una pistola".

Non risponde mentre esce dal parcheggio, ma, invece di guidare in centro dove qualcuno potrebbe vedermi, prende le stradine secondarie che portano fuori da Sugarland Creek.

Non riesco a smettere di pensare a quanto si sentirà confusa e spaventata Mati quando vedrà che non ci sono.

La mia borsa. La mia macchina. La mia giacca. *È rimasto tutto lì.*

Ma io sarò sparita nel nulla.

Il mio telefono… *ce l'ho in tasca?*

Senza far rumore e lentamente, controllo di nuovo che ci sia e tiro un mezzo respiro di sollievo quando lo sento. Non che non se ne accorgerebbe se provassi a usarlo, anche se fossi abbastanza rapida da mandare un messaggio a Wilder o Mati.

Ma, se lo sfilo e lo nascondo sotto una coscia, magari riesco a premere i due pulsanti laterali per far apparire la schermata della chiamata d'emergenza.

Aspetto che sposti l'attenzione da un'altra parte e, quando guarda a sinistra a un incrocio, muovo il mio corpo giusto quel tanto da dare l'impressione che mi sto mettendo comoda. Riesco a infilare due dita nella tasca e ad estrarre il telefono.

Lo nascondo con la mano prima di farlo scivolare per metà sotto la coscia.

"Stai ferma", ringhia; al che mi si ferma il cuore.

Quando mi appoggio allo schienale per evitare che presti attenzione a me, i suoi occhi ritornano sulla strada.

Senza muovermi, abbasso lo sguardo e sollevo la gamba quel tanto da mettere le dita attorno al telefono. Stringo i due pulsanti laterali finché non appare la barra rossa che mi esorta a far scorrere il dito.

Senza attirare l'attenzione su ciò che sto facendo, lo passo sullo schermo. Poi abbasso il volume così che non senta chi parla dall'altra parte.

"Jonah, dove siamo?" chiedo, nella speranza che riveli qualcosa. Ho bisogno di fornire un punto di riferimento o qualcosa di utile. Sempre che riescano a sentirmi. "Non riconosco questa strada", insisto, nel tentativo di farlo parlare. "Stiamo lasciando lo stato?" Ci riprovo, ma la paura che sia così è reale.

Nulla di tutto questo ha senso.

Che cosa diavolo vuole da me e perché non può dirmelo?

"No, è soltanto a un'ora di distanza".

"A un'ora di distanza da Sugarland Creek?"

"Sì".

"A est o ovest?"

Prima non stavo controllando perché ero troppo impegnata a farmi prendere dal panico e a escogitare un piano per sfilare il telefono.

Si gira e mi guarda sospettoso. "A est".

Annuisco, deglutendo con forza.

"Puoi dirmi perché? Perché mi stai portando un'ora a est?"

"Non ancora".

Batto il piede, cercando di farmi venire in mente altre domande per farlo continuare a parlare e rivelare dove siamo diretti.

"Raven sa che lo stai facendo?"

Stringe le dita attorno al volante e fa scattare la mascella.

"Sta' zitta! Basta chiacchiere".

Tengo la bocca chiusa, ma riesco a toccare lo schermo per vedere se sono ancora in linea. Con un sospiro di sollievo, posso solo sperare che abbiano un modo per rintracciare la mia posizione o che stiano sentendo la nostra conversazione.

Sugarland Creek si trova già nella parte orientale dello stato, però lui ha detto che non stiamo lasciando il Tennessee; quindi dev'essere un posto vicino al confine.

Arriva una chiamata di Mati e rifletto se rispondere, ma non voglio chiudere quella con il 911; quindi faccio partire la segreteria.

Poi arrivano una sfilza di messaggi.

Merda!

Faccio scorrere un dito sulle notifiche e faccio del mio meglio per tenere la testa alta mentre guardo verso il basso e scrivo.

DELILAH

SOS.

Jonah.

Pistola.

Poi, prima che possa mandarle la mia posizione, Jonah mi urla addosso.

"Che stai facendo?"

Infilando il telefono sotto la coscia, raddrizzo la schiena. "Niente".

Tenendo una mano sul volante, allunga l'altra e mi afferra il polso. Poi la fa scorrere sul sedile e lo sente.

Distendo la gamba, mettendoci pressione sopra, ma lui è più forte di me e lo sfila.

"Maledizione, Delilah!" Abbassa il finestrino e lo lancia fuori.

"Ehi! Che cazzo fai?"

"Smettila di giocare", sibila. "Stattene seduta lì e..."

Qualcosa si impossessa di me e finalmente si attiva la reazione di lotta o fuga. Controllo che non ci siano macchine sull'altra corsia, afferro il volante e lo tiro verso di me con uno strattone, poi mi preparo all'impatto.

"Fermati!" urla, cercando di raddrizzare il volante, ma io lo tengo fermo con tutta la forza che ho in corpo.

Il pick-up sbanda nell'altra corsia, ma Jonah schiaccia il freno troppo tardi. Scivoliamo in un fossato e finiamo dritti contro un albero.

"La ucciderà!"

Quelle sono le ultime parole che sento prima che gli airbag si aprano e il mio corpo finisca all'indietro contro il sedile, facendomi sbattere la testa contro il finestrino.

E poi tutto tace e diventa buio.

Capitolo Trentadue
Wilder

"Qualcuno ha visto Jonah?" chiedo a Noah, Ruby e Ayden, entrando nella scuderia.

"Perché? Hai perso il tuo ragazzo?" ironizza Noah camminando verso di me con uno dei cavalli a pensione.

"Quello stronzo non si è presentato".

"Oh-oh, problemi in paradiso?" mi prende in giro Ruby, afferrando un secchio di mangime per poi entrare in uno dei box.

Alzo gli occhi al cielo. "Se lo vedete, chiamatemi".

"Sì, signor capitano". Mi fa il saluto militare.

Grattandomi la nuca, scuoto la testa.

Non è mai stato uno che non si presenta senza prima avvisare; quindi non è da lui.

Trascorro il resto della mattinata a spalare letame dai box e a spostare i cavalli dentro e fuori dal pascolo. Ho ricominciato a lavorare nell'agriturismo, ma, dato che facciamo soltanto un'escursione al giorno, faccio avanti e indietro tra qui e il ranch, visto che Jonah lavora lì.

C'è poco da fare in questo periodo dell'anno, ma, quando il tempo cambia all'improvviso, ci sono cose che si rompono e recinti da aggiustare; quindi di solito mi tocca fare i lavoracci… ed è per questo che sarebbe stato bello se Jonah si fosse presentato per potermi aiutare.

Sentendo il bisogno di prendermi una pausa e bere un sorso dalla mia bottiglia d'acqua, torno al mio pick-up e trovo ad attendermi un messaggio di Delilah.

Nemmeno lei ha visto o sentito Jonah.

Probabilmente lei è preoccupata per lui, mentre io ho il presentimento che si sia reso conto di non essere tagliato per lavorare in un ranch. Negli ultimi giorni abbiamo avuto un mix di pioggia e neve, e lui ha continuato a lamentarsi senza sosta. Visto che siamo circondati dai Monti Appalachi, abbiamo nevicate più intense rispetto al resto dello stato, e ci troviamo in quel periodo dell'anno in cui c'è meno luce durante il giorno; quindi alla fine dei nostri turni fa un freddo cane.

Anche se prima lavorava nel settore edile, non doveva preoccuparsi del tempo mentre gestiva cavalli di cinquecento chili e attraversava pascoli bagnati.

Quando il lato del recinto su cui sto lavorando è finito, raggiungo in macchina la scuderia dell'agriturismo e trovo Waylon che lotta con una cavalla. Dato che i pascoli sono un disastro, gli animali sono bloccati nei loro box e non ne sono affatto contenti.

"Ti serve una mano?" chiedo.

"Volentieri, però stai attento. Mi ha già tirato un calcio".

Ridacchio, poi prendo un'altra briglia e lo aiuto a spingerla nel box. Quando non possiamo portarli fuori e dobbiamo pulire, li mettiamo a rotazione nel box per la toelettatura.

"Oggi hai un bel caratterino", dico, accarezzandole il collo per calmarla.

Quando ricevo una telefonata, vado nel corridoio e, anche se non riconosco il numero, rispondo.

"Pronto?"

"Wilder? Grazie a Dio".

"Mati?"

"Sì, ciao. Hai sentito Delilah?"

"Stavamo messaggiando più o meno un quarto d'ora fa. Perché? Non è al lavoro con te?"

"Sono uscita per comprare un frullato e, quando sono tornata, c'erano un paio di clienti in negozio, ma lei non c'era. Ho pensato che fosse in bagno; così li ho aiutati per qualche minuto e li ho fatti pagare. Non appena sono usciti, sono andata a cercarla sul retro, ma non c'era. Il suo pick-up è nel parcheggio, mentre la borsa e il cappotto sono ancora qui".

"Ha il telefono?"

"Non è nella borsa; quindi deve averlo lei".

"L'hai chiamata?"

"Sì, e le ho scritto".

"È possibile che sia andata a prendere qualcosa da mangiare?"

"Non lascerebbe mai il negozio senza una di noi qui. E poi, ha detto che non aveva fame quando mi sono offerta di prenderle un frullato".

Ho il cuore a mille mentre cammino avanti e indietro nella scuderia. "Ok, fammi provare con…"

"Aspetta, ha risposto". Butto fuori un sospiro di sollievo. "SOS. Jonah. Pistola".

"Eh?"

"Erano i suoi messaggi! Che cazzo vuol dire?"

"Merda! Fammi vedere se riesco a rintracciare la sua posizione".

L'abbiamo attivata mesi fa, quando è stata incaricata di farmi da baby-sitter.

"Che cazzo?" mormoro, zoomando sul punto in cui dice che si trova. "È su una stradina di campagna… probabilmente a venti minuti da qui".

"L'ha presa Jonah, vero?"

"E ha una pistola". I tasselli vanno al loro posto. "Figlio di puttana!" sputo fuori. "Mi dirigo da quella parte, ma sono ad almeno trentacinque minuti da lì".

Agito la mano e attiro l'attenzione di Waylon; poi indico la porta con un cenno del capo mentre cammino in quella direzione. "Delilah è nei guai", gli dico.

"Vuoi che venga?"

"Sì, ma non rispetterò i limiti di velocità". Corro al mio pick-up e metto subito in moto. Waylon salta a bordo dopo di me e partiamo.

"Dovrei chiamare lo sceriffo e dirglielo?" chiede Mati.

"Sì, magari riesce a trovare il suo pick-up prima di me. Terrò d'occhio la posizione e..." Ricarico e noto che si è fermata. "Un attimo, non si sta muovendo".

"Dov'è?"

"Da qualche parte fuori dalla strada".

"Oh, mio Dio! Non promette bene".

"No... per nulla".

Chiudiamo la chiamata, così che lei possa telefonare allo sceriffo Wagner, e poi spiego a Waylon cosa sta succedendo. Dopodiché, lui chiama nostro padre per informarlo.

"Hai il tuo fucile?" chiede papà, in vivavoce.

"Sì, sotto il sedile".

Lo stesso che ho usato per sparare al rapitore di Harlow l'anno scorso.

"Stai attento. È quasi buio e in quella zona non ci sono lampioni".

"Certo". La mia mascella si serra per la rabbia e stringo il volante talmente forte da sentire le nocche pulsare.

"Hai delle torce?" chiede.

"Nei sedili posteriori", lo rassicuro.

"Magari sono scivolati su del ghiaccio. Quelle strade possono essere pericolose".

"Non lo so, ma se è stata colpa di Jonah o se è rimasta ferita a causa sua, non prometto che non lo ucciderò".

"Non fare nulla di cui ti pentirai, Wilder".

Troppo tardi. *Mi pento di non avergli spaccato la faccia quando ne avevo l'occasione.*

"Papà, mi sta chiamando lo sceriffo".

Rispondendo al telefono, metto in vivavoce così che possano sentire anche lui e Waylon. "Sì?"

"Abbiamo trovato il pick-up di Jonah schiantato contro un albero e lo abbiamo tirato fuori".

"E Delilah?"

"Non era all'interno".

Mi si chiude lo stomaco, e sento che potrei vomitare. "Ne è sicuro?"

"L'airbag del passeggero si è gonfiato, ma la portiera è stata lasciata aperta. Probabilmente è uscita da sola e ha fermato qualcuno. Ho emesso un avviso di ricerca. I paesi circostanti stanno tenendo gli occhi aperti e contattando gli ospedali locali".

"Potrebbe essere entrata nel bosco ed essersi persa". Dopo un incidente del genere, doveva essere disorientata. "O, peggio, ha *perso i sensi* ed è là fuori che muore congelata", aggiungo.

"I miei uomini stanno perlustrando la zona con l'unità cinofila, ma per il momento non hanno trovato tracce che indichino che si trova là fuori".

"Adesso dov'è Jonah?"

"L'ambulanza l'ha portato all'ospedale. Credono che abbia un trauma cranico e molto probabilmente qualche costola rotta.

Bene, allora glien'è rimasta ancora qualcuna che posso spezzare io quando gli metto le mani addosso.

"Ok, sto andando lì proprio adesso". Svolto velocemente per dirigermi in quella direzione.

"Non puoi parlarci, Wilder".

"Perché diamine non posso farlo?"

"Sarà trattenuto finché non la troviamo e scopriamo cos'è successo".

"L'ha rapita!"

"È per questo che al momento è ammanettato".

"E io voglio sapere perché diavolo ha preso mia moglie e dove la stava portando!"

"Lo interrogherò non appena avranno finito la TAC".

"Non è sufficiente!"

"Wilder…" Waylon attira la mia attenzione. Mi lancia un'occhiata tagliente per dirmi di calmarmi. Ma come posso farlo, quando mia moglie è scomparsa e nessuno sa dove cazzo si trova?

"Va bene, non interferirò, ma allora gli conviene darci delle risposte".

Raggiungiamo l'ospedale in metà del tempo e, quando ci precipitiamo dentro, troviamo lo sceriffo Wagner ad aspettarci.

"Ci sono novità?"

"È di nuovo nella sua stanza, ma non è del tutto cosciente. Gli antidolorifici lo fanno sentire assonnato", spiega, e mi ribolle il sangue. Quel bastardo merita di provare il dolore.

"Allora veda di svegliarlo a suon di ceffoni ed esigere risposte", ringhio. "È l'unico che può darcene".

Lo sceriffo Wagner solleva il palmo prima di posarmelo sulla spalla. "Lo farò… però tu devi lasciarmi fare il mio lavoro. Ho mandato più di una dozzina di uomini a cercarla, a perlustrare le strade e fare chiamate. La troveremo".

Le sue parole dovrebbero essere rassicuranti, e in un certo senso sapere che ha impiegato così tante persone per cercare mia moglie lo è, ma il mio istinto mi dice che è successo qualcosa di terribile.

"Avete trovato il suo telefono?" chiedo con tutta la calma che riesco a tirare fuori.

"Sì. Sembra sia stato gettato via prima dell'incidente. Ma è stato per quello che l'abbiamo trovata così in fretta. Ha chiamato il 911 e sono riusciti a sentirla mentre dava indicazioni prima che la linea si interrompesse".

Che donna intelligente che è mia moglie!

"Probabilmente Jonah l'ha gettato fuori quando l'ha vista usarlo". Stringo le mani a pugno e mi scrocchio il collo. "Si è preso gioco di noi. Si è finto suo amico e…"

"Non saltiamo a nessuna conclusione finché non avremo più informazioni".

"E sua sorella? Qualcuno le ha parlato?" chiede Waylon.

"Mati ha detto che non era al loro appartamento, ma la sua macchina è lì".

"Un attimo…" Sbatto le palpebre. "È scomparsa anche Raven?"

"Così sembra".

"Anche lei era con Jonah? Può essere che si trovasse sul sedile posteriore?" chiede Waylon.

"Nulla indica che ci fosse qualcun altro nel pick-up. Considerando la fase di gravidanza, dubito che sarebbe uscita da sola".

"Oh, mio Dio…" Mi viene l'illuminazione. "L'ha presa Wesley. Ce le ha entrambe".

"Cosa te lo fa pensare?" chiede Waylon.

Intreccio le mani dietro la testa e cammino di fronte a loro. "Wesley stava cercando Raven, ma con l'ordine di protezione doveva mantenere le distanze. Deve aver scoperto dove vive e, in qualche modo, l'ha presa quando Mati era al lavoro".

"Ok… e Delilah come si inserisce in tutto ciò?" chiede lo sceriffo Wagner.

Butto fuori un respiro, cercando di mettere ordine tra i pensieri per spiegare la mia teoria.

"N-Non ne sono sicuro al cento percento… però è una coincidenza troppo grossa il fatto che siano scomparse entrambe nello stesso momento e i collegamenti che hanno in comune siano Jonah e poi Wesley. Sappiamo che Jonah voleva portare Delilah da qualche parte…"

"Forse la stava portando da Wesley in cambio di Raven?" suggerisce Waylon.

"Ma perché avrebbe voluto Delilah e non Raven?" chiede lo sceriffo Wagner.

"Per vendicarsi di me… o di entrambi. Ci ritiene responsabili per avergli rovinato la carriera. È stato ufficialmente licenziato dopo che Delilah ha chiesto l'ordine di protezione contro di lui. Sa che rapirla mi rovinerebbe la vita".

"Occhio per occhio…" dice lo sceriffo, poi afferra la radio e cammina verso la porta.

"Credi davvero che abbia preso Delilah per vendicarsi di te?" chiede Waylon.

"Credo che si sia bevuto completamente il cervello; perciò sì, probabilmente adesso è capace di qualunque cosa. Sapeva che non sarebbe riuscito a portarla via senza complicazioni. Quindi gli serviva della merce di scambio per convincere Jonah a portarla da lui".

"Raven per Delilah…" conferma Waylon.

"Potrei sbagliarmi di grosso, ma altrimenti perché Jonah sarebbe cambiato dal giorno alla notte e l'avrebbe minacciata con una pistola? Non mi è mai piaciuto, ma è talmente leale nei confronti di Raven da rovinarsi la vita".

"Ma credi che Wesley rinuncerebbe a Raven?"

Schiocco le dita quando si accende la lampadina. "Hai ragione… Probabilmente non lo farebbe".

Lo sceriffo ritorna. "Ho emesso un avviso di ricerca per Wesley e Raven. L'intera contea è in stato di allerta".

Aggiorniamo lo sceriffo sulla nostra teoria.

"Sono d'accordo… Non rinuncerebbe a sua moglie, quando è lei quella che ha cercato per tutto questo tempo". Annuisce, passandosi una mano sulla mascella. "Probabilmente aveva intenzione di uccidere Jonah".

"E dov'è che nasconderebbe due donne?" chiede Waylon.

"Ho chiesto a uno dei miei uomini di controllare se possiede altre proprietà a suo nome, ma c'è solo casa sua, e si stanno dirigendo lì. Ma non mi aspetto che trovino molto. Se Jonah la stava portando fuori dal paese, aveva intenzione di imboscarle da un'altra parte".

"E c'è qualcosa a nome dei loro genitori?" chiedo. "O di Jonah?"

"Sì, chiedo che controllino". Tira fuori il telefono e scrive a qualcuno. "Sono là fuori a perlustrare ogni proprietà ed edificio abbandonato lungo quella strada e sulle stradine secondarie. Se si sta nascondendo da quelle parti, lo troveremo".

So che sta cercando di rassicurarmi, ma sapere che Delilah potrebbe essere con Wesley mi fa serrare lo stomaco.

"Chiedo scusa, sceriffo Wagner". Un'infermiera attira la sua attenzione. "Si è svegliato, se vuole parlargli".

Faccio per superarlo, però mi ferma. "Resta qui. Non parlerà, se gli stai addosso".

Il mio petto vibra di rabbia e frustrazione.

Waylon si mette accanto a me e tutti e due osserviamo lo sceriffo Wagner mentre percorre il corridoio verso l'agente di guardia davanti ad una delle stanze. Poi lui mi lancia una breve occhiata prima di entrare.

Mio fratello si muove di fronte a me, bloccandomi la visuale. "Dovresti sederti, prima che ti esploda il cuore".

"Lo ammazzo".

"Non puoi farlo, a meno che tu non voglia trascorrere il resto della vita dietro le sbarre perché nemmeno tu sei così astuto da sfuggire a un'accusa di omicidio".

"Se mia moglie fosse morta per colpa sua, ne varrebbe la pena".

"Non è morta", dice dolcemente Waylon. "Wesley ha bisogno di lei per una ragione; quindi la terrà in vita".

"Questo non significa che non le farà del male".

"No, ma non puoi pensare a queste cose".

"Altrimenti perché l'avrebbe rapita?" sbotto, camminando avanti e indietro nella stanza.

"Per fotterti il cervello?"

Prima che possa rispondere, la porta della sala d'attesa si apre e la mia famiglia si riversa dentro, con Mati alle spalle.

"Wilder, mi dispiace tantissimo. È colpa mia. Non avrei dovuto lasciarla in negozio da sola".

La prendo tra le braccia, consapevole che anche lei sta impazzendo. "No, non lo è. Era determinato a prenderla e prima o poi avrebbe trovato un modo".

"Mia madre sta arrivando", mi dice Harlow, e non posso fare a meno di pensare a tutto quello che la signora Fanning ha già affrontato. È passato quasi un anno dalla data in cui suo marito è morto e Harlow è stata rapita.

E adesso sta succedendo la stessa cosa con Delilah.

Metto tutti al corrente della situazione e, mentre aspettiamo che lo sceriffo ritorni, spiego qual è la nostra teoria.

Finalmente, arriva.
"Sappiamo dove si trova…"

Capitolo Trentatré

Delilah

Il mio corpo rotola dentro qualcosa e poi il movimento cessa del tutto. Quando apro gli occhi e cerco di guardarmi attorno, è buio pesto. Provo a stendere le gambe, ma non c'è abbastanza spazio.

Credo di essere in un bagagliaio.

Come ha fatto Jonah a mettermi qui dentro?

La testa pulsante mi ricorda che il pick-up si è schiantato e poi… nulla.

Il portellone si solleva e mi si blocca il fiato quando vedo l'uomo che torreggia sopra di me.

Non è Jonah.

"Wesley", sibilo, assottigliando gli occhi per la luce accecante.

"Alzati! Forza, andiamo!" Affonda le dita nel mio avambraccio e mi tira fuori.

"Merda, la testa!" Mi premo le dita sulle tempie.

"Ho delle medicine nel loft". Mi spinge contro la schiena quella che presumo sia la canna di una pistola. "Comincia a camminare!"

"Dove siamo?" chiedo, non riconoscendo l'edificio mentre mi costringe ad attraversare un ambiente che ricorda delle celle sotterranee, ma in superficie.

C'è odore di petrolio e ruggine.

"Di questo non ti devi preoccupare. Di sopra, vai! Ora!"

"Cosa c'è qua sopra?" chiedo, diffidente.

Nulla di buono, di sicuro.

"Smettila di fare domande, Delilah! Raven ha bisogno di te; dunque fai come ti viene detto e nessuno si farà del male".

"Raven è qui?" Un forte urlo in lontananza risponde alla mia domanda. "Che cosa le hai fatto?" Mi precipito al piano di sopra, senza preoccuparmi di avercelo dietro, e spalanco la porta.

Vengo accolta da un loft di recente ristrutturazione. Pur essendo composto da un singolo ambiente aperto, è suddiviso in stanze ben definite: camera matrimoniale, soggiorno, cucina e bagno.

Ma è la stanza accanto al letto che mi fa entrare nel panico.

Una cameretta per bambini.

Raven è sul letto, sollevata su dei cuscini, e sta sudando.

"Stai bene?" Le prendo la mano e controllo il suo corpo alla ricerca di ferite.

"Si sono rotte le acque", spiega, con voce terrorizzata.

"Oh, mio Dio! Deve andare all'ospedale", dico a Wesley. "Il bambino è prematuro. Le serve un medico".

"No!" ringhia lui alle mie spalle. "È per questo che sei qui".

Faccio scattare la testa verso di lui. "Sei pazzo? Non ho mai fatto nascere un bambino. Non sono nemmeno mai stata incinta".

"Tua madre è un'infermiera. Sono sicuro che ne sai abbastanza".

Strabuzzo gli occhi quando realizzo perché mi ha portata qui.

"Wesley, no. Possono andare storte troppe cose. Dovresti chiamare un'ambulanza".

Mi spinge la pistola contro la guancia, e mi si mozza il fiato.

"Fai uscire quel bambino, altrimenti morite in due. Hai capito?"

Annuisco, prendendo un respiro lento. "Ok".

"Bene. Adesso dimmi che cosa ti serve".

Mordendomi le labbra, mi guardo intorno. "Asciugamani, asciutti e freddi. Guanti. Copertine per il bambino".

"Ok".

Si dirige nella zona cucina, e io mi inginocchio sul letto per prendere Raven tra le braccia.

"Andrà tutto bene. Sai quanto tempo sta passando tra una contrazione e l'altra?"

"C-Credo dai quattro ai cinque minuti".

"Come ci sei finita qui?"

"Stamattina ho ordinato del cibo e, quando ho aperto la porta per prenderlo, lui è spuntato dal nulla e mi ha spinta nell'appartamento. Poi mi ha premuto la pistola sul pancione e mi ha detto di andare con lui, altrimenti avrebbe ucciso nostro figlio. Ero talmente stressata, che mi si sono rotte le acque un'ora dopo".

"Cristo, mi dispiace tanto, Raven". Mi avvicino perché lui non possa sentirmi. "Ce ne andremo da qui, promesso". Le si riempiono gli occhi di lacrime, ma con un cenno del capo mi fa intuire che ha capito. "Ok, mi dispiace tanto, ma devo dare un'occhiata là sotto". Annuisce, e scivolò giù dal letto per poterle scoprire le gambe. Poi le tolgo i leggings e le mutande. "Sembra che si sia incanalato, almeno questo è positivo".

"Durante l'ultimo controllo, la dottoressa ha detto che era a testa in giù".

"Ottimo! Questo aiuta".

Mi scervello per ricordare tutto ciò che mi ha detto mia madre e quello che ho visto nei film.

"Mettiamo dei cuscini dietro di te, così sei pronta quando arriva il momento di spingere".

Wesley ritorna con il materiale che gli ho chiesto. Le avvolgo degli asciugamani freddi attorno al collo e poi posiziono quelli asciutti sotto il sedere e le gambe. Dopo aver indossato i guanti, mi inginocchio tra le sue cosce.

"Adesso controllo quanto sei dilatata". Sollevo la mano. "Credo che quattro dita siano dieci centimetri; giusto per avere un'idea di quanto ancora ti manca".

"Ok..." Annuisce.

"Scusami se ti faccio male", le dico in anticipo. Anche se non so davvero cosa sto facendo, voglio sembrare sicura di me per il suo bene. "D'accordo, fai qualche respiro profondo, così posso... spingermi dentro". Butta fuori l'aria e le sue cosce si rilassano abbastanza da permettermi di scivolare all'interno. "Direi tre... e mezzo. Riesco quasi a metterci il quarto; dunque ti manca poco".

Sibila e il suo corpo si irrigidisce quando arriva un'altra contrazione.

"Hai un cuscinetto riscaldante?" chiedo a Wesley. "Potrebbe aiutarla con il mal di schiena".

"Sì, un secondo".

Copro Raven e le sistemo di nuovo i cuscini. "Vuoi del ghiaccio da masticare?"

"Sì, per favore".

"Controllo in cucina".

Vado al frigorifero e apro il freezer; poi tiro fuori i cubetti di ghiaccio.

"Cosa credi di fare?" Wesley mi spinge la canna della pistola contro la parte posteriore della testa.

"Vuole del ghiaccio. Lo sai che non c'è bisogno che continui a minacciarmi così. Non vado da nessuna parte".

"Speriamo proprio. Sarebbe molto stupido... per te e per il bambino".

"Hai qualche sacchetto di plastica alimentare? Devo frantumare questo".

"Nella credenza in basso".

Indietreggia giusto quel tanto da permettermi di aprirlo e prendere ciò che mi serve. Poi ci faccio cadere dentro i cubetti e lo chiudo.

"C'è qualcosa di solido che posso usare?"

"Tieni un bicchiere". Me ne passa uno dall'armadietto in alto.

Sbatto la base contro la busta finché il ghiaccio non è abbastanza frantumato da poter essere mangiato. Poi lo porto da Raven, che se ne mette una manciata in bocca.

"Ecco il cuscinetto". Wesley me lo porge, e collego la spina prima di metterlo sotto il corpo di Raven.

"Com'è?"

"Perfetto. Grazie".

"Hai scelto un nome?" chiedo, nella speranza di distrarla dall'inferno in cui ci troviamo. Voglio anche che non pensi al dolore.

"Ho ristretto il campo a Bailey per una femmina e Braden per un maschio".

"Abbiamo deciso Victor per un maschio, come mio nonno", le parla sopra Wesley.

"Oh, giusto", concorda Raven, amareggiata.

Ti prego, Dio, fa' che sia una femmina.

"Oh, merda, un'altra…" Il viso di Raven si contorce e, quando non riesce più a sopportare il dolore, lancia un urlo.

Sedendomi sul letto accanto a lei, le do la mia mano e le dico di stringere.

"Quella era bella forte". Quando passa, ricade all'indietro sui cuscini. "Sembra che ora siano più ravvicinate".

"Probabilmente è così…" Mi batte forte il cuore per l'ansia di dovermi assicurare che partorisca questo bambino in sicurezza. "Quando arrivano a circa due o tre minuti l'una dall'altra, ti controllo di nuovo. Oppure se senti il bisogno di spingere".

"Ho sempre avuto tanta paura di partorire… Non è così che dovrebbe essere".

"Lo so, tesoro. Ma sono qui e ce la faremo insieme". Le sposto l'asciugamano freddo sulla fronte e poi le asciugo il collo.

"Wesley aveva detto che doveva portarti qui Jonah. L'hai visto?" sussurra.

"Ehm… Mi ha costretta a salire sul suo pick-up mentre ero al lavoro e poi si è schiantato".

"Oh, mio Dio! Sta bene?"

"N-Non lo so. Ricordo che si sono aperti gli airbag e poi mi sono svegliata nel bagagliaio di Wesley".

"Sai che non ti avrebbe mai fatto del male", dice piano. "È stato Wesley a costringerlo a portarti via. Ha passato settimane a costruire il loft e poi ha escogitato un piano per rapirmi. Il fatto che sia entrata in travaglio in anticipo ha mandato a puttane il suo piano".

Annuisco, mordendomi il labbro. "Sì, quello lo avevo capito. Mi ha comunque terrorizzata a morte".

"Mi dispiace. Non starebbe succedendo se…"

"Non scusarti per quell'uomo", ordino.

"Mi dispiace comunque tantissimo che tu sia stata trascinata in questa faccenda. Jonah non sapeva che sono in travaglio".

Aggrotto le sopracciglia. "Allora per quale motivo pensava che mi stesse portando qui?"

Si gira verso il divano dove è seduto Wesley, che non smette di osservarci. Deglutisce con forza prima di abbassare la voce. "Wesley gli ha detto di avermi rapita e che, se voleva avermi indietro, doveva portarti da lui".

Serro la mascella.

Se non mi stava portando qui per aiutare Raven, allora… "Pensava che avrebbe fatto uno scambio".

Abbassando gli occhi, annuisce. "So che è una brutta cosa, ma è stato messo in una posizione impossibile".

La vita di Raven per la mia.

Non posso esattamente prendermela con lui perché voleva salvare sua sorella incinta. Ma questo non mi rende comunque meno furiosa per il fatto che fosse disposto a consegnarmi a Wesley.

"Secondo te, è vivo?"

Sollevando una spalla, scuoto la testa. "Non lo so".

"Lo hanno trovato e l'hanno portato all'ospedale. Però non so se ce l'ha fatta", interviene Wesley; poi mostra uno scanner della polizia. "Li ho sentiti parlare di una chiamata misteriosa al 911 vicino al posto in cui stava guidando Jonah e della loro intenzione di mandare qualcuno a indagare; allora ho fatto un giretto in macchina per assicurarmi che non venisse fermato. Immagina la mia sorpresa quando vi ho trovati nel fosso".

Questo conferma il fatto che riuscivano a sentirmi. Peccato che quella chiamata sia stata la mia rovina.

"Quell'idiota non ha nemmeno controllato se avevi il telefono, prima di rapirti". Con un suono di disapprovazione, scuote la testa.

"Come facevi a sapere che non ce l'avevo più addosso?"

"Oh, ho controllato".

Tremo al pensiero di aver avuto le sue mani addosso.

Raven lancia un urlo, e le afferro la mano.

"Respira… Non trattenere il respiro".

"Oh, cazzo, fa male!" grida, stringendosi il ventre. "Credo che il bambino sia pronto".

Balzo in piedi. "Sei sicura?"

"Non lo so, ma ho l'impressione che la testa sia proprio lì sotto".

Togliendo le coperte, le sollevo le ginocchia e le divarico. Poi tasto la zona e questa volta riesco a infilare facilmente quattro dita.

"Sì, secondo me sei dilatata del tutto. Vuoi provare a spingere?"

Annuisce, mentre le lacrime le rigano le guance.

"Raven, guardami", le dico. "Quando senti la prossima contrazione, fai pressione verso il basso e spingi".

"Ok".

Le infilo i cuscini dietro la schiena, facendo in modo che la tengano sollevata.

"Puoi farcela, ok?"

"Oddio, spero tu abbia ragione".

Meno di due minuti dopo, il suo viso si contorce e le dico di spingere.

Wesley si mette accanto a me e, pur sapendo che probabilmente lei non vuole averlo vicino, mi serve il suo aiuto.

"Devo chiederti di sollevarle una gamba e spingerla verso il suo petto".

"Io?"

"Non posso far nascere il bambino e tenerle le gambe sollevate; quindi sì, renditi utile!" sbotto, e ormai non me ne frega più un cazzo se ha una pistola. Al momento, la mia priorità è Raven. "Raven, prova a tenere su l'altra gamba. Così avrai più forza per spingere". Si avvolge la mano dietro il ginocchio e lo tira verso di sé. "Bene, continua a spingere".

Il suo corpo si rilassa quando la contrazione si ferma, e lascia andare la gamba.

"Per caso sai quanto tempo ci vorrà per spingere fuori questo bambino?"

"È diverso per tutti, ma di solito per la prima gravidanza può volerci un po'".

"Quanto tempo è *un po'*" chiede Wesley.

"Mia madre ha assistito donne che hanno spinto per più di tre ore".

"Oh, ma anche no". Raven fa ricadere la testa sui cuscini. "Non posso sopportare il dolore così a lungo. Fa un male cane".

"Magari nel tuo caso non sarà così", le dico, speranzosa. Anche se con dei farmaci la madre non si stancherebbe così velocemente.

Ma questo non glielo dico.

"Ne sta arrivando un'altra…" Si rimette in posizione, sollevando la gamba.

"Stai andando benissimo. Riesco a vedere la testa".

"Davvero?" Wesley lancia un'occhiata, e lo spingo via.

"Non è uno spettacolino gratuito", sbotto.

"Quello rimane comunque mio figlio, che ti piaccia o meno".

"Questo non ti dà il permesso di guardarla mentre è vulnerabile. Quindi sii rispettoso".

Mi fulmina con lo sguardo, serrando con forza la mascella, ma non si mette a discutere. Concentrandosi di nuovo sulla gamba di Raven, la tiene sollevata.

"Continua a spingere…"

Raven urla per l'ora successiva e, nonostante la testa si veda, il bambino non va oltre.

"Credo che ci sia qualcosa che non va. A quest'ora dovrebbe essere già più fuori".

"Prova a toccare per vedere se senti qualcosa", suggerisce Raven. "Ho letto in un libro che, se la testa non scende, forse il cordone si è avvolto attorno al collo. In quel caso, dovresti riuscire a infilare le dita sotto e allentarlo".

Strabuzzo gli occhi, pensando a come cavolo dovrei farlo.

"Vuoi che ti ficchi la mano così in alto?"

"Senti solo se trovi il cordone. Se non c'è, allora non dovresti fare nient'altro".

"Vorrei che avessimo un monitor cardiaco", dico, preparandomi a infilare metà del braccio nella sua vagina.

"Oh, merda, un'altra contrazione!"

Prova a spingere di nuovo, ma non ci sono movimenti. Così, quando finisce, faccio scivolare dentro la mano.

"Oddio, è... C'è un motivo se non sono un'infermiera".

"Che cosa senti?"

"Non c'è bisogno che tu lo sappia..." Mi concentro e cerco il cordone. "Ok, credo di averlo trovato. Sembra fare un giro attorno al collo".

"Infilaci due dita sotto e poi fallo passare con cautela sopra la testa".

"Spero di star facendo la cosa giusta", mormoro, seguendo con delicatezza le sue indicazioni. Raven prova a non urlare, ma so che non dev'essere piacevole. "Ok, credo di avercela fatta".

"Grazie a Dio! Faceva un male terribile".

Sfilando la mano, chiedo a Wesley di portarmi dei guanti puliti.

"Con la prossima contrazione, devi spingere con tutte le tue forze", le dico. Wesley ritorna, e mi cambio velocemente i guanti. "Ok, preparati".

Wesley si rimette in posizione, e con l'altra mano aiuto Raven a tenere su l'altra gamba. La testa scivola fuori, seguita dalle spalle.

"Oh, mio Dio, continua a spingere!" Uso entrambe le mani per reggerla mentre il resto del corpo esce fuori.

Raven ansima e poi, alla fine, emette un sospiro di sollievo.

"Asciugamano!" ordino e, quando Wesley me lo porge, lo avvolgo attorno al bambino.

"Perché non sta piangendo?" chiede Wesley.

"Non lo so. Dammi un secondo".

Asciugo il viso e gli occhi; poi passo alla bocca e alle guance.

"Che cos'è?" chiede Raven. "Maschio o femmina?"

Oh, merda! Non ho nemmeno controllato.

"Che bello! È una femmina!" annuncio.

"Non sta ancora piangendo", dice Wesley, fissandomi.

"Forza, tesoro…" Le do qualche pacca sul sederino.

"Controlla le vie respiratorie", dice Raven.

"Oh, aspetta, questo me lo ricordo". Me la metto sul grembo e le apro la bocca, ma non vedo niente. Poi le stimolo il petto per qualche secondo prima di metterla a testa in giù e lasciare che la gravità faccia il suo lavoro.

Poco dopo, inizia a piangere.

"Ecco fatto, dolce bimba". Pulisco il resto del corpo, poi la poso sul petto di Raven con la copertina.

Raven piange e poi mima con la bocca un *grazie*.

"Devi ancora espellere la placenta".

"E che diavolo sarebbe?" chiede Wesley.

Resisto alla tentazione di alzare gli occhi al cielo. "È quella cosa attaccata al cordone ombelicale. Deve uscire, altrimenti Raven rischia un'emorragia".

"Come deve farlo?"

"Dovrebbe uscire in modo naturale entro mezz'ora dal parto, altrimenti dovrò provare a farlo manualmente".

Mia madre mi ha raccontato qualche storia dell'orrore, e in questo momento gliene sono grata.

"Oddio, spero di no! Sei stata dentro la mia vagina abbastanza volte per una giornata".

"Senti ancora le contrazioni?"

"Un pochino, sì".

"È positivo. Allora probabilmente uscirà da sola".

Aiuto Raven a togliersi la maglietta, per permetterle di stabilire un primo contatto fisico con la bambina. Le urla della piccola si interrompono non appena sente il calore della sua mamma.

"È davvero bellissima". Sorrido, guardandola. Poi sposto lo sguardo su Wesley, che le sta osservando. "Credo che sarebbe saggio farla visitare da un medico".

"No", sbotta.

"Ha bisogno di cure mediche. Di vaccini. Di un certificato di nascita. Non penserai davvero di poterla tenere nascosta?"

Wesley solleva la pistola, puntandomela addosso. "Hai fatto quello per cui ti ho portata qui".

"Wes, no!" lo supplica Raven. "Non farle del male. Io e la bambina resteremo qui con te. Lasciala andare".

"Così che possa parlarne con la polizia? Non credo proprio".

"Rimettimi nel bagagliaio e scaricami da qualche parte. Non ho idea di dove siamo; quindi non potrò rivelare la posizione", lo imploro. "Non dirò una parola perché so che, se dovessi farlo, Raven e la bambina moriranno".

Abbassa lentamente l'arma. "E non soltanto loro. Jonah. Wilder. Tua madre e tua sorella".

Mi si serra la gola quando menziona le persone a me care.

Annuisco. "Non dirò nulla. Hai la mia parola".

"Bene. Perché mi dispiacerebbe molto se dovessi vedermi uccidere prima tuo marito e poi te".

So che sta cercando di ottenere una reazione, di costringermi a fare una mossa sbagliata per potermi puntare di nuovo la pistola in faccia, ma non funzionerà.

"Ho capito", dico con fermezza.

Continuiamo ad aspettare finché la placenta di Raven non esce, e tiro un sospiro di sollievo perché non ho dovuto tirarla fuori io. Poi tagliamo il cordone ombelicale.

Aggiungo un'altra coperta sulla bambina e contemplo la felicità sul volto di Raven, pur sapendo che è solo temporanea.

"Bailey ti assomiglia", sussurro; poi la bacio sulla guancia e le sussurro all'orecchio: "Ti prego, stai attenta e ricordati quello che ti ho promesso".

Annuisce una volta sola. "Anche tu".

"D'accordo, andiamo". Wesley mi afferra il braccio, tirandomi indietro.

Poi solleva un paio di manette e afferra il polso di Raven.

"È necessario?" Mi acciglio. "Ha appena partorito. Non può mica mettersi a correre".

Gliene fa scattare una attorno al polso e poi attacca l'altra alla testiera. "Non voglio correre rischi".

È quello che deve aver fatto quando è uscito per trovare il pick-up di Jonah.

Raven non si oppone e continua a reggere la bambina con l'altra mano.

"Giù dalle scale, vai!" mi ordina.

Lanciando un'ultima occhiata oltre la spalla, incrocio gli occhi di Raven, assicurandomi che sappia che tornerò a prenderla.

Quando raggiungo l'ultimo gradino, riesco a vedere meglio di che genere di edificio si tratta.

"Era un'officina?"

"Sì, mio nonno era un meccanico, anni fa. Mi ha cresciuto e mi ha insegnato tutto quello che so sulle macchine. Sono stato io a trovarlo nel garage di casa sua, nel suo pick-up con il motore acceso e i finestrini abbassati. È morto per avvelenamento da monossido di carbonio".

"Oddio, è terribile!" dico mentre continuiamo ad attraversare l'edificio.

Un attimo...

Chissà se è stato in quel periodo che ha iniziato a picchiare Raven e...

"Polizia di Sugarland Creek! Mani in alto!"

Una dozzina di agenti fanno irruzione dalla porta ad armi spianate. Wesley si sposta dietro di me e mi avvolge con forza un braccio attorno al collo; poi mi conficca la pistola nel cranio.

"Wesley, metti giù la pistola..." urla lo sceriffo Wagner. "Lasciala andare".

"Non ci penso proprio. Siete entrati in una proprietà privata. Andatevene!"

"Lo sai che non ce ne andremo senza le ragazze. Arrenditi e nessuno si farà del male".

"Wesley..." sussurro il suo nome per attirare la sua attenzione. "Tuo nonno non vorrebbe che facessi questo. Credo che tu soffra di disturbo post traumatico e da lutto. Puoi farti aiutare".

Ho imparato queste cose durante le mie sessioni di terapia post-lutto. E adesso mi sto maledicendo per non aver visto i segnali. Vorrei aver saputo che di recente ha perso qualcuno a cui era legato.

"Mi ha lasciato qui", dice digrignando i denti.

"Non significa che ti volesse meno bene. O che non ti manchi".

"Sta' zitta!"

"Wesley…" dice lo sceriffo Wagner in tono minaccioso.

Dopodiché, sentiamo un elicottero che vola sopra l'edificio.

"Porca troia", mormoro.

Realizzo che probabilmente Wilder e la mia famiglia stanno andando fuori di testa, preoccupati per me. E so che mio marito sta dando di matto. Mi sorprende che non abbia preteso di venire qui.

Non ho la minima idea di come ci abbiano trovate, ma so che Wilder è in preda al panico.

"Se io muoio, lei muore con me…" Toglie la sicura.

Prima che qualcuno possa muoversi o dire un'altra parola, Wesley sobbalza dietro di me e cade al suolo.

Lancio un urlo quando il peso del suo corpo mi fa rovesciare, e gli agenti si precipitano da noi.

Mi batte talmente forte il cuore che non riesco a respirare.

"Delilah, va tutto bene…" dice una donna che non conosco, mentre cerca di sollevarmi.

"N-Non riesco…" Sento un fischio acuto nelle orecchie.

"Resisti, tesoro". Mi posiziona una maschera per l'ossigeno sulla bocca. "Inspira lentamente".

Mi sa che sto avendo un attacco di panico, ma è già successo in passato e non mi sono mai sentita così.

I miei occhi fanno fatica a rimanere aperti, finché non perdono la battaglia e non vedo più la donna che ho di fronte.

Dopodiché, la quiete e l'oscurità mi avvolgono… un'altra volta.

Capitolo Trentaquattro

Wilder

Vedere Delilah in un lettino d'ospedale mi fa venire la nausea.
Voglio esplodere, ma, al tempo stesso, voglio raggomitolarmi accanto a lei e stringerla.

E non lasciarla più andare.

Stanno pompando fluidi e glucosio nel suo organismo mentre dorme grazie alla benzodiazepina. Ha avuto un attacco di panico acuto, e il calo di zuccheri che ne è conseguito è stato così grave che è svenuta.

Mati mi ha detto che non stava mangiando perché vuole perdere peso per il matrimonio, ma non avevo idea che stesse saltando i pasti.

"Wilder, tesoro…" La signora Fanning mi tocca il braccio. Lei e Harlow sono sedute nella sua stanza con me da qualche ora. "Dovresti riposare. Delilah dormirà per tutta la notte…"

"Non la lascio".

Sospira, dandomi una pacca sulla spalla. "Immaginavo che non l'avresti fatto. Ma, se dovessi cambiare idea, puoi dormire in una delle sale dottori. Sono giusto in fondo al corridoio".

"Grazie, ma sto bene qui", le dico.

"Ok. Io torno domattina". Mi bacia la sommità della testa e poi saluta Harlow.

"Mi scrivi se si sveglia prima che torno?" Harlow si alza, stiracchiando le braccia sopra la testa.

Waylon è in sala d'attesa, visto che non potevano esserci più di tre persone qui dentro, e so che probabilmente loro due non vogliono dormire qui.

"Certo. Grazie per essere rimasta con me".

Mi coglie di sorpresa quando si china e mi abbraccia. "Grazie per essere qui per lei e per amarla così tanto. Sei perfetto per lei, Wilder".

Incurvo le labbra in un mezzo sorriso e annuisco. "Lo apprezzo, Harlow".

Dopo che se n'è andata, avvicino la sedia e avvolgo la mano attorno a quella di Delilah. Poi appoggio la testa sul suo braccio, avendo bisogno di sentire il suo calore.

"Signore? Signor Hollis?"

"Mmh?" Mi tiro su, e mi rendo conto di avere uno sgradevole mal di testa.

"Scusi se l'ho svegliata, ma il dottore ha ordinato un'ecografia; quindi devo giusto sollevarle la vestaglia per avere accesso al ventre".

Mi tiro su, dandole spazio, e poi osservo mentre ricopre uno strumento di gel e lo fa rotolare sulla pancia di Delilah.

"Cosa sta controllando, esattamente?" chiedo dopo qualche minuto.

A quanto mi risulta, Delilah non ha riportato lesioni interne.

Sorride, poi aumenta il volume del fruscio. "Sto giusto controllando il battito del bambino. Solo che..." La sua faccia si contorce, e poi lo strumento si muove di nuovo. "Già, proprio come pensavo... ci sono *due* battiti".

"Un attimo. Torni indietro. È incinta?" Mi alzo, senza più riuscire a stare fermo.

"Non lo sapevate?"

"Ehm, no? È... È la prima volta che sento questa cosa..."

Sono talmente agitato che riesco a malapena a parlare.

"Oh, mi dispiace tanto. Le hanno fatto un prelievo appena è

arrivata, ed è stato così che abbiamo capito che aveva la glicemia bassa, ma i livelli di hCG erano alti; quindi abbiamo fatto un test di gravidanza".

"E?"

Mi lancia un'occhiata, con un largo sorriso. "Ed era positivo. Non era nel suo fascicolo e non sapevamo da quanto fosse incinta. Ecco perché le sto facendo l'ecografia. Volevamo assicurarci che il bambino, o meglio, i bambini stessero bene. È ancora agli inizi; quindi non si vede molto, ma ci sono due sacche".

Indica due cerchietti scuri sullo schermo.

Fisso il punto in cui ha poggiato il dito, ma sono ancora bloccato sulla notizia che Delilah è incinta.

"Neopapà?" Sorride.

"Ehm, sì… Anche neomarito". Ridacchia. "Di quante settimane è?"

"Senza conoscere il primo giorno del suo ultimo ciclo mestruale, è un tantino difficile dirlo a questo stadio, ma, stando alle misurazioni, probabilmente sei o sette settimane".

"Non abbiamo fatto sesso fino alla nostra luna di miele…" Conto a mente le settimane per calcolare quando è stata. "Cinque settimane fa".

"Ok, allora è accurato. La gravidanza si determina in base al primo giorno del suo ultimo ciclo e, poiché l'ovulazione dovrebbe essere stata a metà del ciclo, circa due settimane dopo, sarebbe in linea con i tempi del concepimento".

"Eh?" Mi sento sopraffare e non ho idea di cosa abbia appena detto.

"L'età fetale dei bambini è cinque settimane, ma quella gestazionale è sette".

"Oh". Quindi è rimasta incinta per forza durante la nostra luna di miele.

Asciuga lo strumento e poi pulisce il ventre di Delilah prima di abbassarle la vestaglia. "Vi stampo alcune ecografie".

Copro di nuovo Delilah con le lenzuola. "È assolutamente sicura che siano gemelli?"

"Sì, guardi qui…" Solleva una delle immagini.

C'è una scritta minuscola che dice FETO A e FETO B.

"Gemelli eterozigoti, due sacche".

"Oh, mio Dio!" Guardo l'ecografia sbattendo le palpebre. "Può essere per questo che aveva la glicemia così bassa?"

"È possibile. Molte donne perdono l'appetito nel primo trimestre e si dimenticano di mangiare".

"Non avrebbero dovuto esserci più segnali o qualcos'altro? Non ha vomitato, né detto di avere la nausea o altro".

"Non sempre. Alcune non avvertono nessun sintomo, mentre altre stanno male per tutti e nove i mesi".

Guardando l'ecografia e poi mia moglie sdraiata sul letto serenamente, sono consumato da sentimenti contrastanti.

Furia: *Wesley ha quasi ucciso mia moglie incinta e l'ha turbata ulteriormente.*

Rabbia: *Jonah ha rapito mia moglie incinta e, pur sapendo perché l'ha fatto, la cosa mi fa arrabbiare comunque.*

Gratitudine: *Delilah è stata ritrovata, quasi illesa.*

Conflitto interiore: *Abbiamo parlato di mettere su famiglia, ma non mi aspettavo che sarebbe successo così in fretta.*

Felicità: *Diventerò padre e vivrò questa esperienza con l'amore della mia vita.*

Spero solo che lei sia tanto emozionata quanto lo sono io.

"Delly, mi senti?"

Delilah apre gli occhi, guardando prima la stanza e poi me.

"Dove sono Raven e la bambina?" sussurra.

Mi siedo sul suo letto, chinandomi il più vicino possibile a lei senza schiacciarla. "Sono al sicuro nel reparto maternità. Bailey pesa tre chili ed è lunga quarantotto centimetri. È forte e sana, grazie a te.

Quando ho saputo il motivo per cui Delilah è stata portata al loft e ciò che ha fatto per Raven, sono rimasto a bocca aperta. Mia moglie mi stupisce ogni giorno, ma sentire cos'ha fatto durante una situazione stressante mi ha sbalordito.

"Grazie a Dio!" mormora. "Cosa ne è stato di Jonah e Wesley?"

"Jonah sopravviverà. Ha un trauma cranico e alcune costole rotte, ma è stato arrestato con l'accusa di rapimento". Fa una smorfia. "Wesley è stato immobilizzato con un taser alla schiena e poi trattenuto. Sta ricevendo una marea di accuse per quello che ha fatto".

"Hanno usato il taser? Oh, mio Dio, pensavo che gli avessero sparato!"

"Probabilmente pensavano fosse troppo rischioso, visto che c'eri tu davanti a lui".

"Wow…"

Le spiego l'intera storia, da quando ho ricevuto la chiamata di Mati a quando lo sceriffo Wagner ha mandato un'intera squadra SWAT alla vecchia carrozzeria. Poi mi dice cos'ha scoperto sul nonno di Wesley. A prescindere da quello, da me lui non avrà nessuna compassione.

"Quindi, aspetta, a me cos'è successo? Perché mi hanno ricoverata?"

"Per un calo di zuccheri mescolato a un attacco di panico. Sei svenuta e ti hanno dato qualcosa per calmare i nervi", le spiego; poi aggiungo: "Non puoi saltare i pasti".

"Non l'ho fatto di proposito; non c'era nulla che mi sembrava buono da mangiare".

"Già, beh…" Rifletto su come dirglielo, soprattutto contando che si sta ancora svegliando. "Probabilmente è dovuto agli ormoni della gravidanza. La perdita di appetito è un sintomo comune durante il primo trimestre".

"Sì, questo lo so… Tu come fai a saperlo? Aspetta…" Infila le mani nel letto e si solleva ulteriormente con una spinta. La aiuto e sistemo i cuscini perché stia comoda. "Sono *incinta?*"

Sorridendo, faccio scorrere un dito sulla sua guancia prima di scostarle delicatamente alcune ciocche ribelli dietro l'orecchio. "Sì, tesoro. E noi che volevamo aspettare, eh?"

Si porta una mano sul ventre e sussulta. "Ho saltato l'appuntamento!"

"Quale?"

"Quello per il contraccettivo che prendo ogni tre mesi. Dovevo andarci la settimana del viaggio a Las Vegas e, quando ho chiamato per rimandarlo, mi hanno dato un appuntamento per la settimana seguente. Ma poi siamo andati in luna di miele e mi sono completamente dimenticata di prenderne un altro".

"Amore, non sono arrabbiato…" Le sollevo il mento. "E avrei dovuto chiederti se ci serviva una protezione per evitare una gravidanza. Mi sono solo preoccupato delle malattie veneree".

"Argh, mi sento proprio stupida. Era passato talmente tanto tempo dall'ultima volta che ero stata attiva sessualmente, da non rendermi conto che l'effetto sarebbe sparito, se non l'avessi rifatto".

"Non è colpa tua, Delly. Sono stato un partecipante attivo nel processo di concepimento…" le ricordo, con un largo sorriso. "Se non vuoi…"

"No, lo voglio", risponde subito. "Sono solo sotto shock. Ma felice. Tu?"

"Più di quanto avrei potuto immaginare, onestamente. Ma c'è un'altra cosa che dovrei dirti…"

"Cosa?"

"Ehm… sono venuti a fare un'ecografia mentre dormivi, sai, per assicurarsi che andasse tutto bene, e hanno trovato due battiti".

"Stai scherzando… No, mi stai prendendo per il culo, vero? È stata Mati a chiederti di dirlo?"

Scoppio a ridere, scuotendo la testa. "Meno male che non sono l'unico che all'inizio ha dato di matto".

"Wilder!" Mi da un colpetto sul petto. "Avremo davvero dei gemelli?"

Piegandomi verso di lei, le prendo il mento e porto le mie labbra alle sue. "Proprio così, *mammina*. Gemelli".

"Porca troia!" Sbatte le palpebre un po' di volte. "Questa è decisamente colpa tua".

Ridacchio. "No, i gemelli eterozigoti sono collegati al lato materno. E sì, ho controllato".

"Ma è colpa del tuo *manifesting* con quei dannati cristalli e di quando hai inserito il tuo contatto nel mio telefono come PAPARINO", mi ricorda, e rido.

"Potrebbe non essere *tutta* colpa mia. Credo che nonna Grace ti abbia strofinato addosso qualche pozione e l'abbia fatto succedere. Usa la stregoneria".

Alza gli occhi al cielo. "Forse lo sapeva già? Quello è successo dopo la luna di miele, ed ero già incinta anche se non lo sapevo".

"Te l'avevo detto: ha il sesto senso per questa roba".

"Sto cominciando a crederci". Scuote la testa, strofinandosi il palmo sul ventre.

"Immagino che quella casa la costruiremo prima del previsto". Faccio l'occhiolino. "Dobbiamo assicurarci di avere lo spazio per i bambini. E poi, abbiamo deciso di farne tre; quindi ci serviranno più camere da letto".

"Ok, rallenta. Ho accettato di avere tre bambini e tre gravidanze. Adesso ne avremo due al prezzo di uno, e questo cambia le cose".

Mi fanno male le guance per quanto forte sto sorridendo, ma non posso farne a meno. "Ok, che ne dici di una gravidanza, due bambini e tre cani?"

Adesso è lei quella che ride. "Mi hai convinta, *marito*".

"Ecco, quello…" la indico, "…è il motivo per cui sei rimasta incinta".

Mi passa un braccio attorno al corpo come meglio può, attirandomi più vicino. "Ti amo. E amo i nostri bambini. Lo shock è quasi del tutto svanito, e sono sicura che dopo arriverà la paura. Ma, in questo momento, sono così felice all'idea che avremo una famiglia".

"Anche io, *moglie*". Porta la sua bocca alla mia, rubandomi un bacio. "Ti amo tantissimo".

"Grazie per avermi messa incinta prima che entrassi nella zona ad alto rischio".

"Cristo santo!" Ridacchio. "Mai in vita mia avrei pensato che mi sarebbe piaciuto così tanto sentire quelle parole dirette a me".

Capitolo Trentacinque
Delilah

"Smettila di muoverti", mi rimprovera Mati, stringendo i nastri sul retro del mio corsetto.

"Devo respirare!" ribatto, aggrappandomi al piano della cucina per sostenermi. "Nessuno vuole vedere una sposa svenire prima che raggiunga il suo sposo".

"Avresti dovuto pensarci prima di farti mettere incinta prima del giorno delle nozze".

"Siamo già sposati, grazie tante".

Dopo aver scoperto che aspettiamo due bambini, abbiamo anticipato la data del matrimonio a inizio aprile per non dover spremere un pancione di sei mesi in un abito da sposa. Alla ventesima settimana, mi sento più gonfia che mai.

E ho l'aspetto di una che si è gustata un po' troppe *chimichangas*.

Ma finora è andato tutto liscio. Sono stata fortunata a non avere troppe nausee e, una volta che ho raggiunto il secondo trimestre, l'appetito è tornato più forte di prima. Abbiamo deciso di non farci dire i sessi, così da avere la sorpresa quando nasceranno.

Anche se, più guardo i vestitini carini, più vorrei saperlo per poterne comprare altri.

Comunque sia, il mese prossimo cominciamo la costruzione della nostra casa sulla proprietà; il che è una piacevole distrazione.

Ci è voluto un po' per ottenere i permessi e assumere gli operai, ma non vedo l'ora di arredarla e decorarla come si deve.

Anche se non sarà completata prima dell'arrivo dei gemelli, dormiranno comunque nella nostra stanza per i primi mesi; quindi spero che sarà pronta per quando dovremo spostarli nella loro cameretta.

"Tieni, bevi questa…" Raven solleva un bicchiere con una cannuccia, e bevo un lungo sorso d'acqua.

"Grazie. Chi lo sapeva che gli ormoni della gravidanza mi avrebbero fatta sudare così tanto?"

Mamma si avvicina con un ventilatore portatile e lo gira verso di me. "Io inzuppavo le uniformi quando ero incinta di te e Harlow".

"Grandioso. Quindi mi aspetta questo per i prossimi cinque mesi".

"Non dimenticare i seni gonfi e la vescica che viene usata come trampolino", aggiunge Raven.

Amelia ridacchia. "E le smagliature, e la pipì che esce ogni volta che starnutisci".

"Tutta quella roba la sto già vivendo". Sbuffo.

Chiunque abbia detto che la gravidanza è la cosa più bella del mondo non ne ha chiaramente mai avuta una.

"Ok, tutto fatto. Riesci a camminare?" chiede Mati dopo aver chiuso la zip.

"Ne dubito". Sbuffo, ma ci provo comunque.

L'abito è largo e nasconde piuttosto bene il pancione, ma per riuscire a ficcarci tutto dentro ci ho aggiunto sotto un corsetto.

Mi giro per mostrarlo a tutte.

"Sei spleeeeeendida!" esclama Amelia.

"Stupenda!" Harlow fa un sorriso raggiante.

"Ti sposerei", dice Mallory.

"Davvero bellissima", aggiunge mamma, e riesco già a vedere le lacrime che le riempiono l'angolo degli occhi.

"Hai delle tette gigantesche", dice Mati senza filtri. "Magari ficcale dentro".

"Dove? Sono già cresciute di due taglie".

Mati muove le mani sul mio petto. "Non lo so… Magari spingile sotto le ascelle o qualcosa del genere".

Amelia fa una risata nasale. "Non credo che Wilder si lamenterà".

Non sono mai state pronunciate parole più vere.

Da quando abbiamo scoperto che sono incinta, non riesce a tenere le mani lontane da me. Non che mi dispiaccia, soprattutto da quando ho raggiunto la dodicesima settimana e i miei ormoni sono schizzati alle stelle.

Trascorriamo le due ore successive a sistemarmi i capelli e il trucco finché Reagan, la mia fotografa, mi dice che è quasi arrivato il momento del primo sguardo. È rimasta nell'appartamento tutta la mattina a scattarci fotografie e poi è scesa in quello di Waylon, dove Wilder e gli altri uomini si stanno preparando.

Una parte di me è triste che Jonah non ci sia. Dopo essere stato accusato di rapimento, è stato condannato a due anni in prigione. Ha fatto un ottimo patteggiamento e ha accettato di testimoniare contro Wesley.

Il processo si terrà alla fine dell'estate, ma sino ad allora resterà dietro le sbarre, visto che non poteva permettersi di pagare la cauzione.

Non sono più arrabbiata per quello che è successo. Preferisco preservare tutte le energie per la gravidanza e i preparativi per l'arrivo dei bimbi, invece di incavolarmi. Stanno ricevendo ciò che meritano e, anche se Jonah l'ha fatto per salvare sua sorella, ha messo comunque in pericolo la mia vita.

In ogni caso, io e Raven andiamo a fargli visita una volta al mese e continueremo a farlo finché sarà in cella. In questo modo, potrà vedere sua nipote, anche se non potrà tenerla in braccio. Per ora, stiamo lavorando per ricostruire la nostra amicizia.

Restano tutte in casa mentre Reagan mi conduce fuori, verso gli alberi accanto agli alloggi dei dipendenti. Wilder è già lì, ad aspettarmi, ma girato nell'altra direzione.

"Ok, io sono pronta quando lo sei tu…" Reagan mi sorride, esortandomi con un cenno del capo ad andare avanti.

"Ehi, maritino. Che ne diresti di sposare tua moglie, oggi?" Gli tocco la spalla, poi faccio un passo indietro così che possa voltarsi e vedermi.

Quando lo fa, gli brillano gli occhi e un ampio sorriso compare sul suo volto.

"Porca miseria… Delly!" Ha ancora la mascella per terra quando mi afferra e mi attira verso di sé. "Sei… mozzafiato. Davvero stupenda".

"Nemmeno tu sei così male, cowboy". Faccio scivolare il palmo sulla cravatta nera nascosta dietro il gilet, sulla camicia bianca.

Poi arrossisco per il cappello Stetson nero.

Il mio preferito.

"Quel cappello mi sta facendo eccitare da morire", ammetto, gemendo per quanto ardentemente lo desidero.

"Risparmiatelo per stasera, tesoro". Mi fa l'occhiolino.

"Lo farò".

"Bene, perché ho dei piani molto zozzi in serbo per te".

"Ma davvero, signor Hollis?"

"Ehi, ragazzi? Dovreste mostrarvi innamorati, non sul punto di strapparvi i vestiti di dosso", ci interrompe Reagan. "Non che questa versione vietata ai minori non mi stia piacendo, ma i vostri genitori vedranno queste foto".

Scoppiamo a ridere perché avevo dimenticato che fosse qui.

Ops.

Dopo aver scattato delle fotografie *appropriate*, adatte alle famiglie, Wilder mi bacia prima di andare incontro a suo padre e ai testimoni e raggiungere l'altare.

Gli Hollis hanno fatto le cose in grande, addirittura più di quanto mi aspettassi.

C'è un tendone bianco decorato con lucine e drappeggi, mentre sui tavoli abbiamo messo degli splendidi centritavola.

Lanterne e balle di fieno fiancheggiano il sentiero verso il tendone e il fienile dove si terrà la cerimonia. Quando sarà finita, andremo a mangiare e ballare per tutta la notte.

Ho lasciato i capelli sciolti in onde, con una coroncina floreale viola sulla testa.

È abbinata agli stivali viola preferiti di Wilder, che indosso sotto l'abito.

Ha chiesto a Sam di portare gli anelli, e il bimbo è davvero adorabile con il suo piccolo papillon e il gilet. È divertente passarci insieme i weekend quando mi occupo di lui e Lily, così che Amelia possa mettersi in pari con le faccende di casa e riposare. Di solito Wilder lo porta alla scuderia ed escono a cavallo.

Willow e Poppy portano i cestini con i fiori e fanno un lavoro fantastico quando gettano i petali dappertutto.

È stato un ottimo modo per riciclare quelli vecchi.

Dato che Wilder sa che non mi piace acquistare fiori freschi, si è assicurato di comprare quelli scartati che non sono stati venduti il giorno prima.

Mia madre e il padre di Wilder mi accompagnano lungo la navata e, quando arriviamo all'altare, non so chi dei due sia più emozionato: la mia mamma o il signor Hollis.

C'è una sedia in prima fila con una fotografia di mio padre e un bouquet di rose bianche. Ma, se la guardo troppo a lungo, mi metto a piangere; quindi cerco di concentrarmi su Wilder.

Mentre condivide con me le sue promesse, le lacrime mi rigano le guance e, anche se mi sono appena truccata, non mi importa. Giura che mi amerà sino al giorno della sua morte e che mi troverà in ogni vita, perché siamo anime gemelle e non riesce a immaginare un mondo in cui io non esista.

Ma ciò che fa crollare completamente la diga è quando mi ringrazia per avergli salvato la vita tutti quegli anni fa, quando era un uomo a pezzi che non si sentiva degno di essere amato, mentre io gli ho dimostrato il contrario perché ho ricambiato i suoi sentimenti.

Quando arriva il mio turno, riesco a malapena a parlare per quanto sono emozionata, però mi schiarisco la gola e vado avanti.

Pecca con me

Gli dico che è la cosa migliore che mi sia mai successa e che non è soltanto l'amore della mia vita, ma anche il mio migliore amico. La persona che mi fa ridere ogni singolo giorno, quella che mi fa sentire al sicuro e amata anche nei miei momenti peggiori e l'uomo che c'è sempre per me. Poi giuro di amarlo fino al mio ultimo respiro e in eterno.

Quando finiamo lo scambio delle promesse, molti degli ospiti si stanno tamponando gli occhi con un fazzoletto.

Innamorarmi di Wilder e sentirmi così amata a mia volta era l'ultima cosa che mi aspettavo quando l'ho baciato quella notte… solo cinque mesi fa.

Ma non mi pento neanche di un singolo secondo, perché tutto ciò che abbiamo affrontato ci ha portati qui, al momento in cui abbiamo giurato di fronte ad amici e parenti di amarci per il resto delle nostre vite.

"Amore, vieni a conoscere gli altri cugini". Wilder mi prende per mano e mi conduce verso un gruppo in cui riconosco alcuni volti dal resort di Willow Branch Mountain.

"Loro sono zia Lindsey e zio Grady Langston". Poi indica me. "Vi presento mia moglie, Delilah Hollis. E i nostri gemelli in arrivo". Mi strofina una mano sul pancione, facendolo notare a tutti.

"È un vero piacere conoscervi", dico loro, ma, quando faccio per stringere la mano a Lindsey, lei mi prende tra le braccia.

È una da abbracci. *Me lo segno.*

"Congratulazioni per il matrimonio e i bambini!" dice. "Hai un aspetto radioso, comunque".

"Oh, grazie. E sono quasi sicura che sia per il sudore".

Ride.

Wilder mi porta dalle tre cugine che ho già conosciuto.

"E Maisie, Bellamy e Posey le hai incontrate durante la luna di miele".

Le abbraccio e le ringrazio per essere venute.

"Poi ci sono gli altri cugini: Warren, Colton e Bodie". Indica l'ultimo e Bellamy. "Anche loro sono gemelli".

"Lo sapevo! Non me ne frega di cosa dice la scienza. È colpa tua se avremo dei gemelli".

Ridacchiano tutti.

"Magari ne avrete uno per sesso come me e potrete avere il meglio di entrambi i mondi, per la vostra prima volta", dice Lindsay. "Quando io ho avuto i gemelli, avevo già tre figli".

"*Tre*? E avete continuato… di proposito?"

Grady passa un braccio attorno alla moglie e la attira più vicina. "Non riusciva a trattenersi dal saltarmi addosso".

"Argh, papà".

"Bleah".

"Che schifo".

"Siamo in pubblico!"

Le reazioni mi strappano una risata nasale perché è decisamente così che reagirebbero anche i fratelli Hollis.

"Mi presenteresti le tue damigelle?" chiede Colton, indicando alle mie spalle con un cenno del capo.

Quando mi giro a guardare, sta fissando Amelia.

"Ehm… certo". Faccio spallucce.

"Chi è la bruna?" chiede Bodie.

"Raven. Suppongo che anche tu voglia che te le presenti".

"Direi che…" giocherella con la cravatta, "…non mi opporrei alla cosa".

Scoppio a ridere. "Si vede che siete tutti imparentati".

Dopo la cena, i discorsi e il primo ballo da marito e moglie, i miei piedi cedono ufficialmente. Anche se gli stivali viola sono carini e rappresentano un omaggio a quando li ho indossati a Las

Vegas, i piedi si stanno gonfiando il doppio del normale. Se non li tolgo presto, la pelle si fonderà direttamente col cuoio.

Amelia e Raven mi aiutano a sfilarli, e poi ridiamo perché ci sono volute tre di noi per farlo. Nonostante non sia ancora troppo rotonda, fatico già a fare le cose più basilari, come piegarmi o toccarmi le dita dei piedi.

"È il momento della torta", mi annuncia Reagan.

"Ok, ma lo faccio scalza".

"Non preoccuparti, posso togliere i piedi con Photoshop".

"Ed è per questo che ti adoro".

Dopo che abbiamo tagliato la torta con confetti colorati preparata da Dena e nonna Grace, ognuno di noi due ne ficca un pezzetto nella bocca dell'altro. Dopodiché lui viene trascinato via per ballare con sua madre. Li osservo e noto quanto lei sembra orgogliosa del proprio figlio.

Lo sono anch'io, soprattutto visto che ha mantenuto la promessa fatta alla signorina Tierney sul fare volontariato una volta al mese. Sono andata con lui al rifugio fino a un mese fa, quando per me è diventato troppo. Nonostante non ci sia stata tanto quanto Wilder, provavo un tremendo senso di appagamento nell'aiutare e ascoltare le storie degli ospiti. Ha pure finito le sue ore di gestione della rabbia e, ufficialmente, anche la libertà vigilata.

Io sto ancora cercando quella scintilla, un qualcosa oltre il settore delle vendite che dia uno scopo alla mia carriera, ma, visto che presto sarò una neomamma, sarà quella la mia priorità. Magari un giorno, quando saranno più grandi o a scuola, potrò guardarmi intorno e trovare qualcosa di nuovo. Per il momento, sono emozionata per questo imminente viaggio e per poter mettere su famiglia.

Un qualcosa che non ero sicura che avrei mai potuto avere.

"Delilah…" Il signor Hollis attira la mia attenzione dal suo posto. "So che non puoi ballare con tuo padre, ma, se per te va bene, mi piacerebbe molto danzare con te".

Le lacrime mi riempiono gli occhi e annuisco, asciugandole in tutta fretta prima che cadano. "Molto volentieri. Grazie".

È stata un'idea di Wilder quella di chiedergli di accompagnarmi all'altare con mia madre, ed ero estasiata quando ha accettato. Il signore e la signora Hollis sono stati assolutamente gentili con me e Harlow, accogliendoci a braccia aperte, e fare parte della loro famiglia è un onore.

Mi prende per mano e mi aiuta ad alzarmi, poi mi guida verso la pista da ballo. La canzone cambia e parte *My Girl*, e io vengo sopraffatta dall'emozione.

"Tuo padre sarebbe tanto orgoglioso della donna che sei diventata nell'ultimo anno. Sta vegliando su tutte voi. Me lo sento".

Annuisco, mandando giù schegge di vetro mentre cerco di parlare tra le lacrime: "Lo percepisco anch'io".

Mi stringe in un abbraccio mentre continuiamo a ballare, ma, prima che finisca, Wilder viene a prendere il suo posto.

"Stai bene?"

"Ti sembra che stia bene? Cristo, questi ormoni mi stanno distruggendo!"

Con il polpastrello dei pollici mi sfiora la pelle sotto gli occhi, e io li chiudo mentre assaporo il suo tocco. Mi stringe forte e mi culla avanti e indietro seguendo la musica.

Quando si fanno le ventidue, sono pronta per il letto. Facciamo un ultimo giro di saluti e ringraziamo tutti per essere venuti. Poi noto un paio di cugini Langston insieme a Raven e Amelia.

"Mi sa che qui si stanno formando delle coppiette", dico a Wilder mentre mi porta in braccio fino al suo pickup.

"Ma no, i matrimoni sono il territorio perfetto per le avventure di una notte".

"Ovviamente, tu lo sai", dico impassibile.

"Non fare così, signora Hollis. Soprattutto quando porti in grembo i miei figli". Mi lascia sul sedile del passeggero, poi si china per un bacio. "E sono innamorato solo di te, sempre e per sempre".

"Ok, va bene. Ti perdono per aver fatto lo sporcaccione prima di metterti con me".

Fa un largo sorriso. "E adesso sono uno sporcaccione solo per te".

"Mmh… questo mi dà un'idea: stasera è il tuo turno di strisciare da me".

Considerando che io non posso farlo perché, non appena dovessi mettermi a quattro zampe, non riuscirei più a tirarmi su.

"Cazzo…" Si aggiusta il pacco. "Seconda luna di miele, stiamo arrivando".

Rido quando chiude la mia portiera e si affretta verso il lato del conducente. Dopo aver messo la cintura, mi prende la mano e preme le labbra sul mio anulare. "Grazie per avermi sposato di nuovo".

Mordendomi il labbro, sorrido raggiante a mio marito. "Peccherò con te ogni giorno".

Epilogo
Wilder

"Benvenuti nel mondo, dolci bimbi". Fisso meravigliato mio figlio e mia figlia mentre Delilah li stringe al suo petto nudo. Non ho mai visto nessuno avere così tanta forza ed energia mentre provava il dolore più grande della sua vita, ma, se c'è una cosa che so di mia moglie, è che è una donna coraggiosa e determinata. Quando le si sono rotte le acque, tre settimane prima della data prevista, io ero terrorizzato a morte, ma lei è rimasta calma e mi ha rassicurato che per i gemelli è normale arrivare in anticipo.

Finley Beau e Luna Grace sono nati sani e con due bei polmoni.

E assomigliano proprio alla madre.

"Riesci a crederci che abbiamo due bambini?" sussurra, guardandoli.

"No…" Ridacchio piano. "E ci permetteranno di portarli a casa, come se niente fosse?"

"Esatto! Senza un manuale o un libretto di istruzioni".

Grattandomi la guancia, mi chiedo seriamente come faremo a destreggiarci come genitori. Sono sicurissimo che ce la faremo, ma non ho ancora imparato a cambiare un pannolino alla perfezione perfino dopo essermi allenato con una delle bambole di Willow.

"Meno male abbiamo un intero villaggio di aiutanti".

Tra Mati e Harlow, so che avremo due paia di mani in più, ma dovremo anche imparare a fare le cose da soli e a non dipendere da loro.

"Non pensavo che avrei potuto amarli più di quanto non facessi già. E, adesso che sono nati, il mio cuore sta scoppiando per quanto li amo".

Sorrido alle parole di Delilah perché me le ha proprio tolte di bocca.

"È incredibile, vero? Finché non provi questo genere di amore incondizionato, è indescrivibile. Ma ora non riesco a immaginare la mia vita senza".

Solleva lo sguardo su di me con le lacrime agli occhi. "Grazie".

"Per cosa? Sei stata tu a portarli in grembo e a partorire. Io ho soltanto donato il mio DNA".

"Non farmi ridere…" Prova a trattenersi, poi fa una smorfia. "Cristo, nessuno parla di quanto brucia lì sotto dopo il parto!" Stringo le gambe solo al pensiero. "Comunque…" Si lecca le labbra, poi mi guarda di nuovo. "Grazie per avermi aiutata a ritrovare la mia scintilla. Dopo che mio padre è morto, non ero sicura che l'avrei più recuperata. Poi tu sei entrato nella mia vita in un modo che non avrei mai potuto prevedere, e adesso mi hai dato una famiglia".

Le sollevo il mento per posare le mie labbra sulle sue. "Credo che ti stia dimenticando che anche tu hai dato una famiglia a me. Un qualcosa che non mi aspettavo per altri due decenni".

Fa un sorrisetto, storcendo il naso. "Eppure, non abbiamo aspettato nemmeno un anno".

"Quando lo sai, non c'è motivo di aspettare. Soprattutto se si tratta dell'amore della tua vita. Ti ho lasciata andare nove anni fa, e non l'avrei fatto di nuovo quando mi hai dato il via libera".

Quello che abbiamo è speciale, e non lo negherò mai. Un legame colmo di rispetto, amore e lealtà.

"Forse sul momento il tempismo non sembrava dei migliori, ma era quello che ci serviva per renderci conto che non tutto ciò che accade nell'universo è sotto il nostro controllo", dice. "Quando ero così oppressa dal dolore, non avrei ma immaginato che sarei arrivata fin qui meno di un anno dopo".

Le sfioro di nuovo le labbra con le mie. "Tuo padre sarebbe tanto fiero di tutta la strada che hai fatto. E sono sicuro che sta sorridendo con orgoglio nel vedere i suoi nuovi nipotini".

"Vorrei che avesse potuto conoscerli, ma hai ragione. Mi piace pensare che forse li ha incontrati prima di noi".

"È un pensiero confortante", le dico.

Il mio psicologo parla spesso dell'importanza di trovare pace nel proprio dolore e di scegliere meccanismi di difesa che possano aiutare a tirarti fuori dall'oscurità. Nell'ultimo anno ho avuto un paio di episodi, di cui non ho capito l'origine. Mi hanno assalito dal nulla e mi sentivo giù anche quando non ne avevo alcun motivo.

Ma poi ogni volta mi sono ricordato di ciò che avevo imparato in terapia e mi sono appoggiato a Delilah, così come lei mi esortava a fare. Non mi ha mai detto che sarebbe andato tutto bene o di essere forte perché prima o poi sarebbe passato. Non mi ha costretto a parlarne quando le dicevo di non volerlo fare. Invece, si stendeva sul letto con me e condivideva qualche storia. Mi teneva la mente occupata e mi dava conforto senza nemmeno rendersene conto.

L'esperienza mi ha aperto gli occhi perché mi ha ricordato il periodo in cui ci sentivamo per telefono. Non ha mai insistito perché parlassi; mi offriva semplicemente la sua compagnia e mi faceva sentire normale perché provavo emozioni molto umane.

Pensando al modo in cui Wesley ha affrontato gli stessi sentimenti di Delilah, è un peccato che abbia lasciato che il dolore prendesse il sopravvento sulla sua vita, invece di farsi aiutare, perché ora si sta perdendo la crescita di sua figlia.

Ha avuto il suo processo e, anche se la sua difesa ha puntato tutto sui problemi di salute mentale per giustificare ciò che aveva fatto, la giuria lo ha dichiarato colpevole su tutti i capi d'accusa. Tuttavia, il giudice è stato clemente perché era un ex poliziotto e soffriva di disturbo post traumatico; quindi l'ha mandato in una clinica psichiatrica. Dopodiché, quando avrà completato il loro programma, sconterà il resto della sua condanna a dieci anni in carcere.

"Ti amo". Le traccio la mascella con un dito. "Tantissimo".

Aggrotta le sopracciglia. "Ti amo anch'io".

La sua espressione perplessa mi fa sorridere. "È che non voglio che te lo dimentichi".

"Mai". Si appoggia al mio palmo.

"Secondo te, come la prenderà Hank quando avrà due neonati che piangono in casa sua?"

"Probabilmente desidererà una famiglia diversa". Ridacchia.

Quattro mesi fa Delilah mi ha sorpreso con un cucciolo di alano e, onestamente, è stato un viaggio pazzesco. Visto che Waylon si è ingelosito, abbiamo optato per l'affidamento congiunto.

Ogni volta che sta da loro, sentiamo Harlow che gli urla addosso per aver mordicchiato una delle sue cose.

E poi ridiamo perché perlomeno non sta rovinando qualcosa di nostro.

"Beh… le nostre vite saranno assolutamente caotiche".

"Questo è sicuro".

"Possiamo entrare?" Sento la voce sommessa di mia madre insieme a un colpetto delicato alla porta.

"Entra e basta! Voglio vedere i miei bisnipotini". Nonna Grace fa irruzione con i miei genitori al seguito.

"Stanno facendo il contatto pelle a pelle", spiego.

"Nulla che non abbia già visto. Le tette sono tette". Raggiunge il lavandino e si lava le mani. "Allora, quale posso tenere in braccio?"

"Quale vuoi?"

"Quello a cui non va cambiato il pannolino".

Ridacchio, sollevando con cautela Luna e tenendola contro il petto prima di portarla da nonna Grace sul divano.

"Sono minuscoli", sussurra mamma.

"Si fidi, non lo sono", ribatte Delilah. "Mi hanno quasi spaccata in due".

Mio padre si avvicina e la bacia teneramente sulla testa. "Congratulazioni. Ho sentito che sei stata una rockstar".

"Qualcuno doveva pur esserlo, visto che suo figlio non poteva farlo per me".

Papà sogghigna.

"Posso tenere l'altro?" chiede emozionata mamma.

Prendo Finley e lo porto là dove è seduta, vicino a nonna Grace.

"È proprio uguale a com'eri tu", dice mia madre, intenerita. "Con un nasino all'insù adorabile".

"Lo pensi davvero? Luna assomiglia a Delilah, non credi?"

"No, ha senz'altro i miei lineamenti", dichiara nonna Grace.

"Ma…" Mia madre le dà una spintarella.

"Che c'è?"

Delilah ride. "Non c'è problema. Anche io penso che le assomigli".

"Probabilmente sarà esuberante come te", dico.

"Come chi?" Nonna Grace solleva un sopracciglio.

I miei genitori passano l'ora successiva a monopolizzare i bambini, ma, quando quelli iniziano a fare i capricci, caccio via tutti così che Delilah possa allattarli.

Più tardi, arrivano la signora Fanning e Harlow, e poi passano i miei fratelli.

Quando se ne sono andati tutti, siamo esausti. Dopo che Delilah li ha sfamati di nuovo, entra l'infermiera e li porta nella nursery per la notte, così lei può dormire un po'.

"Posso dirti un segreto?" chiedo, sedendomi accanto al suo letto, strofinando la mano sulla sua.

"Mi stai tenendo dei segreti?" ironizza.

Faccio un sorrisetto. "Sono felice che tu abbia dimenticato di rinnovare il contraccettivo".

Mi lancia un'occhiata con un sorrisino sospettoso. "Posso dirtelo *io* un segreto?"

Inarcando un sopracciglio, mi gratto la barbetta che non rado da cinque giorni. "Cosa?"

Gli angoli delle sue labbra raggiungono gli occhi. "Sono felice che ci siamo ubriacati a Las Vegas".

Epilogo Bonus
Delilah

DIECI ANNI DOPO

Guardando fuori dalla finestra della cucina mentre sciacquo i piatti, osservo Finley e Luna che giocano sul trampolino, con Hank che abbaia come un matto e gira intorno a loro. Odio quell'affare. È pericoloso, ma Wilder e i bambini lo *adorano*.

L'estate scorsa Finley si è rotto un braccio mentre saltava e Luna per poco non si è slogata la caviglia un mese fa. D'altronde questi bambini sono tanto spericolati quanto il padre.

Dopo la nascita dei gemelli, sono diventata una madre casalinga. Mi hanno tenuta occupata per anni; quindi riuscivo soltanto a fare volontariato al rifugio una volta al mese, quando trovavamo qualcuno che badasse a loro al posto nostro. Ma ho potuto andarci più spesso quando sono diventati più indipendenti e poi ho cominciato a portarli con me, così che anche loro potessero dare una mano.

Abbiamo potuto conoscere tantissime famiglie, le loro storie, e dare una mano a più persone grazie all'organizzazione no profit che abbiamo avviato io e Wilder: la Hollis Hope Foundation. Si concentra sull'aiutare gli altri a rimettersi in piedi trovando loro dei lavori e degli ambienti sicuri in cui vivere e fornendo tutto ciò di cui hanno bisogno, dal cibo ai mobili. Il Ranch e Agriturismo Sugarland Creek è il nostro principale donatore, seguito dal Ranch e Resort Willow Branch Mountain. Il resto arriva da eventi di beneficenza o altri donatori locali.

C'è voluto del tempo, ma finalmente ho trovato quell'appagamento che stavo cercando… quella sensazione di orgoglio e soddisfazione.

Mi abbasso per mettere un piatto nella lavastoviglie e, quando mi alzo per afferrarne un altro, trovo mio marito alle mie spalle. Mi prende tra le braccia e fonde il suo corpo con il mio.

"Buongiorno, moglie. Togliti i vestiti e raggiungimi nella doccia", mi mormora all'orecchio, facendo scivolare una mano tra le mie cosce.

"Dopo tutte quelle visite al pronto soccorso, non li lascio là fuori senza supervisione".

"Resteranno là fuori per almeno un'altra mezz'ora".

"Wilder…" dico in tono di avvertimento quando la sua mano si muove sotto le mutande.

"Va bene, giocherò con te proprio qui. Non ti muovere".

Sbuffo. "Stavo facendo i piatti".

"Li finisco dopo aver fatto finire te". Mi mordicchia il lobo, affondando un dito dentro di me.

"Cazzo!" ansimo, divaricando le gambe mentre afferro il bancone per sostenermi.

"Brava la mia piccola…" Mi succhia il collo, facendo scorrere il piercing alla lingua sulla carne e facendomi vibrare il corpo per il piacere. "E non azzardarti a fare silenzio!"

Stimola il clitoride mentre affonda due dita più in profondità. Non ci mette molto a farmi venire. Ormai è un professionista, però soffoco comunque le urla, così che il cane non mi senta e non inizi ad abbaiare.

Belle, il nostro bovaro del Barnese, di solito mi rimane appiccicata, ma sta riposando nell'altra stanza. Basta poco perché ci senta e si svegli.

Dandomi uno sculaccione, Wilder brontola: "Ti avevo detto di non trattenerti".

"Stanno entrando". Inarco la schiena, spingendolo via con il sedere.

Wilder apre il lavello e si lava le mani con il sapone, sorridendomi da sopra la spalla.

"Mamma!"

"Che c'è?"

"Finley mi ha spinta", si lamenta Luna.

"Finley! Non si spingono le ragazze", lo rimprovera Wilder.

"Lei mi ha spinto per prima!" si difende lui.

"Luna, è vero?"

Alza gli occhi al cielo. "Fa parte del gioco".

"Non abbiamo tempo per questa storia. Andate a vestirvi. Dobbiamo uscire di casa fra venti minuti".

Continuano a spingersi mentre corrono di sopra nelle loro stanze.

Poi mi giro verso Wilder e premo delicatamente i palmi contro il suo petto. "Sei sicuro che oggi starai bene?"

Un lampo di tristezza gli copre il viso. "Sì. Cioè, ovviamente sono triste. Ma nonna Grace ha vissuto una vita lunga e felice. Sono contento che se ne sia andata serenamente nel sonno, invece di soffrire per una malattia o qualcosa di peggio".

Annuendo, lo cingo tra le braccia e stringo forte prima di lasciarlo andare. "È stata una parte così importante della tua vita, come anche della mia, e mi mancherà".

"Anche a me. Le cene domenicali non saranno le stesse senza le sue prelibatezze e le storie scandalose".

"Andiamo a prepararci, così non facciamo tardi. Il mio piatto è pronto per essere messo in forno".

Terranno il pranzo al Lodge e tutti porteranno un piatto da condividere. È stata cremata; secondo le sue volontà; quindi ci stiamo riunendo per una cerimonia commemorativa. Poi, dopo mangiato, tutti dovranno alzarsi e condividere la loro storia preferita su di lei.

Mi si stanno già riempiendo gli occhi di lacrime solo a pensarci.

"Pensi di potercela fare?" chiede, sfiorandomi la guancia con il pollice.

"Credo di sì. Sto solo pensando a tutti i bei ricordi che sentiremo oggi".

Mi solleva il mento e poi reclama la mia bocca. "Va bene se piangi. Era una donna molto speciale e abbiamo avuto la fortuna di condividere una parte della nostra vita con lei".

Questa volta lascio cadere una lacrima. "Ok. Vado a prepararmi e a mettere del mascara waterproof".

Le dimensioni della famiglia Hollis sono cresciute talmente tanto che occupiamo tre tavolate. Il resto degli ospiti riempie le altre.

La cerimonia è stata bellissima, e non mi vergogno ad ammettere che ho pianto per quasi tutto il tempo. Il signore e la signora Hollis hanno onorato la sua vita in una maniera davvero rispettosa. Delle fotografie – dalla sua infanzia fino agli ultimi giorni – ricoprivano le pareti. Ce n'è una in cui tiene in braccio ciascuno dei suoi nipoti e bisnipoti. Era una santa donna, e per noi è stata una benedizione averla nelle nostre vite.

In una delle ultime fotografie è insieme a Ricky, il secondo figlio di Harlow e Waylon, che è nato giusto qualche mese fa.

La più recente risale a Natale, quando ne abbiamo scattata una di gruppo. La signora Hollis l'ha ingrandita e appesa in modo permanente al Lodge.

Adoro il fatto che potremo vederla ogni giorno e sorridere per i ricordi felici.

"Se posso avere l'attenzione di tutti…" La voce profonda di

Wilder riecheggia nella stanza. "Vorrei cominciare da una storia che, secondo me, non conoscono in molti. Però è una delle nostre preferite".

Cala il silenzio, e avvicino la sedia a Luna, seduta di fronte a me.

Wilder si schiarisce la gola e poi abbassa lo sguardo sui suoi appunti.

"Credo che molti di noi conoscessero il talento *speciale* di nonna Grace, o sesto senso, come alcuni di noi lo chiamavano. Anche se spesso veniva definito "stregoneria" perché lei sapeva le cose prima di tutti gli altri, a volte ancora prima che noi stessi sapessimo quelle che ci riguardavano. Ma c'è stato un episodio in cui quel suo vudù mi ha condotto all'incontro con mia moglie, ancora prima di sapere chi fosse".

Ascolto attentamente, così come fanno tutti gli altri, ma non so minimamente dove andrà a parare questa storia.

"Vent'anni fa, ho chiamato una linea di assistenza perché stavo vivendo un periodo buio. Non sapevo perché lo stessi facendo o cosa mi aspettassi, ma sono stato piacevolmente sorpreso dalla donna che ha risposto. Mi ha ascoltato e mi ha parlato in una notte difficile. Non ho detto a nessuno che lo avevo fatto. Una parte di me se ne vergognava; quindi l'ho tenuto nascosto. Il giorno seguente, ho incrociato nonna Grace in cucina e lei mi ha fissato l'anima. Una cosa che, se è successo anche a voi, sapete che faceva piuttosto paura".

Una risata erompe nella stanza.

"Quando le ho chiesto cosa c'era che non andava, ha detto: continua ad essere felice. Ero molto confuso perché ero tutto l'opposto di felice. Quella sera, ho chiamato di nuovo la linea di assistenza e mi ha risposto la stessa donna. E poi ho capito che nonna Grace aveva ragione: ero felice. Felice che qualcuno mi vedesse e ascoltasse davvero per la prima volta, ma soprattutto felice di sentire che anche la voce dall'altra parte era felicissima di sentire la mia. Quella donna aveva un qualcosa che non riuscivo a identificare, ma continuavo a chiamare e lei continuava a rispondere. Per sei mesi".

Solleva lo sguardo e mi trova nella folla; poi fa un largo sorriso.

"Quella voce dall'altra parte apparteneva alla mia futura moglie. Per me è stato merito del destino se nonna Grace ha fatto quel commento così fuori contesto perché, altrimenti, non credo che avrei avuto il coraggio di chiamare di nuovo".

Circa L'autore

Brooke ha cominciato il suo percorso nel 2013, sotto gli pseudonimi di autore bestseller di *USA Today*: Brooke Cumberland e Kennedy Fox, e al momento **Brooke Montgomery** e **Brooke Fox**. Ama scrivere romanzi d'amore che catapultano il lettore in piccoli borghi unici, con famiglie numerose e storie che si concludono con un lieto fine. Abita nella gelida tundra di Green Bay, la "Nazione dei Packer", insieme a suo marito, una teenager ribelle e quattro cani. Brooke non può vivere senza il caffè freddo, i leggings e i pisolini. Ha scoperto la sua passione per la scrittura durante un inverno universitario… e nessuno è più riuscito a fermarla.

www.brookewritesromance.com

Seguimi sui social:

facebook.com/brookemontgomeryauthor

instagram.com/brookewritesromance

amazon.com/author/brookemontgomery

tiktok.com/@brookewritesromance

goodreads.com/brookemontgomery

bookbub.com/authors/brooke-montgomery

www.ingramcontent.com/pod-product-compliance
Lightning Source LLC
Chambersburg PA
CBHW030737310726
48969CB00005B/1248